Auf Eifelwolke Nummer sieben

Carla Capellmann, 1963 in Jülich geboren, lebt im Rheinland. Neben ihrer Arbeit als Informatikerin gilt ihre Leidenschaft dem Schreiben. Bei Emons hat sie in der Reihe »Sehnsuchtsorte« bereits mehrere Kriminalromane veröffentlicht. »Auf Eifelwolke Nummer sieben« ist ihr erster Liebesroman.

CARLA CAPELLMANN

# Auf Eifelwolke Nummer Sieben

ROMAN

emons:

**Bibliografische Information der Deutschen Nationalbibliothek**
Die Deutsche Nationalbibliothek verzeichnet diese Publikation
in der Deutschen Nationalbibliografie; detaillierte bibliografische
Daten sind im Internet über http://dnb.d-nb.de abrufbar.

© Emons Verlag GmbH
Alle Rechte vorbehalten
Umschlaggestaltung: Nina Schäfer, unter Verwendung eines
Motivs von picture alliance/imageBROKER | Alexander Schnurer
Gestaltung Innenteil: DÜDE Satz und Grafik, Odenthal,
nach einem Layout von Nina Schäfer
Lektorat: Julia Lorenzer
Druck und Bindung: CPI – Clausen & Bosse, Leck
Printed in Germany 2024
ISBN 978-3-7408-2210-1
Roman
Originalausgabe

Unser Newsletter informiert Sie
regelmäßig über Neues von emons:
Kostenlos bestellen unter
www.emons-verlag.de

Für Angelika und Tomo

Freitag, 12. April

# April, April?

## 1

Wolkenweg 7. Wir halten vor meinem neuen Grundstück.
Meinem neuen Garten.
Meinem neuen Haus!
Wir halten, doch was nicht zu halten ist, ist mein Herz. Es
hüpft und tanzt. Ich steige aus und stelle mir vor, wie es hier
bald sein wird – wenn der Kirschbaum blüht. Ob man das Haus
dann überhaupt noch sieht? Vielleicht sollte ich meinen Kölner
Freunden lieber erzählen, dass ich ab sofort stolze Besitzerin
eines Baumes mit Haus dahinter bin. Ein Windstoß fährt mir in
die offene Jacke. Ich lache. Macht nichts, dass der April macht,
was er will. In meinen Gedanken liege ich schon in der Hängematte unterm Baum, schwinge sanft hin und her und schaue
durch die Blüten nach oben in ein tiefes, intensives Blau. Ein
Photoshop-Blau, ein Kindheitshimmelblau – ein Blau, das es
nur noch auf dem Land gibt. In der Eifel halt. Eifelhimmelblau.
»Mensch. Sie strahlen ja, als wären Sie verliebt!« Der Makler
tritt neben mich und reicht mir ein Glas Sekt.
»Und ob!« Ich nehme es, obwohl es auch so schon überall
in mir drin prickelt, und wir stoßen an.
Auf das Haus, auf den Baum, auf die Eifel. Auf meinen Kauf,
die schnelle Entscheidung, den Blitztermin beim Notar. Auf
den Makler, der das alles möglich gemacht hat. Auf Liebe auf
den ersten Blick. Denn so war es. Ich kam, sah und liebte. Und
seufze. Abgrundtief und aus ganzem Herzen. Weil das Herz
so voll ist und ich nicht weiß, wie ich meine Freude in Worte
fassen soll. Am liebsten würde ich juchzen und um den Baum
herumspringen wie ein kleines Kind. So glücklich habe ich

mich lange nicht mehr gefühlt, dabei bin ich nicht unglücklich, vielleicht ausgelaugt, ein wenig müde, immer mal wieder traurig. Kein Wunder. Ein Jahr ist es her, dass meine Mutter gestorben ist. Und jetzt dieser Baum. Wie der, den wir früher hinter unserem Haus stehen hatten.

»Ich liebe diesen Baum«, sage ich schließlich und wundere mich über mich selbst.

»Umarmen Sie ihn ruhig, wenn Ihnen danach ist. Da wären Sie nicht die Einzige, die Bäume haben sich bestimmt schon dran gewöhnt.« Aufmunternd sieht der Makler mich an, doch ich bleibe, wo ich bin. Mit einem Zwinkern in den Augen breitet er die Arme aus. »Sie können aber auch gern mich umarmen.«

Ich muss lachen. Er würde sich bestimmt gut anfühlen, groß und kräftig, gerade gewachsen, ein kraftvoller Stamm. Mit wunderbaren Lachfalten in den Augenwinkeln.

»Sie haben ja recht.« Seine Lachfalten werden noch ein bisschen tiefer. »Einen x-beliebigen Makler würde ich auch nicht umarmen.«

»Lass uns doch Du sagen. Ich bin Liane.« Ich hebe mein Glas, und er stößt mit mir an.

»Joop.«

Anschließend geben wir uns gegenseitig Küsschen auf die Wangen. Das hat er sich verdient. Und ich mir auch. Verdammt, wann bin ich das letzte Mal so spontan gewesen?

»Na, wenn ich mir dich so anschaue, wirst du bestimmt öfter herkommen als nur am Wochenende.«

Und sei es, um Joops herrliches niederländisches Deutsch zu hören, das noch dazu eine leichte Einfärbung von Dialekt hat – isch, misch, disch. Mein Kopf macht sich selbstständig. Das muss ein Glückseligkeitsrausch sein, mir ist schon ganz schwindlig vor Freude – oder vom Sekt. Ich kichere und schüttele den Kopf, als Joop die Flasche hebt und mich fragend anguckt.

»Alkoholfrei«, setzt er hinzu, und ich lasse ihn mein Glas auffüllen. Währenddessen greift er unser Gespräch von vorhin wieder auf. »Also was? Wochenendhäuschen? Ferienwohnung? Oder ziehst du, sorry, zieht ihr ganz her?«

Bei seiner letzten Frage verschlucke ich mich fast, weil das Nein schon rauswill, bevor der Sekt runter ist. Das hier wird mein Refugium, wenn ich es in Köln nicht mehr aushalte. Wenn Matthias andere Pläne hat, beruflich irgendwo außerhalb ein Projekt betreuen muss, mit seinen Kumpels auf Tour ist. Wobei – das macht er nur noch selten. Zu viel zu tun. Genau wie ich. Dafür taucht er aber gern richtig ab. Im Unterschied zu mir findet er die Unterwasserwelt total faszinierend. Wenn er also wie jetzt Tauchurlaub auf den Malediven macht, werde ich in meinem Häuschen wohnen. Arbeiten kann ich auch von hier aus. Und in der übrigen Zeit werde ich es vermieten.

Zufrieden nicke ich und erkläre Joop, dass ich noch mal in mein Haus will.

»Klar. Maß nehmen«, sagt er.

»Ach was.« Ich grinse. »Einfach noch mal gucken.«

»Sag ich doch. Maß nehmen. Mit das Herz.« Er nickt wissend und begleitet mich vor die Haustür.

»Ich bin so gespannt, was mein Freund sagt. Er predigt mir schon die ganze Zeit, dass ich das Erbe am besten in eine Immobilie investiere. Und jetzt …«

»Jetzt hast du eine. Haus bauen, Baum pflanzen – quasi erledigt. Einem erfüllten Leben steht nichts mehr im Weg.«

»Ich muss nur durch diese Tür treten.« Ich gebe Joop mein leeres Glas, stecke den Schlüssel ins Schloss und komme mir vor wie eine Prinzessin, die vor ihrem Palast steht. Noch sieht es aus, wie ein in die Jahre gekommenes Haus halt aussieht, aber gleich … »Tadaa!« Feierlich drehe ich den Schlüssel und stoße die Tür auf.

Sie knarzt.

Wunderbar.

»Warte mal.« Joop sieht zu seinem Auto rüber, schüttelt dann aber den Kopf. »Mist. Das Ölkännchen steht wieder in meiner Garage.«

»Macht nichts. Du hast doch schon den Sekt mitgebracht.«

»Stimmt auch wieder. Na, ich mach mich mal auf den Weg.

War schön, dich kennenzulernen. Ruf einfach an, wenn du was brauchst.«

»Dann aber nicht nur aus geschäftlichen Gründen.« Hoffentlich fasst er das jetzt nicht falsch auf, aber er weiß ja, dass ich vergeben bin. Und, ach, soll er es doch verstehen, wie er will.

Wir verabschieden uns, und dann betrete ich – einen Tusch, eine Fanfare, einen Trommelwirbel im Ohr – mein Haus.

## 2

»Freude, schöner Götterfunken, Tochter aus Elysium, ich betrete – Sekt getrunken – Eifelhaus, mein Eigentum!«

Leise singend gehe ich in die Küche, die nach vorne zur Straße liegt und der einzige Raum ist, der nicht leer geräumt ist. Die Einbauzeile kommt mir so alt vor wie das Haus selbst, aber angeblich funktioniert noch alles. Und abgesehen von einem bisschen Staub scheint es, als wäre sie von der Vorbesitzerin gehegt und gepflegt worden. Genau so hat es in der Küche meiner Mutter auch immer ausgesehen. Blitzblank war noch trübe dagegen. Ist das so ein Generationending? Jahrgang 1980 weiß nicht mehr, wie man richtig putzt? Ich lehne mich gegen die Fensterbank und schieße ein Selfie, Kopf schräg im Fensterrahmen, im Hintergrund ein paar Äste vor dem grauen Himmel.

Dann fotografiere ich den Gasherd. Im Gegensatz zu Matthias liebe ich antike Geräte und mag alte Möbel mit Seele. Den Herd werde ich behalten, vorausgesetzt, er funktioniert wirklich noch, so wie Joop mir versichert hat. Den Rest werde ich durch ausgesuchte Stücke ersetzen – Vintage –, nichts wird zusammenpassen, und doch wird es urgemütlich wirken. Ein kleiner Tisch, an dem ich Kirschen entkernen kann, zwei, drei Holzstühle mit bunten Kissen, ein altes Röhrenradio mit großen Drehknöpfen und einem beleuchteten Sendersuchlauf, wie mein Vater sie geliebt hat. Ob es so etwas überhaupt noch zu kaufen gibt?

Schwelgend begebe ich mich nach nebenan ins Esszimmer. Von hier führt eine Tür in den kleinen Garten hinterm Haus. Kurz bevor der Wald anfängt, steht ein einsamer Gartenstuhl, so ein schwerer aus Eisen. Wunderschön, aber sicher unbequem. Den werde ich aufpolieren und mit Kissen in eine Sitzoase verwandeln. Ich konzentriere mich wieder aufs Haus. Links geht es ins Wohnzimmer. Da bleibt nicht viel Stellfläche, aber eine große Schrankwand kann ich mir in diesem Haus eh nicht vorstellen. Die »Gute Stube« ist genauso klein wie der Essraum. Ich überlege, wie es wäre, die beiden Zimmer zusammenzulegen. Ein großer Wohnraum. Mit Sitzfensterbank. Davon träume ich schon lange. Auf der Fensterbank sitzen und ins Grüne schauen, das ist nur von der Hängematte unterm Kirschbaum zu toppen. Ich mache ein Foto, um Matthias zu ködern. Es ist immer gut, wenn er ein baufestes Problem lösen kann.

Ich schaue mich weiter um und entdecke einen beigefarbenen Kasten hinter der Tür. In der Küche und im Esszimmer stehen jeweils auch welche. Nachtspeicheröfen. Unpraktisch, teuer und hässlich. Ein weiterer Punkt, zu dem Matthias bestimmt ein paar gute Ideen hat. Aber das hat Zeit.

Auf nach oben. Die Holztreppe ist klasse. Abgetretene Stufen, ein hölzerner Handlauf, den man gar nicht mehr loslassen mag, und da, die wievielte Stufe war es, die da gerade geknarrt hat? Es ist, als ob das Haus leben würde.

Oben befindet sich das Badezimmer, leider ohne frei stehende Wanne. Die müsste ich wohl von einer Kuhwiese klauen. Ich grinse.

Im Schlafzimmer ist gerade mal genug Platz für Doppelbett und Schrank. Das zweite Zimmer ließe sich hervorragend als Büro nutzen, aber ich will ja vermieten. Da ist ein zweites Schlafzimmer sinnvoller.

Ich setze meine Runde durch das Haus fort. Dann wird es höchste Zeit, mich auf den Rückweg zu machen. Schließlich will ich Matthias nicht nur mit dem Hauskauf überraschen, sondern ein kleines Fest organisieren, und sein Flieger landet in zwei Stunden. Ich schaue auf das Display meines Handys – allerhöchste Zeit!

## 3

Wie gut, dass ich Mamas Golf noch nicht verkauft habe, denke ich, als ich den Wagen aufschließe. In den nächsten Wochen werde ich bestimmt häufiger in die Eifel fahren, um das Haus herzurichten. Ob ich wohl schon im Sommer vermieten kann? Ich steige ein, werfe einen letzten Blick auf Baum und Haus und starte den Motor. Kurz bin ich versucht, das Fenster runterzulassen und zu winken. Puh, ob in dem Sekt wirklich kein Alkohol war?

Auf der Bundesstraße schalte ich das Radio ein. Gerade läuft »Haus am See«. Ich drehe die Lautstärke voll auf, singe mit und dichte das Lied auf »Haus am Maar« um. Auch wenn das nicht ganz stimmt. Von meinem Haus muss ich erst noch auf die Anhöhe, um das Maar zu sehen, und einen Orangenbaum habe ich auch nicht. Dafür ist es kein Traum, sondern wahr: mein Haus am Maar!

Der Song ist kaum verklungen, als das Handy klingelt und das Display mir einen Anruf meiner kleinen Schwester anzeigt.

»Hey, Lütte«, sage ich aufgedreht. Mit diesem Kosenamen habe ich sie früher immer geärgert, als sie tatsächlich noch kleiner war als ich.

»Wow, so hast du mich lange nicht mehr genannt. Was ist los? Hast du Wachstumshormone genommen und bist plötzlich größer als ich?« Clara lacht. »Nein, warte, lass mich raten. Du hast das Haus gekauft, das du auf Eifel-Immo entdeckt hast. Hast du? Oh, bitte sag Ja.«

»Ja«, sage ich.

»Mensch, wie klasse! Ich freu mich riesig für dich. Dann ist es so, wie du es dir vorgestellt hast?«

»Besser.« Ich beschreibe ihr jeden Raum und natürlich den Garten samt Baum. Erzähle von meinen Einrichtungsideen.

»So glücklich hast du dich lange nicht mehr angehört.« Clara sagt das, was ich fühle, doch die Erleichterung in ihrer Stimme zu hören, tut mir weh. »Ich dachte schon, du wirst wie Mama, lebst gar nicht mehr richtig. Nur noch Arbeit und Pflicht und das tun, worauf Matthias Lust hat.«

»Hey«, protestiere ich. »Ja, das letzte Jahr war hart, und es war auch viel zu tun nach Mamas Tod.«

»Und ich war nicht da, um dir zu helfen, sondern auf Bali, nach meinem Glück suchen.«

»Was in Ordnung war und ist. Ehrlich, Clara. So wenig, wie es mein Ding ist, nach Indonesien auszuwandern, so wenig ist es eben deins, hier in Deutschland zu leben.«

Sie seufzt.

Sofort mache ich mir Sorgen. »Alles okay bei dir? Habe ich dich überfahren? Tut mir leid. Jetzt du. Warum rufst du an?«

»Ach, Liane, musst du immer so gut sein?«

»Klar, Clärchen, ich bin deine große Schwester.«

»Nenn mich nicht Clärchen.« Ein gespieltes Schniefen. Manchmal ist das Zurückfallen in die alten Rollen der einfachste Ausweg für uns beide. Mir zumindest ist es recht. Ich will jetzt kein Problemgespräch. Sie offensichtlich auch nicht. Nach einer theatralischen Pause, die typisch für sie ist, bittet sie mich, so zu bleiben wie gerade. »Was sagt Matthias?«

»Ich erzähle es ihm heute Abend.«

Wir wechseln das Thema, sie berichtet mir vom Stand der Dinge bei ihr. So wie es aussieht, haben wir beinahe zeitgleich unsere Traumhäuser gekauft. Clara will ihres schon in zwei Wochen eröffnen. Erst mal als Guesthouse, bis sie den Yoga- und Meditationsraum hergerichtet hat.

»Später gibt's dann Luft und Licht zum Frühstück, so wie früher auf den Zugfahrten, wenn Mama der Reiseproviant ausgegangen ist«, necke ich sie. Ich verspreche ihr, gleich wenn ich in Köln bin, Fotos vom Haus zu schicken, dann machen wir Schluss. Mit einem Mal habe ich weiche Knie. Als ein Parkplatz auftaucht, setze ich den Blinker und fahre rechts ran.

Oh mein Gott, was habe ich getan? Ich habe wirklich und wahrhaftig ein Haus gekauft. Einfach mal eben so. Ohne nachzudenken. Nur weil es sich richtig angefühlt hat. Richtig und gut. Im Unterschied zu Clara, die ihr Guesthouse gesucht und irgendwann gefunden hat, habe ich meines nicht gesucht. Nur gefunden. Gibt es nicht irgendeinen weisen Spruch dazu, der mir recht darin gibt, dass solch spontane Fundstücke die besten sind? Ich hoffe sehr, dass das auch für Hauskäufe gilt.

Nach ein paar Minuten Durchatmen geht es wieder. Ich nutze den Stopp und rufe bei Miyu an, Matthias' aktuellem Lieblings-Sushi-Restaurant in Köln. Kurz schwanke ich zwischen dem »Sushi Deluxe« und dem »Rendezvous für 2« und entscheide mich dann fürs »Rendezvous«. Bei Miyu versprechen sie mir, dass das Essen fertig ist, wenn ich komme.

Eine halbe Stunde später rolle ich am Restaurant vorbei. Keine Parklücke in Sicht. War ja klar. Vor mir bremst ein 3er BMW und bleibt dann einfach stehen. Der Fahrer steigt aus. Natürlich. Parken in der zweiten Reihe tun sie hier alle. Normalerweise traue ich mich nicht, aber heute ist eh alles anders. Wie ein Derwisch springe ich aus dem Wagen und düse ins Lokal. Das Sushi steht bereit. Ich zahle und eile zurück zum Auto. Hinter mir hupt jemand, mein Vordermann ist bereits wieder abgefahren, aber jetzt setzt sich ein anderer vor mich. Mühsam wechsle ich die Spur. Stop-and-go. Viel Stop, wenig Go, aber irgendwann habe ich es bis ins Ehrenviertel geschafft und sogar noch das Glück, ein paar Meter von unserer Haustür entfernt einen Parkplatz zu ergattern. Ich streiche über die Christophorus-Plakette, die meine Mutter in jedem ihrer Autos an das Armaturenbrett geklebt hat, bedanke mich – nicht nur für den Parkplatz – und hoffe, dass sie meinen Hauskauf vom Himmel aus gutheißen wird, auch wenn das Haus auf dem Land steht. Etwas, wovon sie Clara und mir immer abgeraten hat, doch davon will ich mir die Freude nicht nehmen lassen.

Ich schnappe mir das Sushi und mache, dass ich in die Wohnung komme.

## 4

Zu schade, dass es noch nicht warm genug ist, um auf unserem Balkon zu sitzen. Der winzige Vorsprung, auf den wir gerade so zu zweit passen, ist einer der Gründe, warum wir immer noch in Matthias' Wohnung wohnen – der kleine Balkon und Matthias' Flügel. Ich streiche über den hellen Lack. Eigentlich könnte er mir heute was vorspielen. Das hat er lange nicht mehr gemacht. Ich hole zwei schlichte weiße Kerzen, drücke sie in die edlen Kristallkerzenständer, die Matthias mir zu Weihnachten geschenkt hat, und platziere sie auf dem Couchtisch. Dazu das Geschirr, schwarz-weiße Yin-und-Yang-Servietten und die bauchigen Rotweingläser. Ich decke stilvoll, so wie Matthias es mag. Ein letzter Blick, dann dimme ich das Licht und suche nach passender Musik. Mal was anderes als die ruhige Klaviermusik, die wir sonst meistens hören. Schließlich soll das heute ein besonderer Abend werden. Ich möchte etwas Mitreißendes, das Lebensfreude versprüht. Vielleicht Salsa. Wie lange haben wir nicht mehr getanzt?

Ich wähle ein paar Stücke aus, dann hole ich mein Smartphone, lade die Fotos vom Haus in die Cloud und setze mich mit meinem Laptop in den Relaxsessel. Als Erstes schicke ich Clara einige Bilder, anschließend stelle ich eine Abfolge für Matthias zusammen. Ein Blick von außen, Esszimmer, Wohnzimmer, das Selfie von mir in der Küche, der schnucklige Gasherd, eines der Zimmer oben. Wie immer bearbeite ich die Bilder gleich nach, das muss wohl eine Berufskrankheit sein, retuschiere ein wenig, lege einen Filter darüber, der die Farben noch frischer wirken lässt, und schaue mir alles auf dem großen Bildschirm an.

Wunderwunderschön!

Jetzt muss ich nur noch dafür sorgen, dass auch ich wunder-wunderschön aussehe. Wie spät ist es?

Ich werfe einen Blick aufs Handy. Eine Nachricht von Matthias. Gelandet sind sie, gerade warten Roland und er aufs Gepäck. Das war vor zehn Minuten.

Ich rufe ihn an.

»Hey du, ich freu mich so auf dich. Habt ihr euer Gepäck schon?«

»Gleich. Noch fünfzehn Sekunden. Dann zieht Roland meinen Koffer vom Band.« Matthias' dunkle Stimme löst ein warmes Gefühl in meinem Bauch aus. Vielleicht lassen wir das mit dem Tanzen, es gibt noch andere Sachen, die man gut zu zweit machen kann.

»Das ist ja wieder typisch«, höre ich Roland sagen. Und dann etwas lauter: »Dein Mann lässt mich ganz schön arbeiten, Liane, ein echter Sklaventreiber!«

Die beiden frotzeln, während in mir Sehnsucht aufsteigt.

»Beeil dich«, sage ich zu Matthias. »Ich habe eine Überraschung und platze, wenn du nicht bald da bist und ich dir davon erzählen kann.«

»Dann ist es ja gut, dass ich auch eine für dich habe.« Er verabschiedet sich, und ich tanze durch die Wohnung. Mein Herz klopft. Was er wohl dazu sagen wird, dass ich es geschafft habe, mein Erbe in eine Immobilie zu investieren? In einer guten halben Stunde werde ich es wissen.

Ich dusche und mache mich zurecht, entscheide mich für das dunkelgrüne Kleid mit dem V-Ausschnitt, dazu die Kette mit dem Sternenanhänger, die Matthias mir geschenkt hat, kurz nachdem wir uns kennengelernt hatten. Die Haare stecke ich locker hoch, lasse ein paar heraushängen, die ich hinter die Ohren schiebe. So trage ich sie nur zu besonderen Anlässen, und ich weiß, dass Matthias diese Frisur hübsch an mir findet.

Zufrieden werfe ich einen Blick in den Spiegel, ziehe den Lippenstift noch einmal nach und gehe in die Küche, um Matthias am Fenster zur Straße herbeizusehen. Das hat zwar noch nie geklappt, aber vor heute habe ich mir ja auch noch nie ein Haus gekauft. Könnte also sein, dass heute nie ist.

Mein Blick fällt auf die Rotweinflasche. Mist. Ich habe vergessen, sie zu öffnen und den Wein »atmen« zu lassen. Auch wenn ich keinen Barolo von einer Tetrapak-Sorte unterscheiden kann, so liebt Matthias doch guten Wein, und der muss natürlich auch entsprechend behandelt werden. Schnell entkorke ich die Flasche, gieße etwas in eine Karaffe und bringe sie ins Wohnzimmer. Da es sich beschäftigt besser wartet, gehe ich noch einmal die Bilder durch. Dieses Mal ohne rosarote Brille.

Das Haus ist alt, aber kein Fachwerk. Fachwerk sehe zwar schön aus, sei aber oft problematisch, predigt Matthias mir immer, wenn ich davon schwärme. Und wenn so ein Haus dann noch unter Denkmalschutz stehe, werde es ganz schwierig. Das tut meines nicht. Ein Pluspunkt. Vermutlich der einzige, denn in den Siebzigern hat man eine Bausünde nach der anderen begangen. Auch das wird er nicht müde, mir zu erklären, wobei ich inzwischen den Eindruck habe, dass er das von jedem Jahrzehnt behauptet. Wahrscheinlich denkt man so als Bauingenieur, weil man darauf geeicht ist, die Statik und Umsetzbarkeit von Entwürfen zu prüfen, sodass man als Erstes die Probleme sieht.

Der Gesang eines Neuntöters reißt mich aus meinen Überlegungen – mein Handy zwitschert munter und hört gar nicht mehr auf. Clara bewundert mein Haus und schickt mir Fotos von ihrer gerade frisch gestrichenen Frühstücksveranda. Luftig und leicht sieht sie aus, nach ganz viel guter Laune.

»Da würde ich auch gern einen Banana-Pancake essen«, schreibe ich zurück. Dann schaue ich, ob Matthias sich noch mal gemeldet hat. Vielleicht steht er ja im Stau. Nein, keine Nachricht. Seufzend lehne ich mich zurück, nur um gleich wieder aufzustehen, erneut in die Küche zu marschieren und aus dem Fenster zu starren. Als wäre ich sieben und wollte mir die Nase platt drücken vor lauter Sehnsucht, dass mein Vater endlich nach Hause kommt und ich ihm von meinen Erlebnissen berichten kann. Er hätte mein Haus gemocht, da bin ich mir sicher. Schon komisch, dass ich immer noch einen Stich im Herzen spüre, wenn ich an ihn denke. Dabei ist er schon so lange tot. Dreißig Jahre ist das jetzt her, und ich vermisse ihn immer noch. Bei solchen Gelegenheiten ganz besonders. Ob meine Mutter und er sich gerade im Himmel – oder wo auch immer sie jetzt sind – darüber streiten, was wir mit ihrem Erbe anfangen?

Energisch schüttele ich den Kopf. Ich will jetzt kein schlechtes Gewissen bekommen. Meine Mutter hat uns geliebt und wir sie. Sie wollte, dass wir glücklich sind. Dass Glück für sie etwas anderes bedeutete als für Clara und mich, ist nur zu verständlich. Nach dem Tod meines Vaters und dem Verlust des Hauses wollte sie nie wieder auf dem Land leben. Eine Wohnung in der Stadt, am besten mit Mann. So sah ihrer Meinung nach das perfekte Leben aus. So wie meins. Bis auf den Hauskauf.

Ein Poltern aus dem Treppenhaus lässt mich zusammenzucken. Schon höre ich, wie sich ein Schlüssel ins Schloss schiebt. Matthias ist da. Da stehe ich am Fenster und habe ihn doch nicht kommen sehen.

Ich laufe in den Flur, um ihn zu begrüßen.

# Überraschung!

## 1

Matthias zieht gerade die Jacke aus, als ich ihm um den Hals falle. Er ist braun gebrannt, riecht ein bisschen verschwitzt und nach Meer, als hätte seine Haut das salzige Wasser beim Tauchen aufgesogen. Meine Lippen suchen seine, sie sind rau. Wir küssen uns und tauchen ein, tauchen ab, bis wir an die Luft müssen.

»Macht meine Überraschung dich so heiß?« Matthias' Mund ist an meinem Ohr, und es kitzelt, wenn er spricht.

»Meine«, murmele ich und streiche mit den Fingern durch seine Haare. Sie sind gewachsen und fangen an, sich zu locken, was ich mag. Sehr mag.

»Lilliliane, willst du mir die Haare lang ziehen?« Das Kräuseln seiner Mundwinkel verrät ihn. »Ich weiß, ich muss dringend zum Friseur, aber dass es so schlimm ist …«

»Bloß nicht. Oder doch. Extensions sollen gar nicht mehr so teuer sein.« Lachend ziehe ich ihn ins Wohnzimmer und zünde rasch die Kerzen an.

»Mmh, wenn ich das gewusst hätte, hätte ich auf die halbe Pizza bei Roland und Sabine verzichtet.«

»Du hast …?« Ich verkneife mir einen bissigen Kommentar und verbiete mir ärgerliche Gedanken wie den, dass er mir das auch hätte sagen können. »Also erst die Überraschung und danach essen?«

»Das hier ist sie nicht? Es gibt noch mehr?« Wie immer, wenn er verlegen ist oder ein schlechtes Gewissen hat, reibt er sich über die Wange, aber dann entdeckt er das Sushi und freut sich einfach nur.

Ich schenke uns zwei Gläser ein, und wir stoßen an.

»Schön, dass du zurück bist«, sage ich.

»Find ich auch.« Er küsst mich. Als wir uns voneinander lösen, runzelt er die Stirn. »Salsa zum Essen?«

Ich grinse. »Passt doch. Salsa und Sushi. Zwei S wie in ›essen‹.«

»Mir vergeht da der Appetit, viel zu unruhig.« Er wechselt auf romantische Klaviermusik.

Dann essen wir erst einmal. Beziehungsweise er isst, ich schiebe nur die Makis auf meinem Teller hin und her, tunke sie in Sojasoße und dekoriere sie mit eingelegtem Ingwer.

Schließlich legt er die Stäbchen beiseite und zieht mich zu sich heran. »Wenn es dir den Appetit verschlägt, muss es wirklich etwas ganz Besonderes sein.«

»Das ist es auch.«

»Meine Überraschung ist mindestens genauso toll. Wenn nicht sogar besser.« Er zwinkert mir zu. »Aber erzähl du ruhig zuerst, so lange kann ich noch warten.«

Ich nehme noch einen Schluck, und dann sage ich es ihm. Dass ich ein Haus gekauft habe. In der Eifel. Schön gelegen, ideal, um es in den Ferien und am Wochenende zu vermieten. Man könne von der Haustür aus loswandern, ums Maar spazieren, wo man im Sommer herrlich schwimmen kann, nach Daun oder an die Mosel nach Bernkastel-Kues radeln, zum Nürburgring fahren, in Manderscheid die Burgen bestaunen und anschließend dort essen gehen oder einfach nur im Garten liegen, die Ruhe genießen und abends grillen. Ich könnte die Liste der möglichen Aktivitäten und Ausflugsziele noch endlos fortsetzen, aber Matthias sieht mich so verwirrt an, dass ich lachen muss und ihm einen Kuss auf die Nasenspitze drücke.

»Ein Haus in der Eifel?« Seine Augenbrauen wandern nach oben, und seine Augen werden so kreisrund wie das Pulvermaar.

Lächelnd ziehe ich seine Brauen glatt und nicke.

»Du hast es noch nicht wirklich gekauft, oder?«

»Doch«, sage ich stolz. »Runterhandeln, noch mal runterhandeln und dann zugreifen, genau wie du es immer sagst.

Heute Vormittag war ich beim Notar und habe unterschrieben.«

»Warum so überstürzt?« Er richtet sich auf. »Ich hätte es mir angucken können. Du kennst dich mit Immobilien doch gar nicht aus.«

»Keine Sorge. Ich habe mir alles gründlich angesehen und mit Marie-Theres gesprochen. Der Kaufpreis ist mehr als in Ordnung, hat sie gesagt.« Ich grinse ihn an. »Ist sogar noch genug von meinem Erbanteil übrig geblieben, dass es für eine Flasche Champagner gereicht hat. Erst anstoßen oder erst Bilder gucken?«

Matthias schüttelt den Kopf.

»Oder-Fragen vertragen kein Nein und auch kein Ja.« Ich strecke meine Hand aus und will ihm durch die Haare wuscheln, aber er zieht den Kopf zurück. Ist er eingeschnappt, weil ich nicht auf ihn gewartet habe?

»Marie-Theres.« Er schnaubt.

»Ist die Beste, was Immobilienpreise betrifft«, sage ich schnell und reiche ihm sein Weinglas. Er sieht aus, als bräuchte er jetzt einen Schluck, und wir können ja später noch mit Champagner anstoßen.

Völlig untypisch für ihn leert er es in einem Zug, obwohl es noch halb voll war. Und setzt es auch noch mit einem Klirren ab. Zeit für einen Themenwechsel, beschließe ich und frage ihn nach seiner Überraschung.

Seine Augenbrauen schieben sich noch mehr zusammen, zwei steile Furchen bilden sich. »Vergiss es«, sagt er und steht auf.

Was soll denn das? Ich presse die Lippen zusammen.

»Das ist ja wirklich ein schöner Empfang. Und eine tolle Überraschung!« Er reibt sich die Stirn. »Kannst du mir den Vertrag mal zeigen? Vielleicht kommst du da ja irgendwie wieder raus.«

»Wie bitte?« Ungläubig sehe ich ihn an. Er meint es tatsächlich ernst.

Langsam schäle auch ich mich aus dem Sofa, sodass wir unmittelbar voreinander stehen. Am liebsten würde ich abhauen, aber ich halte es aus, obwohl Matthias sich förmlich aufbläst, um die drei Zentimeter wettzumachen, die ich größer bin als er, selbst ohne Schuhe.

»Mensch, Liane.« Er verzieht den Mund und grinst schief, legt die Hände auf meine Oberarme. »Ich dachte, wir waren uns einig, dass du dein Geld sinnvoll investierst.«

Du warst dir einig, denke ich und schließe die Augen.

»Hey«, höre ich ihn sagen, »ich habe einen Megadeal für dich aufgetan. Auch in der Eifel. Ich weiß doch, wie gern du dort hinfährst.«

Ich schlage die Augen wieder auf. Mein Deal ist auch mega, aber das sage ich nicht laut, sondern lasse ihn mich zu sich heranziehen.

»Champagner?«, murmelt er und streicht mir über den Rücken. Sein Kuss sagt mir, dass er genau weiß, was noch mehr prickelt. Wir setzen uns wieder.

»Weißt du, Roland und ich waren jede freie Minute im Internet und haben da diese Planung für ein Gewerbegebiet entdeckt. Jetzt, wo es immer mehr Leute aufs Land zieht, wird dort in den nächsten Jahren viel gebaut. Die perfekte Investition für dein Geld. Mit ein bisschen Glück hast du dann in ein paar Jahren ausgesorgt, in jedem Fall aber eine sichere Altersvorsorge.«

Ausgerechnet ein Gewerbegebiet. Was habe ich davon, dass es in der Eifel liegt? Andererseits ist es schon süß, wie viel Mühe er sich gegeben hat, eine passende Anlage für meine Erbschaft zu finden. Ich kuschele mich an seine Schulter, lasse ihn reden und denke an mein Haus. Bestimmt kommt er am Wochenende mal mit und wir machen es uns dort gemütlich. Und sollte ich wider Erwarten noch einmal erben, darf er eben nicht im entscheidenden Moment im Flugzeug sitzen.

»Sag mal, Dietmar und Merle suchen doch nach einem Häuschen in der Eifel.«

Ich schrecke auf.

Matthias streicht mir über die Wange und sieht mich an, als wartete er auf was.

»Entschuldige, ich war in Gedanken.« Ich habe den Satz noch nicht zu Ende gesprochen, da realisiere ich, was er gerade gesagt hat. Ich kneife die Augen zusammen, atme bewusst erst einmal durch und erkläre so leichthin, wie ich kann, dass Merle und Dietmar ein Ferienhäuschen an der Mosel suchen.

»Wo genau ist deins?«

»Ich behalte es, Matthias.« Ich setze mich auf, bemühe mich um einen festen Tonfall. »Mal ganz abgesehen davon, dass es nichts für die beiden ist.«

»Sei doch vernünftig. Wer weiß …?«

»Aber genau das bin ich doch. Ein Haus zu kaufen *ist* vernünftig. Es ist das Beste, was ich mit meinem Erbe machen kann. Dreimal darfst du raten, wer mir das seit dem Tod meiner Mutter predigt.« Zum Schluss wackelt meine Stimme doch. Ich balle die Hände.

»Das stimmt ja auch.« Matthias umfasst meine Fäuste, streichelt mit den Daumen darüber. »Aber natürlich kommt es auf die Rand- und Rahmenbedingungen an.«

»Die passen.«

»Sagt wer?«

»Sage ich.«

»Lilliliane, ich will dir nicht zu nahe treten, aber seit wann kennst du dich mit verpfuschter Isolierung oder Elektrik aus?« Er hält mich zurück, als ich aufstehen will. »Das ist doch auch ganz normal. Du kannst das nicht wissen.«

Ich befreie mich aus seinem Klammergriff, hole meinen Laptop und zeige ihm die Bilder. Von wegen Pfusch am Bau. Pam, pam, pam. Wie eine Boxerin. Jedenfalls würde ich mich gern so fühlen, als ich ihm ein Foto nach dem anderen um die Ohren, also vor die Augen haue. Und wenn sie davon violett werden, hätte er es verdient.

»Wo sollen denn da Probleme sein?« Ich deute auf den Bildschirm und weiche seinem Blick aus. »Oder siehst du etwa welche?« Warum stelle ich mich und mein Haus in Frage? Das öffnet ihm doch Tor und Tür.

Matthias seufzt. Es ist so ein Seufzer, wie Eltern ihn machen, wenn ihre Kinder einfach nicht begreifen wollen. So ein Seufzer, wie Herkules ihn macht, wenn der Stein kurz vor dem Gipfel wieder herunterrollt, oder war das Sisyphus? Egal, so ein Seufzer halt, wie man ihn schon tausendfach gehört hat, wenn man ihn am allerwenigsten gebrauchen kann. Und ebendieser Seufzer lässt mich untergehen, ich falle, werde wütend. Innen, ganz tief in mir drin.

»Hast du die Wände geprüft? Wie sieht der Keller aus? Was ist mit den Leitungen?« Immer noch dieser betont ruhige und geduldige Tonfall. Er führt seine Liste fort.

»Matthias, bitte, es ist alles in Ordnung. Wenn du willst, fahren wir morgen hin, und du überzeugst dich selbst.« Ich rücke von ihm weg, sitze gerade, will Haltung bewahren. Ruhig bleiben und nicht laut werden.

Mit gerunzelter Stirn betrachtet er mich, als wäre ich das Haus und müsste begutachtet werden. Rasch atme ich ein, berühre ihn leicht am Oberschenkel. »Also, was ist? Wollen wir morgen im Café Klar oder im Caprista frühstücken und dann in die Eifel? Du guckst dir alles an, und im Anschluss erkunden wir die Gegend.«

»Genau das habe ich befürchtet.« Seine Stimme wird lauter. »Abgesehen davon, dass du dein Geld wahrscheinlich gerade in einem Fass ohne Boden, einem Haus ohne Fundament versenkt hast, erwartest du jetzt, dass ich alles rette und obendrein auch noch meine eh schon kaum vorhandene Freizeit in deiner geliebten grünen Einöde verbringe.«

»Wäre es so schlimm, wenn du ein Mal auch was für mich tun würdest?« Woher kam der Satz jetzt?

»Wie bitte? Wer hat denn seinen Urlaub damit verbracht, nach einer geeigneten Investitionsmöglichkeit für dich zu suchen? Sogar Roland habe ich dafür eingespannt. Projekt um Projekt haben wir uns angeguckt, und dann habe ich Trottel auch noch darauf bestanden, dass es irgendwo sein muss, wo es dir gefällt.«

»Habe ich dich darum gebeten?« Ich frage leise. Wie immer, wenn er laut wird, lässt mich das still werden.

»Nein, aber was dabei rauskommt, wenn man dich mit solchen Entscheidungen allein lässt, sehen wir ja gerade.«

Ich schnappe nach Luft.

Matthias berührt meine Hand. »Tut mir leid, aber du hättest mir wirklich erzählen können, dass du dir Häuser in der Eifel ansiehst. Was heißt hier ›ansiehst‹! Warum hast du mir nicht wenigstens etwas gesagt, bevor du den Kaufvertrag unterschrieben hast? Warum die Eile? Hat der Makler dich dazu gedrängt? Du weißt, was das heißt. Die Hütte hat garantiert irgendwelche Probleme. Verdammt, Liane.«

»Hat sie nicht, und Joop hat mich nicht gedrängt, sondern ich ihn. Weil ich weiß, dass das Haus das richtige für mich ist.«

»Joop.« Matthias schüttelt den Kopf. »Ein Sekt zur Besichtigung, einer zum Kaufvertrag, stimmt's? Der Typ hat dich über den Tisch gezogen. Ich weiß doch, wie das läuft.«

»Weshalb wir bis heute keine passende Wohnung für uns beide gefunden haben. Eine, die ruhiger gelegen ist und ein Arbeitszimmer für mich hat. Weil du ja weißt, wie es läuft. Nichts passt. Niemals. Irgendein Detail findest du doch immer, das dir nicht gefällt, und dann wird es wieder nichts. Und da wunderst du dich, dass ich dir nichts gesagt habe?« Das kindische »Und außerdem ist es mein Geld« verkneife ich mir gerade noch, aber das ändert auch nichts mehr. Ich kann förmlich sehen, wie sich Matthias aufplustert.

»Wer wollte bitte schön nicht in die Wohnung in der Südstadt ziehen? Die war doch ein Traum. Aber nein, Madame war es trotz Dreifachverglasung wieder mal zu laut, zu neu, zu was weiß ich.«

»Zu teuer, mein Lieber, zu teuer. Die hätten wir noch aus dem Grab abbezahlt. Warum nicht raus aus der Stadt? Von Porz aus wärst du genauso schnell im Büro wie jetzt. Und deinen Flügel hätten wir auch problemlos ins Haus bekommen.« Es ist, als wäre was in mir übergelaufen. Die Sätze sprudeln von selbst aus mir heraus.

»Wenn er den Auszug überlebt hätte!« Matthias wirft mir einen grimmigen Blick zu.

»Reinbekommen hast du ihn ja auch. Mit Kran und Straßensperrung. Und da haben dich die Kosten auch nicht interessiert. Aber wenn es darum geht, dass ich mich auch wohlfühlen möchte …«

»Jetzt mach mal einen Punkt. Du wohnst ja nicht erst seit gestern hier. Und mit einem Mal gefällt es dir nicht mehr?«

»Es ist *dein* Zuhause. Wann immer ich mal etwas woanders hinstelle oder umdekoriere, sagst du, dass du es vorher besser fandest. Und die bunten Servietten, die ich neulich gekauft habe, hast du einfach weggeworfen.«

»Die haben ja auch null hier reingepasst. Ernsthaft, Liane. Für so was wie Inneneinrichtung oder Deko hast du überhaupt keinen Sinn.«

»Wahrscheinlich gammeln meine Möbel deshalb noch immer im Keller vor sich hin!«

»Wem hat denn hier alles so gut gefallen? Hellauf begeistert warst du und wolltest nichts verändern. Stylish, elegant, cool. Du warst es doch, die gesagt hat, dass du deine Möbel nicht aufstellen willst. Ich dachte, du hast kapiert, dass sie hier nicht reinpassen.«

»Sag ich doch, nichts passt. Deshalb wollten wir ja umziehen. Wann haben wir uns das letzte Mal etwas angesehen? Ich kann mich schon gar nicht mehr erinnern.«

»Ist das etwa meine Schuld? Muss ich mich immer um alles kümmern?«

Mir bleibt die Spucke weg. Tränen schießen mir in die Augen. Ich springe auf, laufe zur Tür.

»Liane, hey, jetzt lauf doch nicht weg!«

Aber genau das mache ich. Ich muss hier raus, weg von ihm. Im Flur ziehe ich eine Jacke von der Garderobe und fliehe aus der Wohnung. Ich will nichts sagen, das mir hinterher leidtut. Und ich will nichts hören, das mir wehtut. Also haue ich ab.

Ich laufe durch die Straßen, bis ich wieder Luft bekomme, wische die Tränen aus meinem Gesicht. Neue kommen. Streiten macht mir Angst. Aus einem Streit ist noch nie eine gute Lösung erwachsen.

Ich werde langsamer, nehme wieder wahr, wo ich bin. Ich will mich nicht mit Matthias streiten. Schon gar nicht über Häuser oder Wohnungen.

Ein Auto hupt.

Aber ich will auch mein Haus behalten.

## 2

»Na, hast du dich wieder beruhigt?« Matthias tritt in den Flur, als ich hereinkomme, ein Glas Wein in der Hand. »Dann können wir jetzt ja mal wie zwei Erwachsene darüber reden.«

»Worüber? Über mein Haus?« Ich starre ihn an, als würde ich ihn zum ersten Mal sehen. Gerade ist er mir sehr fremd.

»Ja genau.« Er nimmt einen Schluck. »Und was die Wohnung hier in Köln angeht, können wir ja noch mal suchen. An mir soll es nicht liegen.«

An ihm liegt nie was. Und obwohl ich es nicht will, frage ich mich, ob ihm wenigstens an mir was liegt.

»Weißt du was?«, höre ich mich sagen. »Ich werde jetzt in die Eifel fahren. Das Haus behalte ich. Wenn es wirklich irgendwelche Mängel haben sollte, finde ich es schon selbst heraus.«

»Bist du jetzt beleidigt? Aber warum denn? Nur weil du hier kein Zimmer hast, in dem du dein Möbelsammelsurium aufstellen kannst? Ich habe doch gesagt, wir können noch mal nach einer Wohnung schauen, wenn es dir so wichtig ist. Was soll ich denn noch tun?«

»Mich durchlassen.« Ich schiebe mich an ihm vorbei, gehe ins Schlafzimmer, zerre meine Reisetasche vom Schrank und werfe ein paar Klamotten hinein.

»Willst du jetzt ernsthaft in die Eifel fahren?« Matthias ist mir gefolgt.

Wortlos schnappe ich mir meinen Kulturbeutel und packe auch den in die Tasche.

»Um diese Uhrzeit?« Belustigt schaut er auf seine Hightech-Uhr.

Ich hole meinen Laptop, nehme die Reisetasche und bin zur Tür raus, bevor er mich ein weiteres Mal fragen kann, ob es mir ernst ist. Es ist mir mehr als ernst mit diesem Haus, und wenn er das nicht begreift, dann kann er mich mal.

Mit geradem Rücken marschiere ich zum Auto. Falls Matthias am Küchenfenster steht, soll er nicht denken, dass ich klein beigebe. Ich öffne den Wagen und stelle die Tasche hinein. Ich fahre in die Eifel.

In ein leeres Haus ohne Strom und Wasser?

Ich zögere. Und wenn ich meine Sachen aus dem Keller hole? Dann hätte ich erst mal was, um im Haus zu kampieren. Und die Fahrt hätte einen Sinn. Ein erster Transport. Entschlossen gehe ich zurück, laufe die Treppe zu unserem Kellerraum hinunter, schleppe Kiste um Kiste zum Auto. Wahrscheinlich merkt Matthias nicht mal, dass ich meine Sachen mitgenommen habe. Ich schnaube. So laut, dass der Mann, dessen Pudel gerade an der Laterne sein Bein hebt, zusammenzuckt. Er hat nur Glück, dass sein Hund nicht an meinen Autoreifen pinkelt. Irgendwo muss man ja Dampf ablassen. Aber das Schleppen hilft auch.

Zumindest, solange ich nicht denke. Dann kocht die Wut wieder hoch.

Ein letztes Mal in den Keller. Den Schaukelstuhl bekomme ich leider nicht mehr in den Wagen. Ich sehe mich noch einmal um. Mein Blick fällt auf eine Weinkiste. Sauteuer und Matthias' letzte. Aus einer wird keine. Ich nehme sie mit. Matthias wird toben, wenn er feststellt, dass ich mich an seinem besten Tropfen vergriffen habe. Ein kleines Trostpflaster.

Ich verstaue die Kiste hinter dem Beifahrersitz. Dann fahre ich los. Zum zweiten Mal an diesem Tag geht es in die Eifel. Heute Morgen sah die Welt noch ganz anders aus.

Nach etwas mehr als einer Stunde rolle ich durch Mehren. Hier scheinen schon alle tief und fest zu schlafen. Aus keinem der Häuser dringt auch nur ein kleiner Lichtstrahl, dabei ist es noch nicht einmal Mitternacht.

Ich biege ab und lasse den Ort hinter mir. Wenig später erspähe ich die Unterführung. Blinken, bremsen, abbiegen, ausrollen. Ich halte vor meinem Haus. Von Bäumen umgeben liegt es in tiefer Dunkelheit. Daher stelle ich den Wagen so, dass ich im Scheinwerferlicht zum Eingang gehen kann. Normalerweise macht mir Dunkelheit nichts aus, aber hier hat sie eine andere Qualität, und ich frage mich, ob es wirklich so eine gute Idee war, hierherzufahren. Ich hätte mir doch auch ein Hotelzimmer nehmen und am nächsten Morgen herkommen können. Soll ich mir jetzt noch eins suchen?

Nein. Ich greife Jacke und Tasche und steige aus. Schnell gehe ich zur Tür. Es ist verflixt kalt, bestimmt einige Grad kühler als in Köln. Bibbernd schließe ich auf und trete ein. Ich drücke auf den Lichtschalter im Flur, immerhin hängt hier noch eine Lampe an der Decke, doch sie flammt nicht auf. Natürlich nicht, aber die Hoffnung stirbt ja bekanntlich zuletzt. Bleibt mir also nur, den Wagen im Dunkeln auszuladen oder die Scheinwerfer brennen zu lassen, bis die Autobatterie leer ist. Der Akku meines Handys ist mir heilig, die Taschenlampenfunktion tabu. Moment, das ist es!

Rasch setze ich mein Gepäck auf der Küchenzeile ab und laufe zurück zum Wagen. Im Handschuhfach finde ich die große rote Taschenlampe, über die Clara und ich uns immer lustig gemacht haben. Ich ziehe sie heraus, und – tschakka! – sie funktioniert.

»Danke, Mama«, sage ich leise und stelle mir kurz vor, dass sie mich beobachtet, wie ich mitten in der Nacht in der Eifel stehe. Von ganz weit oben sieht es sicher aus, als stünde ich im Wald, ein winzig kleiner Punkt irgendwo im Off. Aber eins ist klar: Was ich hier tue, geht gar nicht. Meine Mutter mochte Matthias sehr.

Ich schalte den Scheinwerfer aus, positioniere die Taschenlampe so, dass sie einigermaßen den Weg ausleuchtet, und lade dann den Wagen aus. Danach ist mir wenigstens warm, und das Esszimmer wirkt nicht mehr ganz so leer. Haha. Doch statt eines Lachens bildet sich ein Kloß in meinem Hals.

Ich schlucke und überlege mir schnell, wo ich meine erste Nacht verbringen möchte. Wahrscheinlich ist es albern, aber im Essraum fühle ich mich nicht ganz so verloren. Als würden die Kisten irgendwie für Geborgenheit sorgen. Kopfschüttelnd ziehe ich die Isomatte aus einem Karton und rolle sie an der Wand zum Wohnzimmer aus.

Entschlossen, mich nicht unterkriegen zu lassen, durchforste ich mein Hab und Gut nach weiteren Bestandteilen für ein gemütliches Nachtlager. Die Isolierplane, die ich früher unter das billige Zelt gelegt habe, ist zwar garantiert nicht mehr wasserdicht, aber mit einem undichten Boden werde ich hier sicher nicht zu kämpfen haben. Ich falte die Plane, sodass sie doppelt liegt, und packe sie unter die Isomatte. Mein alter Schlafsack und ein paar Kissen dazu, so müsste es gehen. Hinlegen mag ich mich allerdings noch nicht.

Mit der Taschenlampe in der Hand wandere ich durchs Haus. Das Knarzen der Treppenstufe, das mich heute Mittag noch so gefreut hat, erschreckt mich jetzt, und jeden Schatten an der Wand halte ich für eine feuchte Stelle. Matthias hat ganze Arbeit geleistet. Wieder im Esszimmer, schnappe ich mir eine Flasche seines Edelweins, wühle einen einfachen Korkenzieher aus dem Küchenkarton und drehe ihn so schief in den Korken, dass Matthias einen Tobsuchtsanfall bekommen hätte – allein die Vorstellung von Kork in seinem besten Tropfen hätte ihn mir die Flasche entreißen lassen. Dieser Gedanke gibt mir Kraft. Mit einem Ruck ziehe ich den Korken heraus. Kein Krümel, was ich fast schon schade finde, aber da ich es ja bin, die den Wein trinken will, freut es mich doch. Ich nehme einen großen Schluck. Frevel – tut das gut!

Ich setze erneut an und trinke, als ob es Wasser wäre. So direkt aus der Flasche schmeckt der Wein unverfälschter, echter, von wegen er muss erst noch »atmen«. Wahrscheinlich können auch Weine hyperventilieren.

Kichernd setze ich mich auf eines der Kissen, packe mir ein anderes in den Rücken und streife mir den Schlafsack über die Beine. Fast ist es wieder so wie vor fünfundzwanzig Jahren, als ich mit wenigen Möbeln in meine erste Wohnung gezogen bin. Oder als ich mit Harald, der damals sehr verschossen in mich war, die erste Nacht in unserer Dachwohnung gecampt habe. Gemütlicher kann es damals auch nicht gewesen sein. Nur dass es gewollte, ersehnte Nächte waren und der Wein nicht zum Trösten herhalten musste. Ich lehne den Kopf an die Wand. Kalt, kalt, feucht?

Ich fahre herum, taste die Stelle ab. Und wenn wirklich was nicht in Ordnung ist mit dem Haus? Ich habe ja tatsächlich nichts prüfen lassen, und Matthias hat schon recht, ich kenne mich nicht aus mit Bausubstanz und so was.

War das ein Gluckern?

Ich presse mein Ohr an die Wand. Das, was da rauscht, ist mein eigenes Blut, versuche ich mich zu beruhigen, aber jetzt ist der Wurm des Zweifels drin. Ich muss mich ablenken, nur wie?

Mein Blick wandert über die Kartons. »Küche«, »Bücher«, »Traumschaukel« – ich stapele um, bis ich an den mit der Hängematte herankomme. Eines der Kriterien für die Wohnung oder das Haus, das Matthias und ich nicht gefunden haben, war die Hängemattentauglichkeit. Ein starkes Argument für ein Haus mit Garten, habe ich angeführt, woraufhin er zumindest einen Balkon auf unsere Checkliste gesetzt hat, der groß genug sein sollte, um all das unterzubringen, was wir haben wollten. Gar nicht so unerreichbar, wie ich dachte – falls man Millionär ist. Doch es geht auch für weniger Geld. Wenn man sich nicht auf die Stadtgrenzen von Köln beschränkt. Hier in der Eifel habe ich das alles und Ruhe und gute Luft noch dazu.

Ich ziehe die Traumschaukel heraus, Makramee und ziemlich alt, ich hoffe, sie hält noch. Die Seile zum Befestigen scheinen jedenfalls in Ordnung zu sein. Mit Taschenlampe und Hängematte gehe ich nach draußen und finde, dass es hier auch nicht kälter ist als im Haus. Ich begebe mich unter den Kirschbaum.

»Hallo«, sage ich leise und berühre seine Rinde. »Da bin ich wieder.«

Ich fahre über den Stamm, lege den Kopf zurück und betrachte die Äste. Kräftig und vertrauenerweckend sehen sie aus. Ich wähle einen, der sich im geeigneten Abstand zu einem der Bäume am Zaun befindet, werfe ein Seil darüber und hänge mich daran. Kein Knacken, kein Murren. Es ist ein guter Baum. Ich befestige das eine Ende der Hängematte am Seil, verknote dann das andere an einem soliden Ast eines Zaunbaums, und schon hängt die Schaukel, aus der die Träume sind. Zufrieden sitze ich Probe und denke, dass ich sie schon viel früher wieder hätte aufhängen sollen. Irgendwo wäre es gegangen. Die Sache mit dem Wollen und Gehen, dem Glauben und dem Berg.

Unbeholfen klettere ich heraus – ich bin aus der Übung – und hole Schlafsack, Kissen und Weinflasche aus dem Haus. Bevor ich wieder in die Hängematte falle, streiche ich noch einmal über die Rinde des Baums und komme mir nicht mehr ganz so verlassen und einsam vor.

»Es tut gut, dass du so ruhig hier stehst und mich einfach machen lässt, nicht alles hinterfragst oder mich runterputzt.« Ich lehne meine Wange gegen den Stamm und schließe die Augen. »War es eine blöde Idee, das Haus zu kaufen? Nein, oder? Du hilfst mir, wenn was sein sollte, nicht wahr? Auf dich kann ich mich verlassen.«

Ich nehme einen Schluck, stelle die Flasche ab und kämpfe mit Schlafsack und Kissen, aber endlich liege ich. Vorsichtig angele ich mir die Flasche vom Boden, schalte die Taschenlampe aus und schaue in die Nacht.

Wie schön es hier ist.

Und dann entdecke ich die ersten Sterne. So klar habe ich sie lange nicht mehr gesehen. Unwillkürlich muss ich an Thailand denken, an die Nacht mit Matthias ... Ich schließe die Augen und träume mich dorthin, wo alles anfing. Es ist später Nachmittag, und ich komme gerade von einer Massage, mein Körper ist leicht und weit. Aus der Hotelbar dringt Klaviermusik, die sich genau so anhört, wie ich mich fühle. Ein Mann sitzt am Piano und spielt. Tiefstes Glück. Ich setze mich an die Bar und fliege auf der Musik, bis er aufhört und mich anspricht.

Später liege ich neben ihm am Strand, mein Kopf lehnt an seinem. An dem Abend haben wir uns die Füße wund getanzt. Irgendwann hat er vorgeschlagen, dass wir sie im Meer kühlen. Erst haben wir dort gesessen und Sekt getrunken, den er von irgendwoher organisiert hatte, und dann haben wir uns gegenseitig die Sternbilder gezeigt: den roten Löwen, die Weißwein-Avenue, die Spirale der ewigen Liebe. Wer hätte gedacht, dass es so etwas gibt? Wir haben gelacht, bis sich unsere Münder gegenseitig verschlossen haben.

Darauf will ich trinken. Darauf und auf das Gefunkel am Himmel. Ich hebe die Flasche. »Morgen werden wir telefonieren. Vielleicht kommt er auch her«, murmele ich den Ästen des Kirschbaums zu.

Ein letzter Schluck. Ich lasse die Flasche auf die Wiese fallen und kuschele mich tiefer in den Schlafsack. »Eifelsterne. Das da oben rechts ist bestimmt die Hohe Nacht und gleich daneben die Route de l'Eifel. Fehlt nur noch der Liebesring. Mal sehen, ob Matthias und ich den nicht zusammen entdecken. Morgen oder in den nächsten Tagen …«

# Schöne Aussicht(en)

## 1

Ist es das Licht, das mich aufgeweckt hat, oder die Kälte? Ich liege im Esszimmer und reibe mir die Hände, die Füße. Irgendwann in der Nacht bin ich wach geworden und ins Haus umgezogen. So kalt, wie mir jetzt ist, hätte ich mir das sparen können. Durchgefrorener als durchgefroren geht nicht. Ich halte die Hände vor den Mund und blase hinein. Steif und ungelenk kämpfe ich mich schließlich aus dem Schlafsack und in die Senkrechte. Um warm zu werden, hilft nur Bewegung.

Aus einem der Kartons ragen meine alten Laufschuhe. Ich schlüpfe in die ausgeleierte Jogginghose und frage mich, warum ich die beim Umzug vor fünf Jahren überhaupt eingepackt habe. Die muss ich doch damals schon Ewigkeiten nicht mehr getragen haben. Eine etwas zu enge Fleecejacke und eine ziemlich platte Daunenweste vervollständigen mein Walking-Outfit. Wenn es stimmt, dass fitte Menschen die ältesten Klamotten tragen, dann werde ich gleich rennen, anstatt zu gehen, fliegen, anstatt zu walken, und eine neue Bergbestzeit aufstellen.

Ich trete vors Haus. Die Hängematte im kahlen Kirschbaum wirkt vergammelt und deplatziert. Sobald das Wetter besser ist, werde ich mir eine neue kaufen. Rasch hole ich meine Nordic-Walking-Stöcke aus dem Kofferraum. Die hat Matthias mir zum Vierundvierzigsten geschenkt. Weil das Laufen nicht so meins ist. Jetzt aber trabe ich sogar mit Stöcken, um die Kälte aus den Gliedern zu bekommen.

Schon nach wenigen Schritten erreiche ich den Wald. Die Bewegung hilft tatsächlich. Die Steigung noch mehr. Langsam wird mir wärmer. Die klare Luft tut gut. Am Ende des Anstiegs stoße ich auf einen Wanderweg. Links geht es in den Ort, rechts auf den Kraterrand. Ich halte mich rechts. Inzwischen gehe ich wieder wie gewohnt. Kleine Nebelschwaden schweben über dem Maar. Der Himmel schimmert in einem milchigen Blau, als wäre er noch nicht ganz wach. Nur die Vögel sind zu hören – die Vögel, das Klackern der Stöcke, meine Schritte, mein Atmen.

»Über den Wolken …«, singe ich in Gedanken und sehne mich nach dieser Freiheit, auch nach der Schwerelosigkeit. Es wird steil, meine Schritte werden immer kleiner. Ich ramme die Stöcke in den Boden, stoße mich ab und Dampfwölkchen aus. Wahrscheinlich fühle ich mich nicht nur wie eine Dampflok, sondern höre mich auch so an.

Ich kämpfe mich weiter. Die Strecke ist deutlich anspruchsvoller als die, die ich in Köln walke. Mit einer solchen Laufrunde müsste ich Matthias eigentlich ködern können. Und mit einem ordentlichen Restaurant oder einem Abstecher an die Mosel zu einem guten Winzer – ich werde ihn schon überreden, sich mein Haus anzuschauen. Wenn es tatsächlich Schäden hat, werden wir überlegen, was das Beste ist. Im schlimmsten Fall muss ich es wieder verkaufen und mich nach was anderem umsehen. Einem anderen Ferienhaus. Der Makler war doch wirklich sehr nett. Und Matthias hat ja auch Kontakte.

Endlich liegt das steile Stück hinter mir. Ich bleibe stehen, schnaufe durch und bereue, das Handy nicht mitgenommen zu haben. Hier oben versteht man, warum die Maare auch »Augen der Eifel« genannt werden. Eingebettet in die bewaldeten Anhöhen liegt der See vor mir und hat den Himmel eingefangen.

Als ich wieder normal atme, marschiere ich weiter. Immer noch geht es bergauf, aber die Steigung ist nun leichter. Dennoch spüre ich meine Beine – und den Wein. Aber was beklage ich mich? Ich wollte es so. Hoch hinaus und selbst schuld. Die Aussicht gibt mir recht.

Mit dem nächsten Anstieg kehren meine Gedanken zu Matthias zurück. Was will ich mit Anteilen an einem Gewerbegebiet? Ich bin keine, die Millionen anhäufen will. Wenn mir dieser Blitzkauf eins gezeigt hat, dann, dass ich mich wohl sehr nach einem Ort außerhalb der Stadt gesehnt habe. Ein Häuschen in der Natur. Wie glücklich mich das macht! Das hätte ich selbst nicht gedacht. Kein Wunder, dass Matthias überrascht war, aber er wird es sicher verstehen, wenn wir noch mal in Ruhe darüber reden.

Ich gehe schneller. Er wird es verstehen.

Irgendwo klopft ein Specht. Suchend schaue ich mich um, kann ihn aber nicht entdecken. Dann höre ich plötzlich … Was ist das? Eine Posaune? Mitten im Wald? Das kann doch nicht sein. Klingt so ein Fasan? Mehrere?

Ich lausche, neige den Kopf in die Richtung, aus der die Töne kommen. Jetzt bilden sie eine Melodie. Wohl doch kein Fasan.

Mein Weg führt mich weg von den Posaunentönen, sie werden leiser, ich setze die Stöcke wieder ein und erreiche das Maarkreuz. Kurz bleibe ich stehen und bewundere den malerischen Blick über den See auf den Ort, dessen weiße Kirche hervorsticht. Postkartenidylle, die auch in der Wirklichkeit eine ist.

Ich walke weiter. Ein Schild an einem Holzstamm verrät mir den Namen der Runde, auf der ich mich befinde: Maareglück. Mein Herz hüpft.

Zurück schlage ich den mittleren Rundweg ein und höre erneut die Töne. Schritt für Schritt wird der Klang klarer, macht mich leicht und frohgemut. Und dann sehe ich ihn. Unterhalb von mir, an einem Rastplatz zwischen den Bäumen, steht tatsächlich jemand und spielt Posaune. Ein Mann, vielleicht Mitte, Ende dreißig. Jeans, schwere Wanderschuhe, kurzärmeliges T-Shirt. Das braune Haar zum Männerdutt hochgebunden, Bart. Mit geschlossenen Augen ist er ganz in die Musik versunken. Fasziniert beobachte ich, wie er den Zug vor- und zurückbewegt, wie seine Arme mit der Posaune verschmelzen. Arme, die zupacken können, die viel an der frischen Luft sind, aber keine Im-Winter-in-die-Sonne-fliegen-und-Gewichtestemmen-Arme.

Ob Posaunespielen anstrengend ist?

Falls ja, merkt man es ihm nicht an. Es wirkt so leicht, wie er da steht und spielt. Leicht und verrückt und wunderschön.

Ein Sonnenstrahl erwischt ihn und tanzt auf seinem Instrument. Für einen Moment schließe ich die Augen und gebe mich ganz diesen Tönen hin, die durch den Wald schweben und ihm einen Zauber verleihen, der alles ins Traumhafte rücken lässt. Wie muss man sein, um so spielen zu können? Überhaupt auf die Idee zu kommen, sich hier ans Maar zu stellen und zu musizieren? Ich schlage die Augen wieder auf. Sein Spiel berührt etwas ganz tief in mir drin. Abrupt reiße ich mich los.

Der Weg führt in den Wald, und Bäume nehmen mir die Sicht auf den Waldposaunisten. Die Töne werden leiser, hinter einer Biegung verklingen sie ganz. Still und mit vollem Herzen gehe ich weiter. Dankbar, dieses eigenartige Konzert erlebt zu haben.

## 2

Ich biege in den Wolkenweg ein, marschiere mit großen Schritten die Anhöhe hinunter bis zur Nummer sieben und dehne mich, hauptsächlich, weil ich dabei das Gesicht noch ein bisschen in die Sonne halten kann. Doch ich will nicht wieder auskühlen. Also raus aus den verschwitzten Klamotten und ab unter die Dusche, auch wenn die heute kalt ist. Danach werde ich einfach alles anziehen, was ich dabeihabe. Zuerst einmal muss ich aber den Haupthahn in der Küche aufdrehen. Das hat Joop mir erklärt.

Suchend schaue ich mich um, öffne alle Küchenschränke. Nirgends ein Hahn in Sicht. Ob es noch zu früh ist, um Joop anzurufen? Ich hole mein Handy. Drei verpasste Anrufe von Matthias. Einer von gestern, zwei von heute. Ihm tut der Streit bestimmt auch schon leid. Wenn ich geduscht bin, rufe ich ihn zurück. Jetzt wähle ich aber Joop de Jong aus meinen Kontakten aus und drücke auf das Hörersymbol, damit der Makler mir erklärt, wo dieser verflixte Wasserhahn versteckt ist.

Gott sei Dank meldet Joop sich gleich. Ich höre seiner Stimme an, dass er überrascht ist, so schnell wieder von mir zu hören, aber er scheint sich auch zu freuen. Er lotst mich zum Spülunterschrank. Dort habe ich zwar schon geguckt, aber wohl nicht gründlich genug. Nachdem ich fast in den Schrank hineingekrochen bin, entdecke ich den Hahn und öffne ihn. Ich teste sogleich an der Spüle, das Wasser läuft.

»Prima«, höre ich Joops Stimme aus dem Smartphone, das ich auf Lautsprecher gestellt und vor dem Unterschrank abgelegt habe, bevor ich darin verschwunden bin.

Ich hebe es auf, bedanke mich und entschuldige mich dafür, ihn am Wochenende gestört zu haben.

»Kein Problem. Samstag und Sonntag stehen eh nur Spaß und Entspannung auf die Plan. Heute geht's ins Grüne. Willst du mitkommen? Soll schön werden, und ich finde, dass man gerade nach die Winter jeden Sonnenstrahl mitnehmen muss.«

»Das stimmt.« Ich sehe aus dem Fenster und erkläre ihm, dass ich meine Sonnendosis bereits genossen habe. »Aber ein anderes Mal gern.«

Wir verabschieden uns, und ich springe unter die Dusche. Tauchen Sportler nach extremer Belastung nicht sogar in Becken mit Eiswasser? Prustend stelle ich das Wasser wieder aus. Weder bin ich Sportlerin, noch war das eine extreme Belastung. Und zum Eiszapfen werden will ich auch nicht.

Leider habe ich nur ein kleines Handtuch in meinen Kisten gefunden, da ist nichts mit schön warm einwickeln. Stattdessen rubbele ich, bis ich nicht mehr weiß, ob das Krebsrot von der Kälte oder vom Reiben kommt.

In der Duschwanne gluckert es. Der Abfluss scheint verstopft zu sein, da werde ich wohl mal nachschauen müssen. Ich schlüpfe in meine Klamotten, hole mir Kissen und Schlafsack aus dem Esszimmer und lasse mich damit auf der Fensterbank in der Küche nieder, denn darauf scheint die Sonne. Dann rufe ich Matthias zurück.

»Wo bist du? Geht es dir gut?« Er klingt atemlos. Als ob er zum Telefon gerannt wäre.

»Ja, alles in Ordnung.« Ich strecke mein Gesicht in die Sonne und lächele.

»Mensch, ich habe mir echt Sorgen gemacht.«

»Tut mir leid.« Und das stimmt.

»Wo bist du denn jetzt? Doch nicht etwa in … dem Haus?«

Die kurze Pause lässt mein Lächeln einfrieren. Gerade wollte ich mich noch entschuldigen, aber so wie er »dem Haus« betont, klingt es, als wäre es der letzte Dreck. Trotzig recke ich mein Kinn vor. »Warum nicht?«

»Du bist aber nicht gestern Nacht noch dorthin gefahren, oder?«

Mein Schweigen ist Antwort genug.

Ich höre, wie er tief Luft holt. Von Alkohol am Steuer muss er mir nichts erzählen. So viel habe ich gar nicht getrunken, und das Kartonschleppen hat mich auch reichlich ernüchtert.

»Ist es denn möbliert?« Er hört sich ehrlich erstaunt an.

Das versöhnt mich wieder. »Nein, aber ich habe ein paar von meinen Kisten aus dem Keller mitgenommen.«

Der kleine Auszug verschlägt ihm wohl die Sprache, denn es bleibt still am anderen Ende.

»Meinen Schlafsack und die Isomatte«, erkläre ich, »und es ist ja nicht so, als würde ich irgendwas davon in Köln brauchen.«

»Fühlst du dich wirklich so unwohl bei … in … unserer Wohnung?«

Bei mir, in meiner Wohnung – ich höre förmlich, wie es in seinem Kopf gerattert hat. Und ich höre seine Betroffenheit. Seine Stimme klingt belegt. Er räuspert sich. »Der Wohnungsmarkt ist zwar nicht besser geworden, aber wir können ja trotzdem gucken.«

»Ja, lass es uns noch mal angehen. Und …«, ich taste nach dem Sternenanhänger, »so schlimm ist deine Wohnung auch nicht.«

»Unsere«, korrigiert er mich. »Wir wohnen doch beide hier.«

Ich muss wohl geseufzt haben, denn er verspricht mir, gleich mal Marie-Theres anzurufen. Wenn jemand eine Wohnung oder ein Haus für uns hat, dann sie.

»Soll ich uns für heute Abend einen Tisch im ›Meer sehen‹ reservieren? Dann machen wir das noch mal mit unseren Überraschungen und deklarieren das gestern als Generalprobe.«

»Und freuen uns, dass sie gründlich schiefgegangen ist?«

Direkte Entschuldigungen sind nicht Matthias' Stärke, aber sein Vorschlag kommt dem sehr nah und ist irgendwie süß. Trotzdem fürchte ich, dass ich seine Überraschung heute nicht lieber mag als gestern.

»Na ja. Daraus kann man ja auch lernen. Ich denke, ich werde es heute Abend lieber ganz klassisch mit einem Mitbringsel aus dem Urlaub probieren.«

»Du meinst wohl, aus dem Duty-free-Shop.« Mein Scherzversuch misslingt, ich werde wieder ernst. »Mir tut es auch leid. Ich weiß nicht, warum ich den Kauf so schnell durchgezogen habe. Noch ein paar Tage zu warten, bis zu deiner Rückkehr, wäre wahrscheinlich klüger gewesen. Dann hätten wir zusammen geguckt und noch mal gemeinsam überlegen können.«

»Ja, aber so schlimm ist es auch nicht. Ich habe schon mit Roland gesprochen. Er kennt eine gute Maklerin in der Eifel. Über die werden wir dein Haus schon mit Gewinn verkaufen. Hast du den Kaufvertrag hier? Dann könnte ich ihn schon mal scannen und weiterleiten. Wann kommst du denn nach Hause?«

Mir bleibt die Spucke weg.

»Ach ja, und könntest du auf dem Rückweg beim Baumarkt vorbeifahren? Die haben angerufen, dass die Fliesen jetzt da sind. Dann brauche ich nicht extra rauszufahren, und du bist ja eh unterwegs.«

»Moment mal, ich glaube, du hast mich da gerade falsch verstanden. Ich verkaufe das Haus nicht.«

Ich höre, wie er Luft holt. »Soll ich vorbeikommen und dir zeigen, wo die Mängel überall sitzen, was alles in nächster Zeit repariert werden muss?«

»Nein, Matthias. Die Mängel interessieren mich nicht.« Ich

versuche, meine Stimme so fest klingen zu lassen, wie ich kann. Es brodelt in mir, aber ich will mich nicht streiten. Ich will, dass er es versteht. »Das Haus ist wichtig für mich. Und zwar genau dieses Haus. Manchmal brauche ich einfach etwas Abstand, eine Auszeit von der Stadt.«

»Eine Auszeit.« Er klingt ungläubig. »Du möchtest eine Auszeit?«

Schon wieder versteht er mich falsch, es geht mir doch nicht um eine Auszeit von ihm. Aber ich will auch nicht, dass er mich gleich wieder überrollt, Probleme für mich löst, die ich gar nicht habe.

»Eine Auszeit also.«

Schwingt da Bitterkeit in seiner Stimme mit, oder ist er traurig?

Ich jedenfalls habe einen Kloß im Hals und bringe nur ein leises »Ja« heraus.

Für einen Moment schweigen wir beide. Dann sage ich, dass mein Akku so gut wie leer ist und ich noch keinen Strom im Haus habe.

»Okay«, sagt Matthias und legt auf.

»Okay«, wiederhole ich. »Okay, okay, okay.«

Aber sooft ich es auch sage, es fühlt sich eher nach einem Nokay an, einem Not-okay, einem Alles-andere-als-okay.

Ich starre auf das Handy. Haben Matthias und ich tatsächlich gerade eine Auszeit beschlossen?


# 3

Eine Auszeit. So langsam sackt es. Das heißt, dass ich wohl erst einmal bleiben werde. Klar, ich will das Haus renovieren, einrichten, ein paar Tage hier verbringen, immer mal wieder am Wochenende kommen. Mal allein, mal mit Matthias. Jetzt also allein und einige Zeit am Stück, aber Trübsal zu blasen, verbiete ich mir.

Ich rutsche von der Fensterbank und kümmere mich um Strom und Gas. Sobald die Genehmigung für den Bankeinzug vorliege, fließe beides, versprechen sie mir an der Servicehotline des Energieversorgers. Umgehend rufe ich meine Bank an. Dann lege ich das Handy beiseite. Die letzten dreiundzwanzig Prozent Akku hebe ich mir lieber auf.

Matthias würde jetzt einen Schlachtplan erstellen. Ich hingegen schnappe mir den Autoschlüssel und mache mich auf den Weg in die nächste Stadt. Bis Daun ist es nicht weit, und dort werde ich schon alles bekommen, was ich brauche. Putzsachen. Eine Gaskartusche für meinen alten Campingkocher, Kerzen, Feuerzeug. Bett, Tisch, Stuhl. Die Liste in meinem Kopf wird immer länger, und arbeiten muss ich auch noch. Den Auftrag für Baufix wollte ich eigentlich am Freitag fertig gemacht haben. Montag ist Abgabe. Das Wochenende habe ich mir definitiv anders vorgestellt. Eine ganz schöne Plackerei wird das.

Im Geist gehe ich meine Freundinnen durch, aber da ist keine, die nah genug wohnt, als dass sie spontan für einen Putz- und Einkaufstag vorbeikommen könnte. Kurz wünsche ich mir, dass ich wenigstens Clara herbeamen könnte. Merle oder Sabine mag ich nicht anrufen. Ihre Männer sind Matthias' beste Freunde, und ich will nicht auch noch von ihnen in Frage gestellt werden.

Apropos Matthias. Natürlich komme ich gerade jetzt, wo ich an ihn denke, an einem Gewerbegebiet vorbei. So lieb es ist, dass er meint, es würde mich freuen, wenn das Gelände, in das ich seiner Meinung nach investieren soll, in der Eifel liegt, zeigt es gleichzeitig, dass er nicht wirklich nachgedacht hat. Ein solches Gewerbegebiet bedeutet sicher, dass Natur dafür weichen muss. Warum sollte ich das gut finden?

Ein Schild, das auf einen »Garage Sale« hinweist, reißt mich aus meinen Gedanken. Ich halte an. Ein kleiner Holztisch, alt und ein bisschen vergammelt, mit gedrechselten Beinen, erregt meine Aufmerksamkeit. Mit ein wenig Pflege wird die Patina wunderbar zur Geltung kommen. Mein Küchentisch!

Der gerade so in den Golf passt und dazu nicht viel kostet. Plus ein klappbares Bettgestell aus Metall. Das werde ich neu lackieren und später als Zustellbett nutzen. Ich lasse mir die Adresse eines Matratzengeschäfts geben und habe dort erneut Glück. Die Auslieferung erfolgt noch heute. Besser könnte es mit Plan auch nicht laufen. Zufrieden fahre ich einen Supermarkt an und decke mich mit Putzsachen ein, als wollte ich eine Reinigungsfirma eröffnen.

Wieder zu Hause, schrubbe ich Küche, Esszimmer und Bad, bevor ich die Möbel auslade. Das Bettgestell kommt vorerst ins Esszimmer. Die Matratze wird pünktlich geliefert. Ich beziehe sie, lege Decke und Kissen darauf. Das sieht doch schon beinahe wohnlich aus. Zum Tisch in der Küche hole ich den schweren Eisenstuhl aus dem Garten, nachdem ich ihn zuvor ordentlich sauber gemacht habe. Geschafft lasse ich mich darauf fallen und bereue es sogleich. Einen Vorteil hat der Stuhl dennoch: Er taugt nicht zum Reinlümmeln. Darauf werde ich weder faulenzen noch mich in Selbstmitleid suhlen können. Die aufkommende Sehnsucht nach trauter Zweisamkeit schiebe ich also sofort beiseite. Meine erste richtige Mahlzeit in meinem Eifelhaus soll unbelastet sein, auch wenn es sich nur um eine Brotzeit handelt.


4


Nach dem Essen hole ich den Laptop und mache mich an die Entwürfe für Baufix. Ein neues Logo und eine Generalüberholung ihres Auftritts im Netz wünschen sie. Ich probiere ein paar Schriften aus, die stabil und zuverlässig wirken, experimentiere mit Farben, muss an Matthias denken. Er hat mir die Baufixe vermittelt, ein potenziell großer Kunde, wenn ich sie mit meiner Arbeit überzeuge. Wenn. Noch habe ich keine zündende Idee.

Als ich auch nach einer Viertelstunde noch auf einen weißen Bildschirm starre, krame ich meinen alten Campingkocher aus dem Karton, setze die frisch gekaufte Kartusche ein und koche Wasser, nur um festzustellen, dass ich den Tee vergessen habe. Ich gehe ins Esszimmer. Die Sonne ist gewandert, das Licht fällt jetzt hier herein. Ich ziehe um. Vielleicht hilft das ja.

Vor dem Fenster richte ich mir meinen neuen provisorischen Arbeitsplatz ein, schaue hinaus, gucke auf den Bildschirm. Die wärmenden Sonnenstrahlen machen mich schläfrig. Ich rücke Tisch und Stuhl zur Seite, hole mir was zu trinken, nippe am Glas, stelle es ab, blicke aus dem Fenster, dann wieder auf den Bildschirm. Verdammt, so schwer ist das doch nicht! Ich greife zu meinem Kritzelbuch und lasse den Stift übers Papier gleiten. Über die Bewegung kommen die Ideen. Normalerweise. Heute funktioniert jedoch auch das nicht.

Stattdessen geht plötzlich draußen die Post ab. Zeter und Mordio. Als wäre ein Haufen Mafiosi in meinen Garten eingefallen und wollte sich gegenseitig umbringen. Ich trete an die Terrassentür. Niemand zu sehen. Das Geschrei muss vom benachbarten Waldgrundstück kommen. Braucht jemand Hilfe? Ist was passiert?

Ich öffne die Tür und laufe über die Wiese zum Zaun, doch das Blattwerk der Büsche dort ist zu dicht. Hastig schiebe ich ein paar Zweige auseinander. Keine fünf Meter von mir entfernt kreischt eine Frau in einer bunten Wolljacke unmittelbar vor dem Stamm eines Apfelbaumes. Instinktiv halte ich mir die Ohren zu. Was ist denn da los? Ich haste am Zaun entlang zu einer kaputten Stelle, steige darüber und eile Richtung Wolljackenfrau, als eine andere Frau hinter einem Baum hervortritt, mit dem Fuß aufstampft und mit wutverzerrtem Gesicht brüllt: »Wenn du mich noch einmal anpflaumst, mach ich dich zu Apfelmus!«

Abrupt bleibe ich stehen. »Wie bitte?«

Entschuldigend hebt sie die Hände und deutet auf den Pflaumenbaum neben mir. »Ich meinte ihn, nicht dich.«

Was es nicht besser macht. Ich weiß zwar nicht, ob Bäume

eine Seele haben, aber sie zu beschimpfen kann nicht gut sein. Weder für den Baum noch für den Menschen.

Bevor ich sie fragen kann, was der Baum ihr denn getan habe, schiebt sich ein kleiner Mann mit einem großen Bauch und einer schrägen Schiebermütze auf dem Kopf zwischen uns. »Weiter so, Elfriede«, feuert er sie an. »Lass alles raus!«

»Aber der Baum …«, murmelt sie.

»Hat keine Ohren. Dem macht das nichts.« Damit wendet er sich mir zu. »Andrea Backes?«

»Nein, Liane Rühl, ich …«

»Ah, nicht angemeldet? Das macht nichts.« Er zeigt auf einen Baum, vor dem noch niemand steht. »Schrei erst mal. Die Formalitäten erledigen wir später. Brauchst du auch ein Zimmer? Bekommen wir alles hin. Unser Haus hier …«

»Ich will aber nicht schreien.«

»Am Anfang will das niemand, doch du wirst sehen, hinterher fühlst du dich leichter. Es ist wichtig, seiner Wut Ausdruck zu verleihen. Wenn du alles in dich hineinfrisst, wächst du so krumm und schief wie dieser verkrüppelte Apfelbaum hier.«

»Pflaumenbaum«, protestiere ich. Und von wegen verkrüppelt. Kann ja nicht jeder eine stramme Eiche sein. Ist der Typ mit der Mütze schließlich auch nicht. Einen halben Kopf kleiner und einen ganzen Bauch mehr als ich.

»Was auch immer. Darauf kommt es nicht an. Laut, lauter, am lautesten.« Er mustert mich. »Du siehst mir aus, als wüsstest du gar nicht, wie das geht. Sehr gut, dass du noch mitmachen willst. Streitest du oft?«

Was geht ihn das an?

»Siehst du, das dachte ich mir.« Zufrieden gräbt er seine Hände in die aufgesetzten Taschen seines Tweedjacketts, das gut und gern aus dem vorigen Jahrhundert stammen könnte und ihn wie einen englischen Landadligen aussehen lässt, nur dass wir hier in der Eifel sind und der englische Adel garantiert höflicher mit Bäumen umgeht als er. »Los«, sagt er und nickt noch mal zu dem kleinen Baum hin, »schrei! Danach wird dir das Streiten ganz leichtfallen.«

»Ich möchte weder schreien noch streiten.« Endlich habe ich meine Stimme wiedergefunden. »Konflikte löst man doch viel besser leise statt laut.«

»Leise ist feige, da mag es sich noch so sehr auf ›weise‹ reimen. Bevor man miteinander reden kann, muss erst die Wut raus. Wut tut gut. Probier es aus!«

»Es gibt doch auch andere Möglichkeiten, seine Wut auszuleben. Lassen Sie die Leute die Terrasse putzen, die Gartenmöbel schrubben, ich kann Ihnen auch gern mein Obergeschoss zur Verfügung stellen. Sie glauben gar nicht, wie befriedigend es ist, wenn hinterher alles blitzt und blinkt.«

»Werd laut! Streite! Na los!« Er verschränkt die Arme vor der Brust und wartet wohl darauf, dass ich endlich anfange, aber den Gefallen tue ich ihm nicht.

Stattdessen lächele ich ihn an, na ja, ich versuche es zumindest. »Bitte lassen Sie die Leute keine Bäume anbrüllen. Nicht umsonst redet man mit Pflanzen. Was meinen Sie, wie sich das auf das Obst auswirkt? Wollen Sie etwa eine Pflaume essen, die all Ihre Wut in sich trägt?«

Verdutzt schiebt er die Mütze ein Stück zurück und reibt sich die Stirn. Dann lässt er mich einfach stehen. Mit dem Rücken zu mir ermuntert er eine ältere Dame, der es sichtlich schwerfällt, böse zu werden. »Schrei, Hilde, sei wilde! Das ist wichtig. Nur wer sich streiten kann, weiß auch, wie Frieden geht. Gut so, Manni!« Er tritt zu dem einzigen Mann in seiner Baumschrei-Truppe und klopft ihm auf die Schulter, was Manni offensichtlich anspornt, denn jetzt brüllt er tatsächlich noch lauter.

Die armen Bäume.

Ich flüchte zurück auf mein Grundstück und gehe zu meinem Kirschbaum. Auch wenn es nur ein Baum ist, habe ich doch das Bedürfnis, mich zu entschuldigen für diesen Lärm, der dort drüben gemacht wird, für die Rücksichtslosigkeit seinen Artgenossen gegenüber. Kurz berühre ich den Stamm, dann laufe ich ins Haus und hole den Autoschlüssel. Ich bin zu aufgewühlt, als dass ich jetzt einen klaren Gedanken fassen könnte.

Das Design muss warten. Stattdessen mache ich mich auf die Suche nach einer Bäckerei. Nicht nur Tee, sondern auch Brot habe ich vergessen zu kaufen.

Dieses Mal fahre ich in den Ort, rolle durch Schalkenmehren und entdecke einen Feinkostladen. Der kleine Parkplatz gegenüber ist allerdings voll. Kurzerhand lasse ich den Wagen auf der Straße stehen. Ich will ja nur schnell rein- und mit Tee und Brötchen wieder rausspringen.

Den Tee bekomme ich. Und regionale Produkte. Marmelade. Ziegenkäse. Dann sehe ich eine Umhängetasche aus gewalkter Wolle. Ihr leuchtendes Maigrün strahlt eine Fröhlichkeit aus, die garantiert auf ihre Trägerin übergeht. Ich probiere es aus.

»Sie lachen ja mit der Tasche um die Wette.« Die Verkäuferin nickt bewundernd.

Ich bitte sie, das Preisschild abzuschneiden, bezahle und packe meine Einkäufe gleich hinein. Brötchen gibt es allerdings keine. Dafür muss ich in das Café nebenan.

»Brötchen?« Der Mann, der hinter einer leeren Glastheke sitzt und die Zeitung liest, lächelt entschuldigend. »Erst morgen früh wieder.«

Eine Frau kommt aus dem Hinterzimmer, sieht mich und deutet auf eine fertig bestückte Kuchenplatte. »Da sind die Baumkuchen, wie bestellt. Nächstes Mal sind Sie bitte pünktlich.«

»Baumkuchen?« Die kenne ich aus Rüdesheim, aber hier? »Sind Sie nicht vom Seminarhaus?«

Erst Bäume anschreien, dann welche essen. Ich schüttele den Kopf.

»Ach, guck mal, da steht schon wieder jemand mitten auf der Straße und meint, das macht man hier so.« Die Frau gestikuliert zu meinem Auto hin.

Mein Kopf wird so rot, wie die Tasche grün ist, doch ich habe Glück. Im Hinterraum klingelt es, die Frau verschwindet. Und genau das tue ich auch. Ohne Brot und ohne Baumkuchen.

# *Fliegen*

## 1

Mit einem Ruck fahre ich hoch, brauche einen Moment, um mich zu orientieren. Ich bin in der Eifel und nicht in Köln. In meinem neuen Haus. Matthias und ich machen eine Auszeit. Die Unterlagen für Baufix sind immer noch nicht fertig, der Akku ist leer, ich habe keinen Strom und folglich ein Problem.

Ich taste nach meinem Handy.

Eine Nachricht von Joop. »Und? Hat es mit die Strom geklappt? Ist alles in Ordnung? Brauchst du was?«

Ja, ich brauche Liebe, Freude, Menschen wie ihn, die sich kümmern. Wie nett, dass er nachfragt, obwohl er das doch wirklich nicht muss. Ich bedanke mich und erkundige mich, ob er einen Tipp für mich habe, wo ich hier in der Nähe ein paar Stunden arbeiten, also ruhig sitzen und den Laptop aufladen könne. Dann stehe ich auf.

Bei einem Müsli male ich in mein Notizbuch, überlege, wie ich ein bisschen Pep in die Entwürfe für Baufix bekomme, doch der Firmenname blockiert mich. Was soll einem dazu einfallen? Sicher nicht solides Handwerk, was sie mir als ihren Hauptwert mitgegeben haben.

Als wollten sie mich verhöhnen, pfeifen jetzt auch noch die Vögel laut und lauter. Ich runzele die Stirn. Von wegen die Vögel, das ist mein Handy! Ich laufe nach oben. In der Stadt war der Klingelton vielleicht eine gute Idee, aber in der Eifel taugt er nichts. Rasch wische ich übers Display.

»Hey, Liane. Ich kann dich meine Powerbank leihen, wenn du willst.« Es ist Joop und nicht Matthias. Natürlich ist es nicht Matthias.

»Du bist ein Schatz. Soll ich sie holen kommen?«

»Brauchst du nicht. Ich habe doch noch einen Besichtigungstermin vereinbart und kann sie dich vorbeibringen. Aber wie wäre es nach die Arbeit mit einem kleinen Ausflug, um die Kopf freizubekommen?«

So machen wir es. Er bringt mir die Powerbank, und ich arbeite. Tatsächlich spornt mich der Gedanke an einen Ausflug an. Vielleicht tut es mir auch einfach nur gut, dass er mich so offensichtlich mag und sich um mein Wohlergehen sorgt. Jedenfalls läuft es jetzt. Nicht nur der Laptop, sondern auch ich bin voller Energie.

2

Zwei Stunden später steht Joop erneut vor der Haustür. Wo es hingeht, verrät er mir nicht. Rasch sichere ich meine Arbeit, ziehe die Wanderschuhe an und folge ihm zum Auto. Auf der Fahrt spielt er den Fremdenführer, erklärt mir, wo es die besten Brötchen gebe – hier im Ort, ja wirklich, man müsse nur früh genug aufstehen –, den besten Kuchen – da stritten sich selbst die Einheimischen, da helfe nur, sich durchzuprobieren.

»Was ist dein Favorit?«, frage ich. »Baumkuchen?«

»In der Eifel? Gibt's hier so was?« Verblüfft zieht er die Augenbrauen in etwa auf Baumkronenhöhe. Dann grinst er mich an. »Deine Liebe zu Bäumen ist übrigens richtig süß.«

Ich knuffe ihn und erzähle ihm von meiner Begegnung mit den Baumanbrüllern. Wir kommen fast von der Straße ab, so sehr muss Joop lachen, als er von der wilden Hilde hört, die Pflaumen zu Apfelmus verarbeiten will. Mitleid mit den Bäumen hat er nicht, wohl aber mit mir.

»Was für ein mieser Start, tut mich echt leid. Eigentlich hab ich gedacht, dass das Paar, an das der alte Wonneseifen das Seminarhaus verpachtet hat, ganz in Ordnung ist. Zumindest habe ich noch nichts Gegenteiliges gehört. Jetzt hat der Alte extra auf ein Paar gesetzt, damit da mal ein bisschen Ruhe reinkommt und er nicht alle halbe Jahr wen Neues suchen muss, aber wenn die solche Kurse geben, gibt es bestimmt bald Ärger. Soll ich mal mit ihm reden?«

»Nein, lass mal. Ich kann mir nicht vorstellen, dass sie dieses Seminar ständig abhalten.« Zumindest hoffe ich das.

»Bei uns in den Niederlanden wurde so was Ähnliches gemacht. Während Corona haben die Leute das Meer angeschrien.« Er schmunzelt. »Aber im Gegensatz zu deinen Bäumen weiß die Nordsee sich zu wehren.«

Inzwischen haben wir Daun erreicht. Joop biegt ab. Ich entdecke ein Schild, das zum Wild- und Erlebnispark lotst. Ob das unser Ziel ist? Erneut zweigen wir ab. Jetzt geht es eine schmale Straße in den Wald hoch. Wieder ein Schild. Wir kommen an einer Sommerrodelbahn vorbei, die Fahrbahn wird breiter, mehrere Kassenhäuschen liegen vor uns, fast wie bei einer Mautstation auf einer französischen Autobahn, wenn auch einer sehr kleinen.

Joop steuert eines an, zahlt für uns beide, nimmt Tierfutter dazu, dann rollen wir Richtung Parkplatz. Vage regt sich die Erinnerung an ein anderes Wildgehege. Hellenthal. Ich schaue mich um. Holzschilder deuten in verschiedene Richtungen: Affenschlucht, Bauernhof der Minitiere, Falknerei. Ich runzele die Stirn. Eine Falknerei gab beziehungsweise gibt es in Hellenthal auch, wenn ich mich recht entsinne.

»Alles klar?« Joop fährt in eine Parklücke und sieht mich fragend an. »Wir können auch woandershin, aber ich dachte, wer Bäume liebt, mag auch Tiere.«

»Nein, nein, alles gut. Ich habe mich nur an einen Ausflug in meiner Kindheit erinnert.«

Joop verzieht das Gesicht, als hätte er gleich in mehrere Äpfel gebissen und alle waren sauer.

»Es war ein sehr schöner Ausflug, ehrlich.«

»Dann sorge ich mal dafür, dass dieser genauso schön wird. Was wollen wir zuerst machen?« Er breitet eine Übersichtskarte des Geheges aus, aber ich brauche gar nicht zu schauen.

Als Kind war ich mit meinen Eltern bei einer Flugshow. Die mächtigen Greifvögel haben mich sehr beeindruckt. So etwas würde ich gern noch mal sehen. Joop schaut auf die Uhr. Wenn wir uns beeilen, müssten wir noch was von der Show mitbekommen.

Und tatsächlich, als wir die Falknerei erreichen und sogar noch zwei Sitzplätze am Rand ergattern, hat der Falkner gerade den Adler geholt. Der will allerdings nicht aufsteigen. Der Falkner erklärt, dass Fliegen harte Arbeit sei. Was für vieles gilt, das leicht aussieht. Beziehungen zum Beispiel. Als spürte er, woran ich denke, lächelt Joop mir zuversichtlich zu. Auf der Wiese streckt der Falkner den Arm aus, schwingt ihn, als wollte er den Adler in die Luft schleudern. Dieses Mal gelingt es. Der große Vogel fliegt über die Tribüne. Instinktiv ducke ich mich, richte mich verlegen wieder auf.

Joop klopft aufmunternd auf mein Knie. »Mach dir nichts draus. Ich erschrecke mich auch jedes Mal.«

Wieder segelt der Adler über uns hinweg. Diesmal bleibe ich aufrecht neben Joop sitzen und beobachte den Vogel, bewundere die Spannweite der Flügel, die Eleganz seines Fluges, die vermeintliche Leichtigkeit. Eine Erinnerung an jenen anderen Besuch steigt in mir auf. Ganz klar sehe ich, wie ich in der ersten Reihe saß, mein Vater hinter mir, er hatte die Arme um mich gelegt. Als der Falkner fragte, ob jemand den Vogel halten möchte, streckte ich sofort meine Hand nach oben, sicher, dass mir mit meinem Vater im Rücken nichts passieren konnte. Ungeheuer stolz stand ich wenig später da und habe dem Adler ins Auge gesehen. Dass ich das vergessen habe!

Mit einem Mal habe ich einen dicken Kloß im Hals. Erneut scheint Joop zu spüren, was in mir vorgeht, und drückt meine Hand. Ich warte noch einen Moment, bis ich wieder schlucken kann. Dann stehe ich auf. »Wollen wir gehen und das Wild füttern?«

Erst als wir über die ersten Wildsperren fahren, die zur Autosafari führen, begreife ich, dass ich meine Wanderschuhe auf diesem Ausflug wohl nicht brauchen werde. Zu Fuß gehen wir nur, wenn wir an einer Futterstelle anhalten. Und nicht einmal das ist nötig. Selbst die Rehe kommen bis ans Auto.

Als wir an einer Gruppe Esel vorbeituckern, schieße ich ein paar Fotos. Die Jungtiere schauen so herrlich eselig. Einer hat sich wohl in mich verguckt. Auch als Joop anfährt, weicht der Jungesel nicht von meinem Seitenfenster. Wie gut, dass ich es gerade geschlossen habe. Ich wische durch die Schnappschüsse und pruste los.

»Darf ich mitlachen?« Joop lässt den Wagen ausrollen und beugt sich zu mir rüber. Mein Jungesel hat die Seiten gewechselt und schiebt seinen Kopf jetzt durch das offene Fenster auf der Fahrerseite. Offensichtlich will auch er aufs Display linsen – oder mir näher kommen. Jedenfalls taucht neben dem blauen Augenpaar ein braunes auf. Joop erschrickt, der Esel blökt los, und mir laufen Lachtränen übers Gesicht.

Nach dem ersten Schreck lacht Joop mit. Nur der Esel versteht keinen Spaß und verzieht sich. Soll er nur. Einen ohne Humor will ich nicht.

»Oh Mann! Wirst du vom Lachen auch immer so hungrig?« Joop lässt den Wagen wieder an, und ich beeile mich, ihn zum Essen einzuladen. Entrüstet wehrt er ab und lenkt das Auto wenig später an die Seite. Wir halten, und er zaubert einen Picknickkorb aus dem Kofferraum hervor. »Hab da mal was vorbereitet.«

»Selbst gejagt und gefangen?«, necke ich ihn.

Er grinst mich an. »Warte nur, bis du siehst, was drin ist.«

Über einen Fußweg führt er mich tiefer in den Wald, bis wir eine Lichtung mit einem Teich in der Mitte erreichen. Große Blätter schwimmen auf dem Wasser. Wie schön muss es hier erst sein, wenn die Seerosen blühen. Lächelnd sehe ich zu Joop.

Anscheinend hat er mich beobachtet. Er zwinkert mir zu und trägt den Picknickkorb zu seiner Lieblingsbank. Der einzigen, die es hier gibt. Wir haben diesen verwunschenen Ort ganz für uns allein. Vor uns tanzt das Sonnenlicht auf dem Wasser. Vögel zwitschern. Ich komme mir vor wie im Märchen und würde mich nicht wundern, wenn gleich ein Frosch vorbeihüpfte. Oder Joop sich in einen Prinzen verwandelte. Kavalier ist er jetzt schon. Er rückt ein Sitzkissen auf der Bank zurecht, als wäre es mein Stuhl. Ich setze mich und sehe ihm zu, wie er unseren Tisch in ein kleines Schlaraffenland verwandelt.

Tischdecke, Geschirr, Besteck, Servietten. Eine Suppe. Belegte Brote, Apfelschnitze. Kaffee und Muffins. Ich genieße es, mich von ihm verwöhnen zu lassen. Ich genieße die Farben, die Stille, dass wir miteinander schweigen können. Dass wir draußen sind. Dass er diesen zauberhaften Platz mit mir teilt. Dass wir erst wieder reden, als unser Tischlein gedeckt ist, und dass auch das sich ganz natürlich anfühlt.

»Suppe vorweg?«, fragt er.

»Gern.« Ich probiere. Tomate, fruchtig und frisch. Ich nehme einen zweiten Löffel und schließe die Augen, als ich ihn mir in den Mund schiebe. Als ich sie wieder öffne, sehe ich in ein strahlendes Blau.

»Ich mag es, dir beim Essen zuzugucken«, sagt Joop.

Flirtet er etwa mit mir? Nur gut, dass er von Matthias weiß. Auszeit hin oder her. Andererseits … Ich lächele. »Und ich mag diese Suppe. Wo hast du die her?«

Sein Mund wird breiter, die Augen blauer.

»Nein, sag nicht, die hast du selbst gemacht?« Der Mann ist besser als jeder Prinz.

»Familienrezept.« Erst jetzt bedient er sich selbst, reicht mir ein Brot. »Und das ist selbst geschmiert.«

»Da bin ich ja fast erleichtert. Verrätst du mir das Rezept für die Suppe? Ist es schwer? Ich bin nicht so die Köchin.«

»Aber du isst gern. Und genießt.«

Genau wie er. Einträchtig essen und trinken wir, bis wir nicht mehr können.

»Wie hast du den Platz hier entdeckt?« Ich lehne mich zurück, schaue über den Teich.

»Nachdem meine Frau und ich uns getrennt haben, war ich öfter hier.« Ganz offen erzählt er mir von seinen Kindern. Ihretwegen ist er in der Eifel geblieben und nicht wieder zurück in die Niederlande gegangen.

Erneut kommt mir der Ausflug nach Hellenthal in den Sinn. Und plötzlich erzähle ich Joop davon. »Damals haben wir noch in Inden gewohnt, in unserem Haus. Der Ausflug muss einer der letzten gewesen sein, die wir zusammen gemacht haben. Zumindest erinnere ich mich danach an keinen mehr. Da ging es ständig ums Haus und darum, wie man sich gegen die Rheinbraun wehren kann. Mein Vater wollte nicht weg, meine Mutter sich nicht mit ihnen anlegen.«

»Für manche Menschen ist ein Haus so viel mehr als nur ein Haus.« Das hätte ein reißerischer Maklerspruch sein können, aber Joop sagt es still und ruhig. So als ob er es verstünde. »War eures schon länger in der Familie?«

»Nein, meine Eltern haben es gebaut, das Grundstück war günstig. Wir hatten einen großen Garten, mein Vater hat es geliebt, sich abends und am Wochenende darum zu kümmern. Gemüse hat er angebaut, Obst geerntet. Sogar Hühner wollte er halten, aber meine Mutter hat sich geweigert. Sie ist in der Stadt aufgewachsen und mochte das Dorfleben nicht. Ich hingegen fand es super. Ständig draußen sein, alles war ein riesiger Spielplatz.«

»Stimmt. Für Kinder ist es toll. Bis sie in die Pubertät kommen. Dann wollen sie unbedingt weg.« Joop seufzt. »Und wenig später sind sie es dann auch.«

»Irgendwann werden sie begreifen, wie schön es hier ist.« Die Haare fallen mir ins Gesicht, ich streiche sie zurück.

»Noch einen Kaffee?« Joop hebt die Kanne. »Und die Muffins müssen auch weg. Nicht dass du in Köln erzählst, hier gibt es nichts zu essen. Wie lange bleibst du denn?«

»Mal gucken. Ich will das Haus so schnell wie möglich herrichten.«

»Freut mich, dass du nicht gleich wieder weg bist.« Er reicht mir einen Muffin. »Und dein Freund?«

»Bleibt erst mal in Köln.« Ich nehme den Muffin, habe aber keinen Hunger mehr und greife nach einer Serviette. »Darf ich mir den für später aufheben?«

»Klar.« Gut gelaunt sieht Joop mich an. »Wenn ich dich bei was helfen kann, sagst du es, ja? Vielleicht kann ich dich ja ein paar Bäume zeigen? An meinem Lieblingsmaar stehen ganz tolle.«

Jetzt muss ich doch grinsen. Und bin ihm dankbar, dass er es mir leicht macht. Eine Baumbesichtigung und eine Maarumrundung werden wir sicher demnächst mal machen. Heute will ich mich aber noch mal an die Baufix-Unterlagen setzen. Schließlich müssen die morgen raus.

Während wir zusammenräumen und zum Auto gehen, erkundigt Joop sich nach meinen Vorlieben. Erst den kulinarischen, dann den übrigen. Sein Interesse tut gut. Ich erzähle ihm, wie sehr ich es liebe, mich zu bewegen. Sei es draußen in der Natur, sei es zu guter Musik – es gibt nichts, was mich so sehr erdet. »Schon komisch, dass ich es so selten tue. Aber wie das halt so ist. Irgendwas kommt ständig dazwischen. Und du? Womit vertreibst du dir am liebsten die Zeit?«

»Ich bin auch gern draußen.« Er zwinkert mir zu. »Am liebsten auf dem Motorrad. Willst du mal mit? Es gibt hier traumhafte Strecken.«

»Um Himmels willen. So langsam kannst du gar nicht fahren, dass ich mich auf so ein Teil setze.«

»Solange ich keine Stützräder montieren muss.«

Doch das müsste er wohl, und wir beschließen, von gemeinsamen Motorradfahrten abzusehen.

Als wir an meinem Haus ankommen, besteht Joop darauf, den Inhalt seines Picknickkorbs sowie eine zweite Powerbank bei mir zu lassen. »Eine kleine Wiedergutmachung, weil es heute nicht so das Richtige für dich war. Nächstes Mal bewegen wir uns. Versprochen.«

Natürlich protestiere ich, aber er stellt die Sachen einfach vor der Tür ab. Küsschen rechts, Küsschen links. Noch ein fröhliches Hupen, dann ist er weg, und ich mache mich wieder an die Arbeit. Mit einem Lächeln im Gesicht.

Als es dunkel wird, stehen die Vorschläge. Normalerweise würde ich jetzt Matthias bitten, sie sich anzuschauen. Wie sein Wochenende wohl gewesen ist?

Ich zünde ein paar Kerzen an und mache es mir mit den Picknickresten auf dem Bett gemütlich. Die Leichtigkeit, die ich auf dem Ausflug mit Joop empfunden habe, ist verflogen. Ich fühle mich einsam. Irgendwie auch traurig. Ich muss an früher denken, an das Haus meiner Eltern, das es nicht mehr gibt. An meinen Vater, der es so geliebt hat. Den Ausflug ins Wildgehege, die Flugshow von damals – eine eigenartige Gefühlsmischung. Den Stolz, den großen Adler zu halten, die Furcht vor dem Tier. Die Erhabenheit des Vogels in der Luft, die Sehnsucht danach, die vermeintliche Leichtigkeit des Fliegens spüren zu können. Joops Gesichtsausdruck, als der Esel seinen Kopf ins Auto geschoben hat.

Ob Matthias mich vermisst?

Montag, 15. April

## Eifelliebe

## 1

Am nächsten Morgen teste ich als Erstes, ob ich schon Strom habe. Das Licht geht nicht. Sieben Uhr ist wohl noch zu früh für die Energieversorger, aber hoffentlich genau die richtige Zeit, um Brötchen zu holen. Ich mache mich zu Fuß auf in den Ort. Tatsächlich ist der vordere Bereich des Cafés, der Bäckereianteil, gut besucht. Dennoch dauert es nicht lange, bis ich dran bin. Ich erstehe einen »Eifler Kerl«, ein »Kornblumenblau« und ein Croissant. Letzteres angele ich gleich aus der Brötchentüte, um unterwegs davon zu naschen.

Beim Hinausgehen bemerke ich einen Aushang an der Tür. Ein Notenblatt. Einige Noten sind in hellen Farben ausgemalt und zu Strichmännchen verlängert. Grinsend hüpfen sie durch eine mit ein paar Linien angedeutete Hügellandschaft. Neugierig lese ich den Text darunter.

»Der fröhliche Land~~mann~~mensch wandert gern und hält die Natur sauber! Müllsammelwanderung. Wir wandern und sammeln dabei den Abfall auf. Jeden dritten Sonntag im Monat, 10 Uhr. Ort: siehe Website. Um Anmeldung wird gebeten. EIFEL NATURlich – www.eifelnaturlich.de«

Lächelnd trete ich nach draußen. Eine gute Idee. Und der selbst gemachte Aushang hat auch was. Frisch und fröhlich wie der Landmensch. Da bekomme ich richtig Lust, mitzumachen. Als ich an der Bushaltestelle einen weiteren dieser Zettel entdecke, fotografiere ich ihn kurzerhand ab. Wieder ein Originalnotenblatt, das bemalt wurde. Aus Recycling-Gründen?

Zu Hause stelle ich fest, dass ich zwar inzwischen Strom habe, allerdings kein Netz. Ich nehme das Handy und laufe durchs Haus. Die Balken nehmen nicht zu. Ich versuche es oben, aber auch dort habe ich keinen Empfang. Das darf doch nicht wahr sein!

Ich gehe nach draußen. Im Garten wird mir ein WLAN angezeigt: EIFEL-PUR-NATURSEMINARE. Na klar, im Seminarhaus werden sie einen Internetzugang haben. Allerdings ist er verschlüsselt. Eine Flasche Wein wird nach dem verkorksten Brüllkennenlerngespräch hoffentlich für gute nachbarliche Stimmung sorgen und mein Sesam-öffne-dich zum Passwort sein.

Mit einer von Matthias' edlen Flaschen in der Hand und dem Laptop unterm Arm eile ich nach nebenan. Dieses Mal gehe ich außenrum. Das erste Gebäude auf dem Gelände ist lang und flach, Fachwerk, aber mit bodentiefen Fenstern, die mir einen Blick hinein erlauben. Ein großer Raum mit einer Spiegelwand und einer Buddha-Figur, bestimmt für Yoga oder Meditation.

Ich marschiere weiter zu dem Haus daneben. Drei Stockwerke, Jugendstil, wunderschön. Ich recke mich und versuche, in eines der mächtigen Rundbogenfenster im Erdgeschoss zu spähen, doch es liegt zu hoch. Das große Holztor rechts davon ist geschlossen. Eine Klingel kann ich nirgends entdecken. Also laufe ich um das Gebäude herum und merke erst jetzt, dass es sich um einen ehemaligen Bahnhof handelt. Hinter einem Grünstreifen verläuft ein Radweg. Eine stillgelegte Bahntrasse. Einige Meter weiter sind sogar noch ein paar ausgediente Eisenbahnwaggons zu sehen. Dort werde ich sicher niemanden finden.

Mit einem leisen Fluch wende ich mich zur anderen Seite und eile über den einstigen Bahnsteig zu einem Wintergarten. Das war sicher früher mal ein Wartehäuschen. Jetzt hängen tibetische Gebetsfahnen an den Fenstern. Fröhlich sieht das aus. So viel Farbenfreude hätte ich dem brüllenden Landjunker gar nicht zugetraut.

Ich versuche es mit der Tür an der Seite. Zu meinem Erstaunen lässt sie sich tatsächlich öffnen.

»Hallo?« Ich klopfe und trete ein. Ein ungewöhnlicher

Holztisch füllt den Raum. Zwei Baumscheiben auf einem Metallgerüst. Der Klarlack bringt die Maserung noch deutlicher zur Geltung. Als Abschluss wurde sogar die Rinde belassen, sodass der Tisch keine geraden Kanten hat, sondern der Form des Stamms folgt. Wow! Für einen Moment vergesse ich glatt, warum ich gekommen bin, aber die Zeit rennt mir davon.

Ich rufe noch einmal, dann drücke ich die Tür zum Haupthaus auf und lande in einer großen Küche. Das Wasser läuft. Vor der Spüle steht der Waldposaunist und sortiert schmutziges Geschirr. Dieses Mal trägt er das Haar offen. Bis auf die Schultern fällt es, voll und schimmernd, da würde ihn so manche Frau drum beneiden. Auch der Hintern in der Jeans sieht nicht schlecht aus, und das einfache weiße T-Shirt spannt ganz schön über seinen Schultern. Kräftige Füße in Flipflops, als wären wir hier in einem Sommer-Sonnen-Resort. Eins ist klar: Wenn ich das Seminarhaus leiten würde, würde ich den Typen ganz sicher nicht in der Küche verstecken.

Ich räuspere mich. »Entschuldigen Sie bitte, wenn ich hier einfach so hineinplatze …«

Er fährt herum und stößt dabei ein Glas um, aus dem O-Saft-Reste über die Arbeitsfläche rinnen.

»Oh, tut mir leid, ich wollte Sie nicht erschrecken.« Auf der anderen Seite des Raums erspähe ich eine Rolle Küchenpapier auf einer Anrichte und will gerade dorthin, doch er winkt ab, nimmt einen Lappen aus einem Unterschrank und wischt den Saft auf.

»Einchecken ist erst heute Nachmittag möglich.«

»Ich bin kein Gast, ich wohne hier, also gleich nebenan. Ist Ihr Chef da?«

Immerhin sieht er mich jetzt mal an, mit seinen grünbraunen Augen, er passt wirklich in den Wald. Still, ruhig – ob der Landjunker ihn auch zum Schreien animiert?

Ich lächele ihn freundlich an. »Ich möchte mich bei ihm entschuldigen. Unser erstes Treffen stand unter keinem guten Stern, aber das Anschreien der Bäume hat mich wirklich erschrocken. Als kleine Wiedergutmachung wollte ich eine

Flasche Wein vorbeibringen. Können Sie ihm den vielleicht geben?«

»Was?« Er dreht den Wasserhahn zu.

Der Hellste scheint er nicht zu sein. Schade. Ich halte die Flasche hoch. »Für Ihren Chef. Von der neuen Nachbarin. Er weiß dann schon Bescheid. Und dann habe ich noch eine Bitte. Ich muss dringend eine Mail versenden, habe aber noch kein Internet. Dürfte ich mal kurz Ihr WLAN benutzen?«

Er runzelt die Stirn.

»Selbstverständlich zahle ich dafür.«

»Moment.« Mit einem Mal wirkt er grimmig. »Sprechen Sie von dem Seminar am Wochenende? Bei Hubert Hartmann?«

»Kann sein. Er hat seinen Namen nicht genannt.«

»Und da wurden Bäume angebrüllt?« Er sieht mich so finster an, als wäre das meine Schuld, ballt die Hände, öffnet sie wieder und seufzt. »Ich werde mit ihm reden.«

»Oh, sind Sie der Chef hier?« Ich spüre, wie ich rot werde. Als er nickt, halte ich erneut die Weinflasche hoch. »Auf gute Nachbarschaft. Und bitte, diese Mail ist wirklich dringend.«

»Aber Bäume umarmen.« Auch wenn er es leise gesagt hat, habe ich es dennoch gehört.

»Zumindest schreie ich sie nicht an. Und mit Mails-Verschicken hat das nun wirklich nichts zu tun.«

»Ach ja?« Er sieht mich an. Grüne Sprenkel leuchten im Braun. Eine steile Furche hat sich auf seiner Stirn gebildet. Murmelt er da gerade »Typisch Städterin«?

»Es ist wichtig.« Trotzig recke ich das Kinn hoch. »Eine Terminsache.«

»Klar, was sonst?« Abrupt wendet er sich ab. »Dann kommen Sie mal mit.«

Er führt mich durch den Wintergarten nach draußen, und für eine Sekunde befürchte ich, dass er mich einfach nur loswerden will, doch vor dem großen Tor bleibt er stehen, schließt es auf und öffnet es mit einem Ruck.

Rezeption und Aufenthaltsraum. Wenige Tische, die genauso außergewöhnlich sind wie der im Wintergarten, nur dass die hier kleiner sind. Stamm-Tische, in deren Lebensringe man sich vertiefen kann. Passend zu den Baum-Tischen sind die Wände grün, ein ganz heller Ton, der changiert, je nachdem, wie das Licht darauf fällt. Ich bin beeindruckt.

Der Waldposaunist dreht sich zu mir um. Vage zeigt er auf die Tische. »Wenn Sie wollen, können Sie sich hier hinsetzen.« Ich nicke dankend. »Und das Passwort?«

»›Eifelliebe‹. Großbuchstaben.« Dann sieht er mich noch mal direkt an. Dieses Mal sind seine Augen fast ganz braun, die grünen Einsprengsel dunkel.

Zu lange darf man da nicht reinschauen, denke ich. Das ist ein bisschen so, wie wenn man im Moor versinkt.

»Sie wissen schon, dass das Internet eine katastrophale Klimabilanz hat? Jede E-Mail trägt dazu bei, die $CO_2$-Emissionen zu vergrößern.« Er schüttelt den Kopf, schiebt sich dann die Haare hinters Ohr. »Aber sich über das Anschreien von Bäumen aufregen.«

Ich beiße die Zähne zusammen. Er hat recht. Ich allerdings auch. Man brüllt keine Bäume an.

»Das Tor können Sie später einfach hinter sich zuziehen.« Damit geht er.

»Danke!«, rufe ich ihm nach, aber da ist er bereits weg.

Ich setze mich an einen dieser wundervollen Tische, streiche über die Maserung, bevor ich den Laptop behutsam darauf absetze, und nehme mir vor, meinen Nachbarn bei nächster Gelegenheit zu fragen, wo er diese Tische herhat. Doch jetzt habe ich anderes zu tun. Ich klappe den Laptop auf, wähle das WLAN und gebe »EIFELLIEBE« ein. Ein banger Augenblick, dann bin ich drin. Ich rufe das E-Mail-Programm auf, schreibe noch ein paar Sätze, hänge die Entwürfe an und verschicke sie um kurz nach elf – so gut wie pünktlich. Einmal durchatmen und in den Posteingang schauen. Mit gemischten Gefühlen. Ich kann den Waldposaunisten verstehen. Natürlich will ich das Klima so wenig wie möglich belasten. Ein Leben ohne Internet. Gar nicht so einfach heutzutage. Ich beschließe, meine Nutzung zu reduzieren, doch jetzt will ich meine Mails sichten.

Der Termin mit Hansemann verschiebt sich, sie wollen sich melden, wenn sie wissen, wann es passt. Also erst mal keine Reise nach Hamburg. Zwei Anfragen. Die kann ich später telefonisch beantworten. Im Moment steht keine weitere Abgabe an. Das heißt, dass ich mich wirklich ums Haus kümmern kann.

Die Müllsammelwanderung fällt mir ein. Ich gehe auf die Website, um mich für Sonntag anzumelden, doch die ist wohl noch im Aufbau begriffen. Jedenfalls lese ich nirgends Informationen zur Wanderung am Wochenende. Nicht einmal ein Impressum oder eine Kontaktadresse gibt es. Als ich die Seite schon verlassen will, entdecke ich einen Facebook-Link. Vielleicht ist der Verein dort aktiver.

Ist er nicht. Daher schicke ich eine Nachricht, in der ich frage, ob die Wanderung an diesem Sonntag stattfindet und, falls ja, wo.

Das Pling einer eingehenden Mail führt mich zurück zur Inbox. Die Baufixe haben sich meine Arbeit schon angesehen und sind zufrieden. In einer Videokonferenz in zwei Tagen wollen sie alles Weitere besprechen. Eigentlich müsste ich mich jetzt freuen. Sie winken mit einem Folgeauftrag, aber so recht will kein Glücksgefühl aufkommen. Weil ich meinen Erfolg nicht mit Matthias teilen kann? Soll ich es ihm schreiben, trotz Auszeit? Ich bin hin- und hergerissen, lasse es dann aber sein. Stattdessen fülle ich einen Online-Bestellantrag für einen Telefon- und Internetanschluss im Eifelhäuschen aus. Anschließend klappe ich den Laptop zu. Genug Netzzeit für heute.

Ich nehme einen Notizzettel vom Empfangstisch, schreibe ein paar Dankesworte und lasse den Waldposaunisten wissen, dass mein Anschluss beantragt ist. Ob es in Ordnung sei, wenn ich seinen mitnutze, solange ich noch keinen habe? Ich platziere Zettel und Weinflasche zusammen mit einem Zehn-Euro-Schein gut sichtbar auf dem Tresen. Dann verlasse ich den Raum, nicht ohne zuvor nach einem Flyer oder Infoblatt Ausschau gehalten zu haben. Es würde mich schon interessieren, welche Seminare sie hier sonst noch anbieten. Doch anscheinend haben sie so etwas nicht, dafür aber handgearbeitete Zimbeln. Als Klingelersatz?

Achselzuckend mache ich mich auf den Weg. Das Anwesen ist gut gepflegt. Bis auf die Eisenbahnwaggons wirkt alles frisch renoviert und einladend. Und diese Tische sind zum Niederknien. Wenn sie in Zukunft ausschließlich stille Kurse anbieten würden – Schweigemeditation, Yoga, Waldbaden –, dann könnte das Nachbarschaftsverhältnis noch richtig gut werden. Ich bin wirklich erleichtert, dass dieser Hubert Brüll-den-Baum-an das Haus nicht leitet. Nicht dass der Waldposaunist ein Charmebolzen wäre, aber ein wortkarger Internetgegner mit WLAN ist mir tausendmal lieber als einer, der die Leute zum Schreien animiert.


2


Schon vor der Haustür höre ich mein Handy zwitschern. Rasch schließe ich auf und laufe in die Küche, wo ich es habe liegen lassen.

»Ja, hallo?«

»Joop hier. Ich habe gestern ganz vergessen zu fragen, ob du Internet hast. Musst du nicht heute was wegschicken? Kannst du gern bei mich machen. Mit das Handy kommt man in der Eifel nicht weit.«

»Danke, supernett, dass du dir das gemerkt hast.« Ich streiche mir die Haare aus dem Gesicht, setze mich und erzähle ihm, dass ich das WLAN des Seminarhauses nutzen darf.

»Rede doch mal mit Silke und Paul, ob du das Haus später über sie vermieten kannst. Die beiden sind ja immer vor Ort. Eventuell wäre es für sie auch interessant, dein Haus dazuzunehmen, wenn ihr Gästehaus voll ist.«

Silke und Paul also. Der Waldposaunist hat eine Frau. Hätte ich mir auch gleich denken können, so geschmackvoll, wie das Haus eingerichtet ist. Ich freue mich richtig. Nichts gegen einen Mann als Nachbarn, aber ein Pärchen ist noch besser. Gemeinsame Grillabende zu viert, wenn Matthias doch mal mitkommt. Und eine Frau, mit der ich ab und an klönen kann, wäre auch schön.

»Liane? Bist du noch dran?«

»Ja klar, entschuldige bitte, ich war nur gerade abgelenkt. Das ist eine gute Idee mit dem Seminarhaus. Danke.«

»Gern. Ich hab da sogar noch eine andere gute Idee.«

Ich grinse. An Selbstvertrauen mangelt es Joop nicht. »Na, dann lass hören.«

»Freitagabend spielen die Eifel-Hillbillies. Hast du Lust, mit mich tanzen zu gehen?«

»Die Eifel-Hillbillies?« Ich kann nicht anders, ich muss laut lachen. »Was spielen die denn?«

»Gute Musik. Und wenn sie dich nicht gefällt, gehen wir eben essen.«

»Lass mich raten. Bei El Provinciano?« Ich lache immer noch.

»Um acht Uhr. Ich hol dich ab.«

Der Mann ist hartnäckig, aber warum eigentlich nicht? Ich war lange nicht mehr tanzen. Ein bisschen Spaß zu haben, tut immer gut. Und wenn ich ehrlich bin, auch, mal wieder als Frau gesehen zu werden. Also sage ich zu. Joop wünscht mir noch eine gute Woche und meint, ich solle mich melden, wenn ich was brauche.

Die Eifel-Hillbillies. Ich lege das Handy auf den Tisch. Was mich da wohl erwartet? Hoffentlich kein Squaredance!

Gut gelaunt schnappe ich mir einen Eimer und verbringe den Rest des Tages damit, mich von oben nach unten durchs Haus zu putzen. Es ist schon Nachmittag, als ich geschafft auf den Gartenstuhl in der Küche sinke. Prompt klingelt mein Handy. Hat Joop eine Webcam installiert und will mich aufmuntern?

Das Display zeigt »Sabine« an. Kurz zögere ich. Sabine ist nicht nur Rolands Frau, sondern auch Bestandteil des goldenen Uni-Triumvirats. Matthias, Roland und Sabine haben sich im ersten Semester kennengelernt und sind seitdem unzertrennlich. Ein Jahr später ist Dietmar dazugestoßen. Eine feste Clique, erweitert um die Partnerinnen Merle und mich. Wenn die Männer ihren Skatabend veranstalten, treffen wir Frauen uns und gehen mal in die Sauna, mal ins Kino oder einfach nur aus. Es ist nicht so, dass ich mich nicht gut mit ihnen verstehe, aber es sind eben mehr Matthias' Freunde als meine.

Sabine also. Hat Matthias sie gebeten, mich anzurufen?

»Liane, Mensch, warum hast du denn nichts gesagt? Ich wäre natürlich mitgekommen und hätte dich beraten. Merle bestimmt auch. Dazu sind Freundinnen doch da.«

Ich seufze innerlich, zwinge mich dann aber zu einem Lächeln, weil ich weiß, dass man mir sonst anhört, dass ich mich in die Ecke gedrängt fühle. »Ich habe ja gar kein Haus gesucht, es war reiner Zufall. Du weißt doch: Man findet nur, wenn man nicht sucht.«

Das sieht Sabine anders. Ich lasse sie reden und schaue hilfesuchend auf den Kirschbaum. Das beruhigt mich tatsächlich.

»Kommt halt mal vorbei«, sage ich, als sich eine Lücke ergibt, wohl wissend, dass Sabine immer Termine über Termine hat. Die zählt sie mir jetzt auch prompt auf. Dennoch weiß man bei ihr nie. Wenn sie umpriorisiert, kann sich das schnell ändern, und Matthias' Glück steht ganz weit oben auf ihrer Agenda. Roland, Matthias, Dietmar. Aber so unglücklich wird Matthias doch nicht sein. Soll ich Sabine nach ihm fragen? Lieber nicht.

Als sie mit ihrer Auflistung am Ende ist, versichere ich ihr, mich zu melden, wenn ich wieder in Köln bin. Dann verabschieden wir uns. Kein Wort zur Auszeit. Kurz darauf ruft Merle an, aber auch sie fragt nur nach dem Haus. Verwirrt und ein bisschen verunsichert schaue ich auf den Kirschbaum. Hat Matthias unsere Beziehungspause etwa gar nicht erwähnt?

Ich schnappe mir meine Jacke und gehe raus. Nach einer Runde ums Maar ist Köln wieder weit weg, und im Moment finde ich das genau richtig.

Am Abend gönne ich mir endlich eine heiße Dusche und träume dabei von einer dieser wunderschönen alten Badewannen. Vom Platz her könnte eine hier reinpassen, allerdings müsste dann die Dusche weichen. Praktisch versus nostalgisch. Ich muss das ja nicht heute entscheiden, und überhaupt muss ich erst mal eine geeignete Wanne finden.

Wohlig warm tappe ich aus der Dusche. Offenbar habe ich es etwas übertrieben und ordentlich herumgespritzt. Jedenfalls habe ich das halbe Bad unter Wasser gesetzt. Rasch trockne ich erst mich ab, dann den Boden. Anschließend schlüpfe ich in meinen uralten Onesie. Ist ja niemand da, der mich in dem Strampler für Erwachsene sieht. In Köln habe ich ihn nur ein Mal im Straßenkarneval getragen. Einen tollen Frosch habe ich da abgegeben – und gebe ich auch jetzt wieder ab. Clara würde sich freuen.

Clara wird sich freuen.

In der Küche nehme ich das Handy, stülpe die Kapuze über und schieße ein Selfie. Das werde ich ihr morgen schicken, wenn ich unterwegs bin und ausreichend Netz habe. Aber dann kann ich der Versuchung doch nicht widerstehen und buche mich ins WLAN von nebenan ein.

Kaum habe ich das Foto verschickt, bimmelt auch schon mein Handy. Ein Videocall. Mit einer lachenden Clara. Gar nicht mehr halten kann sie sich.

»Dass du das Teil noch hast! Ich fasse es nicht.«

»Hey, ich würde doch nie ein so liebevoll ausgesuchtes und vom Taschengeld abgespartes Geschenk aussortieren.« Ich winke ihr mit den Glupschaugen zu, was einen erneuten Lachflash auslöst.

»Das Haus tut dir gut«, meint sie schließlich, als sie sich wieder gefangen hat. »Was hat Matthias gesagt?«

Ich ziehe mir die Kapuze vom Kopf. »Er ist sauer. Wir haben uns gestritten, und ich bin abgehauen.«

»Gestritten? Du?« Clara reißt die Augen auf, dann seufzt

sie. Anscheinend spricht mein Gesicht Bände. »Es ist aber nicht aus zwischen euch, oder?«

»Wir haben eine Auszeit vereinbart. In letzter Zeit haben wir viel gearbeitet und alles andere aus den Augen verloren.«

»Vor allen Dingen hast du *dich* mal wieder aus den Augen verloren, und das liegt garantiert nicht an der Arbeit. Du weißt schon, dass es hilft, miteinander zu reden?«

»Reden ja, aber eben nicht streiten. Wir haben doch erlebt, wohin das führt.«

»Meinst du Mama und Papa? Hätten sie mal gestritten.«

»Aber das haben sie doch. Und am Ende …«

»Ist Papa tot umgefallen, weil Mama ein Mal gesagt hat, was sie will? So was bringt einen nicht um, Liane.«

»Du hast das alles doch gar nicht richtig mitbekommen. Und mit Matthias und mir wird es schon wieder werden.«

Darauf erwidert Clara nichts, und wir wechseln das Thema.

Nach dem Gespräch bemerke ich, dass ich eine Facebook-Nachricht bekommen habe. EIFEL NATURlich hat sich gemeldet.

»Liebes DesignMitHerz, anbei die GPS-Daten. Bis Sonntag!«

Treffen wir uns etwa mitten im Wald, oder warum schicken sie mir nur Koordinaten? Woher soll ich da wissen, ob ich richtig bin? Schon fliegen meine Finger über die Tastatur, um nachzufragen.

»Gibt es auch einen Ortsnamen?«

»Mehren. Parkplatz nahe Autobahn, aber Vorsicht: nicht der Pendlerparkplatz beim Gewerbegebiet.«

»Danke für die schnelle Antwort. Kommen denn noch mehr?«

»Außer dir hat noch keiner nach dem Treffpunkt gefragt.«

»Stellt die Wanderung doch bei FB ein. Dann sehen es mehr Leute. Ein schönes Foto dazu, das Lust auf Wandern macht – das lockt bestimmt einige an. Oder wenigstens ein Bild von den fröhlich wandernden Noten. Die sind echt süß.«

»Nicht zu kindisch?«

»Ich mag Strichmännchen. Und die Idee, alte Noten zu recyceln, finde ich grandios. Das passt super zum Thema der Wanderung, und außerdem gefällt mir das Stück.«

Ein Strahle-Smiley.

»Habt ihr das bewusst ausgesucht, oder war das Zufall? Auch schön, dass ihr den Mann zum Menschen gemacht habt. *Zwinker-Smiley*«

»*Lachender Smiley* Absicht. Ein Befreiungsschlag. Ich bin mit diesen Noten gequält worden. Hab jetzt keine mehr.«

»Das lässt sich ändern.« Rasch suche ich das Foto vom Aushang auf dem Handy heraus, übertrage es auf den Rechner, bearbeite es in Photoshop und schicke es an EIFEL NATURlich.

»Ui, danke. Sieht ja besser aus als das Original.«

Ich grinse und verkneife mir eine zustimmende Antwort. Stattdessen schlage ich vor, die Musik vom »Fröhlichen Landmann« drunterzulegen. »Wär doch originell. *Strahle-Smiley*«

»Um Himmels willen! *Hände-auf-Ohren-Smiley*«

Wenig später sehe ich die Veranstaltung – ohne Musik, aber mit Bild –, melde mich an und hinterlasse ein Daumen-hoch-Zeichen. Ich will Facebook gerade schließen, als mein Blick auf die Werbung eines Handwerksbetriebs fällt, gleich im nächsten Ort. Den merke ich mir. Vielleicht wäre es auch nicht schlecht, in einer Eifelgruppe nach Tipps zu fragen, wo ich gut erhaltene Bauernmöbel kaufen kann. Andererseits ist Finden ohne Suchen viel spannender. Siehe Haus. Und besser für die Natur, weil weniger Internet.

Den Abend verbringe ich internetfrei und überlege mir, wie ich die Zimmer streichen soll. Das lichte Grün im Aufenthaltsraum des Seminarhauses hat es mir angetan. Es würde sicher gut zu einem dunklen Grau passen, wie wir es in Köln in der Wohnung haben. Ich gehe ins Wohnzimmer und stelle es mir vor. Der Raum ist klein. Zu klein für dunkel. Vielleicht ein helles Grau? Mit Türkis? Ich sehe es nicht. Ein Haus im Grünen braucht andere Farben. Eine frühlingsfröhliche Villa Kunterbunt als Kontrast zu unserer stylishen Stadtwohnung? Die Idee gefällt mir.

# Nägel mit Köpfen

## 1

Am nächsten Morgen rufe ich Joop an. Ich will wissen, ob die Wand zwischen Ess- und Wohnzimmer tragend ist. »Ein großer heller Raum zum Garten hin wäre schön. In zarten Frühlingsfarben. Die Küche lasse ich passend zur Kirschblüte streichen, in den Schlafzimmern will ich Akzente in einem ruhigen Blau und einem luftigen Fliederton setzen.« Atemlos halte ich inne. Das Farbkonzept interessiert Joop sicher nicht, doch er nimmt es mit Humor und schlägt Orange für den Flur vor. Damit sich die niederländischen Feriengäste gleich wohlfühlen.

»*Oranje boven.* Dabei wollte ich die Decken eigentlich weiß lassen.«

Doch zurück zur Wand. Sie kann raus. Handwerker empfiehlt Joop mir auch gleich, aber ich sage, dass ich schon jemanden habe. Er kann ja nicht alles für mich erledigen, und der Betrieb, den ich gestern im Netz gesehen habe, sah nicht schlecht aus. Nachdem wir uns verabschiedet haben, rufe ich dort an, übertreibe die Dringlichkeit, so wie ich es aus Köln gewohnt bin. Da bekommt man sonst nie einen Termin, es sei denn, man kennt jemanden.

Ob es auch am Wochenende gehe.

»Dieses?«, frage ich vorsichtig.

»Jup.« Wand raus, streichen, das sei in zwei Tagen zu schaffen. »Wenn alles leer ist, geht das ruckzuck.« Ob ich heute Abend da sei. Dann würde er sich alles angucken, und wir könnten die Farbe absprechen.

Die Farben. Ich erkläre, dass ich die Räume gern unterschiedlich gestalten möchte und sehr genaue Vorstellungen hätte. Wieder kein Problem. Ich kann mein Glück kaum fassen und mache Nägel mit Köpfen.

Anschließend würde ich am liebsten Matthias anrufen, aber das gehört sich nicht, wenn man eine Auszeit vereinbart hat, oder? Ab wann darf man wieder Kontakt aufnehmen? Gibt es da Regeln?

Ich laufe nach draußen. Vor dem Kirschbaum bleibe ich stehen. Ich muss jetzt mit jemandem reden, und wenn es nur ein Baum ist. Wie schön es hier werde, erzähle ich ihm. Schon am Freitag gehe es los, und wie aufgeregt ich sei. Ich lege meine Hand auf die Rinde, dabei müsste es eigentlich andersherum sein. »Hörst du, wie mein Herz klopft?«

Über mir knackt es leise. Ein Vogel setzt sich auf einen Ast, fliegt wieder weg. Ich lehne mich mit dem Rücken an den Stamm und sehe nach oben, entdecke die ersten Knospen, streiche mit den Händen über die Rinde und schließe für einen Moment die Augen.

Mein Handy ruft mich zurück ins Hier und Jetzt und ins Haus. Es ist Joop.

»Hat es mit die Handwerker geklappt?«, fragt er, nachdem er mich begrüßt hat.

»Ja, sie kommen schon am Freitag. Aus dem Tanzen wird leider nichts.«

»Wieso denn nicht? Sie werden ja wohl kaum die Nacht durcharbeiten und sicher auch nicht erwarten, dass du den Presslufthammer bedienst, wenn sie weg sind.«

Da hat er recht. Und ich freue mich wirklich aufs Tanzen.

»Willst du vorher die Böden noch abschleifen lassen? Ich kenn da wen. Jannik ist vielleicht etwas langsam, aber er macht es sehr ordentlich.«

Und vor allem kann er sofort. Schneller würde es mit Matthias' Unterstützung auch nicht gehen. Wenn das so weiterläuft, habe ich das Haus in null Komma nichts fertig hergerichtet. Ich stelle mir vor, wie ich Matthias anrufe und ihm sage, dass ich schon vermieten kann. Wie er herkommt, um mich abzuholen, sich alles ansieht und staunt, weil es nichts mehr zu bemängeln gibt. Wie wir hier sitzen und mich und mein Haus feiern. Lächelnd klappe ich den Rechner auf. Zeit für die Videokonferenz mit Baufix.

## 2

Ich habe gerade die Besprechung mit Baufix beendet, als meine Türglocke ertönt. Das muss Jannik sein. Ich sichere meine Notizen, da klopft es auch schon.

»Komme!« Ich klappe den Laptop zu und öffne die Tür.

Zwei Männer stehen davor. Ein älterer mit Mütze und ein jüngerer mit Downsyndrom.

»Hallo, ich bin Jannik«, strahlt mich der jüngere an. »Ich bin hier, um zu arbeiten. Ich arbeite sehr gut. Ich bin der Beste für den Boden.«

»Das freut mich. Ich bin Liane.« Feierlich schütteln wir uns die Hand, und ich bin froh, dass Joop mich nicht vorgewarnt hat.

Der ältere Mann schiebt erleichtert seine Mütze auf dem Kopf zurück, tippt sich gegen die Stirn und stellt sich als Nabil Babacan vor. Die beiden schauen sich die Böden an, tragen dann die Parkettschleifmaschine ins Obergeschoss, und schon legt Jannik im Schlafzimmer los.

Bevor er sich verabschiedet, weist Babacan mich darauf hin, dass die Fensterrahmen erneuert werden müssen. Seine grobe Kostenabschätzung lässt mich bleich werden. Meinen Erbanteil hat der Hauskauf verschlungen, Renovierung und Einrichtung muss ich von meinen Ersparnissen bezahlen. An neue Rahmen ist erst zu denken, wenn ich durchs Vermieten auch etwas einnehme.

Während Jannik oben zugange ist, setze ich mich an meinen Arbeitsplatz in der Küche und starte mit den Änderungswünschen von Baufix. Die sind schnell gemacht. Für das Konzept für ihre neue Kampagne werde ich wohl länger brauchen.

Ein Klopfen reißt mich aus der Arbeit. Ich drehe mich um.

»Wer arbeitet, muss auch Pause machen. Was machst du da?« Jannik steht an der Tür und schaut neugierig auf meinen Bildschirm.

»Ein Marketingkonzept für eine Baustofffirma. Ich helfe ihnen dabei, sich besser darzustellen und so mehr Kunden zu bekommen.«

»Da kannst du uns auch mal helfen. Wir wollen auch gern mehr Kunden.«

Wer will die nicht?

Nach unserer Pause sammele ich ein paar erste Ideen für das Branding eines Architekturbüros, das sich neu gegründet hat – einer der Gründer kennt Matthias, der ihn sogleich an mich verwiesen hat. Ohne lange darüber nachzudenken, schicke ich Matthias eine kurze Nachricht.

»Sitze gerade an ein paar Vorschlägen für Müller & Möller und musste an dich denken. Hoffe, es geht dir gut. Liebe Grüße aus der Eifel.«

Ich weiß, ich sollte das Handy gleich wieder weglegen, auf eine sofortige Antwort zu hoffen ist idiotisch, aber trotzdem tue ich genau das. Mein Blick fällt auf das Facebook-Icon, es zeigt mir an, dass ich neue Nachrichten habe. Ich sehe nach.

EIFEL NATURlich hat geschrieben. »Nach der Wanderung grillen«.

Der Verein wird wohl von echten Eiflern geführt. Kürzer geht es kaum. Dennoch finde ich es nett, dass sie sich noch mal gemeldet haben.

»Gern«, tippe ich. »Bringt jeder sein Grillfleisch selbst mit?«

»Dafür ist gesorgt. Vegetarisch.«

»Gut, dann steuere ich einen Salat bei. Oder lieber einen Nachttisch?«

»Haha, wenn es so spät wird, wäre ein Nachttisch wirklich gut. Unsere Tagestische fürchten sich alle im Dunkeln. *Zwinker-Smiley*«

Eine Sekunde später die nächste Nachricht. »Sorry, albern, aber ich konnte nicht widerstehen. Nachtisch wäre klasse.«

»Vegetarisch. Bekomme ich hin *Zwinker-Smiley*. Ist das Grillen für alle, die an der Wanderung teilnehmen? Dann schreibt das doch dazu.«

»Wir wollen vermeiden, dass Leute nur zum Essen kommen.«

»Ihr müsst ja nicht schreiben, wann und wo gegrillt wird, sondern einfach nur ›im Anschluss an die Wanderung‹. Und ihr könntet einen kleinen Unkostenbeitrag nehmen. Oder Geld für die Getränke.«

»Hey, super. Wenn du so weitermachst, schicke ich dir gleich einen Mitgliedsantrag und ernenne dich zu unserem Eventmanager.«

»Lieber Social-Media- beziehungsweise PR-Frau.«

»Echt?«

»Lass uns am Sonntag darüber reden. Ich weiß ja gar nicht, wofür ihr euch alles einsetzt.«

Meine Hausglocke ertönt. Babacan steht vor der Tür, um Jannik abzuholen. Der poltert die Treppe herunter und strahlt uns an.

»Ich habe sehr gut gearbeitet heute. Bist du zufrieden?« Doch er wartet meine Antwort gar nicht ab, sondern erklärt mir, dass es sehr wichtig sei, dass die Kunden zufrieden sind. »Dann bekommt man mehr. Das kannst du deinem Kunden sagen.«

»Das werde ich.« Ich verabschiede die beiden und will gerade die Tür wieder schließen, als der nächste Lieferwagen vorfährt. »Maler- und Maurerbetrieb Zielke« steht auf der Seite. Mein Mann fürs Grobe steigt aus. Ganz schön alt wirkt er, und kurz frage ich mich, ob ich mir nicht doch besser jemanden von Joop hätte empfehlen lassen sollen.

Meister Zielke hält sich nicht mit einer langen Begrüßung auf. Er will gleich ins Haus, damit er noch alles bei Tageslicht begutachten kann, was mir nur recht ist. Zu meiner Verwunderung zuckt er nicht mit der Wimper, als ich meine Farbpalette heraushole und ihm erkläre, welchen Ton ich in welchem Raum haben will. Ganz im Gegenteil. Er brummt sogar etwas, das sich wie Zustimmung anhört. Auf die Älteren ist eben Verlass. Nicht mal bei Streifen und Rechteck für die Schlafzimmer zuckt er zusammen. Alles kein Problem. Und das zu einem Preis, den auch Matthias nicht besser hätte verhandeln können. Strahlend schlage ich ein.

Als der Meister gefahren ist, muss ich mich erst einmal setzen.

Wie lange bin ich inzwischen hier? Wirklich erst vier Tage?

Ich würde jetzt gern mit Matthias reden. Dem Matthias, den es freuen würde, was ich schon alles auf die Beine gestellt habe, aber ich bin mir nicht sicher, ob es den gerade gibt. Zögernd greife ich zum Handy. Nicht mal geantwortet hat er. Klar, Auszeit ist Auszeit, und wenn er viel zu tun hat, bekommt er eh nichts mit. Ein kleines »Aber trotzdem« nagt dennoch an mir. Andererseits sind wir beide erwachsen, und es ist albern, auf seinen Anruf zu warten, wenn ich mit ihm sprechen will, Auszeit hin oder her. Entschlossen drücke ich auf »Wählen«.

## 3

»Liane? Bin gerade zur Tür rein. Ist echt viel los.« Matthias hört sich abgehetzt an, atemlos, noch voll im Geschäftsmodus – oder wirkt das nur so auf mich, weil hier alles ruhig ist?

»Kein Problem. Komm erst mal an.« Ich stehe auf, gehe ins Esszimmer und hocke mich auf die Bettkante. »Wie geht es dir denn?«

»Na ja, ist halt immer viel aufzuarbeiten nach dem Urlaub.« Ich höre, wie die Kühlschranktür zufällt und Flüssigkeit in ein Glas gluckert. Bestimmt ein Bier. Ein Stuhl, der über den Boden gezogen wird. Jetzt setzt er sich und trinkt erst mal einen großen Schluck. »Und bei dir?«

Auch ich beginne mit der Arbeit, erzähle von meinem Folgeauftrag bei Baufix und dass ich gerade mit dem Konzept für Müller & Möller angefangen habe.

»Wo arbeitest du denn?« Er klingt zweifelnd. Als ob mein Haus eine Baustelle wäre.

»Ich habe gleich am Samstag einen Tisch gekauft und arbeite in der Küche, mit Blick auf den Kirschbaum – du, der hat richtig viele Knospen.«

Er schweigt.

Also rede ich weiter, berichte, dass ich im Haus gut voran-komme. »Die Böden oben werden gerade gemacht. Übermor-gen werden die Schlafzimmer gestrichen, unten wird eine Wand herausgeschlagen, nächste Woche sind die Böden und Wände unten dran, und dann brauche ich nur noch einzurichten.«

»Wasser, Strom, alle Leitungen in Ordnung? Keine Schäden am Dach?«

»Alles bestens«, versichere ich und kreuze die Finger. Einen verstopften Abfluss gibt es ja überall.

»Du hörst dich glücklich an.«

Und er sich überrascht. Und müde.

»Das bin ich auch«, sage ich. »Es ist schön, etwas zu ge-stalten, es sich nicht nur vorzustellen, sondern umzusetzen, zu sehen, wie es wird. Na ja, so weit bin ich noch nicht, aber es bereitet wirklich enorm viel Freude. Wenn es dir bei der Arbeit auch so geht, hast du den besten Job der Welt.«

Er seufzt. »Ich bin ja eher der, der den Finger in die Wunde legt. Aber schön, dass es dir Spaß macht. Sag mal, jetzt am Wochenende kannst du ja eh nichts machen. Kommst du dann nach Hause? Sabine und Roland wollen vorbeischauen. Wir haben lange kein Doppelkopf mehr gespielt.«

»Tut mir leid, aber ich kann nicht.«

»Kannst oder willst du nicht?«

Ich atme durch. »Ich kann wirklich nicht«, sage ich schließ-lich. »Der Maler kommt doch. Und ich will auch nicht. Du fehlst mir, aber gleichzeitig … Ich weiß auch nicht … Ich habe das Gefühl, dass wir uns in letzter Zeit etwas festgefahren ha-ben. Wir sehen uns kaum, machen wenig zusammen.«

»Wer lehnt denn immer ab, wenn ich frage, ob wir noch wo hingehen wollen?«

»Ich mag nicht ständig in eine Kneipe, Matthias, ich will auch mal … keine Ahnung … irgendwohin, wo es schön ist und ruhig.«

»Das wird aber auch nicht besser, wenn ich hier bin und du in der Eifel.«

Genau in diese Schiene möchte ich nicht. Wieder über den Kauf des Hauses streiten. »Hast du den anderen eigentlich nichts von unserer Auszeit gesagt? Weder Sabine noch Merle haben mich darauf angesprochen.«

»Ich dachte, das lohnt sich nicht. Warum sie damit behelligen?«

Obwohl ich selbst nicht weiß, wie lange ich hierbleiben möchte, ärgert mich die Selbstverständlichkeit, mit der er davon ausgeht, dass ich nach ein paar Tagen ohne ihn, allein in einem Haus, das es zu renovieren gilt, zurück nach Köln komme. Glaubt er, ich sei auf seine Hilfe angewiesen?

»Okay«, sagt er in das Schweigen hinein. »Es ist dir also ernst mit dieser Auszeit. Dann lass es uns richtig machen. Drei Monate. Völlige Freiheit. Für uns beide.«

Ich schlucke, will widersprechen. Ich will keine völlige Freiheit. Darum geht es mir nicht. Trotzdem höre ich mich zustimmen.

Drei Monate. Das ist fast bis Ende Juli.

Wir vereinbaren, dass ich am Freitag nach Köln fahre, um ein paar Sachen zu holen. Tagsüber. Er wird nicht da sein. Was mich traurig stimmt, aber was hätte es für einen Sinn, wenn wir uns sehen würden?

Donnerstag, 18. April, bis Freitag, 19. April

## Nur geträumt

1

Die Nacht habe ich schlecht geschlafen. Ist eine Auszeit nicht wie Schlussmachen auf Raten? Im Netz stoße ich auf Tipps, wie sie gelingen kann. Völlige Freiheit zählt nicht dazu. Ansonsten sind wir nicht so verkehrt unterwegs. Klare Absprachen und Kommunikation sind und bleiben wichtig.

Soll ich das Thema Sex noch einmal ansprechen? Auf mich hat es so gewirkt, als ob Matthias das nur gesagt hätte, um mich zu provozieren. Bestimmt hat er gehofft, dass ich dann einknicke. Wir wollen es also beide nicht. Dürfen heißt nicht müssen. Punkt, Ende, aus. Ich beeile mich einfach mit der Hausherrichterei, vermiete es ratzfatz, und wir beenden die Auszeit vorzeitig. Wer sagt denn, dass man sich sklavisch an alle Punkte halten muss?

Eine kalte Dusche hilft mir, die auszeitlichen Gedanken endgültig aus dem Kopf zu vertreiben. Allerdings setze ich dabei um ein Haar den von Jannik so wunderbar abgeschmirgelten Boden unter Wasser, weil dieser verflixte Abfluss nichts, aber auch wirklich gar nichts von Fließen versteht. Ich sollte ihn »Abstopf« nennen. Rasch wische ich das übergelaufene Wasser auf, schütte den kürzlich erstandenen biologisch abbaubaren Rohrreiniger hinein, kippe heißes Wasser hinterher – und verursache fast die nächste Überflutung. Ich seufze. Da werde ich mir wohl eine Saugglocke zulegen müssen. Was ich prompt wieder vergesse, als Jannik kommt und wir arbeiten – er oben und ich unten.

Erst am nächsten Morgen, als ich erneut unter der Dusche stehe, fällt es mir wieder ein, doch dieses Mal löse ich keine neue

Flutwelle im Bad aus. Es staut sich nur in der Duschwanne. Ein kleiner Erfolg?

In der Küche setze ich eine große Kanne Kaffee auf und stelle sie zusammen mit einer Packung Plätzchen für die Handwerker bereit. Einen Tag werden sie schon ohne mich klarkommen, auch wenn das laut Matthias ein absolutes No-Go ist. Handwerker lässt man nie, nicht, niemals allein. Tja, ich halte es mehr mit Joop. Wie hat er so schön gesagt? Sie werden mich eh nicht an ihren Schlagbohrer oder was auch immer lassen.

Ich gehe ins Esszimmer, zerre die Matratze in die Küche, stelle sie hochkant und schiebe dann die Kisten und das zusammengeklappte Bettgestell davor. Wie gut, dass ich noch nicht mehr Sachen hierhabe. So schaffe ich es, alles zu verstauen, bevor es klingelt.

Meister Zielke ist pünktlich. Wir gehen noch mal alles durch. Oben wird einer seiner Jungs streichen, abgemischtes Weiß, einen Teil der Fläche in den vereinbarten Farben und Formen. Die Wand unten werden sie im Nu entfernt haben. Ich führe ihn noch in die Küche, sage ihm, dass sie sich bedienen sollen. Dann verabschiede ich mich.

»Pass du für mich auf«, flüstere ich dem Kirschbaum im Vorbeigehen zu und stelle mir vor, wie ich Matthias erkläre, dass alles bestens laufe. Beim Kirschbaum sei alles in guten Ästen, nein, Blättern. Ich lache auf. Allmählich muss ich wohl aufpassen, dass ich nicht wunderlich werde.

Und als ich Köln erreiche, muss ich aufpassen, dass meine Stimmung nicht unter den Meeresspiegel sinkt. Es staut sich. Lieferwagen stehen im Weg, und es sind ganz einfach viel zu viele Autos auf viel zu wenig Raum unterwegs. Dazwischen Radfahrer ohne Angst oder mit großer Verzweiflung. Es kommt mir schlimmer vor, als ich es in Erinnerung hatte.

Endlich habe ich es in unsere Straße geschafft, doch kein Parkplatz in Sicht. Sonst ist das zumindest am Vormittag meistens kein Problem. Ich fahre eine Runde, aber auch beim zweiten Versuch finde ich nichts. Ich probiere es in der nächsten Querstraße. Vergeblich. Fluchend rolle ich weiter, bis ich schließlich in der Parallelstraße einen freien Platz entdecke. Genervt steige ich aus.

»Liebelein, der Tag ist zu schön für so ein Gesicht. Damit verschreckst du noch die Sonne.«

Welche Sonne? Doch ich muss trotzdem lächeln, als ich mich an dem Mann am Kiosk-Stehtisch vorbei auf den Weg zur Wohnung mache.

Das Haus wirkt wie ausgestorben. Wahrscheinlich sind alle beim Arbeiten. Ich laufe die Treppen nach oben und komme mir wie ein Eindringling vor, als ich die Tür aufschließe und erst einmal horche. Matthias hat doch gesagt, er werde nicht da sein. Und wenn er da wäre, wäre es auch okay.

Entschlossen trete ich ein. Ein rascher Blick in die Küche zeigt mir, dass er Besuch hatte, der über Nacht geblieben ist. Oder einen Frühstücksgast. Manchmal kommt Roland vorbei, wenn sie einen gemeinsamen Termin haben. Dann sprechen sie sich noch einmal ab, gehen irgendwelche Punkte durch, bevor sie zusammen losfahren. Ein Bild von Matthias und Sabine schießt mir durch den Kopf. Die beiden sind so vertraut miteinander. Wäre Roland nicht …, habe ich schon manches Mal gedacht. Und dass das Unsinn ist. Als ob Mann und Frau nicht beste Freunde sein könnten. Muss es denn immer gleich Liebe sein?

Das Wohnzimmer sieht aus wie geleckt. Die klaren Linien, die aufeinander abgestimmten Grautöne von Sofa, Sessel, Kissen und Rollo, die den weißen Flügel umso mehr zum Blickfang machen. Sehr stilvoll, aber irgendwie fehlt mir was. Nach dem Chaos in meinem Häuschen bin ich so viel Eleganz wohl einfach nicht mehr gewohnt.

Ich gehe weiter ins Schlafzimmer. Das Bett ist gemacht. Alles andere hätte mich auch gewundert. Ich ziehe den Koffer unterm Bett hervor und öffne den Kleiderschrank. Ein Business-Outfit sollte reichen. Warme Pullover, Hosen, meine Wandersachen. Unterwäsche, Socken, Strümpfe, meine Sportklamotten, um darin im Haus herumzulümmeln.

Was trägt man in der Eifel zum Tanzen? Stiefel, den schwarzen Rock mit den leuchtenden Mohnblumen? Der fällt weit und schwingt. Doch dann müsste ich den schwarzen Rolli anziehen, und auf so viel Schwarz habe ich keine Lust. Ich suche weiter und entscheide mich schließlich für eine weite Stoffhose in einem Tannenwaldgrün, in das sich ein Blumenmuster in einem helleren Ton zieht. Dazu ein Top, meine beigefarbene Strickjacke, die langen Ohrringe und meine Holzkern-Halskette. Die trage ich eh viel zu selten. Noch ein paar Sommersachen, Notizhefte, Stifte, und der Koffer ist voll.

Einige Schnaufer später hieve ich das Gepäck in den Wagen und mache mich auf den Rückweg. Vorher erstehe ich noch einen Möhrenkuchen in einem meiner Lieblingscafés. So spare ich mir das Backen in einem Ofen, den ich nicht kenne, und meinen Müllsammelmitwanderern einen Kuchen, der nicht schmeckt.

Inzwischen ist es bereits kurz vor zwei und offensichtlich für halb Köln Zeit, um vor allen anderen ins Wochenende zu starten. Da hilft es auch nichts, dass ich mich hier auskenne. Das tun die anderen auch. Schon bis auf die Autobahn brauche ich eine Stunde. Zwei weitere, bis ich endlich auf mein Häuschen zurolle. Bin ich froh, dass ich keine Wochenendpendlerin bin. Und mit dem Parken gibt es hier auch keine Probleme. Nicht einmal der Lieferwagen steht noch da. Mist! Ich wollte doch mit dem Meister noch abstimmen, wann sie morgen kommen. Na ja, das werde ich dann gleich telefonisch machen.

Gespannt, was mich im Haus erwartet, gehe ich zur Tür und öffne sie. Eine Staubwolke schlägt mir entgegen, ich huste, wedele mit der Hand. Mein Herz sinkt mit jedem Schritt, den ich ins Esszimmer trete, bis es in dem Meer aus Schutt und Dreck ertrinkt, das vor mir liegt. Wird so etwas nicht gleich entsorgt? Fertig sind sie auch nicht. Die Wand steht noch etwa zur Hälfte. Gibt es Probleme? Abgesehen von meinem Herzrasen?

Ich laufe zurück zum Auto, hole mein Handy und rufe Zielke an. Es klingelt. Und klingelt und klingelt. Nicht mal die Mobilbox springt an. Der Klingelton bricht ab, ich wähle erneut, während ich nach oben laufe.

Welches Zimmer zuerst?

Ich entscheide mich für das größere, öffne die Tür und kneife instinktiv die Augen zu. Öffne sie wieder. Es flimmert und ist nicht auszuhalten. Feine Streifen, ein viel zu weißes Weiß im Wechsel mit Nachtblau. Das hat doch nichts mit dem zu tun, was ich in Auftrag gegeben habe! Einen Streifen wollte ich, und zwar quer und nicht längs. Und die Farbtöne ... Ich knirsche mit den Zähnen, presse die Wahlwiederholung und laufe in das andere Zimmer.

Aus Flieder ist Rosa geworden. Auch hier ist das Weiß viel zu hart, und statt einer rechteckigen Fläche über Eck habe ich zwei rosarote Wände vor mir. Ich könnte schreien.

Ich schreie!

Hubert Brüll-den-Baum-an Hartmann würde vor Freude um mich herumhüpfen, so laut schreie ich. Oh Mann, warum bin ich nicht hiergeblieben? Ich gehe in die Knie und fange doch tatsächlich an zu heulen.


## 2


Nach einer Weile habe ich mich so weit beruhigt, dass ich Meister Zielke eine Textnachricht zukommen lassen kann. Mit der dringenden Bitte um Rückruf, und zwar heute noch. Dabei ist mir völlig egal, ob der Alte Textnachrichten liest oder nicht. Diese hier hat er zu lesen. Basta!

Danach fege ich durch den Eingang, durchs Treppenhaus, wische feucht durch und überlege, wo ich heute Nacht mein Bett aufklappen will. Ob überhaupt. Ich schaue gerade nach einem Hotelzimmer, als es an der Tür klingelt. Immerhin ist Meister Zielke Manns genug, noch mal persönlich vorbeizukommen.

Ich marschiere zur Tür und reiße sie auf. »Was haben Sie sich eigentlich ...« Meine Empörung prallt in das lachende Gesicht von Joop.

Verdutzt sieht er mich an. »Ups … Was hab ich angestellt?«

»Gar nichts.« Ohne meine Wut sacke ich förmlich in mich zusammen. Zumindest fühlt es sich so an, als ob nur noch ein Häufchen Elend von mir übrig bliebe, und das sieht sicher jämmerlich nach Putzen und Schrubben aus. »Verdammt, die Eifel-Hillbillies.«

»Ja, sie können einen schon umhauen.« Joop sieht mich besorgt an. »Probleme mit das Haus?«

»Das ist unschuldig. Der, der es richten sollte, ist derjenige, welcher.«

»Darf ich mal?«, fragt Joop und späht an mir vorbei in den Flur.

»Aber schnall dich an, es tut wirklich weh.« Zuerst zeige ich ihm die halb zerstörte Wand.

Er nickt fachmännisch. »Das sieht mich nicht nach Problem aus, sondern einfach nur nach Feierabend.«

»Plötzlicher und überraschender Feierabend«, knurre ich. Er hebt die Hände.

»Sorry, ich weiß, nicht deine Schuld.«

Er wollte mir ja jemanden vermitteln, der sein Handwerk versteht und nicht mittendrin alles stehen und liegen lässt.

Wir gehen nach oben. Beim Anblick des nachtblau-weißen Streifenwunders und der rosaroten Kuschelwandecke lacht er so, dass ihm die Tränen kommen. Das mit den Tränen verstehe ich, es ist wirklich zum Weinen, doch schließlich muss ich wenigstens mal kurz lächeln.

»Na also«, sagt er und wischt sich übers Gesicht. »Und jetzt gehen wir tanzen. Danach sieht die Welt wieder anders aus.«

»Das Haus aber nicht.« Ich seufze, doch er hat recht. Heute werde ich an dem Desaster hier eh nichts mehr ändern können. Ich schaue an mir hinunter und habe dabei wohl noch einen Seufzer ausgestoßen, denn Joop berührt sachte meinen Arm.

»Ich nehme dich auch so mit, aber vermutlich willst du dich lieber umziehen. Und kein Stress. Wir haben Zeit. Die Hillbillies laufen schon nicht weg.« Damit verzieht er sich in die

Küche, während ich mich wieder in ein menschliches Wesen verwandele.

## 3

»Wow!« Joop steht auf und pfeift anerkennend, als ich in die Küche komme.

Ein bisschen übertrieben, finde ich, denn so toll sehe ich auch wieder nicht aus, aber es tut trotzdem gut. Ich drehe mich einmal um mich selbst und lasse mich von ihm zum Auto führen.

Eine halbe Stunde später biegen wir von der Landstraße ab und rollen auf eine Wiese, die als Parkplatz fungiert. Die Eifel-Hillbillies scheinen einen großen Fanclub zu haben, wenn ich von der Anzahl der parkenden Fahrzeuge auf ihre Beliebtheit schließen darf.

Schon als ich die Autotür öffne, höre ich Musik – in einem Rhythmus, der mich eher an Brasilien denken lässt als an die Eifel. Am Ende der Wiese entdecke ich ein Festzelt neben einer Scheune. Die Partymeile. Joop winkt dem Typen zu, der den Zugang kontrolliert, und schon sind wir mittendrin im Getümmel. Mich zieht es auf die Tanzfläche. Samba tanzen, olé! Ich schaue zu Joop.

Sofort hält er mir die Hand hin und verbeugt sich leicht. »Darf ich bitten?«

Huldvoll nicke ich, und dann ist es vorbei mit dem majestätischen Benehmen. Tänzelnd schlängele ich mich durch die Menge, zerre Joop hinter mir her, der hier und da noch jemanden begrüßt beziehungsweise begrüßt wird. Küsschen links, Küsschen rechts, es dauert eine Weile, bis wir die Tanzenden erreichen. Die Eifel-Hillbillies spielen jetzt »Macarena«. Die spanische Variante von Linedance scheint sehr populär zu sein. Es bilden sich mehrere Reihen, einige beherrschen die Schrittfolge und die Armbewegungen perfekt, andere hüpfen einfach nur mit. Zu Letzteren gehört auch Joop. Allerdings hat sein

Hüftschwung was. Und wie er dabei mit dem Hintern wackelt! Grinsend lege auch ich die Hände an die Hüften, lasse sie kreisen und drehe mich. Jetzt stehen wir wieder nebeneinander, singen beide mit und lachen, als Joop die Arme wieder ganz woanders hat als alle anderen. In der nächsten Runde ist er hinter mir, ich schiebe mich etwas zurück, betone die Bewegung, sodass er sie besser nachmachen kann.

Nach drei weiteren Stücken brauchen wir eine Pause und vor allem etwas zu trinken. Während ich zwei Sitzplätze am Rand der Tanzfläche besetze, die gerade frei geworden sind, kämpft Joop sich zur Scheune durch. Wir sind nicht die Einzigen, die ein Trinkpäuschen machen. Die Eifel-Hillbillies spielen jedoch unbeirrt weiter. Inzwischen sind sie im Orient angekommen. Bauchtanzmusik. Ich schließe die Augen, wiege Arme und Oberkörper, bis das Stück vorbei ist und die Band übergangslos zu einer Rock-'n'-Roll-Nummer wechselt, die sich offenbar einige ältere Paare gewünscht haben. Jedenfalls gehen sie ordentlich ab und sind fitter als so manche von den jungen. Bewundernd schaue ich zu. Ein Paar beeindruckt mich besonders. Leider sehe ich sie durch die Zuschauer hindurch immer nur kurz, aber wow: Sie bewegen sich dermaßen leichtfüßig über die Fläche, dass der Rest dagegen beinahe langsam und schwerfällig wirkt.

Am Ende des Lieds stehe ich zusammen mit einigen anderen auf und applaudiere. Mit dem Rücken zu mir stellt sich das Meistertanzpaar in Position, er wirbelt sie noch einmal herum, dann verbeugt er sich, sie macht einen Knicks, die beiden drehen sich um – und meine Kinnlade knallt auf den Boden: Hubert Hartmann! Der Wut-tut-gut-Schreihals lächelt gönnerhaft und verneigt sich erneut. Als er mich sieht, verfinstert sich seine Miene kurz, bevor er mir zunickt. Hat mein Reden gegen das Baumanbrüllen doch einen Eindruck hinterlassen? Ich erwidere sein Nicken und setze mich wieder.

»Tut mir leid, dass es so lange gedauert hat. Dafür habe ich uns aber auch was zum Knabbern mitgebracht.« Joop balanciert ein Tablett vor sich her.

Aperol Spritz und Wasser für mich, ein alkoholfreies Bier für ihn, eine Schale mit Nüssen und eine mit Chips. Rasch schaffe ich Platz auf dem Beistelltisch, sodass er abladen kann. Wir stoßen an.

»Irmchen und Hubert sind klasse, was? Rat mal, wie alt sie sind.« Joop nimmt sich was von dem Knabberzeug und hält dann mir die Schale hin.

»Lieber nicht«, sage ich und will nach ein paar Nüsschen greifen, als er die Schale wegstellt. Im ersten Moment bin ich verwirrt, dann begreife ich und lache. »*Nootjes* ja, Raten nein. Ich würde zu gehässig schätzen. Du weißt schon, dass dein Klasse-Hubert mein Baumanschrei-Animateur ist?«

»Ist nicht wahr.« Joop sieht mich überrascht an. »Ich wusste gar nicht, dass er Seminare gibt.«

Wir einigen uns darauf, dass Hubert zumindest beim Tanzen durchaus Führungsqualitäten hat und für seine vierundsechzig Jahre wirklich sehr fit ist.

»Can't Take My Eyes Off You« ertönt. Joop steht auf und reicht mir die Hand. Keine Ahnung, wann ich zuletzt einen Discofox getanzt habe. Vermutlich in der Tanzstunde. Mit Elan schwingt Joop mich herum, wir lachen, tanzen, mal miteinander, mal getrennt, bis die Hillbillies eine Pause einlegen. Ich nutze die Gelegenheit, gehe zur Toilette, wasche mir die Hände. Der Spiegel zeigt mir ein errötetes Gesicht, verschwitzt, aber frisch und lebendig. Ich schüttele die Hände aus und streiche mir die Haare zurück, fasse sie hinten zusammen und lüfte den Nacken.

»Tolles Haar, aber ganz schön heiß, was?« Eine junge Frau tritt neben mich ans Waschbecken und wuschelt durch ihre kurzen roten Haare, sodass sie in alle Richtungen abstehen. »Das Problem habe ich nicht.«

Gemeinsam verlassen wir die Toilettenräume und gehen zur Scheune, wo Joop sich bereits bis zum Barmann vorgearbeitet hat. Ich winke ihm zu. Er hält ein Cocktailglas hoch, ich nicke.

Die junge Frau pfeift leise. »Bombe. Deiner?«

Ich brauche einen Moment, bis ich begreife, dass sie mit

mir spricht und Joop meint. Dann lache ich und schüttele den Kopf. »Nein, nein, Joop und ich kennen uns eigentlich kaum.«

»Was?« Die Frau reißt ihre dramatisch schwarz umrandeten Augen auf – kreisrund werden sie, wie bei einer Zeichentrickfigur, was extrem niedlich aussieht. Sie klimpert mit den Wimpern und zwinkert mir zu. »Wenn der nicht scharf auf dich ist, dann heiß ich Karottenkarlotta, nein, Chilibillie. Ihr seid so heiß zusammen.«

Joop und ich heiß zusammen? Einzeln vielleicht, aber auch da nur vom Tanzen. Ich schaue zur Bar. Als hätte Joop meinen Blick gespürt, dreht er sich zu mir um, formt ein Wort, das ich nicht verstehe, und lacht.

»Siehste.« Die junge Frau beugt sich verschwörerisch zu mir vor. »Den hat's erwischt.«

Wieder schüttele ich den Kopf, energischer dieses Mal. »Wir haben einfach nur einen schönen Abend zusammen, mehr ist da nicht.«

Sie lacht. »Wenn du meinst.«

Ich setze zu einer Antwort an, doch in dem Moment legen die Eifel-Hillbillies wieder los. Automatisch wiege ich mich im Rhythmus der Musik, meine Füße bewegen sich wie von selbst. »Wenn hier was heiß ist, dann die Musik.«

»Hey, du tanzt krass gut. Ist mir vorhin schon aufgefallen. Vor allem der Bauchtanz. Echt lässig.« Sie winkt mir noch mal zu und verschwindet dann Richtung Tanzfläche.

»Bist du nicht zu jung für Nena-Songs?« Joop kommt mit den Getränken zurück.

»Ach, ist das von ihr?« Ich tanze einfach weiter.

»Oh ja.« Joop grinst breit. Dann singt er. Dass er so allein ist und nur von mir geträumt hat. Erfindet er das gerade, oder geht der Text wirklich so?

Doch wen schert das? Auch wenn ich nicht von ihm geträumt habe, habe ich gerade sehr viel Spaß mit ihm und bin alles andere als allein.

Samstag, 20. April

# The day after

## 1

Als ich aufwache, ist es tatsächlich schon Mittag. Schockiert setze ich mich auf. Immerhin keine Kopfschmerzen, kein Gefühl von »die Nacht durchgefeiert«. Bis ich die Augen richtig aufmache und es davor flimmert. Die Streifenwand! Sofort koche ich wieder.

Ich stehe auf und marschiere ins Bad. Da hilft auch keine Wechseldusche. Meister Zielke bekommt gleich den Einlauf seines Lebens. So langsam fange ich an, Matthias zu verstehen, wenn er sich über Dinge aufregt, die beim Bau schieflaufen. Die können einen aber auch zur Weißglut treiben. Genau wie dieser verfluchte Abfluss. Schon wieder habe ich das halbe Bad unter Wasser gesetzt.

Ich starre auf die trübe Brühe. Nicht mal ein kleiner Sog.

»Verdammt und zugestopft. Verflixt und abgeführt, dir werde ich es zeigen, du ... du blöder, blöder Abfluss, du!«

Clara würde sich scheckig lachen, wenn sie mich hören könnte. Schimpfen und Schreien war noch nie meins. Wenn Hubert Hartmann das Seminar »Schrei deinen Abfluss an – Wut macht das Rohr frei« anbieten würde, wäre ich die Erste, die sich anmeldet. Haha, ein Rohrkrepiererscherz.

Ich greife zum Wischmopp. Das wird langsam zur Gewohnheit nach dem Duschen. »Pömpel kaufen«, murmele ich vor mich hin. »Pömpel, Pömpel, Pömpel.«

Mein neues Mantra begleitet mich bis in die Küche, wo ich es als Sprachnachricht an mich selbst schicke. Ich setze Wasser auf, koche mir eine große Kanne Tee zur Beruhigung und greife dann zum Handy.

Drei verpasste Anrufe von »Rufnummer unbekannt«, doch keine Nachricht auf der Mobilbox. Ich seufze. Warum hinterlassen die Leute keine Mitteilung, wenn sie offensichtlich mit mir sprechen wollen? Der hier hat es um acht, um halb neun und um zehn Uhr probiert. Ein Freund der halben oder vollen Stunde.

Ich suche den Kontakt von meinem Meister heraus, drücke auf »Wählen« und nehme noch vor dem ersten Klingelton einen Schluck von meinem Beruhigungstee.

»Zielke«, meldet er sich persönlich beim dritten Klingeln.

Mit einem Rums setze ich die Tasse ab, sodass sie überschwappt. »Liane Rühl, das Haus in …«

»Frau Rühl«, poltert er los. »Wo waren Sie? Ich habe pünktlich um acht vor Ihrem Haus gestanden. Mit Geselle und Lehrling. So geht das nicht.«

Da hat er recht. Kleinlaut entschuldige ich mich.

»Na ja, viel machen hätten wir eh nicht können, es sei denn, Sie haben inzwischen mit Ihrem Nachbarn geklärt, wann es weitergehen kann.«

»Wie? Was hat der denn damit zu tun?«

»Ich mach erst weiter, wenn es nicht wieder Ärger gibt.«

So langsam dämmert mir, was passiert ist – sein könnte. Paul und Silke hat der Baulärm gestört, vielleicht geben sie gerade einen Meditationskurs, sie haben sich beschwert, ich war nicht da, und mein Handwerker ist abgehauen.

Genau so war es wohl auch, entlocke ich ihm mit viel Geduld und Spucke. Nicht Silke, sondern vermutlich Paul hat ihm die Leviten gelesen und unmissverständlich zu verstehen gegeben, dass das so nicht geht. Das scheint Zielkes Lieblingsausdruck zu sein. So geht das nicht, sagt er mehrfach. »Und denken Sie dran: Der Container kostet pro Tag.«

»Welcher Container?«

»Haben Sie den noch nicht gesehen? Den haben wir heute Morgen auf Ihr Grundstück gestellt.«

»Moment.« Ich eile ans Fenster. Tatsächlich. Neben, fast schon im Kirschbaum steht ein Container für den Bauschutt.

Wenn er meinem Baum auch nur den kleinsten Ast gebrochen oder ein Blatt gekrümmt hat, bringe ich ihn durchs Telefon um. Doch danach sieht es nicht aus. Erleichtert atme ich aus und wundere mich, dass ich von dem Lärm nicht wach geworden bin.

»So geht das nicht«, sagt Zielke wieder. »Melden Sie sich, wenn es passt, aber ich kann nicht garantieren, dass wir dann sofort kommen können. Wir haben ja auch noch andere Aufträge. Und lassen Sie mal nach Ihrem Abfluss schauen. Der geht nicht. Einen schönen Tag noch.«

Danke, das weiß ich selbst. Und da wären auch noch die Wände, aber ich komme nicht mehr zu Wort. Er hat bereits aufgelegt. Sei's drum. Im Augenblick interessiert mich nur, was Paul einfällt, meine Handwerker wegzuschicken. Das geht tatsächlich gar nicht, um den Meister persönlich zu zitieren.

Ich eile zur Tür und drücke mich an dem hässlichen Containermonster vorbei. Dass sie es tatsächlich genau zwischen Kirschbaum und Haus gezirkelt haben, ohne eines von beiden zu demolieren – Respekt. Wenigstens dabei haben sie kein Unheil angerichtet.

## 2

Voller Hauswandwut stürme ich nach nebenan. Das Tor ist zu, ich laufe ums Gebäude und will schon den Wintergarten ansteuern, als ich Paul in einem der Eisenbahnwaggons verschwinden sehe. Wenn er glaubt, er kann sich dort verstecken, hat er sich geschnitten. Im Sprinttempo renne ich auf den Waggon zu und reiße die Tür auf, was sich als harte Arbeit erweist, doch die Wut verleiht mir ungeahnte Kräfte. Mit einem Ächzen geht sie auf, und ich stürze hinein.

»Sie können doch nicht …«

Der Waggon ist leer.

Ist er nicht. Ein Rums, ein Fluchen. Pauls Kopf taucht zwischen zwei Sitzbänken am anderen Ende auf. »Die Frau Nachbarin. Geht das Internet nicht? Das kommt schon mal vor. Ich habe es jedenfalls nicht ausgeschaltet. Sie brauchen mich gar nicht so böse anzugucken.«

»Und ob. Sie können doch nicht einfach meine Handwerker mitten in der Arbeit zum Aufhören zwingen und nach Hause schicken. So laut waren sie bestimmt nicht, und Ihr Grundstück ist groß genug. Notfalls können die Seminarteilnehmer auch mal einen Spaziergang ums Maar machen.«

»Wovon sprechen Sie?« Die Falten auf seiner Stirn würden der Rinde eines sehr alten Baums alle Ehre machen, aber damit kriegt er mich nicht.

»Jetzt tun Sie nicht so! Ich renoviere gerade. In der nächsten Zeit kann es schon mal etwas lauter werden, aber das ist kein Grund, meine Handwerker zu verscheuchen. Sollte das noch mal passieren, kommen Sie für den Schaden auf, der mir dadurch entsteht.« Ich frage nicht nach, ob er das verstanden hat. Nein, ich kehre ihm den Rücken zu und lasse ihn stehen. Nur schade, dass ich die Waggontür nicht hinter mir zuwerfen kann. Hubert Brüll-den-Baum-an Hartmann wäre sicher dennoch stolz auf mich. Erhobenen Hauptes trete ich den Rückweg an. Paul wird mir keinen Ärger mehr machen.

Er nicht. Allerdings ruft jetzt eine Frauenstimme aus dem Yoga- und Meditationsraum: »Sekunde, ich komme sofort!«

Das wird wohl Silke sein. Soll Paul ihr erklären, wer ich bin und was ich wollte. Ich mag mich jetzt nicht versöhnlich zeigen und gehe weiter.

»So, da bin ich.« Eine zierliche Frau kommt aus dem Gebäude gelaufen. Sie steckt in einem Bademantel, der nur so um sie rumschlackert. Ihre Haare sind unter einem Handtuchturban verborgen und ihr Gesicht unter einer Schlammmaske. Bis auf zwei leuchtend blaue Augen, die mich fröhlich anblitzen. »Sie wollen bestimmt ein Zimmer, oder? Da haben Sie Glück. Wir haben gerade kein Seminar. Aber Sie können natürlich gern das Wellnessangebot nutzen.«

Ich bleibe hart und verziehe keine Miene. »Liane Rühl. Ich bin die Nachbarin, deren Umbaumaßnahmen Sie so dreist unterbrochen haben.«

»Umbaumaßnahmen?« Sie runzelt die Stirn, was ihre Maske zum Bröseln bringt. »Ach, dann sind Sie die Kölnerin? Ich bin Joelle Jackerath. Solange Silke weg ist, helfe ich ein bisschen aus. Für einen allein ist das ja kaum zu schaffen.« Sie begutachtet meine Haut.

Und ich ihre. Zumindest das, was davon zum Vorschein kommt. Nicht-Silke ist nicht mehr die Jüngste. Und viel zu freundlich für den mürrischen Paul.

»Haben Sie Interesse an Maarbädern?«, fragt sie mich jetzt. »Mit den Schlammpackungen experimentiere ich noch, aber ich denke, ich bin auf einem guten Weg. Sehen Sie, ich bin siebenundsechzig. Hätten Sie nicht gedacht, was? Das geht allen so. Also wenn Sie mögen, mache ich Ihnen einen Freundschaftspreis. Weil Sie ja nebenan wohnen. Sie können mich gern Ihren Freunden und Bekannten empfehlen. Ich komme auch ins Haus. Joelle Jackerath ist übrigens mein Künstlername. Gefällt er Ihnen?«

Das tut er. Vielleicht, weil mich ihr Nachname an die Gegend erinnert, in der ich aufgewachsen bin. Genauso wie ihr überaus rheinländisch anmutender Redeschwall, mit dem sie mich fast noch zu einer Zehnerkarte für ihre Maarpackungen überredet hätte. Aber vielleicht wäre das ja was für meine Feriengäste? Ich verspreche ihr, sie auf meine noch nicht existente Liste mit Tipps zu setzen – und empfehle mich hastig, als ich ein Geräusch in meinem Rücken höre.

»Paul, huhu!« Joelle winkt ihm wohl zu, aber da bin ich schon auf der Straße.

Bei der Vorstellung, wie Joelle ihre Schlammmaske Paul andreht, muss ich tatsächlich lachen. Zurück im Haus ist meine Wut jedenfalls verraucht.

Zufrieden darüber, dass den weiteren Abrissarbeiten nichts mehr im Weg steht, hinterlasse ich Zielke eine entsprechende Nachricht und fahre anschließend zum Baumarkt. Von wegen ich kann nicht streiten! Für Haus und Baum schaffe ich alles. Sogar an die Saugglocke denke ich. In diesem Hochgefühl widme ich mich anschließend dem Abfluss und den Zimmern oben. Der Pömpel bringt jedoch weniger zutage, als ich dachte. Und auch der Erfolg hält sich in Grenzen. Das Wasser läuft nur mit viel Einbildung minimal besser ab. Da muss wohl wirklich ein Profi ran.

Also die Zimmer. Eifrig malere ich los. Auf dass es wieder weiß werde!

Zwei Wände später ist mein Arm lahm, mein Rücken schmerzt, und mein Bauch beschwert sich darüber, dass ich das Mittagessen ausgelassen habe. Aber wenn ich jetzt aufhöre, werde ich heute nicht mehr weitermachen. Wäre das so schlimm? Es gibt keine Deadline, die mir im Nacken sitzt. Außer dass ich Matthias gern zeigen möchte, wie gut, schnell und problemlos ich alles hinbekomme. Warum will ich mich ihm gegenüber beweisen? Das haben wir beide nicht nötig. Ich wasche den Pinsel aus und beende mein Tagewerk.

Nach dem Essen lege ich mich noch ein bisschen in die Hängematte und erzähle dem Kirschbaum von meinen Erlebnissen. Dann krieche ich müde ins Bett.

»Gute Nacht, mein kleines Haus«, flüstere ich ins Dunkel.

Also ehrlich. Jetzt wohne ich gerade mal etwas über eine Woche hier und rede bereits mit einem Baum und einem Haus.

Ich drehe mich auf die andere Seite.

Und warum auch nicht?

Sonntag, 21. April

# Designmitherz und Eifelnaturlich

## 1

Obwohl ich mehr als genug Zeit hatte, muss ich Gas geben, um noch rechtzeitig da zu sein. Eigentlich hätte ich die paar Kilometer auch gehen können, aber wohin dann mit dem Kuchen auf der Wanderung? Tja, und ausgerechnet den habe ich prompt zu Hause stehen lassen. Immerhin habe ich das schon nach der Hälfte der Strecke gemerkt. Entsprechend schnell bin ich jetzt unterwegs, schließlich kenne ich diesen Teil des Weges bereits. Kurz vor dem Treffpunkt werde ich langsamer. Mit quietschenden Reifen auf den Parkplatz zu schießen und dabei den Kies aufzuwirbeln, macht keinen guten Eindruck – ganz davon abgesehen, dass ich es weder hinbekäme noch wollte.

Zu den Verkehrsdurchsagen im Radio biege ich auf den Parkplatz ein, auf dem sich doch mehr Autos befinden, als ich erwartet habe. Allerdings weniger Leute. Ein Mädchen hüpft um die paar Erwachsenen herum, die sich gerade mit Müllsäcken bewaffnen. Im Schritttempo rolle ich an ihnen vorbei bis zum anderen Ende und ärgere mich über das Fahrrad, das ausgerechnet hier an einen Pfahl angeschlossen ist und meine Lücke unnötig klein macht. Ich setze vor und zurück, kurbele am Lenkrad und merke wieder einmal, dass der Golf meiner Mutter wirklich aufs Altenteil geschickt gehört. Ob es in der Eifel Carsharing-Firmen gibt?

Ein Klopfen an mein Seitenfenster holt mich zurück ins Parkplatz-Jetzt. Ich öffne die Tür, und eine junge Frau grinst mich an. »Hey, cool, dass wir uns so schnell wiedersehen. Ich bin die Bea.«

Ich brauche eine Sekunde, um sie als die Rothaarige mit

93

der Igelfrisur vom Scheunentanz wiederzuerkennen. Mit einer Mütze auf dem Kopf und ungeschminkt wirkt sie wie eine junge Mutter beim Sonntagsausflug.

»Liane. Ich freu mich auch. Da kenne ich wenigstens schon jemanden.«

»Ach, das wird sich schnell ändern.«

»Wir machen Gruppen. Wer am meisten sammelt, gewinnt was.« Das Mädchen, vielleicht zehn, elf Jahre alt, mit Rastazöpfen, löchriger Jeans, roter Basecap und Wanderschuhen mit selbst aufgemalten Blümchen, hüpft auf mich zu und hält mir einen Müllsack entgegen. Sie deutet auf die roten Schnürsenkel in meinen Wanderschuhen. »Du kannst bei uns mitmachen. Wir sind die Roten!«

Bea lacht und legt ihren Arm um sie. »Siehst du? Schon bist du adoptiert. Das ist Jana, meine Große.«

Ein Pfiff schrillt über den Parkplatz.

»Kommt ihr bitte mal alle her?«, ruft ein Mann.

Die Stimme kommt mir bekannt vor. Ich sehe mich um. Jemand steigt auf einen Stein. Den Typen kenn ich doch – Paul, der Waldposaunist-und-Handwerker-verscheuch-Nachbar. So schön es ist, schon Leute zu kennen – auf ihn hätte ich lieber verzichtet.

»Guck mal, Paul, wer Neues. Liane aus …« Bea sieht sich fragend zu mir um.

»Wir kennen uns«, presse ich durch meine Zähne und nicke Paul zu.

»Wir aber nicht!«, ruft eine Frau in einem grünen Parka, von denen ich dachte, dass es sie nicht mehr gibt, und hat die Lacher – zwei mittelalte Paare – auf ihrer Seite.

»Meine neue Nachbarin«, stellt Paul mich vor. Dann sieht er auf die Uhr. »Eigentlich hat sich noch jemand angemeldet, aber es sieht so aus, als hätte DesignMitHerz es sich anders überlegt.«

Hat er gerade »DesignMitHerz« gesagt? Ich starre ihn an, als könnte ich so eine Wiederholung erzwingen. Ist er etwa …

»EIFEL NATURlich?«

»Du bist DesignMit…?« Er schaut mich an.

»Herz«, singt Jana. »Du bist sein …«

»… ganzes Herz«, stimmt Bea mit ein.

»Von wegen«, murmelt Paul und pfeift die Anfangstöne vom »Fröhlichen Landmann«.

So wie er jetzt gerade die Hände in die Hosentaschen schiebt, hat er was von seinen Notenmännchen. Nur dass keins von denen einen Bart hatte. Und fröhlicher waren sie auch. Ich muss grinsen.

Er zuckt mit den Achseln und streckt mir die Hand entgegen. »Paul.«

»Liane.«

»Ich dachte, ihr kennt euch schon?« Erneut die Parkafrau. Und erneut lachen alle. Einschließlich Paul und mir, wenn es bei uns auch ein bisschen gezwungen ist.

»Wann gehen wir denn endlich los?« Jana läuft um uns herum und späht schon nach Abfall.

»Ja, lasst uns aufbrechen.« Die Parkafrau nickt. »Komm, Jana. Wir machen die Vorhut.«

Jana sieht sie skeptisch an, aber als sie das rote Tuch um ihren Hals entdeckt, ist sie dabei. Sie greift nach Beas Hand und will auch mich mitziehen, doch Paul sorgt dafür, dass wir beide die Nachhut bilden.

»Sag mal, was war denn das gestern?«, fragt er mich, als Bea, Jana und die Parkafrau sowie die beiden Paare, die die zweite Gruppe bilden, um die Ecke biegen und dank der nahe gelegenen Autobahn auch kaum noch zu hören sind. »Ich hab nur Bahnhof verstanden. Was hab ich mit deinen Handwerkern zu tun?«

»Nichts. Weshalb ich es echt nicht in Ordnung finde, dass du sie einfach nach Hause geschickt hast.« Ich richte mich auf. Nur weil er EIFEL NATURlich ist, kann er sich trotzdem nicht rausnehmen, was er will. Allerdings sieht er mich jetzt ziemlich verwundert an. Ein ungutes Gefühl beschleicht mich. Weiß er etwa nichts von meinem Handwerkerdesaster? Aber wer, wenn nicht er, hat sie dann vertrieben? Joelle Jackerath? Mit ihren Maarpackungen?

Wir gehen los, und ich erzähle ihm, was passiert ist. Mit jedem Wort wird sein Blick finsterer. Und ich unsicherer, dabei bin doch ich diejenige, die die Tobrechte hat.

»Ich nehme an, dass Hubert das war«, sagt er schließlich. »Ich werde mit ihm reden. Okay?«

»Der macht doch, was er will. Wenn er wenigstens Rock-'n'-Roll-Kurse geben würde. Tanzen kann er nämlich richtig gut.«

»Gott sei Dank, du lächelst wieder.« Paul klingt so erleichtert, dass ich lachen muss. Und mich bei ihm entschuldige.

»Nein, bitte nicht.« Verlegen guckt er zur Seite, entdeckt eine leere Taschentuchpackung und fischt sie aus dem Gebüsch.

Ich strecke ihm den geöffneten Müllsack entgegen. »Macht ihr öfter solche Müllsammelwanderungen?«

»Nicht wirklich.« Er lässt die Plastikhülle in den Sack segeln. »Eigentlich wollte ich sie absagen, es ist gerade viel zu tun, aber diese DesignMitHerz hat so nett nach dem Treffpunkt gefragt.«

Wir grinsen uns an. Bis ich merke, dass ich den Müllsack immer noch aufhalte. Ich schließe ihn und werfe ihn mir über die Schulter. »Laufen die Seminare denn gut? Was bietet ihr eigentlich außer Baumanbrüllen noch an?«

»Ach, wir sind noch im Aufbau begriffen. Yoga, Breathwalking, Qigong. Meine Frau ist recht gut in der Yoga-Szene vernetzt.« Er angelt ein Taschentuch aus der Böschung und reicht es mir. »Ich würde gern noch andere Sachen hinzunehmen, mehr naturbezogene Workshops, aber es ist gar nicht so einfach, gute Seminarleiter und Seminarleiterinnen zu bekommen.«

Wow! Hat er gerade gegendert? Sehr lässig und ganz natürlich. Ich bin beeindruckt.

»Wenn du also jemanden kennst oder selbst Seminare gibst …« Er streckt den Arm nach dem Sack aus.

»Das schaffe ich schon noch. Und was die Kurse angeht, frage ich mal rum. Wie bewerbt ihr denn das Seminarhaus? Ich bin Grafikdesignerin und kenn mich ein bisschen mit dem Klappern aus.«

»PR. Lügen und Leute an der Nase rumführen.« Er stöhnt.

»Ach was, du musst doch nichts reinschreiben, was nicht stimmt.«

Er wendet sich ab, hat wohl irgendwo zwischen den Bäumen wieder Müll entdeckt, denn er klettert über den Zaun und hangelt sich ein Stück die Böschung hinunter.

»EIFEL NATURlich, Natur pur!«, rufe ich ihm nach.

Sein vornübergebeugter Rücken richtet sich auf. Er dreht sich zu mir um, sieht mich fragend an.

»Damit köderst du die Leute doch auch und schaffst eine Erwartungshaltung. ›Wir bauen uns unsere eigene Holzhütte und schlafen auf Blättern‹ oder so.«

»Touché.« Er bückt sich, hebt einen Stein auf und kommt damit auf mich zu. »Sieht aus wie ein Herz, liebe DesignMitHerz.«

Ich bewundere seinen Fund.

Prompt drückt er ihn mir in die Hand. »Für dich. Natur pur.« Die Einsprengsel in seinen Augen funkeln.

Meine Atmung beschleunigt sich. Ich konzentriere mich auf den Stein. Er liegt gut in der Hand. Ich streiche über die glatte Oberfläche. »Ehrlich und echt. Ich sehe schon, du bist einer, der Wort hält.«

Er wird rot. Komplimente annehmen kann ich auch nicht gut.

Mit Stein und Müllsack überqueren wir die Autobahnbrücke und stoßen zu den anderen, die an der Wegkreuzung auf uns warten.

»Wer geht wo?« Jana gestikuliert wild und sieht erwartungsvoll zu Paul.

»Geradeaus und später rechts ist kürzer und schöner, hier direkt rechts ist noch eine Zeit lang die Autobahn zu hören. Wollen wir den nicht ganz so schönen Weg nehmen?« Fragend sieht er mich an.

Bevor ich nicken kann, greift die Parkafrau ein. »Ihr zwei beiden geht man hübsch unten durchs Naturschutzgebiet. Liane ist doch neu hier, da wollen wir ihr die Eifel von ihrer besten Seite zeigen. Ich bin übrigens Heike.« Sie schüttelt mir die Hand.

Paul beschreibt den beiden anderen Gruppen ihre Routen und zieht dann mit mir los. Unterwegs erklärt er mir, dass wir rund um den Mürmes gehen, einen Maarkrater, in dem sich ein Moor gebildet hat. Ein wichtiger Lebensraum für seltene Pflanzen und Tiere. Er führt mich zu einer Aussichtsplattform. Still schauen wir über die Schwinggrasflächen. Ein Falter schwirrt um uns herum. Libellen tanzen. Ein leichter Wind geht. Ich spüre den Frühling in der Luft.

Paul stupst mich an und deutet nach oben. »Ein Turmfalke«, sagt er leise.

Als der Vogel nicht mehr zu sehen ist, gehen wir weiter durch den Wald und biegen zum Mittelweiher ab. Am Ufer steht eine dieser herrlich geschwungenen Eifelliegen aus Holz. Einträchtig sitzen wir sogleich nebeneinander und lauschen den Fröschen.

»Hier müsste man jede Woche langspazieren. Das ganze Jahr über.« Ich lasse den Kopf gegen die Lehne sinken. »Natur-pur-Spaziergänge, geführte Wanderungen als Zusatzangebot für eure Gäste.«

»Meinst du wirklich, die Leute haben Lust auf Führungen?«

»Klar. Ist doch interessant, was über die Gegend zu erfahren. Wer kennt sich heutzutage noch aus mit Bäumen, Pflanzen, Tieren? Also ich müsste sonst wohl das Internet befragen.« Ich zwinkere ihm zu.

Er zieht eine Grimasse. »Sorry, da war ich wohl etwas voreilig. Ich dachte, du bist eine von denen, die unbedingt im Grünen sein wollen, Natur, Stille, das ganze Programm, aber natürlich mit Highspeed-Internetanschluss rund um die Uhr. Und wehe, der geht mal fünf Minuten nicht.«

»Fünf ganze Minuten?« Ich fasse mir ans Herz.

Wir lachen.

»Wie wäre es denn, wenn du die Spaziergänge beschreibst und das Ganze als Flyer an der Rezeption auslegst? Wenn du magst, helf ich dir. Wir könnten die Runde noch mal gehen und Fotos machen, ein paar kurze Videos, auf denen du was erklärst. Vielleicht haben wir ja Glück und erwischen wieder einen Turmfalken. Das könnt ihr dann auf eure Website packen. Und auf Social Media. Habt ihr einen YouTube-Kanal? Der Tanz der Libellen. Licht und Farbe in der Natur. Freude pur.« Die Pferde gehen mit mir durch, ich weiß, aber es ist einfach so schön. Ich deute auf den Teich. »Und hier nehmen wir das Quaken der Frösche auf und das Schnattern der Enten. Herrlich. EIFEL NATURlich. Pur. Ungelogen!«

Paul sieht aus, als wüsste er nicht, ob er lachen oder weinen soll.

Bei mir ist es klar. Ich rutsche von der Liege und strahle ihn an. »Was meinst du?«

Dass er mich vom Fleck weg engagieren würde, wenn er es sich leisten könnte, meint er. Nur die Videos, die müssten nicht sein. Und einen YouTube-Kanal hätten sie auch nicht. Aus Gründen. Na klar, das Internet.

»Aber alles andere sehr gern.« Er steht auf, steht ganz dicht vor mir.

Das Sonnenlicht lässt die grünen Sprenkel in seinen Augen tanzen. Es riecht nach Wald und Moos und Frühling. Nach Aufbruch.

»Also dann, abgemacht.« Lachend halte ich ihm meine Hand hin.


## 2

Nach der Runde bin ich voller Eindrücke, der Müllsack hingegen ist so gut wie leer. Bei den anderen ist es genauso, die schlaffen Müllsäcke sehen irgendwie traurig aus, obwohl es ja ein Grund zur Freude ist, dass wir kaum Abfall aufklauben mussten. Jana allerdings ist enttäuscht.

»Wir haben nur zwei Mülls gefunden«, klagt sie. »Und ihr?« Ich zeige ihr unsere Ausbeute.

»Eins, zwei, zweieinhalb. Ihr habt gewonnen.« Sie zieht einen Flunsch.

»Wir zählen nicht«, sage ich rasch. »Paul ist doch der Veranstalter, da darf er nicht gewinnen.«

»Und du?« Hoffnungsvoll sieht sie mich an.

»Mitgelaufen, mitverloren.« Ich zucke die Achseln. »Das nächste Mal gehe ich wohl besser mit dir.«

Sie reißt die Arme in die Höhe und jubelt. Paul lächelt mich dankbar an. Bea fängt die kreischende Jana auf, wirbelt sie herum und schafft es dabei noch, mir ein Daumen-hoch-Zeichen zu geben.

»Hast du einen Preis für sie?«, raune ich Paul zu.

Mit großen Augen sieht er mich an.

Alles klar. Hat er nicht.

Ich ziehe mein Steinherz aus der Hosentasche und stecke es ihm zu. »Sein Herz sollte man nie für sich behalten.«

»Danke«, flüstert er.

Lächelnd gehe ich auf Heike zu, die ein wenig verloren dasteht, nachdem die beiden Paare sich verabschiedet haben. »Du feierst aber noch mit, wie sauber es hier ist, und kommst zum Grillen, oder?«

»Ich muss eigentlich …«

Ganz klar, sie will überredet werden. Vor allem aber will sie loswerden, dass solche Müllsammelaktionen doch gar nicht vonnöten sind – »hier bei uns«. Richtig aufgebracht ist sie. So sehr, dass ich mich frage, warum sie überhaupt gekommen ist. Das klärt sich, als Paul zu uns tritt. Die gute Frau ist ganz einfach neugierig. Als sie hört, dass das Grillen im Seminarhaus stattfindet, kann sie nicht widerstehen. Paul will noch erklären, wo das ist und wie man da hinkommt, aber das weiß sie natürlich. »Ich bin Busfahrerin. Die Straße und das Haus, das ich nicht kenne, musst du erst noch bauen.«

Und auch Bea kennt das Seminarhaus. »Den alten Bahnhof. Klar weiß ich, wo der ist.«

Ich grinse ihn an. »Ich weiß auch, wie man hinkommt, Herr Nachbar.«

Ein wenig verlegen streicht er sich über den Bart und nickt zum entfernten Parkplatzende. »Ich stehe da.«

»Ich auch.«

Auf dem Weg zum Auto frage ich ihn, wie er auf die Idee mit dem Müllsammeln gekommen ist. Heikes Einwand, dass es in der Eifel, zumindest hier in der Ecke, nicht nötig sei, ist ja nicht von der Hand zu weisen. »Nach welchen Kriterien suchst du denn die Strecken aus? Schaust du sie dir vorher an?«

»Sollte ich wohl.« Wieder geht die Hand zum Bart. »Beim letzten Mal hat Silke sich darum gekümmert.«

»Und bestimmt keine großen Müllsäcke ausgegeben. Stell dir mal vor, du müsstest einen vollen Sack mit dir rumschleppen.« Der Gedanke lässt mich schaudern.

Paul lacht.

»Hey.« Ich boxe ihn in die Seite. »Das ist nicht lustig.«

»Du aber schon, wenn du so in Fahrt bist.«

»Vielen Dank«, knurre ich gespielt böse, halte es aber nicht durch, ihn hochzunehmen, und schiebe gleich ein »Alles gut« hinterher.

Ungerührt tritt er an das Fahrrad, das mir das Einparken so schwer gemacht hat. Vorbei ist es mit »Alles gut«. Ich erkläre ihm, dass es ja toll sei, dass er mit dem Rad gekommen ist, aber müsse er es denn so parken, dass es die Autofahrer behindert?

»Ja.« Er grinst mich frech an. »Sonst fahren sie ja immer weiter mit dem Auto.«

Mir klappt der Mund auf. Nur fällt mir dummerweise keine geeignete Erwiderung ein.

Seelenruhig schließt Paul sein Fahrradschloss auf, schwingt sich auf den Sattel und winkt mir zu. »Bis gleich, liebe Design-MitHerz!«


3


Wie schon beim Wandern bin ich auch beim Grillen die Letzte. Wenigstens ist das Parken dieses Mal kein Problem. Ich steige aus, nehme die Kuchenschachtel und laufe um das alte Bahnhofsgebäude herum. Paul, Bea und Jana stehen am Grill und scheinen das Feuer herbeizubeschwören. Ist Heike doch nicht mitgekommen?

»Hast du eine Kuchenplatte?«, frage ich Paul.

»Schau mal in der Küche.«

»Na, das nenne ich mal eine genaue Angabe.« Bea grinst Paul an.

Der hebt entschuldigend die Schultern. Silke und er haben wohl die klassische Aufgabenverteilung.

»Schon gut. Ich werde sicher was Passendes finden.« Ich gehe ins Haus. Ein schlechter Gastgeber scheint er aber nicht zu sein. Für die kleine Grillfeier hat er richtig aufgefahren. Drei Baguettes, zwei große Schüsseln Salat, Grillschalen mit eingelegtem Gemüse in rauen Mengen, mit und ohne Schafskäse. Hat er gehofft, dass wir auf der Wanderung noch weitere Leute aufsammeln? Oder erwartet er die nächsten Seminarteilnehmer und will sie gleich lecker begrüßen?

»Ist das Fleisch schon draußen?« Heike kommt aus dem Bad.

Ich nicke zu den Gemüseschalen. »Es wird vegetarisch gegrillt.«

Sie nimmt die Schalen mit, während ich nach einer Tortenplatte suche. Im vorletzten Unterschrank werde ich fündig. Behutsam schiebe ich den Kuchen auf den großen geblümten Teller, schneide ihn an, packe die Haube darüber und stelle ihn zur Seite. Zusammen mit Jana versorge ich uns anschließend mit Getränken.

»Warum hast du deinen Freund nicht mitgebracht?« Bea ist keine, die lange um den heißen Brei herumredet. Was ich sympathisch finde. Wenn auch verwirrend. Sie weiß doch nichts von Matthias.

»Diesen ... Wie hieß er doch gleich, der Typ, der dich so anschmachtet?« Sie runzelt die Stirn.

Na klasse, sie meint –

»Joop«, sagt sie triumphierend.

Jetzt runzele ich die Stirn. Paul auch. Scheint ansteckend zu sein.

»Er ist nicht mein Freund.«

»Ein toller Typ«, schwärmt Bea.

Hat sie mich nicht gehört?

»Joop de Jong?« Haarklein lässt Heike sich von Bea erzählen, wie Joop und ich zusammen getanzt haben, dass ich super, Joop aber nur so lala tanzen könne, dass er dennoch heiß sei, auch, weil er sich selbst nicht so ernst nehme, was sie gerade an Männern besonders anziehend finde. Ich staune. Was Bea an dem Abend alles erkannt haben will!

»Essen ist fertig!« Paul erlöst mich, auch wenn er sicher nicht weiß, dass er das tut.

Wir setzen uns in den Wintergarten mit dem wunderbaren Holzstamm-Tisch.

Ich fahre die Maserung nach. »Da mag ich gar nichts draufstellen. Paul, du musst mir unbedingt verraten, wo du den herhast.«

Er zupft an seinem Bart und brummelt was von »selbst gemacht«.

»Echt jetzt? Bist du Schreiner?«

»Nein, aber mit Holz zu arbeiten ist gar nicht so schwer. Als Silke und ich auf Bali waren, haben wir uns gern zu den Einheimischen gesetzt und von ihnen gelernt. Einfach ausprobieren und machen.«

»Hast du die Gardinen auch selbst gemacht?« Jana betrachtet die Gebetsfahnen. »Die sind schön.«

»Müssten die nicht draußen hängen?« Heike hat sich ihren Teller gefüllt und reicht den Löffel an mich weiter.

Während ich mir vom Grillgemüse nehme, erklärt Paul Jana, dass das tibetische Gebetsfahnen seien.

»Bali, Tibet.« Bea deutet auf einen tanzenden Shiva. »Wart ihr auch in Indien?«

Der arme Paul kommt kaum zum Essen, aber natürlich wollen wir wissen, wo Silke und er überall waren, wo es ihnen am besten gefallen hat. Wo sie noch hinwollen. Heike würde gern mal nach Sri Lanka, eine Ayurveda-Kur machen, Bea mit dem Motorrad durch Nepal.

»Und du, Liane, was ist dein Traumziel?«

»Ich find's hier gerade traumhaft, aber wenn weit weg, dann nach Bali. Meine Schwester besuchen.«

Sofort fragt Paul, wo Clara lebt. In Ubud seien sie auch gewesen. Er erzählt uns, wie sie sich vor den Affen im Affenwald zum Affen gemacht hätten. Prompt will Jana auch dorthin. Jetzt will sie aber erst mal nach draußen und verzieht sich mit ihrem Skateboard auf den ehemaligen Bahnsteig. Paul macht Kaffee.

»Erwartest du noch Seminargäste?« Heike nickt zu den Salatschüsseln, denen man kaum ansieht, dass wir uns aus ihnen bedient haben. »Wobei – bislang hatte ich noch keinen im Bus, der hierherwollte. Und Autos stehen bei euch auch nie viele rum.«

Paul schenkt ihr eine Tasse Kaffee ein und kommentiert ihre Äußerungen nur mit einem Schulterzucken.

»Wann ist deine Frau denn wieder da?« Körperlich gesättigt, braucht Heike jetzt offensichtlich andere Nahrung.

Doch Paul ist schon mit den Salaten auf dem Weg in die Küche und hat sie offenbar nicht gehört – oder nicht hören wollen. Als er wiederkommt, stellt er den Kuchen auf den Tisch. »Der sieht ja super aus. Wer will ein Stück?«

Sein Ablenkungsmanöver ist offensichtlich.

Und Heike ein Profi. »Ich wollte Silke vorschlagen, Strickkurse anzubieten. Wie der Zufall es will, gebe ich welche. Wollen wir gleich mal gucken, wann es passt?«

Bea und ich verschlucken uns fast an unserem Kaffee. Pauls fassungslose Miene ist aber auch zu lustig. Er murmelt, dass er mit Silke drüber reden und sich dann bei Heike melden werde. Die leert zufrieden ihre Tasse, drückt ihm noch eine Visitenkarte in die Hand und bricht dann auf, weil es jetzt aber wirklich höchste Zeit für sie sei.

»Klasse«, kichert Bea, kaum dass Heike um die Ecke verschwunden ist. »Stricken mit Blick aufs Maar – am besten häkeln Sie was Rundes auf Ihrer täglichen Runde um den Kratersee.«

»So schlecht finde ich ihre Idee nicht. Stricken ist wieder in. Warum also keinen Kurs anbieten?« So ernst ich beim Anblick der kichernden Bea bleiben kann, versuche ich, Paul Heikes Vorschlag schmackhaft zu machen. »Solange ihr das Haus nicht voll habt, schadet es doch nichts. Und wer weiß, vielleicht bringt sie euch Leute, die sonst gar nicht auf euch gekommen wären.«

»Stricken im Einklang mit der Natur. Die Farben wählen wir passend zur Jahreszeit.« Bea ist einfach nicht zu stoppen. Jetzt bekommt sie auch noch einen Lachflash.

Ich kann nicht anders und lache mit.

»Sag, willst du nicht bei den Eifelhexen mitmachen?«, fragt sie mich, als wir uns wieder gefangen haben. »Ich glaube, du würdest gut zu uns passen.«

»Dazu ist Liane nicht böse genug«, sagt Paul und zwinkert mir zu.

»Muss sie auch nicht sein.« Bea ahmt Paul nach und kneift übertrieben ein Auge zu. »Das bringen wir dir schon bei.«

»Wer sind denn die Eifelhexen? Und was macht ihr?« Die Fragen sind schon raus, bevor mir einfällt, dass ich ja maximal für drei Monate hier sein werde. Egal. Auch in der Zeit will ich es schön haben und nicht einsam und allein in meinem Häuschen sitzen und nur schuften.

»Och, wir sind einfach ein paar nette Frauen, die sich einmal im Monat treffen und das Frausein feiern. Alle Altersklassen bunt gemischt. Kein Verein, kein Vertrag, du kaufst nichts, brauchst nicht einmal einen Besen, und wenn es dir nicht gefällt, kommst du halt nicht mehr.« Bea kramt in ihrem Wanderrucksack, runzelt die Stirn und schimpft leise vor sich hin.

»Kann ich ein Stück Kuchen?« Jana stürmt von draußen herein und wirft sich ihrer Mutter an den Hals.

»Nicht, wenn du mir wieder den Stift geklaut hast.«

»Hab ich nicht. Ehrlich nicht. Ich schwöre.« Eine Hand fährt auf den Rücken.

Ich grinse und kann mir denken, wie sie ihre Finger hält.

Unterdessen schaufelt Paul ein Stück auf einen Teller, steht auf und geht damit in die Küche. Verwirrt schauen wir ihm nach.

»Will er nicht teilen? Aber es ist doch noch genug da.« Jana löst sich von Bea und macht Anstalten, Paul hinterherzupirschen, doch da kommt er schon wieder.

»Bitte sehr!« Mit einer Verbeugung, die Jana zum Kichern bringt, stellt er den Teller vor ihr ab. Statt einer Kuchengabel liegt ein Kuli mit dem Aufdruck des Seminarhauses neben dem Kuchenstück.

»Ist der aus echtem Holz?« Jana nimmt den Stift und testet ihn auf einer Serviette.

»Hey, ich glaube, der ist für mich. Iss du man deinen Kuchen.« Bea wendet sich mir zu. »Telefonnummerntausch?«

»Dazu brauchst du doch keinen Kuli!« Empört fischt Jana Beas Handy aus dem Rucksack und hält es ihrer Mutter hin. Zufrieden mit ihrer Lösung des Stiftproblems, behält sie den Kuli in der einen Hand, greift mit der anderen eine Kuchengabel und widmet sich dem Nachtisch, während ich Bea meine Nummer in die Handy-Kontakte diktiere.

»Am besten treffen wir uns das nächste Mal bei dir. Dann kommen nicht alle unter irgendwelchen fadenscheinigen Ausreden einzeln vorbei.« Bea nimmt sich auch eine Gabel und stibitzt Jana etwas von ihrem Stück. »Mmh, saulecker. Den kannst du gern für das Treffen machen. Den wievielten haben wir heute?«

»Den 21.«, antwortet Paul.

»Super. Dann ist es nicht mehr so lang hin.« Bea schiebt sich eine weitere Gabel Kuchen in den Mund. »Möhre, Walnuss und was noch?«

»Mama!« Empört stößt Jana ihre Mutter in die Seite. »Mit vollem Mund …«

»Isst's sich besser.« Bea lacht und gibt Jana einen Kuss auf die Nase.

»Ihhh.«

Bea richtet ihre Gabel auf mich. »Also, hex, hex, nächsten Freitag?«

Jana verdreht die Augen, während mir meine gleich aus dem Kopf fallen. In nur fünf Tagen ist mein Haus nie und nimmer so weit her-, geschweige denn eingerichtet, dass ich dort Gäste bewirten kann. »Vielleicht plant ihr mich lieber für nächsten Monat ein.«

»Erst im Mai?« Bea schüttelt den Kopf. »Wenn du nicht mitmachen willst, sag es lieber gleich.«

»Das ist es nicht.« Ich erzähle von Wänden, die nur noch zur Hälfte stehen, solchen, die nur zur Hälfte gestrichen sind, noch dazu in der falschen Farbe, von Dreck und Schmutz und fehlenden Möbeln. Was nur gut ist, denn wo sollte ich auch hin damit? Von einem Handwerker, der am helllichten Tag alles stehen und liegen lässt, nur weil … »Aber das ist geklärt, am Montag kann es weitergehen.« Ich grinse Paul an und hebe die Schultern.

»Tut mir leid«, sagt der.

»Mir auch«, sagt Bea fröhlich. »Renovierungsarbeiten sind nur cool, wenn man sie hinter sich hat. Noch ein Grund, Gas zu geben. So groß ist das Haus doch nicht. Wer macht es denn?«

»Zielke heißt der Betrieb.«

»Genau die hätte ich dir empfohlen. Da bist du in guten Händen. Was immer das Problem ist, die bekommen das hin. Wer ist denn bei dir?«

»Ein älterer Mann. Ich glaube, der Meister persönlich.«

»Der alte Zielke? Der ist doch im Ruhestand. Zumindest wünscht sich Ilka das. Raushalten tut er sich nicht. Und der hat 'ne Wand bei dir rausgehauen? Respekt! Hätte ich ihm nicht mehr zugetraut.« Bea hält inne und sieht mich besorgt an. »Oh nein, hat er sich übernommen?«

»Er hat aufgehört, weil es zu laut war«, erklärt Paul.

»Wie bitte? Der hört doch so gut wie nichts, wenn er seine Hörgeräte nicht trägt, und das ist eigentlich immer der Fall.«

Mit einem Mal lachen wir alle drei los. Jetzt verstehe ich auch, wie meine Wandmalerei zustande gekommen ist. Und ich freue mich, dass er die richtige Wand zur Hälfte zerstört hat und nicht eine andere ganz.

»Ich schick dir Ilka vorbei, die ist auch eine von uns. Du wirst sehen, die hat dein Haus im Nu auf Vorderfrau gebracht. Dann bleibt es bei Freitag?« Bea ist der fröhlichste und unwiderstehlichste Bulldoggenterrier, der mir je untergekommen ist.

Ich versuche es noch einmal, drastisch, verknappt, wie ich es auch bei Kunden schon mal mache, wenn ich einen Punkt rüberbringen will. »Keine Möbel, keine funktionstüchtige Küche, kein Geschirr.«

Bea deutet mit der Gabel auf den Kuchen. »Wenn du in einer Küche, die es nicht tut, so einen Kuchen zauberst, dann mach ich mir keine Sorgen. Und alles andere bringen wir mit.«

»Oh nein, der Kuchen ist …« Ich werde rot.

»Sehr lecker«, meldet Paul sich wieder zu Wort. »Sagst du mir, wo der her ist? Ich suche noch nach einer guten Bäckerei.«

»Suchst du auch wen für die Küche?« Bea späht ins Innere. »Ich meine, falls du nicht selbst kochst. Ich wüsste da wen. Also, falls Joelle sie dir noch nicht empfohlen hat.«

»Eine von euch Hexen natürlich.« Paul grinst sie an.

»Klar, du hast es erfasst. Uns entkommt man nicht.«

Warum schaut Bea jetzt mich an?

## *Kirschblüte*

### 1

Der Montagmorgen begrüßt mich mit einem leuchtenden Blau. Und den ersten Blüten im Baum. Noch sind es nur ein paar, die Obstbäume am Maar sind schon weiter, aber mein Baum steht ziemlich schattig. Umso mehr freue ich mich, dass es jetzt losgeht. Ich entdecke eine weitere Blüte, gehe um den Baum herum. Auf der Sonnenseite sind es doch schon einige. Aufgeregt laufe ich ins Haus, hole mein Handy und schieße Blütenbilder. Ein bisschen komme ich mir vor wie eine Mutter, deren Kind gerade die ersten Schritte macht.

Hinter mir höre ich Motorengeräusche. Ich drehe mich um. Der Lieferwagen von Zielke rollt auf mich zu. Statt des Altmeisters sitzt eine Frau am Steuer, wilde blonde Locken, ein breites Lachen im Gesicht. Sie winkt mir zu, dann geht auch schon die Tür auf, und sie springt raus.

»Liane? Ich bin Ilka. Bea hat mir erzählt, dass mein Vater dich hat sitzen lassen. Das tut mir leid.« Sie streckt mir ihre Hand entgegen. Ein kräftiger Händedruck für so eine kleine Person. Da merkt man, dass sie zupacken kann.

»Alles gut.« Ich erwidere ihr Lächeln. »Ein Missverständnis.«

»Auf das ich sehr gespannt bin. Zeigst du mir die Baustelle?« Und dann wirbelt sie mit mir durchs Haus.

»Wie wäre es, wenn wir hier vorn einen Teil der Mauer stehen lassen? Vielleicht anderthalb Meter, halb hoch. Eine Platte drauf – und du hast einen Raumteiler.«

Die Idee gefällt mir. Wir sprechen die Maße ab. Die Farben für oben, für unten.

»Heute machen wir die Wand, dann können wir morgen

streichen. Was ist mit der Küche?« Ilka deutet meinen Gesichtsausdruck richtig. »Keine Sorge, das wird nicht teuer. Du hast eine kleine Entschädigung bei uns gut.«

Als Joop am Abend anruft, bin ich guter Dinge, um nicht zu sagen: euphorisch. Ich schwebe förmlich auf einem neuen Eifelhoch. Wie super hier alles laufe. Wie sich die Leute gegenseitig unter die Arme griffen. Wie schnell und zuverlässig die Handwerker und Handwerkerinnen arbeiteten. Ich schwärme und schwärme. Es dauert, bis er zu Wort und zum Grund seines Anrufes kommt.

»Magst du am Mittwoch mit nach Trier fahren? Ich habe da einen kurzen Termin, aber danach habe ich Zeit, und wir könnten nach Möbeln gucken, die Stadt besichtigen, lecker essen gehen. Was immer du willst.«

»Keine Überraschungen?« Ich schnaube gespielt empört. »Dann will ich nicht.«

»Das lässt sich ändern.«

»Nein, Scherz. Solange die Handwerker hier arbeiten, will ich nicht weg. Ich habe meine Lektion gelernt.«

»Wie wäre es dann am Sonntag? Elf Uhr? Ich verrat auch nicht, wo es hingeht.«

»Oh Mann, du spannst mich auf die Folter. Wie kann ich da Nein sagen?«

»Gar nicht.«

Ich höre das Lachen in seiner Stimme und freue mich auf Sonntag.

## 2

Die nächsten Tage stehen ganz im Zeichen der »Hausarbeiten«. Bevor unten gemalert wird, will ich noch den Holzboden machen lassen. Am Dienstag schleift und versiegelt daher ein stolzer Jannik, während Meister Zielke gemeinsam mit einem Lehrling oben streicht, dieses Mal entsprechend meinen Vorgaben. Und am Mittwoch dann unten. Pünktlich zum Feierabend ist wirklich und wahrhaftig alles fertig. Mit einem ordentlichen Trinkgeld verabschiede ich meine Helfer und bin fast ein wenig traurig, sie am nächsten Tag nicht wiederzusehen.

Den verbringe ich mit Schwelgen. Das Sandgelb mit dem Maigrün setzt natürliche Akzente auf den sanftweißen Wohnzimmerwänden. Die Farben harmonieren mit dem Holzboden und stimmen mich fröhlich. Glücklich. Genau so wünsche ich es mir für meine Feriengäste. Sie sollen den Raum betreten und sich wohlfühlen.

Ich schiebe meine Kisten in eine Ecke, in der sie nicht stören. Ob ich in der mit der Aufschrift »Pinsel, Kladden, Bilder« etwas finde, womit ich das Haus für den Hexenbesuch wohnlicher herrichten kann? Ich öffne den Karton und versinke in meinem Frühwerk. Geschwungene Formen, kühne Linien. Kein Rechteck, kein gerade verlaufender Streifen. Jetzt weiß ich, was mich in den Räumen oben stört, obwohl sie genau so gestrichen wurden, wie ich es haben wollte. Harte Formen. Aber die passen nicht zum Haus. Entschlossen schnappe ich mir die Farbreste, die Zielke hiergelassen hat, übermale Rechteck und Streifen und lasse Wolken wachsen. Leichte, luftige. *Cloud number nine.* Eifelwolke Nummer sieben. Für mein Eifelhaus mit der Nummer sieben. Ich schwinge den Pinsel. Frei und über den Wolken. Bastele Schablonen und male damit die Worte »Lächeln« und »Süßkirschträume« an die Wände der Schlafzimmer. Und im Wohnzimmer, in meiner kleinen Ecke hinter der Trennwand, steht am Ende »Eifelliebe«.

Am Abend zieht es mich noch mal zum Kirschbaum. Völlig erledigt, aber zufrieden sinke ich in die Hängematte und bewundere jede einzelne Blüte. Nach einer Weile greife ich zum Handy, zoome eine heran, halte sie fest. Das Bild ist einfach zu schön, um es nicht zu teilen. Nur mit wem? Matthias brauche ich es nicht zu schicken. Clara? Der ganzen Welt? Es wird die ganze Welt. Ein Social-Media-Post. #Kirschblüten #Traumhaft #Eifel #Maarliebe #MeinKleinesHausMitBaum #AufEifelwolkeNummerSieben.

Ich sehe zum Himmel. Die hellen Kirschblüten an den dunklen Ästen vor einem Blau, das mich einfach nur träumen lässt. Kirschblütenhaus in der Eifel. Vor meinem inneren Auge entsteht die Website für mein Haus: auf beziehungsweise in Eifelwolke Nummer sieben. Ein Pling lässt mich auf mein Handy sehen. Erste Reaktionen auf meinen Kirschblütenbeitrag. Ein Herz von Clara. Gleich noch eins. Von Matthias? Ich sehe nach. Natürlich nicht. Es ist von Paul. Rasch suche ich ein paar Bilder von der Müllsammelwanderung und vom Grillen heraus und schicke sie ihm.

»Für deine Naturwanderungen!«

»*Verschreckt-guckender-Smiley* Da bin ja ich drauf.«

»Und?« Mag er etwa keine Fotos von sich? Üblicherweise diskutiere ich darüber mit den wenigen Kundinnen, die ich habe. Bei den Männern ist das eher selten ein Thema.

»Es geht bei den Wanderungen doch nicht um mich.«

»Du bietest sie an, und die Leute wollen den Menschen dahinter sehen.« Außerdem siehst du echt heiß aus auf den Fotos, aber das schreibe ich natürlich nicht. Stattdessen gehe ich sie noch mal durch. Am liebsten mag ich das, wo er direkt in die Kamera schaut. Seine Augen leuchten. Da muss man sofort an einen Laubwald denken, in den das Sonnenlicht fällt. Die kleinen Falten in den Augenwinkeln kräuseln sich. Ganz so, als würde ein leichter Wind durch die Blätter streichen. Und dann der kräftige Mund.

Ich spüre, wie mir warm wird. Hastig schließe ich die Fotogalerie.

Mein Beitrag hat inzwischen noch ein paar weitere Daumen-hoch-Zeichen und einen Kommentar erhalten. Von Clara. »Sieht so aus, als hättest du endlich wieder einen Kirschbaum. *Zwinker-Smiley* *Herz* *Küsschen*«

Gerade will ich das Handy weglegen, als ich eine private Nachricht an DesignMitHerz entdecke. Von EIFEL NATURlich.

»Tolle Blütenbilder, aber ich würde echt gern den Menschen dahinter sehen. *Grinse-Smiley*«

»Touché«, antworte ich und versehe seine Nachricht mit einem Herz. Lächelnd lasse ich das Handy sinken.


## 3

Am Freitagvormittag kaufe ich ein. Vor allem Getränke, aber auch Knabberzeug. Rasch gesellen sich zu Ess- und Trinkbarem noch einiges an Dekoration und die eine oder andere Topfpflanze, die ich später in den Garten umsiedeln werde.

Wieder zurück, stelle ich den Sekt kalt. Dann verteile ich Freesien, Eisblumen und Gänseblümchen im Wohnzimmer. Farbenfrohe Blickfänge. Ich hole zwei bunte Kissen sowie die sonnengelbe Kuscheldecke vom Bett und packe alles in die Hängematte. Zum Schluss bastele ich ein Herz aus rotem Krepppapier, das ich im Kirschbaum drapiere. Liebe, wo sie hingehört.

Dann dusche ich, ärgere mich über den Abfluss, aber nicht zu lange, nicht heute. Zur Feier des Tages – und des Hauses – ziehe ich meinen Lieblingsrock an. Natürlich hat er ein Blumenmuster, die Farben sind hell und frühlingshaft, er fällt weit und weich und ist knöchellang, was ich liebe. Ein helles Top, darüber der lindgrüne Pullover. Ein leichtes Make-up, die Kette mit dem Holzanhänger, meine braunen Wildlederstiefeletten. Fertig. Ich tigere durchs Haus. Gibt es noch etwas, das ich tun kann?

Draußen wird es laut. Wagen fahren vor, Autotüren schlagen zu, Frauenstimmen in allen Tonlagen. Mit einem Mal bin ich aufgeregt, als wäre heute mein erster Schultag. Mit schwingendem Rock gehe ich zur Tür und öffne sie.

»Liane, hallo!« Bea winkt mir zu. Die roten Haare kreuz und quer aufgestachelt, hilft sie einer älteren Frau aus dem Wagen, die eine fliederfarbene Spange im dicken, geflochtenen Zopf hat, passend zum fliederfarbenen Kleid. Selbst der Rollator, den Bea ihr hinschiebt, ist fliederfarben. Da brauche ich nicht lange zu raten, was ihre Lieblingsfarbe ist.

»Das ist meine Oma Änne.«

»Stell mich nicht immer als deine Oma vor. Da denkt doch jeder, ich wäre alt.« Sie zupft sich ihr Kleid zurecht. Erst dann wendet sie sich mir zu.

Wir begrüßen uns und bewundern gegenseitig unsere Outfits.

Sie deutet auf meinen Rock. »Zu schade, dass ich dafür zu kurz geraten bin. Warum kannst du nicht mal so was anziehen, Bea?«

Doch die hat sich schon verdrückt und hilft Ilka und zwei anderen Frauen beim Entladen eines Lieferwagens. Joelle erkenne ich wieder, die Maarschlammliebhaberin von nebenan. Die andere – größer, rundlicher, ebenfalls kurze Haare, etwa im selben Alter – heißt Henni.

Joelle hakt sie unter und zieht sie zu mir. »Seit dem Kindergarten sind wir schon befreundet. Männer kommen und gehen, aber wir sind immer noch zusammen.«

»Wenn ihr euch nicht gerade zerstritten habt.« Lachend kommt eine weitere Frau auf uns zu, luftiger Bob, enge Jeans, lässige Bluse – ein Hauch von große, weite Welt. »Hallo, ich bin Doro.«

»Die Dritte im Kindergartenbund.« Henni lächelt mich an. »Sollte man nicht meinen, was?«

Ich lächele einfach nur zurück. Auf diese Frage gibt es keine passende Erwiderung.

»Wollen wir draußen Kaffee trinken?« Ilka sieht sich prüfend um und zeigt auf den Fleck Garten, auf den die Sonne fällt.

Im Nu steht die Biergarnitur, und Kuchen werden darauf platziert. Rhabarber-Baiser, Apfel-Walnuss mit Quarktopping und ein Käsekuchen. Sogar Thermoskannen mit Kaffee haben die Frauen mitgebracht.

»Aber erst stoßen wir an«, sage ich und hole den Sekt aus dem Kühlschrank.

Als jede ein Glas in der Hand hat, prosten wir uns zu.

»Aufs Haus.«

»Auf die Vulkaneifel.«

»Auf uns.«

»Auf dass du dich hier sehr wohlfühlen wirst!« Änne leert ihr Glas. »Und jetzt will ich das Haus sehen.«

Wir beginnen die Besichtigung, vielmehr die Inspektion, in der Küche. Der Herd sei noch top, befindet Änne, während Henni mir zu einem neuen rät. Mit Induktionskochfeld.

»Sie hat aber doch Gas, und das ist auch besser.«

»Find ich nicht.«

Eine hitzige Debatte entbrennt darüber, ob ich auf Elektro wechseln (zwei dafür, drei dagegen, Bea enthält sich), den alten Herd behalten oder ihn gegen einen neuen austauschen soll (zwei für alt, vier für neu) und wie die Küchenzeile am besten zu gestalten sei (Einbau, frei stehend, ums Eck, bloß keine Dunstabzugshaube, unbedingt eine). Einig sind sich alle darin, dass in eine ordentliche Küche ein ordentlicher Tisch gehört. Und das heißt: einer, an dem viele Leute sitzen können. Ob Platz dafür ist oder nicht. So ein kleiner alter, das ist doch nichts. Nur Änne mag ihn. Alt zu sein sei doch nichts Schlechtes.

Sie streiten noch, als wir bereits meinen neuen, großzügig geschnittenen Wohnraum betreten. Die Größe gefällt. Auch, dass der Raum heller geworden ist. Selbst zu den Farbtupfern an den Wänden höre ich nur Positives.

Ich lotse sie zu meiner Spruchecke.

»Eifelliebe?« Henni schaut fragend.

Joelle hebt ratlos die Schultern.

Änne runzelt die Stirn.

Ilka grinst breit.

Doro schüttelt den Kopf.

Bea prustet los.

Wohl kein durchschlagender Erfolg. Doch mir bleibt keine Zeit, darüber nachzudenken. Es hagelt Einrichtungsvorschläge. Erst versuche ich, mir die Tipps zu merken, gebe dann aber schnell auf. Wenn ich die alle abarbeiten wollte, würde ich in diesem Leben zu keinen Möbeln mehr kommen. Zudem will ich ja nicht neu, sondern alt kaufen. Was ich aber im Moment

lieber unerwähnt lasse. Wer weiß, welche Diskussion das aus-
lösen würde.

Nachdem jede einzeln auch noch die Gästetoilette im Erdgeschoss besichtigt und dabei ein wenig die Nase gerümpft
hat, geht es nach oben. Bea hilft Änne die Treppe hoch, und
dann höre ich auch schon die Begeisterungsrufe, als Änne mein
»Fliederzimmer« entdeckt. Neugierig drängeln die anderen
hinterher.

Ilka erspäht die Wolken und nickt. »Das passt besser zu dir.«

Nach der Besichtigung setzen wir uns an die Festtafel. Drei
Kuchen für sieben Frauen. Von denen keine auf Diät ist. Alle
probieren alles, sodass die Reste anschließend auf einen Teller
passen, den ich im Kühlschrank verstaue, bevor ich die Damen
noch einmal mit Sekt versorge.

»Den haben wir uns verdient.« Änne seufzt behaglich und
lehnt sich auf dem Gartenstuhl zurück. Dann klatscht sie in
die Hände. »Aber wir sind ja nicht zum Vergnügen hier.«

Sind sie nicht? Überrascht schaue ich in die Runde. Gibt es
doch eine Vereinsordnung der Eifelhexen, packt gleich eine von
ihnen Stift und Papier aus und führt Protokoll? Oder muss ich
eine Aufnahmeprüfung machen?

Bea hat meinen fragenden Blick bemerkt und klärt mich
auf. In vier Monaten sei Sommerfest, und sie hätten noch nicht
festgelegt, was sie in diesem Jahr dort machen wollen.

Es folgt eine sprunghafte Auflistung ihrer bisherigen Auf-
führungen. Ein Highlight jagt das nächste. Die Veranstaltun-
gen, auf denen was schiefgegangen ist, seien die besten gewesen.
Unter großem Gelächter wird mir vom letztjährigen Auftritt
erzählt, einem Hula-Hoop-Wettbewerb für Groß und Klein,
Mann und Frau, alle Alters- und Gewichtsklassen. Da seien
Reifen ins Maar gerollt, die unter großem Tamtam und von
heldenhaften Teilnehmern in voller Montur herausgefischt
worden seien, es habe harte Kämpfe und eine kleine Siegerin
gegeben.

»Da erinnern sich noch alle dran«, schließt Änne die Be-
richterstattung ab. »Also los, wie können wir das toppen?«

Henni meldet sich zu Wort, ganz förmlich, ich staune. »Ich bin dafür, dass wir ein Wetthäkeln machen.«

Kollektives Stöhnen, mehrstimmig und ziemlich lang anhaltend. Die arme Henni.

Doch sie lässt sich nicht davon beeindrucken. »Wie wäre es mit …?«

»Nein, auch kein Wettstricken.« Der Chor setzt uneinheitlich ein, ist sich aber einig.

»Wir könnten dieses Jahr doch mal wieder was aufführen, also keinen Wettbewerb veranstalten.« Der Vorschlag kommt von Doro, die sich bislang eher zurückgehalten hat.

»Hexentheater. Mit selbst genähten Puppen. Habt ihr nicht noch das alte Kasperletheater?« Joelle wendet sich an Ilka. »Bestimmt. Dein Vater wirft doch nichts weg.«

»Und was sollen wir spielen? Etwa ›Die kleine Hexe‹?« Zweifelnd zieht Doro eine Augenbraue hoch.

»Ach was, doch kein Kinderstück!« Joelle schüttelt den Kopf.

»Maaria und Josef«, kichert Bea. »Versteht ihr? Maaria wie das Maar mit ia, also Eseln drumherum, wie am Totenmaar.«

»Gib ihr nichts mehr zu trinken«, weist Änne mich an. »Ilka?«

»Kein Theaterstück. Da muss man so viel auswendig lernen. Lasst uns lieber was nehmen, das Spaß macht.«

»Ich wüsste was, aber schon gut.« Henni hebt die Hände, als die anderen gleich wieder zu murren beginnen. »Ich sag nichts, nur Labyrinth und Wollfäden.«

»Du hast nichts gesagt, wir haben nichts gehört.« Änne nickt mir zu. »Liane, irgendwelche Ideen?«

»Vielleicht ein Tanz?«

»Linedance hatten wir schon, das war super. Können wir das nicht noch mal machen?« Joelle und Henni überlegen, in welchem Jahr das war.

»Tango.« Doro steht auf und macht ein paar Schritte. Am Kirschbaum angekommen, dreht sie sich elegant und sieht uns an. »Und zwar mit Männern!«

Wieder gibt es ein kategorisches Nein von Änne. Dieses Mal ohne Begründung.

Doro zuckt mit den Achseln und setzt sich wieder. »Hab ich mir schon gedacht.«

»Hey, wie wäre es denn mit was Orientalischem?« Bea sieht mich an und versucht, mit der Brust zu wackeln. »Das sah super aus bei dir.«

»Bauchtanz?« Änne mustert erst Bea, dann mich und schaut nicht begeistert aus, wenn ich ihre Stirnfurche richtig deute.

»Los, zeig mal!«, fordert Bea mich auf.

Sofort richten sich alle Augenpaare auf mich. Aus der Nummer komme ich nicht mehr raus. Also versuche ich es gar nicht erst. Ich suche ein Stück auf meinem Smartphone, mache einen Knoten in meinen weiten Pullover, sodass er höher und enger sitzt – freie Sicht auf den Bauch muss sein. Musik an, und los geht's.

Die Hexen sind ein hinreißendes Publikum. Schon nach den ersten Hüftschwüngen applaudieren sie. Ich werde freier, mutiger. Zum Schluss pfeifen und johlen die Frauen, und damit steht fest: Es wird einen Bauchtanz geben.

Und ich werde ihn den anderen beibringen. Ab sofort bin ich die Bauchtanz-Beauftragte. Erhitzt setze ich mich wieder und weiß noch nicht, ob ich mich freuen oder fürchten soll. Ich tanze zwar gern, doch es ist lange her, und eine Choreo habe ich noch nie zusammengestellt, geschweige denn andere unterrichtet.

Als spürte Henni meine Unsicherheit, legt sie ihre Hand auf meinen Unterarm und raunt mir zu: »Das wird wunderbar.«

»Ja, das wird es bestimmt«, kommt es von Doro. Sie zwinkert mir zu. »Und denk immer dran: Je mehr schiefgeht, desto besser.«

»Sei doch nicht so fies, Mama!« Empört funkelt Bea Doro an.

Mama? Das heißt, Doro ist Beas Mutter und Änne ihre?

»Dass die drei miteinander verwandt sind, überrascht alle.«

Ilka, Henni und Joelle lachen. Anscheinend spricht meine Miene Bände.

Bei Knabberzeug, Sekt und O-Saft werden mit Feuereifer weitere potenzielle Bauchtänzerinnen durchgegangen und wieder verworfen, bis Änne zum Gehen aufruft. Da ist es schon beinahe dunkel.

Mit einigem Hin und Her werden die Autos bepackt, dann verabschiede ich die Eifelhexen. »Bis nächste Woche.«

»Bis zur ersten Tanzstunde!«

Ich winke ihnen nach. Ganz erfüllt stehe ich da. Vor meinem Haus. Eine erste Feier. Fast ein bisschen wie ein Richtfest, nur dass ich schon viel weiter bin. Schade, dass keiner aus Köln da war. Matthias, denke ich. Aber ich habe ja niemanden eingeladen. Wie sollen sie da kommen?

Wenn ich das Haus eingerichtet habe, dann lade ich alle ein. Die Hexen, Paul und seine Silke, Joop, meine Kölner Freunde. Matthias. Ein privates Sommerfest, auf das ich mich jetzt schon freue. Ich gehe zum Kirschbaum, berühre die Rinde. »Ein ganz großes Fest wird das.«

Eine Blüte segelt herab.

Ist das ein gutes oder ein schlechtes Omen?

Ein gutes, beschließe ich. Streiche noch mal über die Rinde und kehre leise singend ins Haus zurück. »Gute Nacht, Freunde.«

Wo kommt denn das Lieblingslied meines Vaters auf einmal her? Egal. Heute bin ich glücklich und trinke ein letztes Glas, aber ganz bestimmt nicht im Stehen. Und gehen muss ich ja auch noch nicht.


4


Voller Vulkanfeuer und Flamme sitze ich am nächsten Morgen am Küchentisch und studiere Bauchtanz-Video-Tutorials. Zuerst die Basics. Die Hexen sollen den Tanz von Grund auf lernen. Ich möchte, dass sie bei der Vorführung strahlen und funkeln. Es soll ein Auftritt werden, den man nicht so schnell vergisst.

Ich stehe auf, mache die Übungen mit, probiere andere aus. Ob ich mir das Stativ aus Köln holen sollte? Ich könnte kleine Folgen für sie aufnehmen, damit sie zu Hause üben können. Uns alle filmen. Auf einer Videoaufnahme werden Fehler deutlicher. Ich könnte im Detail demonstrieren, wie man es richtig macht, und natürlich könnte ich so den Gesamteindruck besser beurteilen. Ich könnte es übertreiben. Aber ich will es doch gut machen.

Genug getanzt für den Moment. Mit Tee, Kissen, Kuscheldecke und Laptop ziehe ich zur Hängematte, um dort an meinem Angebot für Müller & Möller zu tüfteln. Zunächst liege ich jedoch einfach nur da, schaukele ein bisschen und bewundere die Blüten. Eine Fahrradklingel holt mich aus meiner Blütenschau. Ich sehe zur Straße.

Paul kommt aus dem Ort geradelt. Er winkt mir zu und hält an. »Hat alles geklappt mit den Handwerkern? Bist du rechtzeitig fertig geworden?«

»Ja, willst du mal gucken?« Ich schäle mich aus der Hängematte und gehe ihm entgegen. Wie eine stolze Mutter zeige ich mein »Neugeborenes« gern und kann auch Stunden darüber reden. Mal sehen, wie lange Paul durchhält.

Er schiebt sein Rad aufs Grundstück und nickt zum Kirschbaum hin. »Sieht aus, als hättest du Chancen auf eine gute Ernte. Wenn du Hilfe beim Pflücken brauchst, meld dich. Ich bin der weltbeste Kirschbaumkletterer.«

»Das bin eigentlich ich, aber das letzte Mal, dass ich auf einem Baum gesessen habe, ist lange her.« Wehmütig betrachte ich den Kirschbaum. Da hatten wir unser Haus noch, und mein Vater lebte noch. Er hat von der Leiter aus geerntet, während ich auf meiner Astgabel mehr Kirschen in den Mund geschoben als in den kleinen Eimer habe fallen lassen, der neben mir hing.

»Das verlernt man nicht.« Paul stellt sein Rad ab und tritt unter den Baum. Er legt den Kopf in den Nacken, sodass ich nicht anders kann, als sein Haar zu bewundern, das über die Schultern nach hinten fällt. Ich liebe Locken. Meine sind harte Arbeit, seine scheinen Natur zu sein. Jetzt dreht er sich langsam um sich selbst und zeigt dabei auf gute Kletteräste, ein wenig wie ein Profi, der einem Rookie die beste Route nach oben erklärt.

»Bist du auf dem Land aufgewachsen?«, frage ich ihn.

»Nein, in der Stadt, aber in den Ferien war ich oft auf dem Hof meines Onkels.« Kurz berührt er den Stamm des Kirschbaums, als wollte er sich verabschieden, dann sieht er sich im restlichen Garten um.

Einfacher Rasen. Ich erkläre ihm, dass ich hier eine Wildwiese anlegen möchte. Mit Schafgarbe, Giersch, Frauenmantel, Günsel, Knoblauchrauke, Bärlauch, Kerbel, Färberkamille, Gänseblümchen – meine Liste ist endlos. »So eine richtige Naturwiese soll es werden, ein Paradies für Bienen, Hummeln, Schmetterlinge.«

Ist Pauls Miene anfangs noch freundlich gewesen, so hat sie sich zunehmend verfinstert. Hat er Sorge, dass mein Wildwuchs sein Waldgrundstück zuwuchert?

»Was stört dich daran?«, frage ich ihn direkt.

Täusche ich mich, oder wird er rot? Bei seinem Bart ist das nicht so einfach zu sehen.

»Nichts, es ist nur …« Er nimmt ein Haargummi aus der Hosentasche und bindet sich die Haare zusammen. »Das ist so typisch Städter. 'tschuldige, ist nicht bös gemeint, aber ich hör so was ständig. Ob ich nicht eine Wildwiese anlegen möchte. Das sei doch so wichtig für die Insekten und sehe noch dazu so schön aus. So verwunschen. Und als Nächstes beschweren sich die Gäste dann, wenn das Internet mal für 'ne Sekunde nicht geht.«

Nun werden wir beide rot. Und müssen lachen.

»Tja, so ein erster Eindruck kann schon mal gründlich danebengehen.« Offen sieht er mich an. »Nur gut, dass du zur Wanderung gekommen bist, obwohl ich es dir nicht gerade leicht gemacht habe.«

Ein wenig verlegen nehme ich meinen Laptop aus der Hängematte. Sobald ich eine Pause von Müller & Möller brauche, werde ich einen Flyer für seine Wanderungen entwerfen. Jetzt zeige ich ihm aber endlich das Haus.

»Der Raumtrenner ist noch nicht fertig«, erkläre ich im Wohnzimmer. »Ich überlege, ob ich hier vielleicht ein Regal draufsetze. Andererseits will ich keine Ecken und Kanten, keine rechten Winkel. Mein Haus soll leben dürfen.«

»Wie wäre es mit einem Brett von einem Stamm, unbegradigt, so wie bei meinem Tisch im Wintergarten? Ich müsste noch ein Stück dahaben, das dürfte von der Größe her passen.«

»Ehrlich? Mensch, Paul, das wäre klasse. Ich bezahl das selbstverständlich.« Aber erst mal falle ich ihm um den Hals. »Natürliche Formen sind doch die schönsten. Natur pur eben.«

Sonntag, 28. April, bis Montag, 29. April

# Männer, Möbel, Mahlzeiten

1

Als Joop am Sonntagvormittag klingelt, bekommt auch er als Erstes eine Führung. Nicht nur das neue große Wohnzimmer gefällt ihm, auch die Farben findet er klasse.

»Fehlen nur noch die Möbel. Wenn du Lust hast, kann ich dich nächste Woche zu ein paar Einrichtungshäusern begleiten. Was suchst du denn?«

»Auf gar keinen Fall Nullachtfünfzehn-Großketten-Billigware. Und genauso wenig moderne Designerstücke. Die könnte ich mir eh nicht leisten, ganz abgesehen davon, dass ich sie meist nicht mag.«

»Darf's auch antik sein? Ich kenn da ein paar Händler.«

»Die erschwinglich sind?« Ich bin mir nicht sicher, für wie zahlungskräftig Joop mich hält. Schließlich habe ich gerade ein Haus über ihn gekauft, das eine ordentliche Stange Geld gekostet hat. Wahrscheinlich glaubt er, der Zaster fließe weiter in Strömen. Also erkläre ich, dass ich auf Trödelmärkten oder bei Haus- beziehungsweise Hofauflösungen schauen möchte. »Wenn du da Tipps für mich hast, immer her damit!«

Joop zückt sein Smartphone, klimpert darauf herum und nickt dann. »Planänderung.«

Ich sehe ihn fragend an.

»Für mich, nicht für dich. Überraschung bleibt Überraschung.« Damit scheucht er mich zum Auto.

Eine Dreiviertelstunde später schlendern wir über einen Flohmarkt. Begeistert steuere ich einen Stand an, auf dem ich ein paar Stühle erspäht habe. Einfache Holzstühle. Perfekt für die Küche.

»Nicht dein Ernst«, sagt Joop, als er merkt, wohin ich ihn ziehe. Und das auch noch so laut, dass der Mann am Stand ihn hören muss.

Egal. Ich ignoriere Joop und inspiziere die Stühle. Ein weiß gestrichener gefällt mir von der Form her am besten, schlicht, aber nicht plump. Allerdings will ich Natur. Ich streiche über die Lehne.

»Die sind alle gut in Schuss.« Der Standmann nickt mir zu. »Suchen Sie nur einen, oder brauchen Sie mehrere?«

Ich überlege. Viel Platz ist in der Küche nicht. »Zwei oder drei.«

»Was?« Joop tritt neben mich. »Ich dachte, wir hätten uns auf einen geeinigt.«

Was soll denn das? Ich ziehe den Stuhl von ihm weg, rücke ihn neben einen anderen, der mir auch gut gefällt. Die beiden und der ganz rechts.

»Der hier würde auch gut dazupassen.« Der Standmann deutet auf einen weiteren weiß gestrichenen Stuhl, der allerdings gar nicht geht. Viel zu klobig.

»Nein, der gefällt mir nicht.«

Neben mir stößt Joop unüberhörbar einen Seufzer der Erleichterung aus. »Wobei … der sieht wenigstens stabil aus.«

»Stabil sind die alle.« Der Standmann macht eine ausladende Armbewegung. »Können Sie gern ausprobieren. Setzen Sie sich ruhig. Keine Bange.«

Das lasse ich mir nicht zweimal sagen. Ich teste meine Favoriten. Der ganz rechts ist mir zu unbequem. Ich probiere den daneben. Deutlich besser.

Jetzt setzt sich auch Joop auf einen der Stühle. »Ganz schön hart.«

»Was sollen die denn kosten?« Ich stehe wieder auf und zeige auf meine drei Kandidaten.

»Diese drei? Fünfundfünfzig.«

»Wie viel?« Ächzend erhebt sich Joop wieder und streckt die Hand nach mir aus. »Komm, Liane, lass uns gehen. Unbequeme Stühle bekommen wir woanders günstiger.«

Ich zögere.

Der Standbesitzer geht mit dem Preis runter. Joop feilscht weiter. Nach einigem Hin und Her einigen sich die beiden. Ich zahle, und wir vereinbaren, dass wir die Stühle später abholen.

»Zufrieden?«, fragt mich Joop, kaum dass wir uns vom Stand entfernt haben. Er bleibt stehen und sieht mir in die Augen – ganz ernst.

Was gar nicht geht.

Strahlendes Himmelblau kann so etwas nicht.

Ich nicke und gehe schnell weiter, bevor meine Knie gänzlich versagen. Ein bisschen Flirten ist ja okay, aber mehr will ich nicht.

»Wart mal.« Joop deutet auf einen Geschirrstand mit alten Villeroy-&-Boch-Serien. Val Bleu, Mariposa, Alt Amsterdam. Rosenthal haben sie auch. Maria weiß, Maria Sommerstrauß, Fortuna Goldrand. Woher weiß er, dass ich die liebe? Für eine Weile schwelgen wir. Dann entdecke ich die Vasen. Schockverliebt starre ich eine kleine mit blauer Rose an.

»Maria Selb.« Leise dringen Joops Worte zu mir. »Fünfzig Euro.«

Der Bann ist gebrochen. Ich schüttele den Kopf. Das ist mir zu viel. Zumindest im Moment. Auch wenn das dumpfe Gefühl, dass ich dieser Vase auf Dauer nicht widerstehen kann, bleibt.

Nach einer Reihe weiterer Stände werde ich am vorletzten noch mal fündig. Ein Spiegel mit einem Rahmen aus alten Scheunenbrettern in der idealen Größe fürs Bad. Den nehmen wir gleich mit, holen das Auto und verladen die Stühle. Mit knurrenden Mägen geht es zurück. Gott sei Dank liegt das Restaurant, das Joop anvisiert, etwa auf halber Strecke. Zwei große Pizzen später geht es uns wieder rundum gut.

Behaglich lehne ich mich in meinem Korbstuhl zurück. »Was wäre denn der eigentliche Plan für heute gewesen?«

»Den heb ich mir fürs nächste Mal auf.«

»Das ist schade, denn das wird es so schnell nicht geben.«

»Oh.« Joop sieht enttäuscht aus. Wie ein kleiner Junge, dem das Eis von der Waffel gefallen ist, bevor er dran geschleckt hat.

Fast muss ich lachen, aber ich schaffe es, ernst zu bleiben. »Tut mir wirklich leid«, spiele ich weiter, halte es aber nicht lange durch. »Bis das Haus eingerichtet ist, bitte nur noch Flohmarktbesuche.«

Erleichtert atmet er aus. »Mit einer Ausnahme.«

Fragend sehe ich ihn an.

»Dienstagabend tanzt du mit mir in den Mai.«

»Du und ich und die Eifel-Hillbillies?«

»Nein, besser.«

»Wieder eine Überraschung?«

»Eine ganz besondere.«


## 2

Müde reibe ich mir die Augen und klappe den Laptop zu. Den ganzen Tag habe ich an den Vorschlägen für Müller & Möller gesessen. Jetzt spüre ich, wie verspannt mein Nacken und meine Schultern sind, aber endlich habe ich eine Präsentation, die ich ihnen schicken kann. Solide. Gediegen. Für einen Montag kein schlechtes Ergebnis. Obwohl ich meine Arbeit liebe, brauche ich in letzter Zeit immer länger, finde immer schwerer in die Aufträge hinein. Montags ganz besonders, da ist es, als ob ich erst Anlauf nehmen müsste, um reinzukommen, und der scheint von Woche zu Woche länger zu werden. Das ist hier auch nicht besser geworden.

Mit einem Ächzen stehe ich auf. Die neuen Stühle sehen wunderbar in der Küche aus, viel besser als der eiserne, den ich wieder rausgestellt habe, aber für stundenlanges Arbeiten am Rechner sind sie auch nicht gemacht. Vorsichtig recke ich mich, lasse dann den Oberkörper kopfüber hängen und schwinge sanft von einer Seite zur anderen. Langsam lässt die Verspannung im Rücken etwas nach. Ich rolle nach oben auf, lasse das Becken kreisen, ganz behutsam. Eine unbeweglichere Bauchtänzerin als mich gerade kann es nicht geben. Im Moment könnte ich höchstens als Stocktänzerin auftreten. Ich wechsele die Richtung, bleibe bei den Miniaturkreisen. Lieber sachte als ganz steif. Jetzt ein Hexenschuss – passend und unpassend zugleich.

Nach dem Dehnen geht es etwas besser. Ich schnappe mir einen Apfel, schlüpfe in Wanderschuhe und Jacke, greife nach den Nordic-Walking-Stöcken, entscheide mich dann aber doch dagegen. Das Klacken der Stöcke nervt mich. Wandern ja, Walken nein. Ich gehe lieber, wie ich will, und das tu ich jetzt auch, und zwar nach draußen. Keine Anfahrt, kein nerviges Wegstück, einfach zur Haustür raus – und schon bin ich im Wald. Ich glaube, das kann ich noch tausendmal machen und mich jedes Mal aufs Neue darüber freuen, wie schön es ist, mitten in der Natur zu leben.

Ob ich die Stöcke inserieren soll? Wie ich Matthias kenne, handelt es sich bestimmt um Top-Qualität. Umgehend meldet sich mein schlechtes Gewissen. Geschenke macht man nicht zu Geld. Aber vielleicht kann ich sie jemandem geben, der sie auch benutzt. Das wäre doch eine gute Lösung. Beschwingt marschiere ich die Anhöhe hinauf. Da mag es heute ruhig bewölkt sein. Kein Postkartenwetter. Na und? Selbst im Regen würde ich glücklich und zufrieden hier langspazieren. Wer sagt denn, dass immer die Sonne scheinen muss? Tut sie in anderen Bereichen des Lebens ja auch nicht, und trotzdem kann es einem gut gehen, auch wenn es gerade nicht so läuft.

Ich schüttele den Kopf über mich selbst. Bin ich plötzlich zur Philosophin geworden? Macht das die frische Luft? Ich gehe und gucke. Ich gehe und kann nicht umhin, festzustellen, dass es ganz einfach ist, die Gedanken, die kommen, ziehen zu lassen. Vielleicht sollte ich bei Paul anheuern und einen Kurs in meditativem Gehen anbieten. Ob das am bedeckten Himmel liegt, der mich auf mich selbst zurückwirft?

An der Aussichtsplattform am Weinfelder Maar setze ich mich auf die Bank und verspeise meinen Apfel. Eine tiefe Stille liegt über dem See. Es ist friedlich. Auch in mir. Ich fühle mich, als wäre ich nach einer langen Reise nach Hause zurückgekehrt.

Irgendwann wird mir kühl. Mit schnellen Schritten mache

ich mich auf den Rückweg. Dieses Mal gehe ich nicht oben-rum, sondern wähle die goldene Mitte. Als ich an der Stelle vorbeikomme, an der ich die Posaune gehört habe, blicke ich instinktiv auf die Baumgruppe, wo Paul mit der Natur ver-schmolzen ist und alles Musik war. Mit einem Mal zieht es mich zum Maarkreuz. Über einen kleinen Trampelpfad gelange ich nach oben. Mein Herz klopft. Wie ferngesteuert nehme ich mein Handy aus der Jackentasche, schalte die Bauchtanzmusik an und lege das Smartphone auf die Bank, die dort steht. Ich höre die Töne. Lasse sie in mich hineinfließen, bis sie mich ganz füllen. Überall im Körper. Vom kleinen Zeh bis zur Haarspitze. Ich fühle sie und gebe mich ihnen hin, ich bewege mich und lasse mich bewegen.

Bis die Musik aufhört. Ich werde still, schaue übers Maar.

Hinter mir höre ich ein Knacken und fahre herum.

»Entschuldige, ich wollte dich nicht erschrecken.« Paul. Seine Stimme klingt belegt, und er guckt auch so eigenartig. Jetzt applaudiert er auch noch. »Das war phantastisch.«

Verlegen betrachte ich meine Schnürsenkel. Bauchtanz in Wanderschuhen, ja, das ist tatsächlich phantastisch. In der wirklichen Welt macht das keiner. Meine Haare fallen mir ins Gesicht. Ich streiche sie nicht zurück.

Das macht Paul.

»Du bist richtig gut«, sagt er und lässt die Hand sinken.

Ich sehe ihn an. Es ist nur Paul, mein Müll-wo-keiner-ist-sammelnder-und-Posaune-am-Maar-spielender-verheirateter-Seminarhaus-leitender-Nachbar. Trotzdem schlägt mein Herz, als wäre es gerade aus einem Vulkan geschleudert worden. Das muss das Tanzen sein. Ich bin unfitter, als ich dachte.

»Danke«, sage ich schließlich. »Eigentlich wollte ich eine Choreo entwickeln, die wir mit den Eifelhexen auf dem Som-merfest aufführen können.«

»Und uneigentlich?« Paul hebt die Hand, als wollte er mir erneut eine Strähne aus dem Gesicht streichen, lässt sie jedoch wieder sinken, als er meinen Blick bemerkt. »Das war einer der besten Tänze, die ich seit Langem gesehen habe.«

Seine Worte wirken so grundehrlich, dass ich mich einfach nur freue. Egal, ob das der erste Bauchtanz war, den er jemals gesehen hat. Und genauso egal, dass ich diesen Tanz niemals mit den Hexen hinbekommen werde. Selbst wenn sie alle Naturtalente wären, könnte ich mich beim besten Willen nicht mehr daran erinnern, was ich da gerade getanzt habe. Hilflos hebe ich die Schultern und erkläre Paul, dass ich mich einfach zur Musik bewegt habe.

»Meine liebe DesignMitHerz, du brauchst dich echt nicht zu verstecken.« Er schiebt die Hände in die Hosentaschen und macht einen auf lässig. »Wie gut, dass ich mich auskenne und einige Tanzaufführungen besucht habe, als wir in Asien waren. Vor dir steht dein Bauchtanz-Berater. Natürlich nur, wenn du magst.«

»Klar. Ich kann jede Hilfe gebrauchen.«

Er lacht.

Ich werde rot. Hastig fahre ich fort. »Es geht nicht darum, wie ich tanze, sondern dass ich eine Abfolge entwickele, die für alle funktioniert. Die auch Neulinge schaffen. Die gut aussieht. Die mitreißt und den Funken überspringen lässt. Na ja, die uns jedenfalls nicht eifelweit blamiert.«

Paul nickt, als würde er das tatsächlich verstehen. »Hast du den Anfang schon?«

Ich seufze. »Ja … na ja …«

»Gut. Dann zeig ihn mir.«

»Nein, ich … ich überlege lieber noch mal still und probiere es zu Hause in aller Ruhe aus.«

»Ganz schön viel Ruhe.« Richtig frech sieht er aus, wie er mich jetzt angrinst. »Na, komm schon. Oder willst du, dass ich hier und jetzt anfange zu singen?«

Ich atme durch, schaue zum Maar.

»Ich sing dir ein Lied, fürs Bauchtanzmärchen«, erklingt es reichlich schief neben mir.

»Überzeugt.« Ich hebe die Hände. Bevor mir die Ohren abfallen, starte ich den Song erneut. Ich strecke die Arme zur Seite, lasse sie tanzen, wackele mit dem Po. Mache einen Schritt vor. Schwinge die Hüften. Nächster Schritt. Das kann sehr gut aussehen, wenn eine Hexe nach der anderen so auf die Bühne tritt. Immer vorausgesetzt, sie bewegen Arme und Finger einigermaßen elegant, so ein bisschen schlangenartig. Das bekommt hoffentlich jede hin.

Ich tanze weiter, ein Element fügt sich ans nächste, und schon ist das Stück zu Ende. Ob das zu wenig für einen Auftritt ist? Ich muss mit den Frauen unbedingt klären, wie lang die Vorführung dauern soll.

»Von wegen Anfang. Ich würde sagen, der Tanz steht.« Paul lächelt mir zu. »Darf ich dir noch einen Vorschlag machen?«

»Ja klar.«

Mit viel Gefuchtel seinerseits und Gelächter meinerseits erklärt er mir, wie toll es aussehen würde, wenn die Frauen versetzt von beiden Seiten auf die Bühne kämen. Das habe er mal bei einem Dorffest gesehen. Eine gute Idee.

Ich gehe noch mal die Schritte durch, er gibt mir Tipps, ich probiere kleine Änderungen aus, werde mutiger, zeige Varianten, frage ihn nach seiner Meinung. Zum Schluss verneige ich mich vor ihm und bedanke mich. »Jetzt fehlt nur noch ein Proberaum, dann könnte aus dem Unterfangen wirklich etwas werden.«

»Wann trefft ihr euch denn?« Paul kratzt sich am Kinn – oder krault er sich den Bart? »Unter der Woche ist bei mir der große Raum mit der Spiegelwand frei. Freitagabends geht es allerdings nicht.«

»Mensch, das wäre ein Traum. Da könnten die Frauen nicht nur mich, sondern auch sich selbst sehen. Ich rufe gleich bei Bea an und frage, ob wir den Abend wechseln können. Was willst du denn an Miete haben?«

»Ein Ticket für den Auftritt.« Er grinst mich an.

»Eins? Du bekommst natürlich zwei. So viele du willst. Ehrenplätze, die allerbesten, das ist doch selbstverständlich. Und deine Frau kann gern mitmachen, wenn sie wieder da ist. Wie lange bleibt sie denn noch weg?«

Abrupt dreht Paul sich zum Weg.

»Musst du los? Warte, ich komme mit.« Rasch stecke ich mein Handy ein.

Gemeinsam gehen wir zurück. Als wir den Abzweig zum Seminarhaus erreicht haben, frage ich ihn spontan, ob er nicht heute Abend zum Essen bei mir vorbeikommen will. »Als Dankeschön. Und außerdem sind da ja noch die Natur-pur-Wanderungen.«

»Gern, aber mach dir keinen Stress wegen der Wanderungen.«

»Um neunzehn Uhr?«

Er nickt.

»Magst du Pizza?«

Erneutes Nicken.

»Super.« Ich winke ihm zum Abschied und beeile mich, nach Hause zu kommen. Bea anrufen und den Tanztermin verlegen, die Küche aufräumen, duschen, Pizza bestellen – viel Zeit bleibt mir nicht.


3


Ich habe kaum aufgelegt, als Bea schon in der Hexen-Chatgruppe nach einem geeigneten Wochentag für unser Bauchtanztraining fragt. Sofort geht die Hexenpost ab. Die Frauen scheinen ihre Handys zu lieben. Die Nachrichten fliegen nur so hin und her. Mittwochs ist Häkelgruppe, dienstags Chor, Treffen der Bücherfrauen sowie Französisch-Konversationskurs an der VHS. Montag ist ein blöder Tag, da geht es grundsätzlich nicht, und am Donnerstag … Wundersamerweise passt der Donnerstag bei allen. Siebzehn Uhr dreißig, damit es nicht zu spät wird. Unzählige Nachrichten – »Bis in drei Tagen«, »Ich freu mich«, »Das wird lustig« – später stehe ich unter der Dusche, nicht ganz so sicher wie die anderen, wie sehr ich mich wirklich freue. Vorhin, dank Pauls Zuspruch, war ich einigermaßen zuversichtlich, aber wenn die Damen ähnlich chaotisch und temperamentvoll wie gerade im Chat agieren, kann das nur in einem heillosen Durcheinander enden.

Ich angele nach dem Handtuch und wickele mich hinein. Es rutscht, fällt runter und landet in der Duschwanne. Landet? Es ertrinkt. Patschnass wie nach einer Wäsche ohne Schleudergang fische ich es heraus. Dieser Abfluss verdient seinen Namen nicht. Da fließt rein gar nichts. Es sei denn, über den Rand der Duschwanne ins Badezimmer. Ich fluche. Und wische.

Nachdem das Bad und ich einigermaßen wiederhergerichtet sind, eile ich in die Küche. Paul kann jede Minute vor der Tür stehen. Ich greife zum Handy und stelle fest, dass ich nicht mehr in Ehrenfeld wohne. Montags hat hier so gut wie alles zu. Ich stöhne. Keine Pizza. Und nun?

Ich inspiziere meine Vorräte. Das hätte ich besser direkt getan. Kartoffeln, Eier. Eine Paprika habe ich auch noch. Der arme Paul. Jetzt freut er sich auf eine Pizza, und dann bekommt er Resteessen von der schlechtesten Köchin Deutschlands. Das geht nicht. Irgendwo muss doch auch montags ein Lokal aufhaben. Ich lade ihn ein. Nach Daun. Keine allzu lange Fahrt. Und wir sehen mal was anderes.

Bis er kommt, spüle ich noch schnell ab. Ich ziehe den Stöpsel und warte darauf, dass das Wasser abläuft, um das Becken auszuwischen. Doch es tut sich genauso wenig wie vorhin oben unter der Dusche. Streikt jetzt das ganze Haus? Kaum bin ich die einen Handwerker los, brauche ich die nächsten?

Von draußen klopft jemand ans Fenster. Paul steht da und winkt mir zu.

Ich nehme Jacke, Handtasche, Handy, schaue noch mal ins Becken, wo sich weiter nichts bewegt, gehe zur Tür und öffne sie. »Planänderung. Wir essen die Pizza in Daun. Was hältst du davon?«

Paul runzelt die Stirn. Offensichtlich nicht viel. »Stimmt was mit dem Haus nicht? Irgendwie riecht's hier komisch.«

»Das Wasser in der Spüle läuft nicht ab.« Ich schnuppere. Meine Nase ist nicht die feinste, was manchmal zwar seine Vorteile hat, aber mir jetzt gerade eher peinlich ist.

»Soll ich mal schauen?« Paul, mein Helfer nicht nur in der Bauchtanznot.

Wir gehen in die Küche und gucken gemeinsam ins Spülbecken.

»Sieht trübe aus«, sagt Paul.

Ich muss lachen. Dann erkläre ich ihm, dass ich den Abfluss bereits erfolglos mit Rohrreiniger behandelt habe.

»Vielleicht liegt es daran, dass hier länger keiner gewohnt hat und die Rohre mal gründlich durchgespült werden müssen.« Paul sieht mich in etwa so hilflos an, wie ich mich fühle. »Soll ich es mal versuchen? Ich bin allerdings nicht wirklich so der Rohrversteher.«

»Und ich nicht so die Bratpfannenflüsterin.« Ich überlege. Ganz dumm hört sich das, was er gesagt hat, nicht an. Dafür würde es sich sogar lohnen, hierzubleiben und mich an den Herd zu wagen.

In der Spüle gluckert es. Als hätte das Abwasser uns verstanden.

Paul grinst mich an. »Dann lass uns mal loslegen.«

Ich versorge ihn mit allem, was uns zweckdienlich erscheint, um einem verstopften Abfluss den Garaus zu machen, und lasse ihn im Bad werkeln. Soll er oben seinen Kampf gewinnen und ich den unten in der Küche. Bratkartoffeln mit Spiegelei an Paprika, das werde ich ja wohl hinbekommen.

Ich habe gerade die Pfanne mit den Kartoffeln auf die Herdplatte gestellt, als Paul herunterkommt. Fragend sehe ich ihn an, kann mir die Antwort aber selbst geben. Ein erfolgreicher Mann sieht anders aus.

»Ich bin mir nicht sicher. Vielleicht läuft es einen Tick besser ab, aber na ja, wenn ich ehrlich sein soll …« Er schiebt die Hände in die Hosentaschen. Oha, da kommt noch was. »Also, ich habe das Gefühl, dass es ein grundsätzliches Problem ist. Waschbecken, Dusche, Toilette …«

Erschrocken ziehe ich die Luft ein. »Die Toilette auch?«

»Willst du mal mitgucken? Ich habe überall einen Eimer Wasser reingekippt und …«

Das, was nach dem »und« kommt, warte ich nicht ab. Ich schiebe mich an ihm vorbei und laufe nach oben. Starre auf Duschwanne, Waschbecken, Kloschüssel. Hat nicht schon Meister Zielke was gemurmelt, dass mit dem Abfluss was nicht stimmt? Aber hey, man soll den Teufel nicht ins Haus holen. So ein Profi richtet das bestimmt im Nu. Ich straffe die Schultern.

»Verdammt. Riechst du das auch?« Paul flucht und rennt nach unten.

Ich ihm hinterher. Die Kartoffeln, oh nein! Er zieht die Pfanne vom Herd. Grillkohle könnte nicht dunkler sein.

Wir starren uns an.

»Was meinst du?«, frage ich. »Pizza in Daun?«

»Nein«, sagt er entschieden. »Das kann ich nicht verantworten. Erst sorge ich dafür, dass bei dir kein Wasser mehr abfließt, dann fackelt die Bude fast ab, und zum guten Schluss lasse ich mich dafür zum Essen einladen? Wir gehen zu mir. Pizza kriege ich hin.«

»Solange du mich nicht an deinen Backofen lässt.« Ich schiebe meine Arbeitssachen beiseite und reiße das Fenster auf. Da lade ich mal jemanden zum Essen ein, und dann …

4

Und dann wird es doch noch ein schöner Abend im Seminarhaus. Professionell aufgebackene Pizza im Wintergarten, in dem man auch zu zweit wunderschön sitzt. Ich nutze die Chance und frage meinen neuen Bauchtanz-Berater über Asien aus. Den Teebecher in Händen, erzählt Paul von einem einfachen Leben in einsam gelegenen Retreats. In Thailand hätten Silke und er eines mit aufgebaut, aber ganz dort bleiben wollten sie dann doch nicht.

»Es hat sich nicht richtig angefühlt. Im Einklang mit sich selbst, mit den anderen, mit der Natur zu leben – das muss doch auch in Deutschland möglich sein, haben wir uns gedacht. Hier haben wir das viel dringender nötig.« Seine Locken fallen ihm ins Gesicht, wenn er so lebhaft spricht. Er streicht sie hinters Ohr. »Ganz schön idealistisch, was? Manche finden es sicher naiv.«

»Mir gefällt es. Vor allem der *Einklang*.« Ich betone das Wort, doch Paul sieht mich nur fragend an. Dann fällt der Euro doch noch.

»Im Moment nehmen wir jeden, der ein Seminar bei uns halten möchte, sofern es halbwegs reinpasst, und Huberts Konzept hat sich gut gelesen«, verteidigt er Silke und sich.

»Schon gut. Erzähl mir lieber, wie die Leute auf eurer Reise reagiert haben, wenn sie dich auf der Posaune haben spielen hören. Du hast sie doch dabeigehabt, oder?« So verbunden, wie er mit dem Instrument ist, kann es nicht anders sein. Ich stelle mir vor, wie er im Himalaja steht, ganz versunken, und die Einheimischen um ihn herum staunen. Oder in einem dieser kleinen nepalesischen Dörfer. Am Strand in einer abgelegenen Bucht in Thailand, wo man nur übers Wasser hinkommt oder nach einer Kletterpartie, die es in sich hat.

»Woher weißt du, dass ich Posaune spiele?« Er nickt zur Ecke neben der Tür. Dort lehnt ein Besen an der Wand. »Eine hellsichtige Hexe. Welche magischen Fähigkeiten hast du noch?«

»Ich kann ums Maar spazieren und unbemerkt Männern zuhören, die dort Musik machen.«

»Beeindruckend.«

Wir lächeln uns an.

»Das war es wirklich. Magischer als meine Magie. Spielst du öfter dort?«

»Wenn mir danach ist. Ich mache das, um runterzukommen. Danach bin ich meist mit mir im Reinen, wenn auch nicht immer mit der Welt.«

»Da ist es wieder, dieses Einklang-Ding.«

Er grinst. »Ich seh schon, du verstehst mich.«

»Dich schon, nur meinen Abfluss nicht. Schade, dass du dem nicht einfach den Marsch blasen kannst.«

»Kann ich schon, aber ob es hilft?«

Ich verzichte auf den Versuch. Schließlich muss ich auch an die Kirschblüten denken. Und so langsam auch an mein Bett.

Paul lässt es sich nicht nehmen, mich zu meinem Haus zu begleiten. »Schließlich waren wir ja bei dir verabredet.« Er sieht mich an, als wollte er noch was sagen, tut es aber nicht.

Wir kommen an meinem Grundstück an und wünschen uns eine gute Nacht. Wieder blickt Paul mich so eigenartig an.

»Habe ich Pizzakäse im Mundwinkel hängen?«

»Nein, nein.« Er stopft die Hände in die Hosentaschen. »Na denn, gute Nacht.«

»Ja, schlaf gut.« Wartet er etwa darauf, dass jetzt ich ihn nach Hause bringe? Ich will gerade fragen, da schiebt er ab. »Komm gut heim!«, rufe ich ihm nach. Dann gehe ich ins Haus.

Wer hätte gedacht, dass ich es doch so gut mit meinen Nachbarn getroffen habe? Vor zwei Wochen hätte ich das Seminarhaus samt Leiter am liebsten im Maar versenkt.

# Stiller Tanz in den Mai

## 1

Selbst ist die Handwerkerin. Am nächsten Tag ziehe ich mit Natron und Essig durchs Haus, jeder Abfluss bekommt eine ordentliche Dosis. Es zischt und sprudelt, einmal spritzt es sogar. Ich lege ein feuchtes Handtuch auf und komme mir vor, als würde ich eine Wellnessbehandlung durchführen. Nach einer Weile spüle ich mit heißem Wasser nach. Einmal, zweimal, dreimal. Dann wiederhole ich die Kur. Als sogar in der Dusche das Wasser gluckernd abläuft – okay, abtropft trifft es eher –, habe ich es geschafft. Kochen kann ich vielleicht nicht, aber handwerklich bin ich doch nicht völlig unbegabt. Jedenfalls kann ich Tipps aus dem Netz befolgen, ohne dass sie zu einer größeren Katastrophe führen.

Zufrieden setze ich mich an den Laptop und hoffe, dass es so weitergeht. Die Vorschläge für Müller & Möller müssen endlich raus. Wenn ich nicht bald was schicke, nehmen sie garantiert jemand anderen. Also noch mal schnell über die Entwürfe schauen und dann ab damit. Drei Stunden später recke ich mich und lockere die Schultern. Schnell ist relativ.

Ich esse eine Kleinigkeit und überlege, was ich zum Tanzen mit Joop anziehen soll. Ob eine ganz besondere Überraschung bei ihm auch ganz besonders schick bedeutet? Aber wenn nicht, stehe ich womöglich als Einzige im Etuikleid da. Ich schicke ihm eine kurze Nachricht und frage nach.

»Du siehst immer gut aus.«

Schleim. Das hilft mir jetzt nicht wirklich weiter, aber ich muss dennoch lächeln.

»Ganz normal. Worin du dich am wohlsten fühlst.«

Ich seufze. Warum habe ich überhaupt gefragt?

Schließlich entscheide ich mich für mein Blümchenkleid, das herrlich luftig und mit der roten Strickjacke auch kuschlig warm ist. Darin fühle ich mich wohl, es ist ganz normal, und gut aussehen tu ich ja sowieso. Ich grinse mein Spiegelbild an.

Bei dem ist allerdings noch Luft nach oben. Ich schminke mich, stecke die Haare mit einer Klammer zurück, lasse sie aber offen. Fertig für den Überraschungstanzabend.

Wenig später hupt es. Ich nehme meine Tasche und laufe zum Auto, wo Joop mir schon die Tür aufhält.

Küsschen links, Küsschen rechts. Ein Kompliment für mein Aussehen. Abfahrt.

»Soll ich mir die Augen zuhalten?«, necke ich Joop, als er mir immer noch nicht verraten will, wo es hingeht. Dabei hätte mir der Ort eh nichts verraten über das, was mich erwartet, stelle ich fest, als wir das Gemeindehaus betreten, in dem wir gleich in den Mai tanzen werden.

Jemand drückt mir zur Begrüßung einen Kopfhörer in die Hand. Was soll das werden? Tanzt hier jeder zu seiner eigenen Musik? Soll ich gleich mein Handy anschließen? Verwirrt schaue ich zu Joop. Der freut sich, dass seine Überraschung gelungen ist. Überrascht bin ich wirklich.

Wir versorgen uns mit Getränken und suchen uns einen Platz an einem der runden Bistrotische, die am Rand aufgestellt sind. Die Tanzfläche ist noch leer. Kein Wunder, es läuft ja auch noch keine Musik. Das wird sich wohl gleich ändern, denn ein Mann und eine Frau betreten den Tanzboden. Er hält einen Kopfhörer hoch, sie begrüßt uns am Mikro zur Silent Disco. »Falls Sie noch nie bei einer dabei waren: Es ist ganz einfach. Kopfhörer auf, einen der drei Kanäle auswählen und tanzen.«

»Bespielt werden wir heute von gleich drei DJs.« Der Mann hat das Mikrofon übernommen. »Den Besten der Besten. Begrüßen Sie mit mir …«

Er legt eine Pause ein, damit wir klatschen können, und stellt uns dann die Besten der Besten vor, von denen ich keinen kenne. Kein Wunder. Mein letzter Discoabend liegt Jahrzehnte zurück. Bevor ich mich noch älter fühle, als ich bin, konzentriere ich mich lieber auf die weiteren Ausführungen.

Das Paar erklärt, dass die drei DJs miteinander wettstreiten. Den Battle gewinnt derjenige, zu dessen Musik die meisten tanzen. Welchen Kanal man hört, kann man am Licht des Kopfhörers erkennen.

»Ich lieb's. Bin gespannt, wie du es findest.« Joop beugt sich zu mir rüber, als wäre jetzt tatsächlich die Musik angegangen und man könnte sonst sein eigenes Wort nicht mehr verstehen, doch das Problem hat man hier nicht. Vielleicht will er mir also nur tief in die Augen sehen?

Ich setze den Kopfhörer auf.

Joop stupst mich an. »Das ist gut. Wollen wir?«

AC/DC. Meint er das ernst?

Er deutet auf meinen Kopfhörer.

Ich sehe nach. Meine LEDs leuchten blau, seine rot. Also schalte ich um, bis ich Rot sehe. Michael Jackson. Warum nicht? Ich setze den Kopfhörer richtig auf und tanze. Anfangs noch verhalten, aber ich gewöhne mich schnell daran. Durch die Kanäle schalten, bei einem Lied hängen bleiben und abgehen.

Jemand klopft mir auf die Schulter. Bea. Die Haarstacheln kunstvoll um den Kopfhörer herum aufgestellt, hüpft sie, spielt Luftgitarre und singt – ihren Mundbewegungen nach zu urteilen. Sie ist auf Blau.

Rasch wechsele ich dorthin. Queen. Ich drehe die Lautstärke höher, und wir brüllen uns gegenseitig an, ohne uns zu hören. Joop kommt dazu und rockt mit uns. Er und viele andere. Diese Runde geht ganz klar an DJ Blau. Doch die Publikumsgunst scheint zu Rot abzuwandern. Neugierig wechsele auch ich.

»Warum hast du nicht Nein gesagt …«

Ich fasse es nicht. Das ist ja wie im Karneval hier. Lachend singe ich mit. Joop schaltet auf denselben Kanal um, legt die Hände auf die Brust und sieht mich leidend an. So ein Schauspieler!

Wir machen eine kurze Pause und trinken was. Bea auch. Ich stelle sie und Joop einander vor. Als er hört, dass ich

Bauchtanzunterricht gebe, ist er sofort Feuer und Flamme und fragt, ob wir nicht einen männlichen Bauch dabeihaben wollen.

»Sorry. Hexen only.« Bea hebt bedauernd die Schultern. Dann grinst sie mich an. »Hatte ich doch recht neulich. Ihr beide seid …«

»Tanzjunkies.« Hastig falle ich ihr ins Wort, bevor sie Joop noch erklärt, dass er und ich ein tolles Paar abgeben.

»Na ja, ich hätte eher gesagt, wir sind … *gezellig*.« Er zwinkert mir zu, spricht dann leise nur zu mir gewandt weiter. »Alles kann, nichts muss. Okay?«

In meinem Bauch flattert was. Schmetterlinge? Motten?

»Du siehst aus, als bräuchtest du mal frische Luft.« Bea hakt mich unter und schleppt mich nach draußen. »Was ist los? Er steht auf dich. Echt.«

»Ich find ihn ja auch nett.«

Bea lacht los. »Verheiratet?«

»Nein, aber in einer Beziehung. Na ja. Gerade haben wir eine Pause eingelegt.«

»Na also. Take it easy. Ein bisschen Flirten entspannt. Ihr müsst ja nicht gleich miteinander ins Bett springen.«

»Bea!«

»Ist besser als Yoga. Ehrlich.«

»Om«, sage ich feierlich.

Sie kichert.

Wir setzen die Kopfhörer wieder auf und gehen zurück in den Saal. Einer der DJs greift in die Linedance-Trickkiste, es zieht uns wieder auf die Tanzfläche. Wir hüpfen und springen, Joop, Bea, ich und alle Hügel in der Eifel. Zwei davon kommen sich dabei ziemlich nahe. Wie gut, dass um kurz vor zwölf Schluss ist. Als wäre Silvester, zählen wir die Sekunden bis Mitternacht und fallen einander um den Hals, stoßen an und wünschen uns gegenseitig einen guten Mai.

»Einen liebevollen Monat!« Das Paar neben uns sieht sich tief in die Augen.

Joop zieht mich an sich. Will er jetzt auch wie die beiden …?

»Einen Mai voller Flohmärkte«, raunt er mir ins vom Kopf-hörer befreite Ohr.

Erleichtert lache ich auf. »Das wäre traumhaft.«

Das Paar, das in den Abend eingeführt hat, schreitet zur DJ-Ehrung. Ein knappes Rennen. Rot gewinnt hauchdünn vor Blau und Grün. Unsere Gastgeber bedanken sich für den schönen Abend, und genau das tue ich auch, als Joop und ich gehen.

»So viel Spaß hatte ich lange nicht mehr.« Spontan drücke ich ihm einen Kuss auf die Wange.

»Sehen wir uns morgen?« Erwartungsvolles Blau.

Das sich verschleiert, als ich den Kopf schüttele. »Wenn, dann heute.«

»Ist zwölf zu früh?« Seine Lippen nähern sich meinen.

Ich lache und laufe zum Wagen. »Die Uhrzeit passt.« Betonung auf Uhrzeit. Für alles andere ist es zu früh, zu spät, aber das brauche ich nicht zu sagen. Joop versteht es auch so. Alles kann, nichts muss.

## 2

Der 1. Mai entwickelt sich zu einem strahlend schönen Sonnentag. Mit offenem Verdeck holt Joop mich ab. Eine Spritztour an die Mosel. Ich binde mir ein Tuch ins Haar, setze meine Sonnenbrille auf und wünsche mir ein Zigarillo herbei, das ich natürlich nicht rauchen würde. Wahrscheinlich würde es nicht mal gut aussehen.

Nach einem kurzen Stück auf der Autobahn geht es über die Landstraße. Um uns herum Grün in allen Schattierungen. Für mich ist der Frühling die schönste Jahreszeit. Eindeutig. Ich lasse mir den Fahrtwind um die Nase wehen und genieße es, dass ich mit Joop auch schweigen kann.

In beinahe allen Orten, durch die wir kommen, entdecke ich Liebesmaien. »Maike«, »Andrea«, »Yvonne«, »Tanja«, »Leon«,

»Finn«. Ich habe Matthias nie einen Maibaum aufgestellt. Er mir allerdings auch nur ein Mal. Macht man das nicht jedes Jahr? Wirklich firm bin ich in dem Brauch nicht, aber ich mag das bunte Krepppapier, das in die Lindenäste gebunden ist und so fröhlich im Wind weht. Die aufwendig gearbeiteten Herzen, womöglich noch in Plastik eingepackt, damit sie Farbe und Form nicht verlieren, sind hingegen nichts für mich. Und um die Linden tut es mir auch leid. Überhaupt wird mir diese massive Erinnerung an die Liebe allmählich zu viel. Ich will jetzt nicht an Matthias denken. Ich will den Tag genießen, die Sonne, das Zusammensein mit Joop. Dass das Leben leicht sein kann, unbeschwert, voller Freude.

Ich strecke die Hände nach oben aus, spreize die Finger und lache. Joop wirft mir einen fragenden Blick zu und lacht dann einfach mit.

In Serpentinen geht es runter an die Mosel, und wir machen in Cochem Station. Unser Spaziergang durch den Ort endet bei einem Winzerfreund von Joop. Als Fahrer wird er heute nicht allzu viel von dessen Wein trinken können. Daher biete ich ihm an, die Rückfahrt zu übernehmen, was ihn sichtlich freut. Aber er lehnt ab. Schließlich kennt er den Wein, im Gegensatz zu mir.

Ein Wein, der auch Matthias schmecken könnte.

Als ich auf dem Weg zur Toilette am Tresen mit den Visitenkarten vorbeikomme, stecke ich eine ein. Und noch eine zweite. Eine für Matthias und mich, eine für die Mappe mit Tipps für meine Feriengäste, die ich anlegen möchte.

Auf dem Rückweg zur Terrasse lasse ich mir mehr Zeit und bewundere die Innenausstattung des Lokals. Wunderschön aufgearbeitete Tische und Stühle, eine alte Kommode, ovale Bilderrahmen mit Fotos von früher an der Wand.

»Hast du die Möbel im Gastraum gesehen?«, frage ich Joop, als ich wieder draußen bin. »Ein Stück schöner als das andere.«

»Fast wie auf dem Flohmarkt.« Er zwinkert mir zu.

So ein Gauner. Er weiß ganz genau, was er mir und meiner Geldbörse antut. Denn natürlich verkauft der Winzer nicht nur Wein, sondern auch alte Möbel, die er in der Gegend ersteht und aufarbeitet. Und wenn er meint, Käufer oder Käuferin und Möbel passen zueinander, lässt er mit sich handeln. Denn hier gebe es nur Liebhaberstücke, erklärt er mir, und ich glaube ihm. Schweren Herzens. Liebhaberstücke sind meist unerschwinglich.

Mein liebstes Stück ist die Kommode, die phantastisch in meinem Wohn-Esszimmer aussehen würde. Dazu ein großer Tisch mittig im Raum, Korbstühle – ich seufze. Der Winzer ist meinem Blick gefolgt. Er nickt und nennt mir einen Freundschaftspreis.

Selbst für den brauche ich noch einige Aufträge. Viele Aufträge. Stattdessen erstehe ich einen kleinen Konsolentisch. An der Seitenwand des Wohnraums ist er perfekt für eine Arbeitsecke für mich und eine Leseecke für die Feriengäste. Ein bequemer Sessel dazu, und die Konsole dient als Ablage. Außerdem hat sie den Vorteil, dass sie nicht nur in mein Budget passt, sondern auch in Joops Auto. Die nächsten Käufe müssen allerdings wieder deutlich günstiger ausfallen. Sonst muss das Haus noch mit den wenigen alten Möbeln aus dem Kölner Keller bestückt werden. Einem Sammelsurium, das für eine gemütliche Ferienwohnung sicher nicht ausreicht.

An der Mosel entlang gondeln wir bis Alf und fahren dann zurück in die Eifel. Mit einer Pause für Tee und Schwanen-Windbeutel am Schwanenweiher. Warum Bad Bertrich dafür berühmt ist, weiß Joop auch nicht, aber sie schmecken, wenn sie auch viel zu groß sind, als dass ich einen ganzen schaffen würde. Nach einem Verdauungsspaziergang durch den Kurpark kommen wir auf dem Rückweg zum Auto an der Therme vorbei.

»Die einzige Glaubersalztherme in Deutschland.« Joop schwärmt, wie herrlich es sei, dort schwerelos im Wasser zu schweben. »Da kannst du entspannen wie nirgends sonst.«

Skeptisch schaue ich zu dem Gebäude. Ich schwimme gern, aber lieber draußen. Am allerliebsten in einem Natursee, und genau davon habe ich ja einige vor der Haustür. Wozu soll ich da in eine Therme?

»Weil es *lekker* warm darin ist.«

»Und anschließend womöglich noch in die Sauna?« Entschieden schüttele ich den Kopf.

Auf der Rückfahrt gesteht mir Joop, dass das sein Plan für letzten Sonntag gewesen wäre. Er sieht mich an. »Da haben wir wohl beide Glück gehabt, dass uns letzte Woche was anderes dazwischengekommen ist.«

»Hab ich schon erwähnt, dass ich Flohmärkte liebe?« Ich lehne den Kopf zurück und blicke statt in Joopblau in Himmelblau. Puh, die liegen dicht beieinander. Würden wir nicht durchs Grüne fahren, wäre ich wohl ziemlich verloren, und das will ich nicht sein. Also schaue ich durchs Seitenfenster, bis ich mir meines Herzens wieder sicher bin. Flirten ja, Liebe nein.

»Ich bin vergeben«, erkläre ich Joop, als er mich vor meiner Wolke sieben ablädt. »Und auch wenn ich darf, will ich doch nicht spielen. Ist das okay für dich?«

»Ich spiele gern.« Er grinst mich an. »Aber ich kann auch mal eine Runde aussetzen. Mach dir keinen Kummer wegen mich.«

Dafür könnte ich ihn glatt knutschen.

Donnerstag, 2. Mai, bis Freitag, 3. Mai

# Let's dance

## 1

Den ganzen Vormittag sitze ich an einem Flyer für Baufix. Normalerweise brauche ich für so etwas maximal eine Stunde. Das Design steht, Farben, Schriften, Texte sind abgesprochen, aber ich kann mich einfach nicht konzentrieren. Keine zwei Minuten hält es mich auf meinem Küchenstuhl, schon springe ich auf, laufe ins Wohnzimmer, nach draußen, nach oben, um irgendwas zu holen oder zu tun, woran ich mich nicht mehr erinnere, sobald ich an meinem Ziel angekommen bin. Nur gut, dass ich gerade nichts Neues entwerfen muss.

Nach dem Mittagessen gebe ich auf und gehe stattdessen mein Konzept für die Bauchtanzstunde am Abend durch. Gute Vorbereitung ist alles. Matthias' Devise hat auf mich abgefärbt. Ob ich Paul um Beamer und Leinwand bitten soll? Dann könnte ich die Einführung mit Bildern unterlegen und die wichtigsten Daten an die Wand werfen. Etwa an die Spiegelwand? Ich verwerfe die Idee. Der Raum ist dazu nicht geeignet, und ich will ja nicht über Bauchtanz promovieren.

Endlich ist es so weit, mich auf den Weg nach nebenan zu machen. Paul zeigt mir alles, wünscht mir viel Spaß und verschwindet dann wieder ins Haupthaus. Ich atme durch, streife Schuhe und Strümpfe ab, schalte die Musik ein und bewege alle Körperteile einmal durch. Rasch ist mir warm, ich ziehe den Pullover aus, binde ein Tuch um die Hüften, kippe mein Becken vor und zurück, lasse es kreisen. Ich hebe die Arme.

Ein bewundernder Pfiff lässt mich herumfahren.

»Lernen wir das alles in der ersten Stunde?« Hennis Ton klingt ehrfürchtig, beinahe etwas eingeschüchtert.

»Na, das will ich hoffen«, sagt Joelle munter, kommt auf mich zu und drückt mir fest die Hand. »Sind wir die Ersten?«

»Seid ihr doch immer.« Ilka kommt herein, gefolgt von Änne, Doro und Bea.

Welche von ihnen wohl gepfiffen hat? Ich tippe auf Bea.

Die grinst und deutet auf zwei junge Mädels am Eingang, die ich auf höchstens achtzehn, neunzehn schätze. »Das sind Leonie und Mia. Als sie gehört haben, dass wir hier Bauchtanz lernen, wollten sie auch kommen.«

Den Eindruck machen die beiden zwar nicht, so wie sie sich in der Nähe der Tür herumdrücken, aber ich freue mich, auch junge Frauen dabeizuhaben.

Ich räuspere mich. Mit einem Mal sind alle still und schauen mich erwartungsvoll an. Zeit für meine Einführung. »Wisst ihr, wo der Bauchtanz herkommt?«

»Klar, aus dem Orient.« Bea wiegt die Hüften.

»Aus ›Tausendundeine Nacht‹.« Henni lächelt. »So ein schönes Buch.«

»Ach, dann gibt's den gar nicht wirklich?« Doro reißt übertrieben die Augen auf.

Ehe ich mich versehe, reden die Hexen wild durcheinander. Na gut, dann eben keine Theorie. Ich klatsche in die Hände. »Zieht bitte eure Schuhe aus und«, ich klopfe auf meinen nackten Bauch, »der hier ist selbstverständlich zu sehen.«

»Muss das sein?«

»Ich mach meinen Bauch erst frei, wenn ich auch ein bisschen was kann.«

»Die Schuhe ziehe ich wegen mir noch aus, aber die Strümpfe bleiben an.«

»Jetzt habt euch doch nicht so.« Einzig Doro schlüpft aus Schuhen und Strümpfen und entledigt sich ihres Pullovers. Mit den glänzenden Leggings, dem leuchtend roten Tuch um die Hüften und einem bauchfreien Top sieht sie schon jetzt aus wie eine Bauchtänzerin. Sogar ein Bauchnabelpiercing hat sie.

»An dir ist ja auch nichts dran«, mault Henni.

»Da wackelt dann aber auch nichts.« Stolz sieht Joelle an sich hinunter.

Ich zeige ihnen die Grundposition. »Die Füße hüftbreit, die Knie leicht gebeugt, der Oberkörper gerade. Schaut zur Kontrolle ruhig in den Spiegel.«

Anscheinend wissen nur Doro, Bea und Ilka, wie breit ihre Hüfte ist – oder um welches Körperteil es sich dabei handelt. Die anderen stehen viel zu breitbeinig da, schieben zudem das Becken nach vorn, wenn sie die Knie beugen. Ich gehe von einer zur anderen, korrigiere, mache vor.

»Wann tanzen wir denn endlich?«, beschwert sich Änne, als ich bei ihr ankomme.

Unsicher schaue ich sie an. Soll ich sie korrigieren? Sie braucht den Rollator zum Gehen. Kann sie da überhaupt so, wie ich will? Quasi als Kompromiss zeige ich ihr noch mal, wie sie stehen soll.

Sie nickt ungeduldig. »Ja, einfach stehen. Und wie geht's weiter?«

»Jetzt streckt ihr abwechselnd die Beine, aber Achtung, oben gerade bleiben, das Becken nicht vorschieben, ganz locker.« Ich mache es vor. Sie machen es nach. So gut es eben geht. »Wenn das klappt, könnt ihr immer schneller werden.« Ich drehe mich seitlich, sodass sie sehen können, wie mein Popo wackelt.

Nach einer halben Stunde sind sie so frustriert, dass ich eine Pause ausrufe. Ich verteile Wasser und Tee.

»Kein Schnaps?«

»Wenigstens ein kleines Likörchen.«

»Hat denn keiner was dabei?«

Bevor die ältere Garde noch ins Haupthaus abhaut, setze ich die Stunde fort, zeige meinen Schülerinnen den »Side to Side« und wiederhole noch einmal den »Shimmy« vom Anfang. Henni sieht verstohlen auf die Uhr, Änne schiebt sich den Rollator zurecht und setzt sich. Joelle gesellt sich zu ihr. »Ob Bauchtanz wirklich das Richtige für uns ist?«

»Jetzt seid doch mal still«, schimpft Doro. »In der ersten Stunde ist noch nie eine Hexe vom Besen gefallen.«

»Dann macht's auch nichts, wenn wir aufhören«, kommt es ausgerechnet von Änne.

Ich beiße die Zähne zusammen und versuche gleichzeitig zu lächeln. Auch das hat noch niemand geschafft, weder beim ersten noch beim x-ten Versuch.

»Klar, dass du dafür bist, weiterzumachen.« Joelle verschränkt die Arme und funkelt Doro an. »Bei dir sieht es ja auch gut aus.«

Bevor die Hexen sich gegenseitig an die Bäuche gehen, beende ich die Stunde, obwohl die Zeit noch nicht rum ist, und bitte sie, bis zum nächsten Mal fleißig zu üben. »Das wird besser, ehrlich!«

Müder Applaus und lange Gesichter. Nicht nur bei ihnen. Ich habe mir unsere erste Stunde so schön ausgemalt … Bin ich eine schlechte Trainerin?

## 2

»Und, wie war's?« Paul steht am Herd und sieht mich erwartungsvoll an.

Ich bin durch den Wintergarten ins Haus gegangen, schüttele nur den Kopf und halte den Schlüssel hoch. »Alles ausgemacht und abgeschlossen. Wo soll der hin?«

»Leg ihn aufs Sideboard im Flur.« Paul hört auf, in dem großen Topf, der auf dem Herd steht, zu rühren, und wirft mir einen prüfenden Blick zu.

Genau das, was ich jetzt nicht brauche. Jemand, der mitleidig mein ganzes Elend mitbekommt. Rasch wende ich mich ab und bringe den Schlüssel an seinen Platz. »Danke noch mal. Ich bin dann …«

Bis zum »weg« komme ich nicht. Nicht mal bis zur Haustür.

»Hungrig.« Paul versperrt mir den Weg. »Du bist sicher hungrig. Ich habe einen extragroßen Topf genommen. Es gibt asiatische Erdnusssuppe.«

Ich hole tief Luft. Aus der Küche ist ein unheilvolles Blubbern zu hören, doch Paul bleibt, wo er ist.

»Die Suppe«, sage ich und nicke zur Küche.

»Ja, sie kocht über. Muss wohl mal jemand umrühren.« Er macht einen Schritt zur Seite, sodass ich in die Küche gehen kann.

»Jemand, der sogar Bratkartoffeln in Grillkohle verwandelt?«

»Genau so jemand.«

»Also gut. Bevor hier noch eine Katastrophe passiert.« Ich schiebe mich an ihm vorbei und eile an den Herd. Den Topf von der Platte ziehen kann ich. Aufpassen und gelegentlich umrühren auch. Paul schneidet inzwischen das Baguette auf und deckt den Tisch. Dann essen wir. Würzig, süß, scharf, die Suppe ist himmlisch. Aber die Fakten bleiben. Ich fasse die Stunde für Paul zusammen. »Ehrlich. Es hat ihnen nicht gefallen. Keine ist geblieben und hat noch was gequatscht. Bestimmt überlegen sie sich gerade eine Alternative fürs Sommerfest. Und weißt du was? Das ist auch besser so. Im Sommer bin ich ja schon gar nicht mehr hier. Maximal noch ein, zwei Monate, und das auch nur, wenn ich trödele. Das Haus ist schnell eingerichtet. Dann wird es vermietet, und ich bin wieder in Köln.«

Ich starre nach draußen, ins Grüne, auf den schmalen Streifen, bevor es nach oben geht auf einen der vielen Wege ums Maar, von denen ich nicht genug bekomme. Ständig entdecke ich etwas Neues, die Natur verändert sich – ich will nicht weg. Was ich ja auch nicht muss. Ich atme tief durch und trinke einen Schluck.

»Vielleicht wolltest du es zu gut machen. Das ist mir am Anfang auch so gegangen.«

»Weniger ist mehr.« Mit einem Seufzer setze ich das Glas ab.

Paul nickt. »In dem Fall ja. Wenn du wüsstest, mit wie viel Theorie ich die Leute traktiert habe. Hintergrundinformationen ohne Ende. Staubtrocken, sag ich dir. Ich wunder mich heute noch, dass die mich nicht gelyncht haben.«

»Ich fühle mich gerade so, als hätten sie das.« Ich fasse mir an den Hals und verdrehe übertrieben die Augen.

»So schlimm?« Mitfühlend sieht er mich an.

»Nein, das war ein Scherz.« Wir glauben mir beide nicht.

Aufmunternd lächelt er mich an. »Wenn ihr Spaß habt beim Üben, kommt alles andere von allein. Du wirst sehen, nächste Woche läuft es viel besser. Ein Eis zum Nachtisch?«

Er wartet meine Antwort gar nicht erst ab. Mangosorbet. Ich schmelze dahin. Im Zweifelsfall bringe ich das zur nächsten Stunde mit. Dann fressen sie mir aus der Hand.

Paul schleckt den Löffel ab. Dann stellt er die leeren Schalen ineinander und sieht mich an. »Sag mal, willst du das Haus echt vermieten? Ich dachte, du bist richtig hergezogen. Ich meine, du arbeitest von hier, brauchst mein Internet … Ja, ich weiß, dein Anschluss ist bestellt.« Er grinst schief.

Ich grinse noch schiefer zurück. Seufze.

»Hey, wenn du nicht drüber reden willst, ist das okay.«

»Nein, nein, schon gut.« Ich hole tief Luft. Ist ja kein Geheimnis, und drüber reden tut sicher gut. Und dann erzähle ich Paul von der Auszeit. Dem Streit, den ich verhindern wollte. »Ich denke, das renkt sich wieder ein. Wir haben einfach beide viel gearbeitet in letzter Zeit.«

»Das kenne ich.« Paul schiebt die Schalen weiter zurück, nimmt einen kleinen Löffel und spielt damit herum. »Ganz schön heftig, wenn es einen aus heiterem Himmel trifft. Das war bei Silke und mir auch so.«

»Oh.« Ich starre ihn an. »Ich dachte …«

»Das denken alle, dabei ist sie weg. Hat mich verlassen. Aber bitte behalt es für dich.«

»Ja klar, natürlich.« Sachte berühre ich ihn am Arm. »Tut mir leid.«

Er hebt die Schultern, lässt sie sinken. »Ein Seminarteilnehmer. Auf und davon. Einfach so.«

Wow. Das ist heftig. Ich weiß gar nicht, was ich sagen soll. Der arme Paul. »Plötzliche ›Lieben‹«, ich betone das Wort und male Gänsefüßchen in die Luft, damit er weiß, wie ich es meine,

»sind oft so schnell vorbei, wie sie gekommen sind. Das wird schon wieder«, sage ich lahm.

Er steht auf und nimmt die Schüsseln. »Magst du noch was?«

Ich schüttele den Kopf und helfe ihm beim Aufräumen der Küche. Als ich gehe, bittet er mich noch einmal, den anderen nichts zu sagen. Sicher hofft er, dass sie wieder zurückkommt. Oh Mann! Kein Wunder, dass er oft so in sich gekehrt ist. Ich nehme mir vor, ihn wenigstens in Sachen Seminarhaus zu unterstützen, wo ich nur kann. Wäre doch gelacht, wenn wir das nicht vollbekämen. Und wer weiß, manchmal überrascht einen das Leben ja auch positiv. Ich würde es ihm gönnen. Silke und er und Matthias und ich, zwei glückliche Paare, die zusammen auf der Bahnsteigterrasse sitzen und grillen. Ein Happy End wie aus einem Rosamunde-Pilcher-Film. Aber werden die überhaupt noch gedreht?

3

Von einem glücklichen Ende träume ich am Freitag nicht, als Joop sich meldet und nach meiner Bauchtanzstunde fragt.

»Ein Reinfall? *Dat geloof ik niet.* Never ever!« Richtig entrüstet klingt er.

»Ich war wohl zu verkopft.«

»Du und verkopft? Ich hatte noch nie eine unverkopftere Kundin als dich. Du bist ganz Bauch. Wie du das Haus angesehen hast und den Baum, das war … mit dem Bauchnabel geguckt.«

Er schafft es, mich zum Lachen zu bringen.

Und das geht so weiter, als ich ein paar Stunden später in seinem Auto sitze und mich von ihm nach Trier entführen lasse. Ins Theater. Ausnahmsweise keine Überraschung. Sogar beim Restaurantbesuch darf ich entscheiden, ob deutsche, italienische oder mexikanische Küche.

Und dann überrascht er mich doch noch. Statt der erwarteten Oper – wie hat er es nur angestellt, dass ich nicht danach gefragt habe, was gegeben wird? – sitzen wir im Ballett. »Crossing Borders« lese ich im Programmheft. Es geht um neue Ausdrucksformen des Tanzes, mutige Ideen, junge Choreografinnen und Choreografen. Also alles andere als klassischer Spitzentanz. Den mag ich auch, aber das hier hört sich spannend an. Was Joop mir wohl ansieht, denn er deutet auf das Zitat von Vincent van Gogh, das der Beschreibung des Stücks vorangestellt ist.

»Was wäre das Leben, hätten wir nicht den Mut, etwas zu riskieren?«, liest er laut und sieht mich an, als würde er auf etwas warten.

Eine Diskussion übers Risiko? Darüber, dass ich durch meine spontane Zusage, Bauchtanz zu unterrichten, obwohl ich keine Tanzlehrerin bin, davorstehe, meine gerade erst gewonnene Frauengruppe zu verlieren? Dass ich mit meinem Hauskauf eine Auszeit provoziert habe? Ich muss an Paul denken. Ein Seminarhaus, das nicht läuft, und eine Frau, die weggelaufen ist. Nein, ich glaube, da riskiere ich lieber weniger. Taube und Spatz und so. Wer weiß, wie mein Leben aussähe, wenn ich noch mehr riskieren würde.

»Ich freue mich auf das Stück«, sagt Joop schließlich und holt mich aus meiner Risikoblase heraus.

Um uns herum wird es still. Die Musik setzt ein – mit ihr die Tänzerinnen und Tänzer. Sofort bin ich gebannt und lasse mich mitnehmen. Auf eine Reise über Grenzen hinweg, ausdrucksstark, ungewöhnlich, mutig. Viel zu schnell geht sie zu Ende.

Noch als wir schon lange im Auto sitzen, bin ich ganz erfüllt von dem, was ich gesehen und gespürt habe. Von dem getanzten Mut, den ich mir auch für mich und meine Eifelhexen, für unseren Tanz wünsche. Ganz anders, aber vom Gefühl her doch genau so.

Als wir vor meinem Haus halten, beuge ich mich zu Joop rüber, will ihm einen Kuss auf die Wange drücken. Im selben Moment dreht er den Kopf, seine Lippen streifen meine. Sie prickeln, mein Herz schlägt aus. Ich zucke zurück. »Ein wunderschöner Abend war das. Vielen Dank! Ich freue mich, dass du so mutig warst, mich dazu einzuladen.«

Dann steige ich schnell aus, bevor einer von uns noch übermütig wird, und laufe ins Haus. Sehe mich um, doch da ist er schon weg. Mein Herz klopft, setzt einen Takt aus, klopft doppelt so schnell. Ich will doch nicht spielen. Oder will ich doch?

## *Echt*

1

Bevor ich mich eine Woche später auf den Weg zur Bauchtanzstunde mache, sehe ich zum Kirschbaum und atme durch. »Lächeln. Spaß haben. Mit dem Bauch tanzen. Keine Sorge, das wird schon.«

Warum klopft mein Herz dennoch in etwa bis zur Baumspitze?

Im Gegensatz zu letztem Donnerstag ist der Parkplatz vor dem Seminarhaus gut gefüllt. Sogar direkt vorm Übungsraum stehen Autos. Haben die Hexen so viele Frauen geworben? Ein wahnwitziger Gedanke. Ich schüttele den Kopf. Nicht, nachdem sie sich alle bei mir beschwert haben. Alle bis auf Doro. Henni, Joelle und Änne sind sogar vorbeigekommen. Ob wir wirklich so viel Gymnastik bräuchten. Ob wir nicht auch mit Musik üben könnten. Einfach den Tanz einstudieren. Letzteres kam von Änne, ohne ob. »Wir wollen keinen Funktionstest mit unseren Körperteilen machen. Die tun eh nicht mehr so, wie sie sollen.«

»Wir tanzen«, habe ich ihr entgegnet. »Unter einer Bedingung.«

»Sag schon.«

»Barfuß und bauchfrei, und zwar alle, keine Ausreden.«

Das habe ich ernst gemeint und sie dabei fest angesehen. Mutig. Eine Hexenbeschwörerin – und sie haben genickt.

Wo ist er jetzt, mein Mut? Ich stehe auf der Straße und schaue zum Übungsraum. »Wir tanzen«, murmele ich. »Spaß, Freude, Leidenschaft. Und zuallererst ein Lächeln.«

Meines habe ich wohl unterwegs verloren. Ich pflanze es mir

wieder ins Gesicht. Mit ein paar Furchtminuten Verspätung betrete ich den Raum. Leonie und Mia drücken sich von der Wand ab, an der sie gelehnt haben, und kommen mir entgegen. Leonie und Mia. Nur die beiden, niemand sonst. Erwartungsvoll stellen sie sich vor mich. Barfuß und bauchfrei. Mit Tuch um die Hüften und Glitzer im Gesicht.

Ich staune. »Ihr seht super aus. Da können sich die anderen ein Beispiel nehmen. Wisst ihr, wo sie stecken?«

»Ist denn heute Probe?«, fragt Mia. »Wir waren nicht sicher, weil doch Feiertag ist …«

»Klar«, sage ich einen Tick zu munter und schalte die Anlage ein. Den Feiertag habe ich total vergessen. Ob das der Grund für das hexliche Fernbleiben ist? Aber dann hätten sie doch sicher was gesagt.

Nach ein paar Aufwärmübungen wiederhole ich die Elemente von letzter Woche und sehe sofort, dass Leonie und Mia geübt haben. Ich nehme eine einfache Armbewegung hinzu, baue eine kleine Schrittfolge auf. Die beiden sind mit Feuereifer dabei.

Ich stelle die Musik lauter. »Von Anfang an.«

Damit sie mir besser folgen können, drehe ich mich um, sodass auch ich in den Spiegel schaue. Nach ein paar Schritten schließe ich die Augen und gebe mich der Musik hin. Ständiges Korrigieren verunsichert nur. Genau wie ständig beobachtet zu werden. Mitmachen und abgucken.

Hinter mir wird es laut. Frauenstimmen. Ich öffne die Augen. Nein, nicht die Hexen. Fremde, vermutlich Seminarhausgäste. Die uns am Ende des Stücks freundlich applaudieren.

»Mega!« Ich drücke erst Mia, dann Leonie. »Ihr wart ganz große Klasse.«

Kichernd begeben sie sich zu ihren Rucksäcken, um etwas zu trinken. Lob und Umarmung machen sie wohl verlegen. Ich nehme meine Wasserflasche und gehe zu unserem Publikum.

»Hallo, Liane, ich hoffe, wir stören nicht, die Musik hat uns gelockt.« Heike, die strickende Busfahrerin von der Müllsammelwanderung, löst sich aus der Gruppe und tritt auf mich zu.

Neugierig späht sie in den Raum. »Ich wusste gar nicht, dass du hier einen Bauchtanzkurs gibst.«

»Dürfen wir mitmachen?« Eine dunkelhaarige Frau schwingt die Hüften, bis ihr Po wackelt. »Wir haben so feste gestrickt. Da wär's toll, wenn wir uns hier etwas lockermachen könnten.«

Ein bauchtanzender Strickkurs. Warum nicht? Ihre Nadeln haben sie schließlich nicht dabei, und Platz ist genug.

Ich nicke. Sofort wird es laut und lustig. Ich zeige ein paar Elemente. Wie von selbst bildet sich ein Kreis. Abwechselnd wird eine Frau in die Mitte geschickt. Sie tanzt, die anderen feuern sie an, applaudieren und jubeln ihr zu, bis sie von der nächsten abgelöst wird. Nachdem alle ihren Auftritt hatten, beschließe ich die Stunde.

»Das hat richtig Spaß gemacht.« Heike kommt zu mir und bedankt sich. Auch im Namen ihres Strickseminars. »Kannst du morgen noch mal kommen? Und am Samstag auch?«

Ich überlege. Joop ist am Wochenende auf Familienbesuch in den Niederlanden. Und die Bewegung tut nicht nur ihnen, sondern auch mir gut. »Ist denn der Raum frei?«

Gemeinsam gehen wir zum Haupthaus, und ehe ich mich versehe, bin ich für die nächsten zwei Abende gebucht. Somit heißt es nun »Stricken mit Heike« und »Tanzen mit Liane« in Pauls Seminarübersicht. Wer hätte das gedacht? Ich mache ein Foto und schicke es Clara.


## 2

Beschwingt folge ich Paul im Abendlicht auf die Anhöhe zu einer Bank mit Maarblick. Ich bin beseelt vom Tanzen. Von der Begeisterung meiner neuen Schülerinnen. Liane, die Bauchtanzlehrerin. Mit Händen und Füßen erzähle ich, strahle wahrscheinlich die ganze Zeit wie eine Sonne, die zum ersten Mal aufgeht. Da macht es auch nichts, dass die Himmelssonne langsam untergeht.

Paul hat inzwischen zwei Stück Quiche, Servietten und zwei Flaschen Bier ausgepackt. Wir feiern die gelungene Stunde.

»Es war wunderwunderschön heute. Kein Kopf, nur Bauch.« Ich lege meine Hände auf selbigen und bedanke mich bei Paul und meine nicht – zumindest nicht nur – das Essen und die Getränke.

Für eine Weile schauen wir still auf das immer dunkler werdende Maar.

»Nur schade, dass die Hexen nicht gekommen sind.« Da ist er. Der Satz, den ich bislang nicht zugelassen habe. Es tut weh, dass sie nicht da waren. Wir haben uns doch ausgesprochen. Zumindest dachte ich das.

»Feiertag, langes Wochenende.« Paul mustert mich. »Nimm es nicht so schwer.«

Ich nicke, auch wenn ich nicht weiß, wie Nicht-so-schwer-Nehmen gehen soll. Verdrängen, wegschieben, vergessen?

Wir packen zusammen, entscheiden uns für einen Trampelpfad runter ans Maar und gehen am Wasser entlang zurück. Paul entdeckt ein Taschentuch auf dem Weg, hebt es auf und entsorgt es im nächsten Mülleimer.

»Hast du schon überlegt, wo die nächste Müllsammelaktion stattfinden soll?«, frage ich ihn. »Wir könnten schon mal die Werbetrommel rühren und ein paar Fotos posten. Willst du wieder grillen?«

Er lacht.

»Hey, das ist ein ernst gemeinter Vorschlag.« Spielerisch boxe ich ihm in die Seite.

Er weicht mir aus. »Hast wohl mit dem Haus, deiner Arbeit und dem Bauchtanzkurs nicht genug zu tun.«

»Ach was. Ich mach das gern.«

»Ich aber nicht«, entfährt es ihm.

Verblüfft schaue ich ihn an, sehe die Überraschung in seinen Augen und kann nicht anders. Ich lache los.

Erleichtert lacht er mit. »Sorry, aber das Seminarhaus …«

Ich verstehe. Für einen allein ist das eine Mammutaufgabe. Und er muss dabei bestimmt ständig an seine Frau denken.

Dass er bleibt und das durchzieht! Ich würde abhauen. Es sei denn, ich hoffte darauf, dass mein Partner zurückkommt.

»Kein Ding«, sage ich also. »Hast du einen Flyer mit eurem Angebot? Ich kann auch gern mal einen Blick auf eure Website werfen. Für ein Abendessen tu ich alles.« Oh Gott, was red ich denn da?

»Ich fütter dich auch so mit durch.« Er grinst.

»Nichts da. Du lässt uns schon deinen Raum benutzen, ohne dass wir was zahlen. Ich red mal mit den Hexen.« Wenn sie überhaupt noch weitermachen wollen.

»Bloß nicht.«

»Hast du Angst?« Ich verdränge meine eigene, dass die Hexen hingeworfen haben, und stupse ihn in die Seite.

»Nein, ehrlich, das ist okay so.« Er löst seinen Knoten, nur um die Haare gleich wieder hochzubinden. »Du hast recht. Ich habe Angst. Davor, was du sagst, wenn du die Website vom Seminarhaus siehst.«

»Immerhin habt ihr eine. Das ist doch schon mal was.«

Seine Augenbrauen klettern in zweifelnde Höhen.

»Wir können ja erst mal mit den Natur-pur-Wanderungen anfangen. Morgen nach dem Tanzen?« Ich reibe mir schmachtend den Bauch.

Das überzeugt ihn. Schließlich weiß er, wie es um meine Kochkünste bestellt ist. Mein nächstes Abendessen ist gesichert.


Wie bei jedem anderen Kunden auch schaue ich mir zur Vorbereitung gleich am nächsten Tag die Seminarhaus-Website an. »EIFEL-PUR-YOU-NATURSEMINARE«. Ich reibe mir die Augen. Doch, das steht wirklich in fetten Lettern da: PUR YOU. Jetzt verstehe ich, warum Paul mir die Seite nicht zeigen wollte. Mal abgesehen von der gruseligen Mischung aus Deutsch und Englisch handelt es sich um eine Standardseite mit Luft nach oben. Ob das Silkes Handschrift ist? Will er deswegen nicht ran? Oder weil ihm jeglicher Hauch von Marketing ein Gräuel ist?

Ich klicke auf »Kurse«. Immerhin aktuell. Heikes langes Strickwochenende wird erneut angeboten. »Nur noch drei freie Plätze« ist dahinter vermerkt. Stricken läuft also. Ansonsten gibt es ein Yoga-Wochenende im Mai, »Achtsam durch die Krise« im Juni, »Die Vulkaneifel in Wort und Bild« im Juli. Unter der Woche findet ein Meditationsabend statt und – ich lächele – »Bauchtanz, geschlossene Gruppe«. Dazu »Massagen auf Anfrage«. Das wird nicht reichen, um das Haus am Leben zu halten. Zeit für frischen Akquisewind. Gästezimmer in der Eifel, maarnah. Pauls Spaziergänge. Natur PUR YOU. Ich schüttele mich. »PUR« ist für mich gestorben.

Nach Tanz und Abendessen lege ich gleich los und frage Paul nach seiner Vision fürs Seminarhaus. Wenn er im Einklang mit sich und der Natur leben und das an seine Gäste weitergeben will, sollten seine Seminare entsprechend ausgerichtet sein. Oder geht es ihm mehr um alternative Lebensformen? Das ist mir nicht ganz klar.

»Meine was?« Er sieht mich an, als würde ich etwas von ihm wissen wollen, über das man nur spricht, wenn man Drogen genommen hat. Wäre vielleicht ein Ansatz.

Ich lächele.

Paul setzt sich auf. »Sorry. Mit der Frage habe ich nicht gerechnet. Ich komme mir vor wie in meinem früheren Leben.«

»Du kennst dich mit Reinkarnation aus? Spannend. Erzähl mir mehr!« Ich beuge mich vor und zwinkere. »Natürlich nur, wenn du magst.«

»Langweilig.« Er öffnet den Zopf und schüttelt die Haare aus. »Kurze Haare. Viel Geld. Wenig Zeit.«

»Viele Visionen.«

»Du sagst es.« Paul seufzt. Er habe schon während des Studiums zusammen mit einem Kumpel Firmen beraten. IT-Lösungen. Das sei so gut gelaufen, dass sie fast den Abschluss geschmissen hätten. Was letztlich egal gewesen wäre. Sie hätten ihre Firma rasch vergrößert. Das klassische Höher, Weiter, Wachsen um jeden Preis. Mit Firmenstrategie und allem, was dazugehört. Nur der Spaß sei immer weniger geworden, die Sinnkrise größer. Silke habe zu der Zeit als Yogalehrerin gearbeitet, sei aber auch unzufrieden gewesen. Kurse in Fitnesszentren seien ihr zu wenig gewesen. Sie wollte tiefer gehen. Auch für sich selbst. Als dann Pauls Partner tödlich verunglückte, seien sie ausgebrochen. Ein Sabbatical, das zum Firmenverkauf geführt habe. Und dem gemeinsamen Traum eines Seminarhauses. Er streicht sich eine Haarsträhne hinters Ohr. »Wie auch immer. Seitdem bin ich am liebsten in der Natur, arbeite mit den Händen und hasse Hamsterräder.«

Das verstehe ich. »Wie wäre es, wenn du mir einfach zeigst, was du liebst?«

Und das tut er.

Am Samstagabend führt er mich in seine Werkstatt. Die Seminarhaustische hat er noch in dem Raum gemacht, in dem jetzt die Rezeption und der Frühstücksbereich untergebracht sind. Inzwischen hat er sich einen Eisenbahnwaggon eingerichtet. Dort arbeitet er an kleineren Sachen. Und er schnitzt gern. Ich entdecke unzählige Räucherstäbchenhalter in allen Formen, Größen und Holzarten und muss lächeln. Paul vom Maar und Michel aus Lönneberga. Ich sehe, wie er hier sitzt, das Schnitzmesser in der einen, ein Stück Holz in der anderen Hand.

Seine andere große Liebe will er mir am Sonntag zeigen. Wir verabreden uns zum Wandern. Gleich in der Früh.


3


Im Morgengrauen klettern Paul und ich auf die Anhöhe hinterm Seminarhaus. Oben angekommen, halten wir einen Moment inne. Ich schaue zum Maar, das in etwa so verschlafen daliegt wie ich vorhin. Einmal aufgestanden und draußen, noch dazu bei dieser Aussicht, fühle ich mich jedoch leicht und lebendig. Ein alter Carpenters-Song kommt mir in den Sinn:

»Top of the World«. Das Lied spricht mir aus der Seele. Auch wenn ich nicht auf dem Gipfel der Welt stehe, ist doch alles ein Wunder – und wunderschön. Mit einem breiten Grinsen auf dem Gesicht drehe ich mich um.

»Sieh nur«, höre ich Paul neben mir sagen. Ganz leise, als wollte er die Sonne nicht verschrecken, die sich jetzt langsam zeigt.

Still beobachten wir, wie das Licht sich verändert und damit die Landschaft. Wie die ersten Strahlen aufs Seminarhaus fallen. Zu schade, dass nach vorne zur Straße hin kaum Platz ist. Dort in der Morgensonne zu frühstücken oder einfach nur zu sitzen …

Mir muss wohl ein Seufzer entfahren sein, denn Paul sieht mich fragend an. »Ich schwelge gerade und baue in Gedanken eine Morgensonnenterrasse.«

Er lächelt. »Ich brauche keine. Meine ist hier.«

Auch eine Möglichkeit. Und ein schöner Platz, um Posaune zu spielen, denke ich und stelle mir vor, wie die Töne bis zu meinem kleinen Haus schweben, wo ich in der Hängematte liege und den Kirschen beim Wachsen zusehe.

»Wollen wir?« Paul nickt zu dem Pfad hin, der Richtung Mehren führt.

Schweigend machen wir uns auf den Weg. Paul geht es wohl wie mir. Der Morgen ist noch so jung und frisch, da würde jedes Wort stören. Selbst beim Gehen bemühe ich mich, leise zu sein. Schnell erreichen wir den Ort, laufen weiter. Paul legt ein gutes Tempo vor. Die erste Stunde verstreicht im Nu.

»Gleich nähern wir uns dem Höhepunkt unserer Tour.« Was Paul aber keinesfalls langsamer werden lässt, dabei geht es jetzt bergauf.

Ich bleibe stehen und schaue mich um. »Ist es nicht ein bisschen früh dafür?«

»Machst du etwa schon schlapp?« Auch Paul stoppt. Er bemüht sich zwar um einen leichten Ton, aber an seinem prüfenden Blick merke ich, dass er unsicher ist, wie viel er mir zumuten kann.

»Schlapp? Ich?« Lachend marschiere ich weiter und zeige Paul meinen Bizeps.

»Beeindruckend. Noch beeindruckender wäre es, wenn du auf den Händen weiterlaufen würdest.«

So albern wir uns den Berg hinauf. Fünfhundertfünfundfünfzig Meter ist Pauls Höhepunkt hoch. Die Steinfelder Ley. Ich bewundere erst die Aussicht auf die Umgebung und dann die auf ein zweites Frühstück. Wir haben die Wahl zwischen Sencha- (meine Thermoskanne) und Matchatee (Pauls Kanne), Käsebroten (beide), Paprikastreifen (ich), Tomaten (er). Bevor wir alles verputzen, arrangiere ich das Picknick auf unserer Rastbank mit Fernblick und mache ein Foto mit Fokus auf unsere Brotzeit. Das rote Gemüse und die Brote auf den hellen Servietten im Vordergrund, scharf und strahlend, ein schöner Kontrast zu den verschwimmenden Grüntönen im Hintergrund.

»Für deine Website«, grinse ich Paul an, der ein wenig genervt guckt und zweifelnd die Augenbrauen hochzieht. Entweder findet er Technik generell verwerflich, oder er mag kein schön. Oder er ist schlichtweg hungrig.

Während wir frühstücken, finde ich heraus, dass er es nicht mag, wenn man Fotos stellt. Gestelltes ist für ihn unecht. Damit mache man den Leuten was vor, lüge sie quasi an. Und das will er nicht.

»Verstehe ich.« Ich nehme mir noch eine dieser herrlich süßen Cherrytomaten, die er mitgebracht hat. »Die Frage ist nur: Was genau ist echt? Welche Aufnahme gibt die Wirklichkeit wieder, welche nicht? Wenn wir beide beschreiben, was wir sehen, kommt ja auch was Unterschiedliches dabei heraus. Ab wann wird es also zur Lüge für dich?«

Die Frage beschäftigt uns noch, als wir wieder auf dem Weg sind. Ein bisschen ist es, wie »Ich sehe was, was du nicht siehst« zu spielen. Mir gefällt was, das dir nicht gefällt. Ich sehe es anders als du. Paul gefällt alles, was natürlich ist. Aber bis wohin geht »natürlich«? Und woher weiß ich, ob nicht auch das, was jetzt »natürlich« ist, vor ein paar Jahren, Jahrzehnten, Jahrhunderten von Menschen erschaffen oder beeinflusst wurde? Lässt sich das überhaupt verhindern?

»Müsstest du dann nicht den Müll liegen lassen? Schließlich veränderst du dadurch auch.«

»Nein, ich räume weg, was ein anderer leider versäumt hat.« Das stimmt schon. Trotzdem. Was die Bilder angeht, können wir uns nicht einigen. Warum darf ich die Wasserflasche nicht aus dem Bild rücken? Mich woanders hinzustellen, sodass ich sie nicht sehe oder ablichte, ist in Pauls Augen hingegen zulässig. Wo ist da die Logik?

Wir werden laut, funkeln uns an und müssen lachen. Für einen Moment staune ich, dass ich mich nicht angegriffen fühle von der Vehemenz, mit der er meine Sicht ablehnt. Warum laufe ich nicht weg? Nicht einmal das Thema will ich wechseln. Viel zu sehr interessiert mich, wie er das sieht: Heiligt der Zweck die Mittel? Wie weit darf man gehen? Schließlich will ich mit meinem »schönen« (ich) beziehungsweise »geschönten« (Paul) Bild ja etwas Positives bewirken. Die Leute dazu bringen, Müll aufzusammeln. Ihn gar nicht erst zu hinterlassen.

Vor lauter Reden, beinahe schon Streiten, merke ich jetzt erst, dass wir in dem Naturschutzgebiet angekommen sind, das ich schon von meiner ersten Wanderung mit Paul kenne. Im lichten Buchenwald blüht der Waldmeister, in einiger Entfernung leuchtet der Besenginster, dazu ein Froschkonzert. Wenn es mir beim ersten Mal schon so gut im Mürmes gefallen hat, dann bin ich jetzt völlig hingerissen. Wir hören auf zu diskutieren und haben wieder Augen für die Natur.

»Guck mal, wie viele Libellen!« Ich zupfe Paul am Ärmel und deute auf ein paar Sträucher im Sonnenlicht, wo sie schwirren und tanzen. Leuchtendes Blau. Wenn ich das auf einem Foto festhalten könnte.

Will ich das?

Im Augenblick nicht. Im Augenblick will ich nur gucken und staunen. Still setzen wir uns auf die Bank am Aussichtspunkt. Um uns herum zirpt und flattert es. Ein Zitronenfalter lässt sich auf dem Geländer nieder, ruht sich aus, hebt wieder ab. Irgendwo im Schilf schimpft ein Vogel, den ich nicht identifizieren kann. Ich lausche, schaue.

Erst als wir die Stimmen anderer Wanderer hören, rühren wir uns wieder.

»Danke«, sagt Paul.

Verwirrt sehe ich ihn an.

»Weißt du, so was würde ich gern anbieten. In der Natur sein. Kein wildes Outdoor-Survivaltraining, kein achtsames Bäume-Umarmen. Einfach …« Er macht eine ausschweifende Armbewegung, die das ganze Naturschutzgebiet umfasst, zuckt dann mit den Achseln und schaut zu Boden, als könnte sich dort gleich ein Haufen Müll manifestieren, wenn er nicht aufpasst.

»Achtsamkeitstraining ohne Bauberührung, in der Natur meditieren …« Mir ist noch immer nicht ganz klar, worum es ihm geht, was sein »einfach …« konkret bedeuten soll. Ihm offensichtlich auch nicht, denn er schüttelt den Kopf, zwar nur leicht, aber noch habe ich keinen Treffer gelandet. Also lasse ich die Worte weiter fließen. »In der Natur zu sich selbst finden, in sich hineinhören, sich öffnen. Die Natur und sich selbst zulassen. Maar und Moor. Maar watching and more.«

Mein letzter Vorschlag lässt ihn aufstöhnen.

»Na los, mach mit. Nicht im Kopf schon zensieren. Je wilder die Vorschläge, desto besser. Aussortieren hilft. Das klärt das Bild. Es ist wie mentales Müllsammeln.« Ich stehe auf und hänge mir meinen Rucksack über die Schulter. »Ich weiß schon. Du willst was Echtes, Unverfälschtes. Keine Werbung. Kein Firlefanz. Wie wäre es mit … ›Zurück in die Natur‹? ›Natursitzen‹?«

Er wirft mir einen skeptischen Blick zu und nimmt seinen Rucksack. Wir gehen weiter.

Ich wechsele meine Strategie und versuche es mit Fragen zur Zielgruppe. »Hast du jemanden vor Augen, wenn du an dein Angebot denkst? Für wen ist es gedacht?«

»Für …« Er schiebt die Hände unter die Gurte seines Rucksacks, wird schneller, merkt es und drosselt sein Tempo.

Gut. Will er mir also doch nicht davonlaufen. Dieses Mal biete ich ihm nichts an und warte einfach ab.

»Für Leute wie dich.« Kurz sieht er mich an, schaut dann aber gleich wieder nach vorn.

Für Leute wie mich. Wen meint er damit? Frauen, nicht mehr ganz jung, aber auch noch nicht alt? Städter? Menschen, die gern wandern? Leute, die eine Auszeit von ihrem normalen Leben nehmen? Die in einer Krise stecken? Stecke ich in einer Krise? Ich runzele die Stirn. Nein, aber vielleicht denkt er das. Menschen auf der Suche? Oh Gott, bitte nicht der x-te Sinn-des-Lebens-Kurs.

»Für Leute, die still auf einer Bank sitzen können. Die sich darüber aufregen, wenn Bäume angeschrien werden. Die lieber im Wald tanzen als vor Menschen. Die auf Müllsammelwanderungen gehen und sogar Websites retten wollen.« Jetzt grinst er mich an. »Ehrlich. Keine Ahnung, wer meine Kurse braucht oder will.«

»Dann bleiben wir noch mal bei dem, was du *nicht* anbieten möchtest.«

»Ich möchte den Menschen den Raum geben, selbst zu entscheiden, was sie tun möchten. Im Großen wie im Kleinen. Sie sollen herausfinden können, was ihnen wichtig ist, wenn sie gerade vor einer Frage stehen oder nicht weiterwissen. Ich will einen Rückzugsort schaffen, der nichts vorgibt, keine Methode, kein ›Jeden Morgen fünf Minuten nackt durch den Wald laufen, und dann geht es dir für immer gut‹.«

Jetzt fließt es. Ich unterdrücke mein Grinsen und höre konzentriert zu.

»Ich will keiner sein, der den Leuten das Geld mit irgendeinem neuen Trend aus der Tasche zieht«, schließt Paul dann doch mit etwas ab, das er nicht will.

Ich nicke. »Von dem Geld der Leute leben zu können, ohne es ihnen aus der Tasche zu ziehen, ist schon mal ein guter Ansatz.«

Wir lachen. Als wir an einer Eifelliege vorbeikommen, setzen wir uns und gehen die Sachen durch, die ihm klar sind.

»Schreib sie auf. Unterstreiche die drei Punkte, die dir am wichtigsten sind. Schreib auf, warum sie es sind.« Ich rutsche von der Liege. »Das ist deine Hausaufgabe.«

»Puh, da habe ich ja ordentlich was zu tun.«

»Das schaffst du.« Ich strecke mich durch. Langsam merke ich meine Beine, den Rücken. »So wie ich es bis nach Hause schaffe.«

»War es zu weit?«

»Nein, und ich habe dich hoffentlich auch nicht zu sehr gepiesackt mit meinen Fragen.«

»Hast du nicht.«

Zufrieden machen wir uns auf die Schlussetappe. Das Licht der Abendsonne hat sich über die hügelige Landschaft gelegt. Wie am Morgen schweigen wir auch jetzt. Vielleicht geht es Paul ja wie mir. Die vielen Eindrücke wollen in Ruhe sacken.

## 4

Im Bett lasse ich die Bilder des Tages noch mal Revue passieren. Die auf meinem Smartphone und die in meinem Kopf. Mir kommt eine Idee für Pauls Website. Ein Bild von ein paar Käsebroten, eines angebissen, ein Apfel, kein Vorzeigeobst, sondern ein zerdötschter, auf einem Holztisch. Keine Porträt-, aber eine Nahaufnahme. Echt, einfach, unverfälscht. Ich überlege, was ich hinzunehmen könnte, das damit bricht. Ob ich so etwas brauche.

Vielleicht eine Reihe von Bildern? Unterschiedliche Varianten von »echt, einfach, unverfälscht« mit einer Frage dazu: Was bedeutet für dich »in der Natur sein«, was »natürlich«? Die Fragen gefallen mir noch nicht, aber die Richtung, in die es geht. In meinem Kopf rattern die Ideen. Bis mir irgendwann die Augen zufallen.

Am nächsten Morgen schmiere ich Käsebrote, nehme den letzten Apfel, den ich dahabe, finde, er sieht verschrumpelt genug aus, und gehe zu einer Bank in der Nähe. Ich fotografiere, frühstücke, fotografiere. Bild für Bild, Bissen für Bissen.

Mit reichlich Material setze ich mich zu Hause an meinen Laptop und erstelle zunächst die Farbpalette für Pauls Naturwanderungen. Ich habe die Töne schon im Kopf. Damit bin ich recht nahe an den Farben, die in den Symbolen für Eifelsteig und Vulkaneifel verwendet werden. Die sind aber auch wirklich gut gewählt. Ein Grün mit Leuchtkraft, ein strahlendes Blau und ein sattes Gelborange. Pauls Farben weisen definitiv auch auf die Eifel hin: ein frühlingshaftes Grün, etwas zarter als das Eifelgrün, ein deutlich helleres Ginstergelb und ein Libellenblau, das einen Tick dunkler ist.

Für die Startseite suche ich ein paar Fotos, die sich am besten für meine Idee eines Spiels mit den unterschiedlichen Sichtweisen eignen. »Alles eine Frage der Perspektive?« Eine schöne Überschrift, finde ich und rücke sie in die Mitte. Ich lege mehrere Bilder darunter und lasse sie nacheinander in Dauerschleife laufen, von schöne, heile Natur bis hin zu Industrieanlagen, Zigarettenkippen im Wald, Bierflaschen am Wegesrand.

Dann rücke ich den Titel oben auf die Seite. »Eifel-Naturseminare«, das »PUR« habe ich gestrichen. Ich suche eine Schrift, von der ich mir vorstellen kann, dass sie Paul gefällt. Nicht zu verspielt, nicht zu hart. Geradlinig und trotzdem natürlich. Darunter packe ich die Fotos von heute Morgen. Ohne Nachbearbeitung, Paul zuliebe.

Ich tippe: »Eifel – in echt. Was heißt das für dich? Was bedeutet dir Natur?«

Unter den Fragen lasse ich Platz für einen Textblock.

Eine weitere Frage: »Warum Naturseminare?« Eine weitere Hausaufgabe für Paul.

Zum Schluss erstelle ich noch eine »Über uns«-Seite. Hier kommt eines der Bilder von gestern hin, das ich von Paul geschossen habe, als er mir eifrig und voller Begeisterung von seinen Gedanken erzählt hat. Seine Augen strahlen. Das perfekte Foto für diesen Zweck. Ob er das auch so sieht? Gestellt ist es jedenfalls nicht.

Noch ein paar Aufnahmen von der Müllsammelwanderung und dem anschließenden Grillen. Schade, dass ich keine Fotos von den strickenden Bauchtänzerinnen habe. Soll ich Heike fragen? Nein, das kann Paul machen. Wer weiß, ob ihm der Ansatz überhaupt zusagt.

Ein Vogel zwitschert penetrant. Mein Handy. Sicher eine der Eifelhexen. Das wurde aber auch Zeit. Doch es ist Joop. Zurück aus den Niederlanden, will er wissen, wie ich die lange Zeit ohne ihn überstanden habe.

»Sag bitte ›schlecht‹«, bittet er mich eindringlich. »Meine Katze guckt mich nicht mehr an. Ich brauche dringend ein paar Streicheleinheiten.«

»Du hast eine Katze?«

»Bis letzten Mittwoch hatte ich eine, jetzt bin ich mir da nicht mehr so sicher.«

Er erzählt mir ein bisschen von Millie, von seinem Wochenende, und ich berichte von meinen Tanzabenden mit den Teilnehmerinnen des Strickseminars. Dass die Eifelhexen mich haben sitzen lassen, verschweige ich. Daran mag ich nicht rühren.

»Keine neuen Möbel?«

»Nein, leider nicht.«

»Sehr gut, dann habe ich was für dich. Ein Scheunenverkauf an Pfingsten. Hast du Lust?«

Und wie ich die habe.

Dienstag, 14. Mai, bis Pfingstmontag, 20. Mai

# Freundschaften

## 1

Am Dienstag habe ich einen Termin mit Baufix in Bergheim. In einem Ganztages-Workshop stimme ich Broschüren, Flyer und Plakate mit ihnen ab. Als wir am Nachmittag fertig sind, bin ich froh, zusammenpacken zu können. Auf dem Rückweg hatte ich mich eigentlich kurz bei Matthias melden wollen, bei Merle und Sabine, aber inzwischen brummt mir derart der Schädel, dass ich nur noch nach Hause will. Konferenzraumluft, zu viel Kaffee und hastiges Kantinenessen bin ich anscheinend nicht mehr gewohnt. Ob mir deswegen die Baufix-Farben, -Texte und -Bilder so trist vorgekommen sind? Ein ziemlicher Kontrast zu dem Design für Paul. Dabei mögen Männer eher dunkle und gedeckte Farben. Hoffentlich ist Paul die Ausnahme, die die Regel bestätigt.

Als ich in der Eifel ankomme, lege ich mich gleich hin, kann dann aber nicht anders und schaue mir den Entwurf für Pauls Website noch einmal an. Lebendig und frisch, finde ich. Nicht schreiend und schrill. Aber gerade bei Farben fällt das Urteil so unterschiedlich aus. Kurz überlege ich, was Matthias dazu sagen würde. Er hat ein gutes Auge. Auch wenn ihm eine Sache inhaltlich und gestalterisch nicht entspricht, sieht er, ob die Elemente in sich stimmig sind, was enorm hilfreich für mich ist, wenn ich noch zu nah an meinem Design bin. So wie jetzt. Site zu, Augen zu.

Haben die Hexen sich immer noch nicht gemeldet?

Kein Wunder, dass mir der Kopf wehtut. Kaum habe ich den einen Gedanken verscheucht, kreist schon der nächste. Ich schlage die Augen wieder auf und sehe nach. Keine neue Nachricht, kein verpasster Anruf, und auch im Hexenchat herrscht Ruhe.

Ich tippe: »Wo wart ihr am Donnerstag?«

Und lösche. Tippe: »Kommt ihr diese Woche?«

Lösche erneut.

Nächtliche Fragen. Feige Fragen. Eigentlich will ich doch wissen, warum sie mich haben sitzen lassen. Und das ist keine Frage für einen Chat, insbesondere nicht für einen Gruppenchat. Eine Aussprache muss her. Keine Ausschreibe. Morgen rufe ich Bea an. Nein, ich warte bis Donnerstag. Wenn sie kommen, rede ich mit ihnen. Dann kann ich ihnen auch gleich sagen, dass ich noch eine weitere Tänzerin rekrutiert habe. Heike tanzt mit Begeisterung und hat durchaus Talent. Für den Auftritt brauchen wir viele Frauen, haben wir gesagt. Ich hätte die anderen gern gefragt, aber sie waren ja nicht da. Kindisch. Ich seufze und lege das Handy weg. Heute Nacht werde ich das Problem ganz bestimmt nicht mehr lösen.

Am nächsten Morgen beschließe ich, den Tag über konzentriert und eisern an den Baufix-Dokumenten zu arbeiten. Wenn ich mich ranhalte, müsste ich die abgesprochenen Änderungen bald abschließen können. Und dann darf ich eine dicke Rechnung stellen. Mein Bankkonto wird sich freuen.

Bis in die Nacht sitze ich am Rechner und am Donnerstag in der Früh gleich erneut. Es zieht sich, aber am Nachmittag hake ich den letzten Punkt ab. Ich verschicke die Dateien. Geschafft! Und genauso fühle ich mich auch. Verkrampft, steif und angespannt. Alles andere als bereit für die Bauchtanzstunde, geschweige denn für eine Hexenaussprache. Entsprechend mulmig ist mir zumute, als ich wenig später zum Seminarhaus rübergehe.

»Ich bin die Chefin«, rede ich mir gut zu. Und wenn nichts aus dem Auftritt wird, ist das auch kein Bauchbruch. Ganz im Gegenteil. Im Sommer wollen Matthias und ich Urlaub machen. Ich werde wieder in Köln wohnen und nur noch ab und an hier sein. Wenn die Hexen also keinen Bauchtanz aufführen wollen, macht das mein Leben nur einfacher.

In meinem Bauch zieht sich was zusammen. Seit wann mag ich »einfach« nicht mehr?

## 2

Schon von der Straße aus spähe ich durch die bodentiefen Fenster des Seminarraums. Wenn heute wieder hexenfrei ist, werde ich zur Ex-Hexe. Kein Bauchtanz mehr. Allenfalls ab und an mit Heike, Leonie und Mia.

Die Tür des Raums öffnet sich, und Bea winkt mir zu. »Was ist los? Wir warten.«

Eine Lavabombe fällt mir vom Herzen. Sie sind da. Mein Vorsatz, sie für letzte Woche auszuschimpfen, verglüht in der Vulkanschmelze. Ich erwidere Beas Lächeln und betrete den Raum.

Gut gelaunt begrüßen die Frauen mich. Keine Spur von schlechtem Gewissen. Fröhliches Plaudern und – alle sind barfuß. Sogar Änne! Und auch ihren Bauch zeigen alle mehr oder weniger freizügig. Ich bin sprachlos.

»Extra bei der Pediküre gewesen.« Änne greift ihren Rollator und hebt einen Fuß an.

»Zeig her deine Füße«, singt Henni und schiebt ebenfalls einen Fuß vor.

Auch mit ihren Outfits haben sie sich Mühe gegeben. Leggings mit Tuch oder knöchellange Röcke. Ich bewundere ihre Kleiderwahl und stelle Heike vor, was zu großem Gelächter führt.

»Als ob wir Heike nicht kennen würden!«

»Noch eine Bitte.« Ich räuspere mich. »Gebt mir doch demnächst Bescheid, wenn ihr nicht könnt. Wenn zu viele fehlen, können wir gern nach einem Ersatztermin suchen, aber Training muss sein. Sonst wird das nichts mit dem Auftritt.«

Bis zum vorletzten Satz nicken alle, der aber stößt zumindest bei Änne auf Widerspruch. »Nimm es nicht so ernst!«

»Doch«, sage ich entschieden. »Wir wollen, dass die Zuschauer Spaß haben, es soll schön werden, schön für uns alle. Auch Freude soll man ernst nehmen.«

»Ui, eine flammende Rede. Aber recht hast du.« Doro klatscht.

Die anderen schließen sich an. Sogar Änne.

Verlegen drehe ich mich um und fummele an der Musikanlage herum. Endlich springt sie an.

Eine gute Stunde später stelle ich die Musik wieder ab und begleite meine Tänzerinnen zur Tür.

»Heute hat es richtig Spaß gemacht«, sagt eine nach der anderen.

Einschließlich mir. Und verbessert haben sie sich auch. Na ja, Doro, Bea und Ilka. Und Heike und die beiden Mädels. Änne, Henni und Joelle haben viel gelacht. Besonders über sich selbst. Dafür würde ich sie am liebsten knuddeln oder wenigstens jetzt zum Abschied kurz in den Arm nehmen.

»Liane?« Bea schiebt sich nach draußen. »Nächste Woche bin ich nicht da. Pfingstferien.«

Henni und Doro können auch nicht. Fragend schaue ich zu Mia und Leonie.

»Wir kommen.« Die beiden wollen es wirklich wissen.

Änne schiebt ihren Rollator zu mir. »Lange nicht mehr so gelacht. Ganz im Ernst.« Sie zwinkert mir zu.

Ich umarme sie.

Als schließlich auch die letzte Hexe gegangen ist, löst sich ein Schatten aus den Bäumen und kommt auf mich zu. Paul.

»Ich war schon in Sorge.« Er lächelt mich an.

»Dass das Essen anbrennt?«

»Nein.« Er lacht leise. »Mit dem Feuer spielen kann ich, nur die Sache mit dem Wasser ist nicht so meins. Darf ich dich zum Essen geleiten?«

»Sehr gern. Ich bin ziemlich hungrig.«

»Sieht so aus, als läuft dein Hexentanz.«

Oh ja. Ich nicke enthusiastisch. Klopfe sachte gegen einen

Baumstamm. Heute habe ich mich richtig zugehörig gefühlt. Wenn das so weitergeht, wird mir nicht nur die Trennung von meinem Häuschen ganz schön schwerfallen. Wie schnell ich hier Freunde gewonnen habe. Weil ich das tue, was mich glücklich macht? Kurz lege ich den Kopf zurück und blicke in den Himmel. Das werde ich in Köln auch wieder machen, verspreche ich mir selbst. Mehr Leichtigkeit, weniger Arbeit. Mehr Liebe.

## 3

Nach dem Essen hole ich den Laptop aus meiner Tasche.

»Bist du nicht zu müde? Wir können das gern wann anders machen.« Paul kommt aus der Küche zurück in den Wintergarten und sieht mich forschend an. »Ehrlich. Für heute hast du genug gearbeitet.«

»Das kannst du mir nicht antun. Ich brenne darauf, dir meine Ideen zu zeigen.«

Wieder mustert er mich. Anscheinend wirke ich überzeugend, denn er nickt. »Okay, ich bin gespannt.«

Und ich erst. Ich gehe auf den internen Link, drehe den Bildschirm so, dass Paul besser sieht, und beobachte ihn dann, bemerke, wie seine Pupillen sich weiten, wie sie still leuchten. Konzentriert schaut er auf die Fotos, die nacheinander durchlaufen. Es dauert. Er muss sie jetzt schon mindestens zum zweiten Mal sehen. Warum sagt er nichts? Mein Herz schlägt mir bis zum Hals. Überlegt er, wie er mir sagen soll, dass es ihm nicht gefällt?

Jetzt bewegt er sich endlich, scrollt nach unten. Lächelt er? Ich halte es nicht mehr aus. »Und? Wie findest du es?«

Nur mit Mühe halte ich alles Weitere zurück. Dass die Seite nur ein Entwurf ist. Was man noch alles verbessern kann. Was wir klären müssen.

Er hat die »Über uns«-Seite entdeckt und klickt darauf. Schüttelt den Kopf. Guckt die Bildergalerie durch, geht wieder auf die Hauptseite zurück. Dann schaut er auf, hört nicht auf, den Kopf zu schütteln. Räuspert sich. Endlich, endlich öffnet er den Mund. »Grandios. Das ist … Das kannst du doch unmöglich alles in den letzten Tagen gemacht haben. Es ist … es ist einfach klasse.«

»Echt und unverfälscht und nicht gestellt?« Ich atme auf.

»Wie bist du bloß auf die Idee gekommen, mit den verschiedenen Perspektiven zu spielen? Die Fragen dazu, das lässt einen richtig nachdenken.«

Ich grinse. Nein, ich strahle vermutlich. Es ist so beglückend, wenn Kunden ein Entwurf gefällt. Wenn sie etwas darin sehen, was ihnen selbst vorher noch gar nicht klar war. Wenn es genau das ist, wonach sie gesucht haben.

»Du bist unglaublich gut in dem, was du machst.« Paul wirft mir einen Blick zu, der beinahe erschüttert wirkt.

»Ich liebe meine Arbeit«, sage ich schlicht, und in diesem Moment stimmt es zu hundert Prozent.

»Design mit Herz«, sagt er und lächelt sein typisches Paul-Lächeln, das in den Augen beginnt und sich dann langsam übers ganze Gesicht ausbreitet, bis es den Mund erreicht. Einen Mund, den ich lieber nicht zu lange ansehe. Also beuge ich mich zum Bildschirm vor und zeige ihm die Dinge, die noch offen sind. Die Farben. Auch wenn sie ihm gefallen, möchte ich erst noch schauen, ob sie zu seinen Werten passen. So werden Vision und Ziele noch deutlicher. Es bringt nichts, wenn man scheinbar ideale Farben verwendet, die aber nicht mit den Werten, für die man steht, übereinstimmen. Dann zieht man nur die falschen Leute an und hat hinterher den Ärger. Mit den Schriften ist es genauso.

Wir diskutieren, ich rufe zum Vergleich andere Seiten auf. Die professionellen sind ihm alle zu glatt, aber es gibt auch Aspekte, die ihm gefallen.

»Willst du auch Blogartikel schreiben?«, frage ich schließlich.

Er lässt sich gegen die Rückenlehne fallen und reibt sich die Stirn. »Ehrlich gesagt, keine Ahnung. Eigentlich nein, aber vielleicht doch?«

»Für heute reicht es, oder?«

Er sieht ziemlich erschossen aus, während ich das Gefühl habe, noch stundenlang weitermachen zu können. So viel Spaß hat mir die Arbeit an einem Webdesign lange nicht mehr gemacht. Es ist wieder so wie am Anfang. Da konnte ich auch ewig und drei Tage an Designs arbeiten. Es war – und ist gerade wieder so –, als ob ich auf einer Welle der Euphorie surfte und jede Sekunde auskosten wollte. So eine Welle reitet man, solange man kann. Da hört man nicht mittendrin auf.

Paul hat sich wieder aufgesetzt. Den Kopf auf die Hände gestützt, mustert er mich. »Du bist gar nicht müde. Den ganzen Abend sprühst du förmlich vor Begeisterung. Es ist echt schön zu sehen, wie viel Freude du hast an dem, was du tust.«

Ein wenig verlegen streiche ich mir die Haare hinters Ohr. »Die Arbeit mit dir macht einfach einen Riesenspaß. So bereichernd war sie lang nicht mehr, so inspirierend, da kommen die Ideen von allein. In letzter Zeit sind die Aufträge doch mehr und mehr zum bloßen Job geworden. Geld verdienen halt. Kaum noch Herzensprojekte. Was heißt hier ›kaum noch‹? Spontan fällt mir keins ein.« Ich überlege, aber es stimmt. Da war lange keins dabei, für das ich richtig gebrannt habe. Und ich habe es nicht einmal gemerkt. Ich runzele die Stirn.

Fragend hebt Paul die Augenbrauen.

»Ich dachte wirklich, ich wäre glücklich in meinem Job.« Die Erkenntnis, dass ich es nicht bin, trifft mich. Ich horche in mich hinein. Seit wann ist das so? Warum habe ich nicht gespürt, dass die Freude fehlt?

»Du bist glücklich mit deiner Arbeit.« Paul sieht zum Bildschirm, als ich ihn anschaue. »Das da hast du mit Leidenschaft und Freude gemacht.«

Ich nicke.

»Es besteht noch Hoffnung, was?« Er grinst mich an. Dann werden seine Augen dunkel, er richtet den Blick wieder aufs Display und fasst sich in den Bart, als fände er dort Mut oder was auch immer er braucht, um weiterzusprechen. »Die falschen Projekte? Vielleicht solltest du dich neu ausrichten. Ich glaube, ich muss das auch tun.« Und schnell haspelt er weiter, dass er zwar immer von einem Seminarhaus in der Natur geträumt habe, aber die Seminare …

»Hubert«, sage ich.

»Ja, aber auch die anderen.«

»Heike?«

»Nein, Yoga, Breathwalking, nichts dagegen, aber das gibt es doch überall. Irgendwie habe ich mir was anderes vorgestellt.«

»Natur PUR YOU.«

Er zuckt zusammen, gibt sich einen Ruck, hebt entschuldigend die Hände. »Schrecklich, ich weiß, aber wir dachten … Ich meine, gerade am Anfang ist es schwer. Man muss ja erst mal reinkommen. Da schließt man schon mal die falschen Kompromisse.«

»Oder nimmt die falschen Kunden.« Ich seufze.

»Was für welche willst du denn?«

»Solche wie dich.« Ich hebe die Schultern. »Mir geht's wohl wie dir. Darauf muss ich noch mal genauer schauen.«

»Wie wäre es, wenn wir uns zusammentun, um an unserer jeweiligen Ausrichtung zu arbeiten? Gemeinsam geht es sicher leichter.«

»Gern.«

Die Zeit hier in der Eifel wird mehr und mehr zu einer richtigen Auszeit. Nicht nur von Matthias, sondern auch von meinem bisherigen Leben.

Paul hält mir die Hand hin, und ich schlage ein. Wir vereinbaren, dass wir uns dienstagnachmittags treffen, sodass wir uns vor dem Abendessen dem einen und danach der anderen widmen können. Immer abwechselnd. Ganz strukturiert und businesslike.

4

Am Freitag arbeite ich nur so viel wie unbedingt notwendig. Unter den eingegangenen E-Mails finde ich eine von Müller & Möller. Meine Entwürfe hätten Potenzial. Ich stöhne. Will ich diesen Kunden? Ich beschließe, das Nachdenken über diese Frage zu verschieben, bis ich weiß, wo ich in fünf bis zehn Jahren stehen will.

Auf einem Spaziergang ums Maar male ich mir mein Leben in sechs Jahren aus, wenn ich meinen Fünfzigsten feiere. Das Ferienhaus rechnet sich inzwischen. Mein zukünftiges Ich arbeitet immer noch viel und intensiv. Weil die Arbeit es ausfüllt. Aber es genießt auch seine Frei-Zeiten. Mit seinem Partner. Mit seinen Freundinnen. Allein. Mit seiner Schwester. Mir wird bewusst, dass ich länger schon nichts von Clara gehört habe. Ob alles in Ordnung ist auf Bali?

An einer Bank mit Blick aufs Maar setze ich mich und schreibe ihr ein paar Worte. Sie liegt bestimmt im Bett, wahrscheinlich schläft sie, meine kleine Frühaufsteherin. In Ubud müsste es jetzt dreiundzwanzig Uhr sein.

Mein Handy-Vogel zwitschert. Videoanruf von Clara. Definitiv nicht im Bett. Im Hintergrund höre ich Musik, Stimmen, Gläserklirren. Ich runzele die Stirn und versuche, etwas hinter Clara auf dem kleinen Display auszumachen, doch es ist zu dunkel. »Wo bist du?«

Als Antwort schwenkt sie ihr Handy. »Kannst du das sehen?«, höre ich ihre Stimme ein wenig atemlos. »Warte mal kurz. Ich geh näher ran.«

Dann vernehme ich Meeresrauschen. Sehe etwas hell schimmern. Eine Schaumkrone? Dann wird es wieder dunkel, ein paar Schatten, Lichter, ich erkenne Strandliegen, eine Bar dahinter. Meine kleine Yogamaus ist ausgegangen.

»Ist das nicht schön?« Sie strahlt mich an.

»Du siehst glücklich aus.«

»Yep.« Täuscht das, oder wird sie gerade rot?

»Clara?«

»Ja, stimmt. Ich bin verliebt.« Ihre Augen leuchten. Meine kleine Schwester hat es erwischt. Ich freue mich für sie, ihr Strahlen ist ansteckend. Gleichzeitig macht es mir Angst. Ich will nicht, dass sie verletzt wird.

Sie stellt mir ihre Liebste vor. Eine zierliche Balinesin winkt in die Kamera, strahlt genauso wie Clara. Die beiden pressen ihre Wangen aneinander und lachen mich an.

»Komm mich bald mal besuchen, ja?«, bittet Clara. »Du machst doch eine Auszeit von Matthias. Ich würde dir so gern alles zeigen.«

Ganz besonders natürlich Loesje. Claras Liebste ist Niederländerin, die Mutter stammt aus Indonesien. Soll ich Clara von Joop erzählen? Doch da wirft sie mir schon eine Kusshand zu und winkt zum Abschied. Vielleicht, wenn wir uns das nächste Mal sprechen.

Ich schaue zum Maar. Was will ich ihr denn da erzählen? Dass Joop mich bei der Suche nach Möbeln unterstützt? Dass wir zusammen tanzen waren, im Theater, auch mal essen? Ach ja, den Besuch im Wildgehege nicht zu vergessen. Nein, nachher denkt sie noch, ich hätte was mit ihm.

Und wie wäre es, wenn ich tatsächlich was mit ihm hätte? Leicht und kurz. Einmal aufblühen, den Frühling genießen, die Auszeit. Damit ich danach wieder weiß, was ich an Matthias habe. Gott, was denke ich denn da? Aus dem Alter, in dem man alles ausprobieren muss, bin ich raus.

Trotzdem. Wäre das so schlimm? Es wären doch alle einverstanden. Ich täte nichts Verbotenes. Und hey, mit Joop kann es nicht anders als schön werden. Ich freue mich schon richtig, ihn bald wiederzusehen.


Genau das sage ich ihm, als er mich zum Scheunenverkauf abholt.

Er umarmt mich. Fühlt sich gut an. Kräftig. »Ich sollte wohl öfter wegfahren, wenn du mich danach so empfängst.«

»Unsinn. Ich halte nichts von Fernbeziehungen.« Mein Kopf leuchtet bestimmt so rot wie das Klatschmohnfeld, an dem wir gerade vorbeifahren. Um Joop davon abzulenken, erzähle ich von Clara. Dass ich mir Sorgen mache. Bali ist zwar liberaler als das muslimische Indonesien, aber lesbische Liebesbeziehungen sind auch dort tabu, fürchte ich.

Joop legt die Hand auf mein Bein, drückt es leicht. »Et kütt, wie et kütt.«

»Ich weiß, und et hätt noch immer joot jejange.«

Unsere Hände streifen einander, die kleinen Finger verfangen sich. Die Hände rutschen ineinander.

»Mach dich nicht so viel Kummer.«

Seine Wortwahl lässt mich schmunzeln. Und der kölsche Optimismus auch. Mit dem stürze ich mich kurz darauf in die Scheune und ziehe Joop hinter mir her. Wäre doch gelacht, wenn nicht auch die große Schwester bald zu ihrem Glück zurückfände. Zum Beispiel in Form einer Kommode, eines großen Esstischs oder eines Ohrensessels. Betten wären auch nicht schlecht. Und Kleiderschränke.

Tatsächlich verliebe ich mich in eine alte Bauernkommode. Die drei großen Schubladen bieten viel Stauraum. Natürlich muss ich das Holz aufbereiten, aber dann wird die Kommode traumhaft im großen Schlafzimmer aussehen. Joop überredet den Sohn des Scheunenverkäufers, sie mir gleich am nächsten Tag vorbeizubringen.

Am Pfingstsonntag versorgt Joop mich mit Werkzeug und Tatkraft. Gemeinsam wird geschmirgelt, geredet, gelacht. Am Montag lasieren wir, und zum Dank lade ich ihn abends zum Essen im Ort ein.

»Das lange Wochenende ist viel zu schnell um.« Bedauernd schiebt Joop seinen Stuhl zurück, als es an der Zeit ist zu gehen. »Schade, dass ich dich unter der Woche nicht helfen kann.«

»Du hast sicher viele Termine.«

»Ach, das geht schon.«

Was nicht geht, verrät er mir nicht. Muss er auch nicht. Neugierig bin ich trotzdem. Hallo? Über mich selbst den Kopf schüttelnd folge ich Joop nach draußen und hake mich bei ihm unter, als wir den Rückweg antreten.

## Ziele

### 1

Die Zeit fliegt. Schon ist es Dienstagnachmittag, mein wechselseitiger Coachingtermin mit Paul steht an. Ich gehe zum Seminarhaus. Paul sitzt draußen, vor ihm eine volle Teekanne, zwei Becher, ein aufgeschlagenes Notizheft. Er ist bereit. Ich bin es nicht, muss erst noch ankommen, runterkommen. Ich entschuldige mich.

»Kein Thema. Ist ja nicht so, als hätten wir einen Geschäftstermin.«

Aber ich merke, dass er enttäuscht ist. Ich bin es auch. Warum will es heute nicht? »Ich fürchte, mein Gehirn braucht Auslauf, damit es in die Gänge kommt. Wollen wir eine Runde ums Maar gehen?«

»Wo du schon Furchen eingezogen hast? Wir könnten auch zum Mürmes radeln. Damit du mal was anderes siehst.« Paul zwinkert mir zu.

Er leiht mir Silkes Rad und tut so, als machte es ihm nichts aus, dass ich darauf sitze und nicht sie. Wie hält er das aus? Alles hier muss ihn doch an sie erinnern. Ob es Matthias in Köln auch so geht? Ich beruhige mein schlechtes Gewissen damit, dass unsere Auszeit wirklich nicht mit Silkes Abhauen zu vergleichen ist. Eine geplante Frei-Zeit, eine Für-sich-Zeit für jeden von uns.

Im Naturschutzgebiet angekommen, stellen wir die Räder ab und machen uns auf den Weg und an die Arbeit. Ich frage Paul, was ihm die Natur bedeutet. Ob sie ihm schon immer am Herzen gelegen habe.

Wieder erzählt er mir von seiner Asienreise. Erst dort sei ihm klar geworden, wie sehr er die Gegend hier liebe. Die Jahreszeiten. Das saftige Grün. Nieselregen. Das Sonnenlicht, wenn es im Frühjahr die Mischwälder verzaubert. Sommergewitter. Den Schneeflocken beim Fallen zusehen. Richtig poetisch wird er. Am liebsten würde ich seine Worte als Sprachnachricht aufnehmen, damit wir sie später genau so auf seine Website stellen können. Sie transportieren seine Liebe zur Natur ganz wunderbar. Und Liebe ist doch immer der stärkste Motor, um etwas zu bewahren, zu schützen, auch, um etwas loszulassen.

»Was willst du bewirken in deinem Leben?«, frage ich ihn, als wir wieder auf die Räder steigen. »Was möchtest du verändern, anstoßen, bewegen? Wofür willst du stehen? Worin möchtest du ein Vorbild sein? Und für wen?«

Sonst frage ich immer, was die Kunden erreichen wollen. Für Paul scheinen mir das hier jedoch die passenderen Fragen zu sein. Die er ruhig erst mal sacken lassen soll. Hausaufgabe bis zum nächsten Mal.

Wieder zurück, kochen wir gemeinsam. Nun ja, ich decke den Tisch, er wärmt das vorbereitete Essen auf. Wir wechseln zu mir. Er dreht den Spieß um. Was will ich bewirken?

Auch mir geht das Thema in den nächsten Tagen nach. Gar nicht so einfach zu sagen.

Am Donnerstag beim Tanz befrage ich »meine« Frauen dazu.

»Dass meine Enkelin sich vor nichts und niemandem versteckt und ihr Leben führt, wie sie es will.« Änne ist wohl gerade mehr nach Wünschen als nach Wirken zumute. Sie wirft Bea einen Blick zu, den ich nicht recht deuten kann. Stolz, zärtlich, herausfordernd? Und Bea, die stachelhaarige, immer schlagfertige Bea, erwidert ihn nicht, sondern kramt in ihrem Rucksack herum, als würde sie darin etwas Lebensnotwendiges suchen.

»Liebe leben und in die Welt bringen.« Doro formt ein Herz mit den Fingern. »Herzen entzünden und selbst ein volles haben, wenn ich gehe. Und davor Freiflüge nach Mallorca, damit

Enrique und ich uns sehen können, wann immer uns danach ist. Lang lebe die Fernbeziehung!«

»Ach ja, unsere Doro.« Joelle hakt Henni unter. »Da bleibt für uns ja nicht mehr viel zu tun, was?«

»Dass nicht jeder meine Tochter erst mal schief anguckt, wenn sie aus dem Lieferwagen steigt. Dass sie nicht wie ich dem Drang nachgibt, ihre Haare unter der Mütze zu verstecken. Dass sie sich nicht beweisen muss, sondern einfach ihre Arbeit tun kann. Dass es keine Männer- und Frauenberufe mehr gibt.« Die sonst in der Gruppe eher stille Ilka ist förmlich explodiert. Was für eine Leidenschaft in ihr steckt, habe ich ja schon erlebt, als sie durch mein Haus gewirbelt ist. Dass sie so sehr mit Vorurteilen zu kämpfen hat, habe ich nicht erwartet.

Ich applaudiere. Die anderen tun es mir nach. Die Energie, die sich angestaut hat, will raus. Wir tanzen. Die Frauen schwingen Hüften, Brüste und alles, was sie sonst noch schwingen wollen. Ihre Röcke (Änne, Heike, Joelle), den Rollator (Änne), ihre Haare (Mia, Leonie, Doro), ihre Arme (Joelle und Ilka). Ihre Stimmbänder (alle).

»Seht mal, wie toll meine Brüste beben, wenn ich lache.« Änne zeigt uns in der Pause, wie es ihrer Meinung nach viel einfacher geht.

Gegen ihren Lachtanz habe ich keine Chance. Ein bisschen mulmig wird mir schon, wenn ich an den Auftritt denke. Eine Lachnummer ist zwar auch was Schönes, aber so einfach wird da kein Bauchtanz draus.


»Dass ein paar Frauen ein paar Bauchtanzschritte lernen als mein Vermächtnis an die Welt?« Nach der Stunde sitze ich in trauter Eintracht mit Paul im Wintergarten beim Abendessen und sinniere darüber, was ich eigentlich bewirken will. »Selbst wenn es gelingen würde, was macht das schon für einen Unterschied?«

»Ich habe euch bis hierher lachen gehört. Klingt jetzt kitschig, aber Freude in die Welt zu bringen, ist doch gut.«

Ich verdrehe die Augen.

»Warum magst du Bauchtanz?« Paul schiebt seinen Teller zurück und sieht mich forschend an.

Mit meiner Gabel spieße ich ein Salatblatt auf. »Ich mag die Bewegungen, die Musik …«

»Was fühlst du, wenn du tanzt? Was ist beim Bauchtanzen anders als bei anderen Tänzen?«

»Der Reiz des Fremden? Als ich damit angefangen habe, fand ich es ungeheuer exotisch. Mich damit auch. Sinnlich, verführerisch, weiblich.«

Paul grinst.

Misstrauisch sehe ich ihn an.

»Als ich mit der Posaune angefangen habe, wollte ich nur laut sein. Und das größte Blasinstrument haben.«

Wir lachen.

»Und wie ist es jetzt für dich?«

»Wie eine Verlängerung meines Körpers.« Er zuckt mit den Achseln. »Als ich in Indien war, habe ich einen Jungen auf einer Flöte spielen sehen. Nichts Besonderes, aber er war völlig in die Musik versunken, und das hat mich an mich und meine Posaune erinnert. Zurück in Deutschland, habe ich sie ausgegraben, und seitdem ist sie mein Ventil.«

»Versetzt das Spielen dich zurück in die Kindheit? Eine Art Alles-ist-gut-Gefühl, heile Welt und so?«

»Nein. Es ist eher eine Mischung aus Fallenlassen, Versinken und Loslassen.«

»Wenn ich tanze, habe ich das Gefühl, ich selbst sein zu können. Ohne Ego, ohne all das Drumherum. Ich lasse die Musik durch mich fließen, sie trägt mich – wie unsichtbares Wasser, ich spüre die Strömung, die Wellen … ganz schön wässriger Vergleich.« Ich nehme seinen Teller, stelle ihn auf meinen und stehe auf.

»Find ich nicht«, sagt Paul in meinen Rücken.

Ich gehe in die Küche, räume weg und auf. Das hilft. Langsam wird mir klar, worum es mir geht, was ich mit den Bauchtanzstunden bewirken will. Ich drehe mich zu Paul um, der im

Türrahmen steht und mich beobachtet. Als hätte er gespürt, dass ich gerade etwas Luft gebraucht habe, hat er mich schalten und walten lassen.

»Noch einen Tee?« Er schiebt sich an mir vorbei an die Spüle und füllt den Wasserkocher. Dann sieht er mich auffordernd an. »Schieß los!«

Woher weiß er, dass ich was loswerden will?

»Noch mal zum Bauchtanz. Ich will den Frauen dieses Gefühl schenken, Frau zu sein. Auf eine gute Art und Weise. Ohne falsche Scham, ohne Zurschaustellen, ohne eingezogenen Bauch und hochgezogene Schultern. Ich wünsche mir, dass sie diese Haltung spüren. Die einer stolzen Frau. Einer Frau, die gern Frau ist. Die sich wohlfühlt in ihrem Körper.«

Mit einem Klacken schaltet sich der Wasserkocher aus. Wir befüllen zwei Becher, gehen nach draußen und setzen uns auf die Bank.

Ich erzähle Paul von Ilka. »Eigentlich ist sie all das, eine richtig tolle Frau, und doch hat sie das Gefühl, sich im Beruf anders zeigen zu müssen.«

»Vielleicht hat sie auch die falschen Kunden?« Paul zwinkert mir zu.

Typisch Mann. Mit einem Rums stelle ich meinen Becher auf dem Tisch ab. »Darf man als Frau etwa nur für Frauen arbeiten?«

Paul hebt die Hände. »Hey, das habe ich doch gar nicht gesagt.«

»Was denn sonst?« Ich funkele ihn an.

Jetzt blitzt es auch in seinen Augen. »Glaubst du im Ernst, dass es ausschließlich Männer sind, die sie als Handwerkerin nicht für voll nehmen?«

»Handwerksmeisterin. Aber ja, ich fürchte, du hast da einen Punkt.« Ich greife zum Becher und hebe ihn in die Höhe. »Frieden. Tut mir leid, wenn ich da gerade etwas übers Ziel hinausgeschossen bin. Es kann jedenfalls nicht schaden, wenn sie auf ihrer Website präsentiert, was man bei ihr bekommt.«

»Und wen. Eine kluge Frau hat mir mal gesagt, dass die

Leute die Person dahinter sehen wollen.« Paul grinst und lässt seinen Becher gegen meinen klacken.

Eine Weile sitzen wir einfach nur da. Gucken Sterne, lauschen der Stille, die natürlich keine völlige Stille ist. Schon komisch, dass wir Menschen – oder etwa nur ich Städterin? – Naturgeräusche nicht mitzählen, obwohl die oft nicht wirklich leise sind.

»Das nennt man wohl: den Tag ausklingen lassen«, sage ich irgendwann und gähne. Entweder hat Paul uns einen Schlaftrunk gemischt, oder dieses ruhige Sitzen hat mich heruntergeholt. Ich bin müde, bettschwer, wie man so schön sagt, stehe auf, gähne erneut.

Paul nimmt mir den Becher aus der Hand, unsere Finger berühren sich. Rasch zieht er seine Hand zurück. »Gute Nacht. Schlaf gut, Liane.«

»Danke, du auch.« Jim-Bob, Paul-Boy. Es hat beinahe was von den Waltons, wie wir hier dienstags und donnerstags auf unsere Coaching-Art zusammenleben.


## 2

»Heute habe ich eine *super speciaal* Überraschung für dich.« Es ist Samstag, ich sitze in Joops Auto, und er strahlt breiter, als das Pulvermaar tief ist. Und das ist das tiefste von allen und sein Hausmaar, aber inzwischen kenne ich mich gut genug aus, um zu wissen, dass die schmale Straße in eine andere Richtung führt.

Am Rand einer Wiese unterhalb des Mäusebergs halten wir schon wenig später wieder an. Einmal rauf zum Dronketurm? Am Aussichtsturm mit Blick aufs Gemündener Maar gibt es eine herrliche Holz-Hollywoodschaukel. Und einige hundert Meter weiter stehen Eifelliegen, auf denen man wunderbar träumen kann. Perfekte Picknickplätze, allerdings packt Joop keinen Korb aus dem Kofferraum. Überhaupt macht er keine Anstalten auszusteigen. Verwundert schaue ich ihn an.

»Warten steigert die Spannung.« Er grinst, sieht aber auf die Uhr.

Hat er ein Feuerwerk bestellt?

Das kann er haben. Wie bei den Coachingrunden mit Paul feuere ich ein ganzes Bündel an Fragen ab und schließe beinahe atemlos mit der letzten: »Was sind deine Ziele im Leben?«

»*Van het leven genieten.*« Er sagt es beinahe erstaunt. Als wäre es glasklar. Was soll man denn sonst mit seinem Leben anfangen, außer es zu genießen?

»Und beruflich? Der beste Makler werden, glückliche Kunden in glücklichen Häusern sehen, genug Geld verdienen, um mit dem Arbeiten aufhören zu können?«

»Du bist so deutsch.« Zwar lächelt er, aber ich merke ihm an, dass er nicht versteht, worum es mir geht. »Alles ist *goed*, wie es ist. Ich bin zufrieden. Nein, halt, ein Ziel habe ich doch.«

Erwartungsvoll sehe ich ihn an.

Todernste Miene, aber seine Augen funkeln. »Ich will mehr Leichtigkeit in dein Leben bringen und ganz viel Lachen.«

Ein Wagen mit Anhänger rollt hinter uns. Joop nickt zufrieden. Wir steigen aus, und er stellt mir Hedi und Horst vor, unsere Ballonpilotin mit ihrem Verfolgerfahrzeugfahrer sowie den Rest der Heißluftballon-Aufbau-Crew.

Bevor ich mir überlegen kann, ob ich Höhenangst habe, haben sie schon den Korb aus dem Anhänger geholt. Mit vereinten Kräften tragen wir die Ballonhülle auf die Wiese und breiten sie aus. Ein großer Ventilator bläst kalte Luft hinein. Dann startet Hedi den Propangasbrenner. Langsam füllt sich die Hülle, bis sich der Heißluftballon schließlich aufrichtet. Rasch klettern wir über die Brüstung in den Korb, es gibt einen Ruck, wir heben ab. Joop und ich, Hedi und einer der Helfer.

Mit weichen Knien halte ich mich am Korbrand fest, schaue auf den Horizont, als wäre ich auf einem Schiff. Was auf See hilft, um nicht seekrank zu werden, funktioniert vielleicht auch in der Luft.

Der Brenner zischt und feuert wie ein Drachen, der Ballon gewinnt an Höhe. Schon erreichen wir die Kuppe des Mäusebergs. Nun traue ich mich doch, nach unten zu gucken. Auf einer der Liegen sitzt ein Paar und winkt uns zu. Der Turm taucht auf. Die Dauner Maare. Drei dunkelblaue Augen inmitten changierender Grüntöne.

Ich hebe den Kopf und blicke in das hellere Blau von Joops Augen.

»Gefällt es dir?«

»Es ist wunderwunderschön.«

Sanft gleiten wir dahin. Schwerelos, friedlich. Über der Welt und doch mit allem verbunden. Wir schweben über Dörfer und Wälder, Flüsse und Felder in den Sonnenuntergang hinein. Stille breitet sich in mir aus. Ein großes, weites, helles Leuchten. So geht Glück, denke ich. Und Freiheit. Und Liebe. Zu allem und jedem.

»Siehst du, Fliegen kann ganz leicht sein«, sagt Joop irgendwann. Er lächelt und macht ein Foto von mir. Eines von uns beiden.

Schließlich wird es Zeit für die Landung. Hedi stimmt sich mit Horst ab, und wir treiben allmählich Richtung Erde. Mit einem leichten Ruck setzen wir auf, klettern aus dem Korb, doch auch auf dem Boden schwebe ich weiter.

»Bleib so«, sagt Joop, als er mich zu Hause abliefert. Sachte streicht er mir eine Haarsträhne aus dem Gesicht. »Die Leichtigkeit bekommt dir. Sehen wir uns morgen?«

»Tut mir leid, da bin ich schon mit Paul verabredet.«

Bilde ich mir das ein, oder schaut er tatsächlich enttäuscht? Das hat er nicht verdient. Heute ganz besonders nicht.

Ich beuge mich zu ihm rüber und küsse ihn. Leicht, zärtlich, schwebend. Der Falter in meinem Bauch hebt ab. Ich löse mich, steige aus und laufe ins Haus. Die Flucht aus seinem Auto scheint langsam zur Regel zu werden.

Am Sonntag fahre ich mit Paul zum Flohmarkt in Daun. Mit den Rädern über die Bahntrasse, die direkt hinterm Seminarhaus langgeht. Ich schwärme von der Ballonfahrt. Wie schön es gewesen sei und wie gut es tue, mal nicht über sich nachzudenken. Über den Dingen zu schweben. Man kann auch zu sehr um sich kreisen. Wir beschließen, dass wir genau das heute nicht tun wollen. Um unsere Visionen, unsere Ziele werden wir uns nächste Woche wieder kümmern. Jetzt haben wir frei und klammern diese Themen aus. Prompt weiß ich nicht so recht, was ich als Nächstes sagen soll. *Superwetter zum Radfahren, hoffentlich bleibt es so. Wirklich toll hier. Denkst du oft an Silke? Tut es arg weh? Glaubst du, sie kommt zurück? Willst du das?* Schließlich frage ich ihn, ob er nach etwas Bestimmtem sucht. Tut er nicht.

»Und du?«

Ich liste auf, was mir noch alles fehlt. Als ich bei der frei stehenden Wanne ankomme, die ich nicht wirklich brauche, die mir aber nicht aus dem Kopf will und sich quasi von selbst auf meine Listen setzt und in meine Aufzählungen schmuggelt, schmunzelt er. »Eine glückliche Wanne für eine glückliche Frau.«

Wir rollen in einen Tunnel. Ganz schön frisch da drin. Und laut.

»Fledermäuse«, sagt Paul, der meinen suchenden Blick richtig deutet. »Damit die hier überwintern können, hat man bei der Tunnelsanierung extra eine Zwischendecke eingezogen.«

Ich lerne, dass der Tunnel »Großes Schlitzohr« heißt. Nach einer Fledermausart. Wenig später rollen wir über das Dauner Viadukt in den Ort, jedoch nicht ohne zuvor ausgiebig die Aussicht bewundert zu haben.

Am Rand des Flohmarktgeländes stellen wir die Räder ab und stürzen uns ins Getümmel. Na ja, so viel ist nicht los. Ein eher kleinerer Markt, verglichen mit denen, die ich aus Köln und Umgebung kenne. Was nicht heißt, dass ich nichts finde.

Ein Topfset, einen Steinkrug, eine alte Milchkanne. Küchenhandtücher, zwei Kerzenständer aus Messing. Wie gut, dass Paul seinen Anhänger dabeihat.

Überhaupt gut, dass er dabei ist. Er hilft mir tragen und hält mich davon ab, Dinge zu kaufen, die ich gar nicht brauche. Platzdeckchen zum Beispiel oder Messerbänke. Soll ich nicht doch? Er zieht mich weiter. »Sieh mal, Liane. Wäre das nichts für dich?«

Ich schaue in die Richtung, in die er zeigt, und juchze auf. Eine Hängematte in einem dunklen Rot. Weinrot. Herzkirschrot. Ich falle ihm um den Hals. »Du bist der Beste.«

»Ach was.« Fast schon unwirsch löst er sich aus meinen Armen.

Lachend stupse ich ihn in die Seite. »Man muss auch mal ein Kompliment annehmen können.«

Wieder zurück am Haus, hilft er mir, die Hängematte auszutauschen, verschwindet dann aber schnell. Ein Telefonat, noch was zu tun. Wenn es nicht Paul wäre, würde ich denken, er tischt mir gerade Ausreden auf. Achselzuckend klettere ich in die neue Hängematte. Sie sieht nicht nur super aus, sondern ist auch viel bequemer. Groß genug für zwei. Es kribbelt in meinem Bauch, auf meiner Haut. Mit einem Mal fehlt mir Matthias. Gleichzeitig freue ich mich, dass ich noch sechs Wochen habe. Dass ich meine Freiheit noch genießen darf. Ich glaube, sie fühlt sich so gut an, weil ich weiß, dass ich nicht allein bin. Dass wir eine feste, eine gute Beziehung haben. Dass ich in dieser Sicherheit Dinge ausprobieren kann – das Verbotene ist nicht verboten.

»Mir ist was klar geworden«, erkläre ich Paul, als er mich auf unserer Dienstags-Mürmesrunde fragt, warum ich so still bin. »Über so vieles denke ich nach in meiner Auszeit, nur nicht über meine Beziehung zu Matthias. Und weißt du, warum?«

Er fasst sich in den Bart. Fehlt nur noch, dass er was reinbrummt.

»Weil ich es nicht muss. Und das fühlt sich gut an.« Ich breite die Arme aus. Ein Dreh- und Tanzgefühl steigt in mir auf.

Paul hingegen steuert die Eifelliege am Teich an, einen unserer Lieblingsplätze. Er setzt sich. »Warum hat es dich in die Eifel gezogen?«

Er wechselt das Thema. Kein Wunder. Über Beziehungen spricht er sicher gerade nicht sonderlich gern. Also gut. Unterhalten wir uns über meine Eifelliebe. »Du willst wissen, ob ich für immer hierbleiben will?« Ich hocke mich neben ihn, schaue über den Weiher, bewundere, wie sich die Äste des Baums vor uns in der Wasseroberfläche spiegeln, und schüttele den Kopf.

Paul auch. »Ich meine: Warum hast du hier ein Haus gekauft und nicht woanders?«

Matthias würde sagen: Weil Liane als Kind in den Rursee gefallen ist, so wie Obelix in den Zaubertrank. Das bin ich zwar nicht, aber ein bisschen was mag wahr daran sein. Irgendwo habe ich mal gelesen, dass man an der Gegend und der Art der Urlaube der Kindheit kleben bleibt. Vielleicht hofft man, so wieder in die Unbeschwertheit zurückkreisen zu können. Wer weiß?

Ich lausche den beiden Enten, die, für uns nicht sichtbar, auf dem Wasser herumpalavern. Als hätten sie Streit. Meine Kindheitszeiten in der Eifel waren friedvoll. Lange Tagesausflüge, anfangs zu dritt, später zu zweit, selten zu viert. Liebe ich die Eifel so, weil ich meinen Vater hier oft ganz für mich allein hatte? Weil meine Eltern hier nicht gestritten haben? Ist das also so ein Ich-hol-mir-meine-Kindheit-zurück-Ding? Unsere Sommerferien haben wir an der belgischen Nordseeküste verbracht. Meer und gutes Essen, die Vorlieben meiner Mutter. Ich hätte auch dort nach einem Ferienhaus gucken können. Oder an der niederländischen Küste, in einer Ecke, wo Matthias oft zum Tauchen hinfährt. Warum fällt mir das erst jetzt ein? Mein schlechtes Gewissen meldet sich. Zum ersten Mal nach dem Kauf.

Und zum ersten Mal auf unseren Runden bleibe ich Paul eine Antwort schuldig.

Anfang Juni bis Freitag, 21. Juni

# Sommersonnenwende

## 1

Der Juni beginnt, wie der Mai aufgehört hat. Blauer Himmel, Sonnenschein, dazu grüne Wiesen und Wälder. Der Ginster blüht. Die Kirschen auf meinem Baum wachsen. Ich fühle mich, als würde ich in einem Märchen leben. Sogar einen Prinzen gibt es. Mit himmelblauen Augen. Also lasse ich die Tage frei und lasse es laufen. Ich mache Tauschgeschäfte. Janniks Arbeit bezahle ich mit Logo, Website und Empfehlungen. Ilka streicht mir den Flur und das Treppenhaus. Im Gegenzug setze ich mich mit ihr hin und generalüberhole ihre Internetpräsenz. Sie ist so begeistert von dem Ergebnis, dass sie ihren Lieferwagen gleich in den neuen Farben umspritzen lässt.

»Ich fühle mich so viel wohler damit.« Sie strahlt mich an.

Genauso wie ich sie. Und Flur und Treppenhaus uns beide. Ein lichter Beigeton, sommerlich hell, ich bin ganz verliebt.

Und nachdenklich. In den Gesprächen und auf den Spaziergängen mit Paul überlege ich, warum die Arbeit, die ich liebe, zur Pflicht geworden ist, wo die Kür liegt und wie ich dort wieder hinkomme. Allmählich erkennen wir beide, in welche Himmelsrichtung wir jeweils wollen, halten nach Wegen Ausschau, die dorthin führen könnten, unsicher noch, mal umherirrend, mal zielgerichtet. Wir fragen uns nach unseren Lieblingsfarben (Grün Paul, alle Frühlingsfarben ich), Lieblingsgerichten (Paul Dhal, ich Kirschpfannkuchen), Lieblingsmenschen (»Matthias«, sage ich schnell und wechsele das Thema). Wir forschen nach unseren Werten, erzählen uns, was wir mögen und was nicht, was uns nervt – an anderen, an uns selbst. Die Lieblingsteesorten des anderen kennen wir längst. Auch, wo der jeweils andere gern mal eine Abkürzung nimmt oder wann er sich zu verstecken versucht. Wir diskutieren, lachen, helfen uns gegenseitig auf die Sprünge und erfüllen uns die wildesten Wünsche.

An einem Montag, ich habe gerade zu Mittag gegessen und stapele das Geschirr in der Spüle, wird es draußen laut. Müllabfuhr, denke ich. So wie das rumpelt und pumpelt. Direkt auf mein Haus zu. Ich sehe nach.

Ein Traktor mit einem Anhänger. Im Kopf gehe ich meine Möbellieferungen durch, da steht keine aus. Hat Altmeister Zielke beschlossen, eine weitere Wand in meinem Haus herauszuschlagen, und kommt nun erneut mit einem Bauschuttcontainer? Doch nicht Ilkas Vater sitzt auf dem Notsitz des Traktors, sondern Paul. Er springt runter und macht sich am Hänger zu schaffen, während der Fahrer seine Mütze zurückschiebt und mich neugierig mustert. »Sie wollen die Wanne?«

»Die ... Sie haben eine Badewanne für mich?« Ich kann es nicht fassen.

Mit einem Rums klappt die Lade nach unten. Paul grinst mich an, ein wenig verlegen nickt er zum Hänger. »Hast du dir doch gewünscht. Eine glückliche Wanne, die frei laufenden Kühen als Tränke gedient hat.«

Der Traktorfahrer sieht uns an, als wären wir beide nicht ganz dicht. Kopfschüttelnd klettert er von seinem Gefährt, während ich zu Paul laufe und ihm um den Hals falle. »Du bist der Allerbeste! Gewöhn dich dran.«

»Hallo!« Der Traktorfahrer schiebt sich neben uns. »Ich bin ja wohl derjenige, welcher.«

Kurzerhand umarme ich auch ihn, was ihn ganz brummig werden lässt. Die beiden Männer laden die Wanne ab und stellen sie auf der verbleibenden Rasenfläche vor dem Haus ab. Geld will keiner von beiden, da hauen sie lieber ab. Ich kneife mich in den Arm. Eine Wanne mit gusseisernen Füßen steht in meinem Garten. Eine, die tatsächlich auf einer Wiese gestanden hat.

Und auch so aussieht.

In den nächsten Tagen schrubbe ich. Täglich ein Stündchen. Die Ergebnisse präsentiere ich Paul jeden Dienstag und Donnerstag. Wanneschrubben ist nämlich sehr inspirierend. Das sollte er mal in sein Kursprogramm aufnehmen. Meditation mit der Bürste. Oder: Schrubben statt schreien – Wie Sie Ihre Aggression garantiert loswerden (schöne Grüße an Hubert). Armtraining für alle, Winkearme ade!

Damit versuche ich, auch die Eifelhexen zu ködern. Vergeblich. Was ich mit der Wanne will, verstehen sie nicht. So sauber, dass jemand darin baden möchte, würde ich sie nie bekommen, prophezeien sie mir ungewöhnlich einhellig. Selbst Joelle rät mir davon ab. Und das will was heißen.

Nicht einmal Joop begreift meine Wannenliebe. Der Mann, der mir sonst bei allem geholfen hat, weigert sich, mit mir in die – also natürlich an die – Wanne zu gehen. Dafür unterstützt er mich bei meiner Idee, eine kleine Feier am Maar als Überraschung für meine Bauchtänzerinnen zu veranstalten. Seine Augen leuchten richtig auf, als ich ihn frage, ob er mir hilft. »Na klar. Wer feste feiert, kann auch Feste organisieren. Wann soll die Feier denn stattfinden?«

»Am 20. Zur Sommersonnenwende.«

Sein Gesicht wird lang und länger. »Oh nein, da kann ich nicht, aber natürlich helf ich dich trotzdem.«

»Schade.« Ich bin erstaunt, wie leid es mir tut, dass Joop nicht dabei sein kann. Und auch ein bisschen verunsichert. Wieso kann er unter der Woche nie? Das klingt nach verheiratetem Mann – was er wohl war, aber nicht mehr ist. Soll ich ihn fragen? Ich entscheide mich dagegen. Wenn er mir mehr sagen wollte, hätte er es längst getan.

## 2

»Es braucht nicht viel für ein Fest. Freunde. Musik. Ein Maar.«
Bei meinem letzten Wort sehen die Frauen mich erstaunt an.

Ich lächele breit. »Ja, richtig gehört. Lasst uns ans Maar gehen und dort feiern. Ich liebe den Blick übers Wasser auf den Ort.«

Ein kollektives Stöhnen. Dass keine von ihnen mich als Touristin oder Städterin bezeichnet, rechne ich ihnen hoch an.

»Tanzen wir denn gar nicht heute?« Leonie sieht mich enttäuscht an.

Ihr Blick führt mich ernsthaft in Versuchung. Ich reiße mich zusammen und schauspielere weiter. »Ihr habt euch eine Pause verdient. Die gehören zum Training dazu. Anschließend macht man oft einen Sprung.«

»Dann mache ich in Zukunft nur noch Pausen.« Änne zwinkert mir zu.

Ahnt sie was?

»Jetzt zieh nicht so ein Gesicht. Wir kommen ja schon.« Sie greift ihren Rollator und marschiert Richtung Maar. Die anderen folgen ihr. Ich atme auf.

»Lasst uns runter ans Ufer gehen«, ruft Bea, kaum dass wir die Gabelung erreichen, wo einem (fast) alle Wege offenstehen.

»Nein, oben lang«, bestimme ich. »Bergauf ist besser für unsere Knie.«

»Seit wann hast du es denn an den Knien?« Änne kann es nicht leiden, wenn man Rücksicht auf sie nimmt, und sei es auch nur vermeintlich.

Henni hingegen stupst Joelle an und fragt sie, ob sie nicht eine Salbe für mich habe. »Liane wandert einfach zu viel. Spazierengehen mag ja gesund sein, aber jeden Tag hier rauf und runter, das rächt sich.«

Während eine wilde Debatte über das Für und Wider von täglicher Bewegung entbrennt, erreichen wir das kleine Waldstück. Wenn wir es verlassen, ist es Zeit, meine Überraschung zu zünden. Dazu muss ich vorne gehen. Also arbeite ich mich vor und überhole eine nach der anderen.

»Was ist denn mit dir los? Musst du mal?«

Ich ziehe eine Grimasse und lasse die Frauen lachen. Am Ende des Waldtunnels hole ich mein Handy aus der Bauchtasche und entdecke eine Nachricht von Joop. »Viel Spaß und ein tolles Fest! Können wir morgen nicht noch einmal feiern?« Wie nett von ihm. Lächelnd koppele ich das Handy über Bluetooth an die kleine Box, die er mir ausgeliehen hat und die jetzt bei Paul steht. Dem schicke ich eine Nachricht, dass wir kommen. Dann schalte ich die Musik ein.

Showtime!

Unser Stück beginnt. Ich blende alles um mich herum aus und tanze vom Schatten ins Licht. Hinter mir höre ich erstaunte Ausrufe. Ich bedeute den anderen, mitzumachen, was sie tatsächlich tun. Ich atme auf, werde leichter, lockerer. Nacheinander tanzen wir auf die Anhöhe. Applaus brandet auf. Unser Publikum ist nicht groß, aber laut. Meister Zielke hat wohl die ganze Familie mitgebracht, Nabil Babacan seine Frau und natürlich Jannik. Der winkt mir zu und tanzt unten mit. Paul steht da, seine Seminarhausgäste, Spaziergänger, die neugierig näher kommen.

Wir tanzen. Ganz oben auf dem Kraterrand. Über uns ist nur der Himmel. Um mich herum die lachenden und strahlenden Gesichter meiner Bauchtanzfrauen. Am Ende des Stücks fällt mir eine nach der anderen um den Hals. Wie sehr sie mir ans Herz gewachsen sind.

Mit einem Mal steht Sabine vor mir. Sabine aus Köln. Sabine aus Matthias' goldenem Uni-Triumvirat. Seine »älteste« und beste Freundin.

»Sabine?« Ich starre sie an.

Sie umarmt mich. »Mensch, Liane, das war richtig klasse.«

»Danke.« Ich schaue mich um. »Bist du allein hier?«

»Ja.« Sie mustert mich. »Du siehst gut aus.«

*Das Landleben bekommt dir.* Unausgesprochen hängt der Satz zwischen uns. Vielleicht heißt er auch: *Das Alleinsein tut dir gut.* Oder: *Fehlt er dir nicht?*

»Was machst du hier?« Ich schiebe ein Lachen hinterher, hoffe, das mildert die Frage ab, lässt sie nicht böse, sondern freundlich klingen.

Sabine nickt zu Paul rüber. »Lass uns später reden, ja?«

Verdattert nicke ich. Wenn ich nicht wüsste, dass sie mit Roland zusammen ist, könnte ich denken, sie hätte was mit

Paul. Absurder Gedanke. Die beiden passen absolut nicht zusammen. Erst als eine weitere Frau zu uns tritt, mir zum gelungenen Auftritt gratuliert, von dem schönen Ambiente schwärmt und davon, was für ein Glück sie hätten, so einen Auftakt zu ihrem Workshop morgen zu erleben, begreife ich, dass Sabine wohl ein Seminar besucht. Auch das wundert mich, aber es ist immerhin vorstellbar.

Jannik hüpft auf mich zu und verbeugt sich. »Darf ich um den nächsten Bauchtanz bitten?«

Bauchpaartanz ist eine seltene und durchaus unterschätzte Tanzform. Mit Jannik macht sie unglaublichen Spaß. Wir halten uns an den Händen, wackeln mal mit der Brust, mal mit dem Po. Dazu gibt es Drehungen, einzeln oder zusammen, und viel Gelächter.

Ich sehe mich nach Sabine um. Auch sie tanzt. Mit geschlossenen Augen, ganz für sich. Ich mag sie nicht stören. Und Paul ebenso wenig. Er ist der Hahn im Korb unter einem Haufen Frauen, die ich alle nicht kenne. Seine Seminargäste? Hält er etwa den Workshop? Das hat er gar nicht erwähnt.

Wir tanzen und feiern. Auch als die Sonne hinterm Kraterrand verschwindet, wollen wir nicht Schluss machen, aber Paul und Meister Zielke mahnen. Denn wenn es erst richtig dunkel ist, wird der Rückweg zwar nicht gefährlich, aber für die nicht ganz so Trittsicheren vielleicht doch heikel. Zudem wollen wir die Wiese ja aufgeräumt hinterlassen.

»Ja, Herr Natur PUR.« Ich lache Paul an. »Das war ein tolles Fest. Vielen Dank für deine Hilfe.«

Er ahnt wohl schon, dass ich ihm wieder mal um den Hals fallen will, denn er weicht mir aus, grummelt, dass er gucken will, ob auch kein Müll mehr rumliegt. Ich lasse ihn. Meine Umarmungen sollen ja keine Strafe sein. Glücklich werfe ich einen letzten Blick übers Maar. Wie gern würde ich dieses Fest auf Dauerschleife legen.

Neben meinem Kopf zwitschert und tiriliert es, dass es eine wahre Freude wäre, wäre ich wach und sänge da ein echter Vogel und nicht mein Handy. Ich gähne, recke und strecke mich. Keine Macht der Technik.

Es zwitschert erneut.

Ich sehe nach. Änne.

»Ich wollte fragen, ob du da bist. Nicht dass ich umsonst vorbeikomme …«

»Ja, ich …«

»Gut, dann bis gleich.« Stupider Wählton.

Ich lasse die Hand mit dem Smartphone sinken, genau wie meinen Kopf. Ich mag es, wenn Menschen direkt sind und sofort zum Punkt kommen. Ich mag Änne. Und ich mag es, wenn ich gefragt werde und nicht überfallen. Ich springe aus dem Bett. Wie lange wird es wohl dauern, bis sie hier ist?

Dreizehn Minuten. Ich hätte auf maximal sieben getippt. Daher bin ich (fast) wach, als sie kommt, habe Tee (für mich) und Kaffee (für sie) fertig und öffne ihr entspannt (beinahe) und ausgeschlafen (haha) die Tür.

»Für dich!« Sie drückt mir ein Glas Marmelade in die Hand. »Holunderbeere. Ein kleines Dankeschön für gestern.«

Ich brauche sie nicht in die Küche zu bitten. Sie steht schon drin, schnuppert genüsslich und grinst mich an. »Ja, ich nehme gern eine Tasse Kaffee. Und dann bin ich auch gleich wieder weg. Sag mal, wer war denn der blonde Hungerhaken gestern? Die Frau wollte dich ja gar nicht mehr loslassen.«

Aha. Von wegen sich fürs Fest bedanken. Änne will wissen, wer Sabine ist.

»Eine Freundin aus Köln.«

Änne runzelt die Stirn, aber bevor sie weiterbohren kann, klingelt es erneut. Dieses Mal ist es Henni, die mir ein Glas Marmelade zum Dank für die schöne Feier überreicht. Gleiches Etikett wie das von Änne. »Süße Eifelhexe« steht darauf. Bevor ich danach fragen kann, meldet sich Änne aus der Küche.

Besorgt legt Henni mir eine Hand auf den Arm. »Hat sie dich aus dem Bett geworfen?«

Unwahrheitsgemäß schüttele ich den Kopf. Henni lächelt wissend.

Zurück in der Küche, versorge ich auch sie mit einer Tasse Kaffee und warte darauf, wer als Nächstes klingelt.

»Joelle kann leider nicht, sie ist drüben im Seminarhaus. Kundinnen.« Kann Henni Gedanken lesen? Sie zwinkert mir zu. »Du hast eine Maarpackung bei ihr gut, soll ich ausrichten.«

»Verkauft ihr die eigentlich auch?« Ich rücke das zweite »Süße Eifelhexe«-Marmeladenglas neben das erste. Die Aufkleber sind einfach gestaltet. Für den Hausgebrauch ganz wunderbar, aber im Geschäft gehen sie unter. Meine Designpferde traben an. Ein Logo zu entwerfen, würde mir riesigen Spaß machen. Ein kleiner Online-Hexen-Shop, in dem auch Joelle ihre Produkte vertreiben könnte. Hoffnungsvoll schaue ich von einer zur anderen.

»Brauchst du welche? Wie viele denn?« Henni kramt in ihrer Handtasche. »Warte. Ich schreibe es mir gleich auf.«

»Henni!« Entrüstet setzt Änne ihre Tasse ab.

»Liane bekommt sie natürlich geschenkt, aber ich finde auch, wir sollten sie nicht nur auf dem Weihnachtsbasar anbieten.«

Die beiden kabbeln sich noch, als sie sich von mir verabschiedet haben und auf dem Weg zur Tür sind.

Mittags klingelt es wieder. Bea fällt mir um den Hals. »Du, das war mega. Können wir das jede Woche machen?«

»Von mir aus. Ich seh euch schon im Herbst bauchtanzend durch die Pfützen hüpfen und Laub aufwirbeln.«

»Oh, wow.« Bea deutet auf die grüne Strahltasche, die ich mir im Dorfladen gekauft habe.

»Ja, die ist toll, nicht wahr? Ein Unikat. Hier aus dem Ort.«

»Du bist süß.« Bea drückt mich und gibt mir einen Kuss auf die Wange. »Das ist eine von meinen Taschen.«

Staunend verfrachte ich Bea in die Küche, wo sie mir erklärt, dass das doch kein Ding sei. Sie habe schon als Kind gern genäht, gebastelt, mit Wolle gearbeitet und jeden, der nicht bei drei auf dem Baum war, mit ihren Werken beglückt. »In meiner Sturm-und-Drang-Phase habe ich sogar davon geträumt, Modedesignerin zu werden.« Bea lacht. »Änne träumt den Traum immer noch. Sie schimpft gern mit mir, dass ich zu wenig aus mir mache.«

»Aus dir nicht, aber aus den Taschen. Wenn du willst, helf ich dir. Hast du einen Onlineshop?«

»Oh nein, jetzt fang du nicht auch noch damit an.«

»Hat Änne dich deswegen neulich so eindringlich angesehen, als es darum ging, was wir bewirken wollen beziehungsweise was wir uns wünschen?«

»Ach wo. Da wollte sie, dass ich einer Freundin den Kerl ausspanne.«

»Was?« Die Frauen in dieser Familie machen mich fertig. Meint sie das ernst? Ich starre sie an. In ihren Augen blitzt es. Trotzig? Herausfordernd? Ganz sicher nicht schalkhaft.

»Keine Sorge. Mach ich natürlich nicht.« Jetzt grinst sie wieder.

»Hast du dich in ihn verliebt?«

Sie wirkt ein bisschen traurig, wie sie nun mit den Achseln zuckt.

»Was soll's? Ich pfusch den beiden da nicht rein. Es gibt noch genug andere.« Bea steht auf und tänzelt in den Flur. »Que sera, sera.«

»Whatever will be, will be.« Ich schnappe sie mir, und wir drehen uns wild. »Und wenn du doch einen Onlineshop willst …«

»Was ihr alle habt! Ich bin gern Tierarzthelferin. Feste Arbeitszeiten, nette Patienten, Zeit für die Kinder. Mir gefällt's für den Moment. Änne und Doro können das nicht begreifen.« Sie reißt ihre Augen übertrieben weit auf. »Bitte, Liane, sag, dass wenigstens du mich verstehst.«

Was ich tue. Zum Abschied drücke ich sie besonders fest.

Auch nachdem sie gegangen ist, wird es nicht ruhiger. Leonie und Mia schicken Fotos und Videos von gestern. »Dürfen wir die posten?« Weitere Bilder fliegen durch den Gruppenchat. Dazu Kommentare, wie es wem gefallen hat, wer nicht da war, aber davon gehört und schon nach einem nächsten Auftrittstermin gefragt hat.

Ich bin gerührt. Dass ich Joop noch nicht geantwortet habe, merke ich erst, als er mich anruft. Gott sei Dank ist er keiner, der so was übel nimmt. Im Gegenteil, er freut sich mit mir, dass es so schön war. »Wollen wir heute Abend essen gehen, und du erzählst mir alles ganz genau?«

Ein zweiter Anruf. Sabine. Ob wir uns heute Abend treffen wollen. Morgen, am letzten Abend, passe es bei ihr nicht. Wir verabreden uns. Joop vertröste ich auf Samstag.

Bevor Sabine kommt, mache ich mich sorgfältig zurecht. Ich freue mich auf sie, aber ich bin auch nervös. Wie viel Köln, wie viel Matthias wird sie mitbringen?

## 4

Pünktlich um halb sieben steht Sabine vor der Tür. Bevor wir essen gehen, zeige ich ihr mein Haus. Sie findet, es hat Charme.

»Viele Möbel hast du aber noch nicht.« Sie wirft einen argwöhnischen Blick auf meine Küchenstühle.

Ich beiße die Zähne zusammen. Wahrscheinlich zählt sie die mit zum Altbestand, den es zu entsorgen gilt. Ist das Seminar nur ein Vorwand, und sie ist in Wahrheit gekommen, um zu schauen, wie es hier aussieht? Hat Matthias sie darum gebeten?

»Wollen wir?« Sie trommelt mit den Fingern gegen den Türrahmen. Immerhin bemerkt sie auf dem Weg in den Ort, dass die Lage des Hauses super ist. »Ruhig, geschützt, keine fünf Minuten vom Maar entfernt und auch nicht weit ins Dorf.«

Wir gehen ins Café Maarblick. Nomen est omen, und natürlich möchte Sabine aufs Wasser gucken. Wir bestellen.

»Wie ist dein Seminar?«, frage ich sie, während wir aufs Essen warten. »Was für eins ist es überhaupt?«

»›Achtsam durch die Krise‹.«

»Ist was mit deinen Eltern?« Eine andere Krise kann ich mir bei ihr nicht vorstellen. Sabine ist unsere Vorzeigefrau, die alles unter einen Hut bekommt: Leidenschaft und Entspannung, Liebe, Arbeit, Freizeit, Freunde. Sie ist sogar mit ihrer Figur zufrieden. Die meiste Zeit zumindest, und wenn sie es nicht ist, geht sie es an, bis sie sich wieder gefällt. Ein Hungerhaken halt. Ännes Worte lassen mich ruhiger werden.

»Nein, denen geht es gut. Aber *ich* kämpfe. Die runden Geburtstage stecke ich weg wie nichts, doch die schnapszahligen machen mir zu schaffen. Mit elf wollten die Jungs nicht mehr mit mir Fußball spielen, eine Katastrophe, denn mit den Mädels konnte ich nichts anfangen. Mit zweiundzwanzig das große Liebesdrama, tja, und jetzt mit vierundvierzig hat es mich wieder erwischt.« Sie schaut zum Maar, zuckt mit den Achseln und sieht mich dann direkt an. »Eure Auszeit hat mich zum Nachdenken gebracht.«

Sofort habe ich den Drang, mich zu entschuldigen. Dabei ist jemanden zum Nachdenken zu bringen per se ja noch nichts Schlechtes.

Unser Essen wird serviert. Dankbar für die Unterbrechung stürze ich mich auf meinen Salat. Sabine hat es nicht so eilig. Sorgfältig entgrätet sie ihre Forelle und spricht dabei weiter. Roland, Matthias und sie hätten viel miteinander geredet, nachdem Matthias die Auszeit erwähnt hatte. Erst Roland gegenüber. Völlig wischiwaschi, wie Männer so was eben machten. Das sei ihr zu wenig gewesen. Also habe sie sich ihn vorgeknöpft.

»Wirklich verstehen, worum es dir geht, tut er nicht. Er sagt, es sei wegen des Hauses, aber so was ist doch kein Trennungsgrund.«

Ich zucke zusammen. »Wir haben uns nicht getrennt.«

Sabine schiebt sich ein kleines Stück Forelle in den Mund, kaut sorgfältig, schluckt und nickt. »Gut zu hören.«

Für eine Weile essen wir schweigend. Dann erzählt sie mir von dem Seminar, auf das sie zufällig gestoßen ist, als sie sich angeguckt hat, wo ich stecke.

Sie hat nachgesehen, wo ich bin? Warum? Matthias und Dietmar sind ihre Buddys, Merle und ich sind Anhängselfreundinnen. Liegt ihr mehr an mir, als ich dachte? Sie sieht mich erwartungsvoll an.

»Entschuldige bitte, ich war gerade in Gedanken. Was hast du gesagt?«

Sie lacht. »So ist das also, wenn einem die Leute nicht zuhören, sobald man das Wort ›Achtsamkeit‹ in den Mund nimmt. Im Ernst, das Seminar gibt gute Denkanstöße. Ich bin froh, dass ich nach dir geguckt habe.«

»Da habe ich ja Glück gehabt. Erst stoße ich dich in die Krise, aber wenigstens hol ich dich dann auch wieder raus.« Mein Versuch, was Witziges zu sagen, geht schief. Ich sollte das mit der Selbstironie besser lassen. Ein dummer Schutzmechanismus, den ich eh nicht beherrsche.

Sabine legt ihr Besteck auf den Teller und schiebt ihn zur Seite.

»Tut mir leid …«

»Tja, ohne dich …«

Wir reden gleichzeitig los, brechen ab. Ich entschuldige mich für meine blöden Worte, sie will nichts davon hören, setzt sich wie immer durch und ist dabei wieder die Sabine, die ich kenne, was mich ein klein wenig beruhigt. Warum?

Die Bedienung kommt und räumt unsere Teller weg.

»Jetzt sag mal, Liane.« Sabine gießt den Rest in der Wasserflasche in unsere Gläser. »Hast du dir schon Gedanken gemacht, wie viel du für das Haus nehmen willst?«

Ich erstarre. Innerlich wie äußerlich.

»Wenn du es so richtig hyggelig einrichtest, kannst du echt was verlangen. Der pandemiebedingte Run aufs Land ist noch nicht zu Ende. Urlaub im eigenen Land, mal eine Woche in der Eifel, ich denke, da hast du eine kleine Vermietungsgoldgrube aufgetan.«

Ich stoße die angehaltene Luft aus.

Sabine legt eine Hand auf meinen Arm und entschuldigt sich, falls das gerade übergriffig gewesen sei. »Ich presche schnell vor, wenn mich was begeistert. Du weißt doch, wie ich bin.«

Weiß ich das? Ich glaube nicht. Vor allem aber frage ich mich, ob Sabine sich verändert hat oder ob ich sie die ganze Zeit falsch gesehen habe. Heute war sie wie eine wirkliche Freundin. War sie das in Köln auch? Aber warum habe ich es dort nicht so empfunden?

# Wetterumschwung

## 1

Am Samstag schlägt das Wetter um. Schon in der Nacht hat es angefangen zu regnen. Unaufhörlich prasseln die Tropfen aufs Dach. Was das Im-Bett-Liegen noch viel gemütlicher macht. Ich kuschele mich in die Decke und freue mich. Der Garten braucht Wasser.

Irgendwann stehe ich doch auf. Es regnet weniger stark, als es sich unterm Dach angehört hat. Ich gehe raus und strecke die Arme aus. Die Natur spüren. Ich grinse meinen Kirschbaum an. »Menschen sind bekloppt, stimmt's? In der Stadt schimpfe ich, wenn es regnet, verstecke mich unterm Schirm, fluche, wenn mir das Wasser in die Schuhe spritzt, und hier?«

Ich drehe mich einmal um mich selbst. Winke dem Baum noch mal zu und gehe zurück ins Haus.

Als es am späten Nachmittag immer noch regnet, habe ich ein Gefühl von »Der Sommer geht zu Ende, bevor er richtig angefangen hat« und werde melancholisch.

Das ändert sich auch nicht, als Joop mich zum Essen abholt. Heute bin ich ihm eine schlechte Begleiterin. Das Gespräch mit Sabine geht mir noch im Kopf rum. Habe ich ihr unrecht getan? Für mich war sie immer Matthias' Freundin. Als ob ein Mensch nicht mehrere Freunde haben könnte.

Ich entschuldige mich bei Joop. »Ich glaube, ich habe einen Kater, ohne was getrunken zu haben.«

»Ich mag Katzen lieber. Tut mir leid, das war ein schlechter Witz. Möchtest du noch was trinken oder lieber nach Hause?«

Ich will nach Hause. Gehe früh ins Bett, nur um mich dort herumzuwälzen. Das Prasseln des Regens lässt mich nicht einschlafen. Schon komisch, wie schnell sich die Wahrnehmung eines Geräusches verändern kann.

Am Sonntag wache ich spät auf. Der Regen trommelt immer noch aufs Dach, wenn auch etwas leichter. Vielleicht habe ich mich aber einfach nur daran gewöhnt.

Mein Handy zwitschert. Joop wünscht mir einen guten Morgen und fragt, ob ich heute vielleicht Lust auf einen Thermentag in Bad Bertrich hätte.

»Das ist lieb, aber nein. Danke.«

»Eine Wanderung im Regen?«

»Auch das nicht, und bevor du weiterfragst: Ich bleibe heute im Bett.«

»Ein schlimmer Fall von Landregenblues?«

Der Einfachheit halber sage ich Ja. Ist schließlich egal, warum mich der Blues gepackt hat, und dem Regen macht es sicher nichts aus, als Sündenbock herzuhalten. Ich wünsche Joop einen schönen Tag, er mir Sonnenschein, ab Mittag solle es besser werden. Wir legen auf, ich döse vor mich hin.

Bis mich die Türglocke aus meinem Dämmerzustand ruft.

Hat Joop es sich anders überlegt und will mich aufheitern? Ich ziehe mir die Decke über den Kopf, doch da ist jemand hartnäckig. Seufzend stehe ich auf, werfe mir was über und tapse nach unten. Ich streiche mir über die Haare, dann öffne ich die Tür.

»Oh, das sieht nach einer langen Nacht aus.« Sabine steht vor mir.

Denkt sie, was ich denke, das sie jetzt denkt? Wartet sie darauf, dass gleich jemand hinter mir die Treppe runterkommt, oder warum sonst späht sie so ins Haus? Jetzt rümpft sie die Nase. Über mich?

»Was riecht denn hier so?« Sie tritt einen Schritt zurück, schnuppert, schüttelt den Kopf. »Nein, das muss aus dem Haus kommen. Draußen stinkt es nicht.«

Man kann ihr vorwerfen, was man will, falsche Scham oder Zurückhaltung gehören nicht dazu. Und jetzt rieche ich auch was.

»Wasserrohrbruch?« Sabine schiebt sich an mir vorbei, steuert die Gästetoilette an, betätigt die Spülung. »Puh, verstopfter Abfluss. Hast du eine Sickergrube? Kann die übergelaufen sein?«

Hilflos hebe ich die Schultern. Keine Ahnung, ob ich so eine Grube habe. »Ist das im Grundriss verzeichnet?«

»Ruf wen an, der sich damit auskennt«, sagt Sabine bestimmt und schließt die Tür zum Gästeklo mit einem Rums. »Da ist definitiv was nicht in Ordnung.«

Wir verziehen uns ins Wohnzimmer. Zwei geschlossene Türen und maximale Entfernung helfen. Dennoch kippe ich das Fenster.

»Weißt du, Liane, Krisen können auch ihr Gutes haben.«

»Na ja, wenn man gerade mittendrin steckt, fühlt es sich eher so an, als säße man in der … Mistgrube.« Ich will nicht auch noch über Scheiße reden, wenn es schon danach riecht.

Sabine lacht auf. »Stimmt. Und das Hinausklettern ist anstrengend, aber es lohnt sich.«

Als ob jemand in einer Mistgrube sitzen bleiben wollte. Ich kann das aufsteigende hysterische Kichern gerade noch unterdrücken und deute auf meine Palettenkissenlandschaft.

Sabine rückt sich ein paar Kissen zurecht und lässt sich nieder. »Wehret den Anfängen.«

Ich seufze. Eine Allerweltsweisheit, die aber nicht umsonst zu einer geworden ist. Ich hätte mich schon längst um die verstopften Abflüsse kümmern sollen. Doch Sabine meint gar nicht das Haus. Sie spricht von ihrer Krise. Ihrer Krise mit Roland.

»Krisen zu haben, ist in Ordnung. Zum Problem werden sie nur, wenn man so tut, als hätte man keine.« Sie tätschelt mein Knie. »Das mit deiner Auszeit ist also völlig okay.«

Ich nicke. Was soll ich dazu auch sagen? Außer dass der Satz das Gegenteil bewirkt und meine Auszeit sich prompt alles andere als in Ordnung anfühlt.

Sie steht auf. »Ich muss dann auch los. Wollte nur schnell Tschüss sagen.«

Den Flur passieren wir im Sprinttempo, und ich begleite sie trotz des Regens zu ihrem Auto. Eine schnelle Umarmung, Küsschen rechts, Küsschen links.

Sie springt in den Wagen, lässt das Seitenfenster runter. »Auch wenn es sich komisch anhört, Liane, aber ich bin dir wirklich dankbar für ... den Anstoß, alles mal zu überdenken. Eine echte Chance. Also, mach's gut, ja?«

Sie streckt den Arm aus dem Fenster und winkt, während sie langsam losfährt.

»Du auch«, sage ich lahm, fange mich, winke zurück und rufe dann doch noch: »Viele Grüße an ... Viele Grüße an alle!«

Sie hupt.

Ich sehe zu, wie sie ihren Arm einzieht, wie das Kölner Kennzeichen immer kleiner wird. Dann ist der Wagen weg. Ich gehe zum Kirschbaum, stelle mich unter sein Blätterdach, durch das es bei dem Dauerregen längst tropft.

»Ich fürchte, ich sehe aus wie ein begossener Pudel«, sage ich zum Baum. »Und weißt du was? Ich fühl mich auch so.«

Ob das nur an meinem Abwasserproblem liegt oder auch mit Sabines Besuch zu tun hat, macht keinen Unterschied. Nass ist nass und nicht mein Element.


## 2


»Jetzt müsste es erst mal wieder passen, aber lange hält das nicht.« Die junge Frau sieht mich ernst an. »Soll ich der Chefin sagen, sie soll Ihnen einen Kostenvoranschlag schicken?«

Ich nicke erschlagen und gebe ihr ein ordentliches Trinkgeld, als sie sich verabschiedet. Anschließend sinke ich auf einen Küchenstuhl und schaue durchs Fenster auf meinen Lieblingsbaum.

So gut es ging, hat die junge Frau mir eine Notlösung geschaffen, ein kleines Rohr im Rohr gebastelt, durch das das Abwasser abfließt – wenn man geduldig ist. Den ganzen Vormittag hat sie dafür gebraucht. Bei einer Tasse Kaffee in der Küche hat sie mir dann erläutert, was das Problem ist: der Baum vorm Haus. Seine Wurzeln drückten aufs Rohr, hätten es stellenweise zerstört. Über kurz oder lang müsse es völlig ersetzt oder saniert werden. Besser über kurz, wenn wer im Haus wohne. Meine Optionen: den Baum fällen und das Rohr neu verlegen, das Rohr woanders verlegen – theoretisch möglich, praktisch ist mein Grundstück zu klein dafür –, Schlauchlining oder Inlinertechnik, also eine Sanierung von innen, bei der ein wurzelsicheres neues Rohr oder ein Schlauch in das alte geschoben wird. Nicht ganz einfach. Wie eine gute Ärztin hat sie sich viel Mühe gegeben, den Schock abzumildern, hat alle meine Fragen beantwortet und mich mit Informationsmaterial versorgt. Das Einzige, was sie nicht gemacht hat, ist, den Mein-Haus-ist-eine-Baustelle-Notdienst anzurufen, um eine psychologische Betreuung in den ersten schweren Stunden zu organisieren.

Ich atme durch. Nichts ist so schlimm, wie es zunächst aussieht. Es ist ja nur ein Haus. Allerdings ist es nicht nur ein Baum. Wenn ich ans Fällen denke, wird mir sofort die Brust eng. Wegen des Baums habe ich das Haus doch überhaupt erst gekauft.

Schweren Herzens gehe ich nach draußen. Ein Tropfen platscht mir auf die Stirn.

»Ich bekomme das hin. So teuer kann das nicht sein.« Ich streiche über den Stamm. »Ja, ich habe schon mehr Geld ausgegeben, als ich habe, aber das wird schon. Ich kann mir von Matthias was leihen oder einen Kredit aufnehmen.«

Über mir rauschen die Blätter.

Alles wird gut.

Um mich auf andere Gedanken zu bringen, starte ich meine Playlist, drehe die Lautstärke auf das Maximum und hoffe, dass sich meine Probleme und Sorgen in Musik auflösen.

## 3

Ich tanze und vergesse die Welt um mich herum. Das Stück, das ich für unseren großen Auftritt ausgesucht habe, setzt ein. Automatisch gehe ich zur geplanten Choreo über. Mir kommt eine Idee für eine Variation. Als ich die Musik stoppe, um das Stück noch einmal von vorn laufen zu lassen, applaudiert jemand. Ich blicke auf. Joop steht vorm Grundstück, als wäre mein Garten eine Bühne, die man nicht einfach so betritt. Oder traut er sich nicht näher, weil mein Abwasserrohr eine tickende Zeitbombe ist?

»Wunderschön!«, sagt er und klatscht noch mal. »Tanz gern weiter.«

»Soll ich?« Ich staune über mich selbst. Das ist doch sonst nicht meine Art.

Natürlich soll ich, findet Joop. Und er macht mit. Er hebt die Arme und schwingt die Hüften. Na ja, er versucht es. Er tanzt auf mich zu, ahmt die Schritte nach, so gut er kann, lacht dabei. Tanzen ist Freude. Er steckt mich an, obwohl er wirklich nicht bauchtanzen kann. Wir umkreisen uns. Werden schneller, wilder. Bis wir uns in die Arme fallen, atemlos. Wir drehen uns weiter, langsam jetzt. Ich spüre seine Hände auf meinem Rücken, instinktiv legt sich meine Wange an seinen Hals. Ein Geruch wie an einem heißen Sommertag, kurz nachdem es geregnet hat, steigt mir in die Nase. Frisch, sauber, belebend. Meine Haut prickelt. Ich hebe den Kopf, bewege ihn leicht zur Seite.

Damit ich ihn besser riechen kann.

Ich lache. Bis seine Lippen meine berühren. Ich schmiege mich an ihn. Mein Körper schwingt weiter zur Musik, ich fühle sie – und ich fühle Joop. Wir reiben uns aneinander, ganz sachte.

Und nur der Kirschbaum schaut uns zu.

Wieder muss ich lachen. Wir lösen uns ein wenig voneinander, sehen uns an. Seine Augen sind wie ein aufgeräumtes blaues Meer, auf dem fröhlich die Wellen tanzen. Ein Meer, auf dem es funkelt und blitzt, je nachdem, wie die Sonne darauf fällt.

»Hast du am Wochenende schon was vor?« Joops Stimme klingt rauer als sonst, geht direkt in den Bauch. Ich will, dass er weiterredet, und ich will seine Lippen auf meinen spüren.

»Vielleicht«, flüstere ich.

»Ein Essen auf Burg Pyrmont. Ich organisier da eine Feier. Mit anschließender Übernachtung. Eine Suite. Nur für uns beide.«

»Hört sich *lekker* an.« Ich lege den Kopf zurück und schwinge dabei meine Haare nach hinten, was er wohl als Aufforderung versteht, mich erneut zu küssen.

Die Müllabfuhr kommt und bricht den Bann. Beim Getöse von scheppernden Mülltonnen erklärt Joop mir, dass er zwar der Veranstalter der Geschäftsfeier mit Anhang sei, aber das heiße eben auch, dass der Schwerpunkt auf »Feier« und nicht auf »Geschäft« liege. »Bleibt es dabei? Eine Suite für uns zwei?«

4

Bea sieht von ihrer Trinkschokolade auf und starrt mich an. »Eine Suite? Echt jetzt? Du hast hoffentlich zugesagt. Hast du doch, oder? Sag es. Los!«

Das habe ich davon, ausgerechnet Bea um moralische Unterstützung gebeten zu haben. War ja klar, wozu sie mir rät. Habe ich sie deswegen auserkoren? Weil ich genau das hören will?

Sie kramt das Handy aus ihrer Tasche und hält es mir hin. »Ruf ihn an. Sag zu. Schick ihm eine Nachricht. Wenn du's nicht tust, mach ich es.«

»Nicht so laut.« Verstohlen schaue ich zu dem Paar am Nachbartisch. Die haben uns vorhin schon so pikiert angeguckt. Dass sich jede von uns gleich zwei Gebäckstücke bestellt hat, ist wohl gegen die Kaffeehausetikette. Aber wie kann man bei der Auswahl hier widerstehen?

»Wie nennst du ihn, Liane? Schnucki?« Bea tippt eifrig auf

ihrem Handy. »Und liebe Grüße auch von Bea. Kann sie auch mit?«

Ich strecke die Hand nach ihrem Smartphone aus, aber natürlich zieht sie das Gerät weg.

»Lass den Unsinn, Bea. Ich habe zugesagt.«

»Was ist denn dann das Problem?« Sie beißt in ihren Muffin und verdreht verzückt die Augen. »Boah, ist der gut. Genau wie Joop. Der ist bestimmt auch …«

»Es handelt sich um eine Geschäftsfeier. Ich kenne niemanden. Das wird bestimmt total öde.« Ich zähle einen Vorwand nach dem anderen auf. Bea entkräftet sie alle. Matthias ist keiner. Wir haben es uns schließlich erlaubt.

»Ich weiß nicht, ob ich das kann«, sage ich schließlich. »Ob ich es will. Ich mag Joop …«

Bea feixt und bringt mich mit ihren Grimassen aus dem Takt. »Keine Hochzeitsglocken. I know. Kann auch ohne schön sein. Glaub mir.« Sie mustert mich. »War es bei dir immer die große Liebe, wenn du mit einem Mann im Bett warst?«

»Es waren jedenfalls immer Gefühle im Spiel.« Ich hebe die Teetasse an den Mund, nippe daran. »Puh, ganz schön heiß.«

»Wird's mit Joop bestimmt auch.« Bea lacht. »Mensch, Liane, nimm das alles doch nicht so ernst. Liebe gibt's auch in leicht.«

Ich setze meine Tasse ab.

»Stell dir einfach vor, das Ganze wäre ein Tanz.« Bea lässt ihre Kuchengabel um den Zuckerstreuer kreisen. »Da würdest du dich doch auch nicht so anstellen.«

»Und wenn ich mich in ihn verliebe?« Ich stochere auf meinem Kuchenteller herum, bugsiere etwas Sahne auf eine Erdbeere.

»Dann genießt du es. Wie diesen himmlischen Kuchen. Nicht zerlegen, essen.«

Ich seufze und schiebe mir ein Stück in den Mund. Süß, fruchtig, leicht. Vielleicht hat Bea recht. Prompt galoppiert mein Herz los. Hoffentlich hält es bis zum Wochenende durch.

»Den anderen sagst du aber nichts.«

Bea grinst. »Natürlich nicht. Ich werde schweigen, wie nur eine Hexe es kann.«

Warum beruhigt mich das jetzt nicht wirklich?

# Katte Dusche

## 1

»Ich habe Angst, dass jetzt alles den Bach runtergeht«, erkläre ich Paul, der ruhig neben mir auf unserer Eifelliege sitzt, während ich rumzappele wie eine Kaulquappe im Kescher. Den ganzen Weg über habe ich über mein Abwasserproblem lamentiert, der arme Kerl, dabei kann er mir auch nicht helfen. »Hätte ich doch nur ...«

»... eine Fahrradkette. Hast du doch.«

»Hab ich nicht. Es ist ja nicht mein Rad.« Ich verwandele den Seufzer in ein Lachen. »Was soll's? Zeit, mit dem Jammern aufzuhören.«

»Das Angebot steht. Gästezimmer sind genug frei.«

»Zum Duschen komme ich gern vorbei, danke. Aber ich will im Haus bleiben.« Würde ich woanders übernachten, hätte ich das Gefühl, mein Haus im Stich zu lassen. Und damit irgendwie auch mich. Nein, so schnell lasse ich mich nicht unterkriegen. Letztlich ist es eine Frage des Geldes, und dass ich arbeiten kann, weiß ich. Auch wenn ich mich gerade daran gewöhne, weniger zu machen. Was so nicht stimmt. Das Haus herrichten, die Arbeit mit Paul an meiner und seiner Ausrichtung, das Bauchtanztraining, das Design für Babacan und Ilka – Dinge, die ich gern tue, zähle ich offenbar nicht als Arbeit.

»Darf Arbeit eigentlich Freude bereiten?«

Verwirrt sieht Paul zu mir rüber. »Haben wir das nicht schon geklärt?«

»Stimmt, aber geht es dir nicht auch so, dass du ein schlechtes Gewissen hast, wenn du deine Arbeit gern tust? Weil Arbeit was ist, wofür man Geld bekommt. Da kann sie nicht auch noch Spaß machen. Einer dieser Glaubenssätze, die ganz tief in mir drinstecken, dabei glaube ich es absolut nicht. Ganz im Gegenteil. Manchmal erschrecke ich richtig, wenn ich mal wieder über so was stolpere und mir gar nicht bewusst war, dass das noch in mir verankert ist.«

»Ist wie mit den Wurzeln.« Paul nickt zu dem großen Baum neben uns. »Die saugen auch alles Mögliche auf, leider auch Schadstoffe. Und sie können sich noch weniger dagegen wehren als wir.«

Was wir prompt tun. Wir sammeln Sätze, die uns triggern, fragen uns, warum sie das tun, suchen nach solchen, die uns guttun, die uns helfen. Wir singen sogar ein Mantra zusammen, erst ganz leise. Zumindest ich. Ich komme mir blöd dabei vor. Was, wenn uns jemand hört? Ja, was wäre dann? Was die anderen Leute denken, überlasse ich ihnen. Mir reicht mein eigener Kopf.

Der beschäftigt sich in den nächsten Tagen mit dem Abwasserproblem. Auch wenn ich noch keinen Kostenvoranschlag bekommen habe, weiß ich, dass ich Geld benötige. Mehr, als ich habe. Also erarbeite ich mir eine Akquise-Strategie für die Baubranche und bin am Donnerstagnachmittag kurz davor, Mails rauszujagen und Annoncen zu schalten, obwohl ich doch inzwischen weiß, dass mir die Arbeit nur Freude macht, wenn sie für die richtigen Kunden ist. Soll ich also weitermachen wie bisher? Zumindest, bis ich das Geld für die Rohrsanierung verdient habe? Ich weiß es nicht. Wie gut, dass mein Kopf gleich eine Zwangspause einlegen wird. Es ist Donnerstagabend. Bauchtanzzeit.

Der Eifeltrommel sei Dank, haben die Frauen natürlich schon von meinem Abwasserproblem gehört. Ilka versichert mir, dass die Firma, die bei mir war, wirklich gut ist.

»Das hat Joop auch gesagt.«

Sie trösten mich, mehr oder weniger, und am Ende des Abends geht es mir tatsächlich besser. Dafür wissen alle, dass ich am Freitag mit Joop auf eine Feier fahre. Mit Übernachtung. Wie machen sie das nur immer? Einzig das mit der Suite haben sie nicht aus mir rausgeholt.

»Tu, was ich tun würde«, flüstert Bea mir zum Abschied ins Ohr. »Das Leben zu genießen ist nicht verboten! In schlechten Zeiten erst recht nicht.«

Als hätten ihre Worte einen Schalter in mir umgelegt, freue ich mich auf morgen. Was Verrücktes tun. Es einfach probieren. Auch die Liebe mal leichtnehmen. Das kann doch nicht so schwer sein.

## 2

Schon am frühen Freitagnachmittag kommen wir an der Burg an. Sofort bin ich wieder hibbelig. Die Fahrt über hat Joop mich runtergeholt, wir haben uns unterhalten wie immer, aber jetzt ist es wieder da. Das Kribbeln und die Frage, wie es wird. Ob ich das Richtige tue. Also lenke ich mich ab und necke Joop.

»Selbst ein Deutscher würde nicht morgens schon fahren, wenn er abends erst da sein muss.«

Er lacht nur. »Du wanderst doch so gern.«

Kurz bin ich verunsichert. Will er vor der Feier tatsächlich noch mit mir wandern gehen? Ich habe weder Wanderschuhe noch die passende Kleidung dafür eingepackt.

Die Fältchen um seine Augen kräuseln sich und verraten ihn.

»Du sollst mich nicht immer hochnehmen.«

»Das tu ich doch gar nicht.« Er parkt den Wagen. »Das Gepäck holen wir später. Jetzt wandern wir.«

»Zur Burg. Haha, du weißt, warum ein Katzensprung Katzensprung heißt?«

»Oje. Hätte ich doch die Professorinnen-Suite nehmen sollen?«

»Red nicht so einen Unsinn.« Spielerisch boxe ich ihm in die Seite.

Während Joop mit der Chefin ein paar Details für die Feier bespricht, schlendere ich weiter zu einem von Rosen umrahmten Innenhof. Rosen, die nach Rosen duften. Ich kann die Nase gar nicht voll genug bekommen. Als ich zum Eingang zurückkehre, gehen Joop und die Chefin gerade den Übernachtungs-Belegungsplan durch.

Ich schiele auf die Kästchen. Allein der Gedanke an die Suite löst einen sofortigen Kribbelalarm in meinem Bauch aus.

Joop nickt zufrieden und wendet sich mir zu. »Hast du dir die Vorburg schon angesehen?«

»Vorburg? Wie Haupt-, Neben- und Hinterburg?«

»Ich sag doch, dass wir heute wandern.«

Und das tun wir. Ich bewundere den Festsaal, verliebe mich anschließend in die Lindenlaube. Über Vorhof und Brücke führt Joop mich weiter zur Hauptburg. Hier geht es erst richtig los: Gartenhaus, Sattelkammer, Kutschenhaus. Da noch kein Gast angereist ist, darf ich mir die Räume angucken, in denen das »Gesinde« übernachtet. Einfache Kammern mit Holzbetten, die ich am liebsten stehlen würde. Wir betreten den Kastaniengarten. Während ich eine große Kastanie bewundere, erklärt Joop, dass man sich hier gern traut. Er nickt zu dem Felsen hin, auf dem die Burg erbaut wurde. »Ein gutes Fundament, auch für eine Ehe. Zumindest besser als Sand. Bei mir war's eine Strandhochzeit.« Er hebt die Schultern.

Das zumindest kann Matthias und mir nicht passieren. Keine Hochzeit, keine Ehe, die in die Brüche gehen kann. In meinem Bauch zieht es. Ich will jetzt nicht an Matthias denken. Angespannt schaue ich über das Maifeld. Gerade ist mir sehr danach, Joop zu sagen, dass mir nicht nach Suite, sondern nach Kemenate ist, und zwar allein.

»Komm, lass uns in die Oberburg gehen. Dieser Ort tut dir nicht gut. Du guckst schon ganz schwermütig.«

Oberburg also, nicht Hinterburg. Ich lasse mich von Joop mitziehen. Der schwere Tisch im Rittersaal begeistert mich. Zu schade, dass mein Haus so klein ist. Noch besser gefällt mir die alte Küche. Wenn ich einen Raum für eine Feier mieten müsste, dann diesen. Man spürt einfach, dass hier mit Liebe gekocht wurde, das steckt in dem Raum drin – und in mir eine heillose

Romantikerin. Wer weiß, ob ich gern essen würde, was hier früher gekocht wurde.

An einem Brunnen vorbei gelangen wir auf die Burgterrasse, Joops Lieblingsplatz, geschützt durch den Bergfried und eine bepflanzte Bruchsteinmauer.

»Magst du was trinken? Ein Glas Sekt?« Joop winkt die junge Frau heran, die er gerade hinter meinem Rücken auf die Burgterrasse gezaubert haben muss.

»Lieber einen Tee, wenn das geht.«

Joop seufzt. »Ihr *Duitsen* seid immer so vernünftig, aber du hast schon recht.« Für mich bestellt er Tee, für sich einen Kaffee. »Mit was dazu.«

Grinsend schüttele ich den Kopf. Das zum Thema »Ich habe recht«.

Wir setzen uns.

Kurz darauf stellt die Bedienung ein vollbepacktes Tablett vor uns ab. Kaffee für Joop, heißes Wasser für mich. Den Tee darf ich selbst auswählen. Sie hält mir eine Holzkiste entgegen. Chillma, Hurleburlebutz, Heiß & Innig, Feige Rosé. Ich bin hingerissen, greife schließlich doch zu Sencha und tauche den Beutel in die bauchige Teetasse mit Rosenornament auf dem feinen Porzellan. »Darf ich hier einziehen?«

»Wir können gern verlängern.« Joop deutet auf den Teller mit Macarons, den die junge Frau gerade auf den Tisch setzt.

»Was dazu.« Sie lächelt breit. »Ein Gruß aus der Backstube. Himbeer-Prosecco und Limette-Basilikum.«

Mir läuft das Wasser im Mund zusammen. Ich probiere. Erst das rosafarbene, dann das gelbgrüne. Süß und frisch zugleich. Ich schmelze dahin. Von nun an nur noch Limette-Basilikum. Joop ist mehr für Rosarot – und Prosecco. Wir genießen unsere leckere Pause. Auch der Sencha schmeckt richtig gut. Da freue ich mich schon jetzt aufs Frühstück am nächsten Morgen.

»Gefällt es dir auf ›meiner‹ Burg?« Er steht auf, hält mir die Hand hin und zieht mich hoch. Forschend sieht er mich an. Wenn es nicht Joop wäre, würde ich denken, er ist ein bisschen unsicher.

Was ich irgendwie niedlich finde.

Sein Mund nähert sich meinem. Behutsam knabbert er an meinen Lippen. In meinem Bauch flattert es auf eine gute Weise. Leicht. Wie der Frühling.

»Da war noch ein winziger Rest Macaron.«

Wer's glaubt. Lächelnd lösen wir uns und gehen Hand in Hand weiter.

Ich schaue auf die Uhr. »Wird es nicht langsam Zeit, uns fertig zu machen? Als Burgherr musst du schließlich am Eingang stehen und alle in Empfang nehmen.«

»Da ist sie wieder, die korrekte Deutsche.« Joop umarmt mich und erstickt meinen Protest, indem er seine Lippen auf meine drückt. »Mmh, köstlich. Limette-Basilikum«, murmelt er.

»Selbst schuld. Wieso bestellst du auch was dazu?«

## 3

Als Joop und ich aufs Zimmer gehen, kann ich mich nicht entscheiden, ob mir mein Herz bis zum Hals schlägt oder in die Hose rutscht. Sicher weiß ich nur, dass es nicht dort ist, wo es sonst gemütlich vor sich hin klopft. Mit einem Mann ins Bett zu gehen, ist das eine, aber sich neben ihm hübsch zu machen, scheint mir viel zu intim.

Erleichtert stelle ich fest, dass die Suite ihre Bezeichnung zu Recht trägt. Wir haben zwei Räume plus Bad. Ein barockes Zimmer mit Sofa, Sessel und Bücherwand und ein Erkerzimmer mit einem mächtigen Doppelbett. Geschwungene Kerzenleuchter, in denen neuzeitliche Lichter sicherstellen, dass die Gemächer nicht in Flammen aufgehen, wenn die Bettinsassen selbiges tun.

Während ich mir alles ausführlich anschaue und meine Sachen auspacke, verschwindet Joop im Bad. Keine zwanzig Minuten später steht er vor mir. Nachtblaue Chino, das Hemd in der Farbe eines Limette-Basilikum-Macarons, als hätte er gewusst, dass ich mich in diese Geschmacksrichtung verlieben würde. Brauner Gürtel, braune Schuhe, eine gelbe, eine grüne Socke, die den Farbton des Hemdes in die eine und die andere Richtung aufgreifen.

Er hat wohl meinen Blick bemerkt und schiebt einen Fuß vor, dreht ihn. »Damit es nicht so langweilig aussieht.«

Langeweile mit Joop? Ich lache.

Er fährt sich noch mal durch die Haare. »*Goed so?*«

Ich nehme zwei Finger in den Mund und pfeife. Ziemlich kläglich leider. Ohne Finger geht es besser.

»Ich werte das als *heel lekker.*« Er tritt näher, nimmt meinen Kopf in seine Hände und küsst mich. Zärtlich. Ein Appetizer-Kuss.

»Ich beeil mich«, sage ich und drücke meine Nase an seinen Hals. »Welches Aftershave benutzt du?«

»Ist es zu viel?«

»Definitiv. So kann ich dich nicht runter lassen.«

Seine Augen funkeln. Wir werden doch nicht etwa …? So etwas kenne ich nur aus Filmen. Vom Flur her sind Stimmen zu hören, das klackende Geräusch von hohen Absätzen, ein Rollkoffer, der gegen etwas rumst. Wir werden nicht. Der Moment ist vorbei.

»Lass dir Zeit.« Warm lächelt Joop mich an. »Auch wenn es so aussieht, ich lauf dir nicht davon.«

Nein, er geht nur.

Und ich genieße das luxuriöse Bad. Wasser, das abfließt, kann ich zwar auch im Seminarhaus haben, aber ganz so schick wie hier ist es dort nicht.

Eine Dreiviertelstunde später drehe ich mich vor dem hohen Spiegel und finde, ich kann mich so sehen lassen. Das Wickelkleid betont meine Kurven, der V-Ausschnitt das Dekolleté, dazu eine leichte Strickjacke, fehlen nur noch die Schuhe. Ich schlüpfe in die grünen Sandalen mit Blockabsatz, schließe die Riemchen und mache mich auf den Weg zum Rosengarten, wo die Feier mit einem Sektempfang startet.

Zunächst ein bisschen unsicher, ob ich nicht doch in die falsche Richtung unterwegs bin, höre ich bald Stimmen und klirrende Gläser. Als wäre ich auf einem Kindergeburtstag und wir spielten Topfschlagen, versuche ich, den Geräuschen zu folgen. Ein Spiel, bei dem ich immer verloren habe. Zum Glück gibt es in der Burg Schilder.

Joop scheint nach mir Ausschau gehalten zu haben. Kaum erreiche ich den Garten, steht er schon neben mir. »Du siehst bezaubernd aus.«

»Danke.«

Er versorgt mich mit einem Glas Sekt, wir stoßen an, schlendern von Gruppe zu Gruppe. Joop stellt mich vor, wir plaudern, gehen weiter.

Wie lange war ich nicht mehr auf so einem Fest? Die Feiern in Köln fanden immer in hippen Locations statt – eine ausgebaute Fabrikhalle, die Hafenhäuser am Rhein, das Schokoladenmuseum. Die Männer in Jeans, manche sogar in kurz, die Frauen definitiv in kurz, wirkten irgendwie emsiger, aufgeregter, wie ein Ameisenhaufen, in den man etwas hineingeworfen hat, während es hier entspannt zugeht, fröhlich, sommerlich leicht. Vielleicht liegt es auch an mir, wirkt nur auf mich so, weil ich keine Agenda habe, nicht beruflich hier bin.

Genau wie ich am Nachmittag bewundern viele die Burg. Zumindest ist sie ein dankbares Gesprächsthema. Ich erzähle vom Rapunzelturm, in dem man auch übernachten könne, wie Joop mir vorhin berichtet hat. Allerdings gibt es dort kein Bad, und das wollte er mir nicht antun.

Als wir für einen Moment allein an einem Brunnen stehen, um den sich Kletterrosen ranken, zupft Joop an einer vorwitzigen Locke und nickt zum Turm hin. »Liane, lass dein lockiges Haar herunter.«

»Das ich mir mit so viel Hingabe hochgesteckt habe?«

Er streicht mir die Locke hinters Ohr, spielt mit meinem Ohrläppchen. »Gefällt es dir?«

Ich nicke, stelle mein Sektglas auf der Brunnenplatte ab.

Ein paar Nachzügler kommen in den Garten. Joop nimmt

sie allein in Empfang, und ich bin dankbar für einen Augenblick, in dem ich einfach nur danebenstehen und beobachten, die Stimmung in mich aufsaugen darf. Offensichtlich in seinem Element, begrüßt er die Neuankömmlinge herzlich, sorgt dafür, dass sie was zu trinken kriegen, führt den einen zu zwei Paaren, den nächsten zu einer kleinen Gruppe. Lächelnd wende ich den Blick ab und lasse ihn über den Garten schweifen. Gut gelaunte Gäste, prächtig blühende Rosen. Joop hat wirklich Glück mit dem Wetter. Frühsommer vom Feinsten. Nicht eine Wolke am Himmel. Fast bedaure ich, dass es noch lange hell bleiben wird. Die vielen Lichterketten würden den Garten bestimmt in ein wunderbares Licht tauchen.

Gerade überlege ich, ob die Fackeln am Wegesrand nur Zierde sind, da sehe ich ihn. Kein Zweifel. Neben dem Busch mit den gelben Rosen steht Matthias. Matthias, der nur in die Eifel fährt, wenn er muss. Jetzt wendet er den Kopf, als ob er spürte, dass ihn jemand ansieht, entdeckt mich und kommt auf mich zu. Sofort und ohne zu zögern. In mir dreht sich alles.

Bevor ich weiß, wie mir geschieht, ist auch Joop zurück, und ich stehe zwischen den beiden Männern. Stehe, obwohl meine Knie sich gerade auflösen. Mir die Luft wegbleibt. Unbefangen reicht Joop mir ein neues Glas Sekt und stellt mir Matthias vor.

»Das Gewerbegebiet, du erinnerst dich?«, sagt der und sieht mir fragend in die Augen.

»Mensch, Matthias, da bist du ja endlich.« Ein dunkelhaariger Mann mit Sonnenbrille im Haar schlägt Matthias auf die Schulter und nimmt ihn im wahrsten Sinne des Wortes in Beschlag.

Rasch gebe ich Joop das Glas Sekt zurück, erkläre ihm, dass ich mich nicht gut fühle und nach Hause fahren werde. Nein, kein Grund zur Sorge. Migräne im Anmarsch. Die sei leider unberechenbar und komme, wann sie wolle.

»Dann leg dich doch besser hier hin. Warte. Ich bring dich aufs Zimmer.«

»Nein, ich …« Ich sehe zu Matthias.

Joops Blick ist meinem wohl gefolgt. »Ist das …?«

»Ja, das ist mein Freund.« Ich betrachte die Sektgläser, die Joop immer noch in den Händen hält, die Bläschen, die darin nach oben steigen. »Tut mir leid, aber ich fahre lieber.«

Er nickt. Eine ältere Frau tritt zu uns und verwickelt Joop in ein Gespräch. Ich gehe.

Gar nicht erst aufs Zimmer, sondern direkt zum Eingang. Lasse mir ein Taxi rufen. Abhauen ist keine Lösung und nicht sonderlich erwachsen, aber zu mehr bin ich gerade nicht in der Lage. Matthias ist hier. Egal, was wir vereinbart haben, er wird wissen wollen, was das mit Joop und mir ist.

Nichts. Nichts Ernstes. Vielleicht hätte es was Leichtes werden können. Weil ich einmal ausprobieren wollte, was das ist, was Leichtes. Wo ich doch dazu nicht tauge. Dachte ich und denke ich – jetzt umso mehr und fühle mich schuldig. Dabei habe ich gar nichts getan. Und selbst wenn, wir haben es doch so vereinbart. Alles ist erlaubt. Ach, verdammt!

Ich höre Schritte, trete vor die Tür. Wo bleibt denn das Taxi? Ich will jetzt mit niemandem reden. Mir ist nicht nach Small Talk. Ich lasse mich auf das Mäuerchen sinken und löse meine Hochsteckfrisur.

# Love is all you need

## 1

»Herr de Jong sagt, dir geht es nicht gut.« Matthias' Stimme fährt mir direkt in den Bauch. Er hockt sich neben mich.

»Ja, ich …« Nein, ich will ihn nicht anlügen. »Ich bin ein bisschen durcheinander«, sage ich schließlich, was mehr als der Wahrheit entspricht.

»Tut mir leid«, sagt er.

»Nicht deine Schuld, also, ich meine, es sollte nicht wie ein Vorwurf klingen.« Ich beuge mich vor. Der Riemen meiner Sandale hat sich gelöst, ich schiebe ihn zurück unter die Lasche.

»Willst du wieder auf die Feier? Ich kann auch nach Hause fahren. Kein Ding.«

Ich spüre seinen Blick und bin froh, dass mir die Haare ins Gesicht gefallen sind, als ich mich vorgebeugt habe.

»Wir hätten einen Passus aufnehmen sollen: Wie verhält man sich, wenn man sich während der Auszeit zufällig trifft?«

»Hätten wir.« Ich stoße die Luft aus, die ich wohl angehalten habe, ohne es zu merken, und richte mich wieder auf.

»Na also, du siehst nicht mehr ganz so bleich aus.« Auch er atmet hörbar auf. »Und jetzt? Du wieder rein, ich raus?«

»Nein, das Taxi müsste jeden Augenblick kommen. Ich will wirklich zurück.«

Entschlossen zieht er den Autoschlüssel aus der Hosentasche und steht auf. »Aber nicht mit dem Taxi. Ich fahre dich.«

Ich betrachte meine Zehennägel, als ob deren Rot mir signalisieren könnte, ob ich das will.

»Hey, irgendwann muss ich dein Haus doch auch mal zu sehen bekommen. Sabine hat es gut gefallen.«

Das besiegelt es. Natürlich soll er mein Haus sehen dürfen. Ich bestelle das Taxi ab, hinterlasse reichlich Trinkgeld, obwohl die Frau am Empfang mir versichert, dass das nicht nötig sei.

»Tut es dir leid?«, fragt Matthias, als wir die Burg hinter uns lassen. »Ich meine, dass du jetzt das Essen und den Rest der Feier verpasst«, schiebt er rasch nach und fummelt an der Klimaanlage herum. Dabei ist die wie immer perfekt eingestellt, aber seine Finger müssen sich bewegen, wenn er nervös ist.

»Nein«, sage ich und meine es auch so. Ich habe mich auf den Abend gefreut, ein bisschen auch auf die Nacht. Einmal über die Stränge schlagen, leichtsinnig sein, mutig. Dennoch bin ich nicht traurig, dass wir fahren. Es hat nicht sollen sein. Vielleicht ist das Leben klüger als ich. Wer weiß?

Entspannte Klaviermusik läuft. Es fühlt sich wahnsinnig vertraut an, neben Matthias im Auto zu sitzen und von irgendwo zusammen nach Hause zu fahren. Wahnsinnig vertraut und doch auch ganz anders. Aufregend, fremd, neu. Soll ich fragen, was Sabine noch erzählt hat? Dass ausgerechnet Joop dieses Gewerbegebietsprojekt betreuen muss! Wieso interessiert sich Matthias überhaupt noch dafür? Hat er gemerkt, dass da was zwischen uns läuft?

Als wir von der Autobahn abbiegen, schlage ich vor, dass wir erst noch in den Ort fahren und Pizza holen. Schließlich haben wir beide das Festessen verpasst, und hungrig will ich Matthias nicht nach Köln schicken.

Eine Diavolo, die hier Vulcano heißt, und eine Vegetariana. Wir wissen, was wir mögen.

Eine halbe Stunde später sitzen wir in meiner Küche und essen. Ich habe sogar noch ein alkoholfreies Bier im Kühlschrank. Matthias will teilen, aber ich finde, es steht ihm zu. Mir reicht im Moment Wasser. Und später vielleicht ein Glas Wein.

»Darf ich?« Sonst frage ich nie, wenn ich mir zum Schluss ein Stück scharf gönne. Aber heute ist alles anders.

»Klar.« Er schiebt seine Pizza näher zu mir rüber, sein Teller kollidiert mit meinem.

Während er seine und die Reste meiner Pizza vernichtet,

deute ich zum Fenster. »Das ist der Kirschbaum. Noch eine, höchstens zwei Wochen, wenn die Sonne fleißig scheint, dann kann ich die ersten Früchte ernten.«

»Du bräuchtest ein Gerät, mit dem du direkt von der Hängematte aus pflücken kannst. Mund auf, Kirsche fällt rein.«

»Spucken, fertig, die nächste.« Ich lache. »Wenn du das erfindest, wirst du nicht nur reich, sondern auch der Held aller Kirschliebhaberinnen.«

Für einen Moment schauen wir uns in die Augen, sehen beide sofort wieder weg.

Ich stehe auf. »Bereit für die Führung?«

Wir arbeiten uns von oben nach unten. Matthias nickt anerkennend, als er sieht, dass überall gestrichen wurde. Professionell gestrichen. Die Farben mögen nicht seine sein, genauso wenig, wie die Wolken und die Worte an den Wänden seinem Geschmack entsprechen, aber er findet es »sehr wohnlich«. Das Wohnzimmer scheint ihm tatsächlich zu gefallen. Vor allem, dass ich die Wand habe wegmachen lassen, bis auf den kleinen Raumteiler. Natürlich bemerkt er auf den ersten Blick, dass die Fensterrahmen alt sind und gemacht werden müssen.

»Willst du noch den Garten begutachten?«, frage ich, als wir wieder im Flur stehen. *Auch wenn es da nicht viel zu sehen gibt. Noch dazu jetzt, da die Sonne nicht mehr auf mein Grundstück fällt. Bevor du fährst.* All das sage ich nicht. Weil ich hoffe, dass er noch etwas bleibt?

Er will.

Der Garten ist schnell besichtigt. Unschlüssig stehen wir vorm Kirschbaum.

»Wo ist das Maar?« Matthias' Finger fahren am Seil der Hängematte entlang. Braucht er was zum Festhalten, oder will er prüfen, ob sie hält?

»Gleich hier durch den Wald, die kleine Anhöhe hoch, dann sieht man es schon. Wollen wir hingehen? Sonnenuntergang gucken?«

Wir drehen eine kleine Runde. Ich zeige ihm das Maar (natürlich), den besten Blick auf den Ort mit der malerischen

Kirche (selbstverständlich), die Wiese, wo unsere Bauchtanz-feier stattgefunden hat (er hat danach gefragt), und auf dem Rückweg das Seminarhaus (danach hat er nicht gefragt). Zum Schluss stehen wir schweigend nebeneinander und schauen zu, wie die Sonne auf der gegenüberliegenden Maarseite hinter dem Hang verschwindet.

»Noch zwei Wochen«, sagt Matthias leise und holt Luft, spricht dann aber doch nicht weiter.

Nur noch vierzehn Tage, denke ich, während mein kleiner Finger sich abspreizt, als suchte er nach Matthias' Hand.

»Die Auszeit hat gutgetan.« Matthias tastet sich vor. »Sabine hat dir sicher erzählt, dass wir alle überlegen, wo wir stehen, wo wir hinwollen.«

Fragend sehe ich ihn an.

Er hebt die Hände. »Ich spiele wieder. Es hat mir gefehlt. Meine Finger waren ganz schön eingerostet.«

Wir schauen beide auf seine Hände. Lange, geschmeidige Finger. Eine große Spannweite. Ich erinnere mich daran, wie sie sich auf meiner Haut anfühlen, reibe mir die Oberarme.

Er bemerkt es. »Lass uns zurückgehen.«

Wieder im Haus, frage ich ihn, ob er noch ein Glas Wein trinken will. »Du kannst hier schlafen. Auf dem Gästesofa«, schiebe ich schnell hinterher und wundere mich über mich selbst, schließlich sind wir doch nach wie vor ein Paar und wollen es auch bleiben.

»Gern.« Er grinst mich an. »Ich hätte auch die Hängematte genommen.«

Ich biete ihm von seinem Wein an, und auch das macht die Stimmung nicht kaputt. Wie vorhin zum Essen setzen wir uns in die Küche. Ich hole uns zwei Kissen aus dem Wohnzimmer. Auf die Kissenlandschaft dort will ich nicht. Allerdings zünde ich eine Kerze und Teelichter an. Romantisch und unbequem.

Wir reden. Matthias erzählt, dass Roland und er einen dritten Partner dazunehmen wollen. Einen jüngeren, der sich rein-hängt wie sie vor zehn Jahren. Der sie auch mal herausfordert. »Manchmal muss man eingefahrene Wege überdenken.«

»Macht dir die Arbeit keine Freude mehr?« Ich bin überrascht. Matthias ist – oder war – mit Leidenschaft bei seinen Bauprojekten. Wenn ihn eines fängt, glitzern seine Augen, und er vergisst alles um sich herum. Dann kann ein Arbeitstag auch von morgens um sechs bis Mitternacht gehen. Schlafen? Kann man später.

»Doch, aber ich frage mich gerade, ob das gut ist. So viel anderes bleibt auf der Strecke.« Er schwenkt sein Weinglas.

Ich mag es, wie das Licht der Flamme sich im Glas spiegelt. Ein glutroter Tanz.

»Deswegen wollen wir uns feste Frei-Zeiten einrichten. Roland und Sabine haben sich zu ›Grow yourself & grow together‹ angemeldet. Das Seminar läuft über ein ganzes Jahr. Ziemlich intensiv.«

»Und du?«

»Nichts für mich. Aber ich will auch Dinge ausprobieren.« Er nimmt einen Schluck, als ob er sich Mut antrinken müsste. Matthias doch nicht. Er setzt das Glas ab und fingert am Stiel herum. »Vielleicht mal einen Lehrauftrag an der Fachhochschule annehmen, mich bei Ingenieure ohne Grenzen engagieren. Musik machen, mit anderen zusammen jammen …«

»Klingt gut.«

»Findest du?«

Für einen Moment verschränken sich unsere Blicke. Ich nicke. Seine Augen leuchten auf. Vielleicht ist es auch nur das Flackern der Kerze.

»Was ist mit Merle und Dietmar?« Ich drücke am Wachs herum.

»Testen Wohnmobile. Merle hat beschlossen, dass das besser ist als ein Haus irgendwo an einem festen Ort. Festlegen sei was für Feiglinge.«

Wir lachen ein wenig unsicher. Ist unsere Auszeit mutig?

Ich ruckele am Stuhl, damit ich die Beine übereinanderschlagen kann, verteile den letzten Rest aus der Flasche. »Der Wein ist richtig gut, weißt du das? Gleich am ersten Abend hat er mir sehr geholfen und seine volle Wirkung entfaltet.«

Matthias grinst schief. »Und ich dachte schon, du hast die Flaschen zertrümmert. Ich wusste gar nicht, dass du so wütend sein kannst.«

»Ich auch nicht.«

»Auf die Wut.« Matthias hält mir sein Glas entgegen.

»Darauf, dass was Gutes daraus entsteht.«

Wir sehen uns in die Augen und stoßen an.


## 2

Als ich aufwache, tastet meine Hand nach links, doch da liegt niemand. Weder Joop noch Matthias. Mit einem Ruck fahre ich hoch. Das hier ist nicht die Burg, keine Suite, und ich bin auch nicht zurück in Köln. Joop habe ich stehen, Matthias unten sitzen lassen. Es wird Zeit, mein Leben aufzuräumen.

Nach dem Frühstück.

Eine Katzenwäsche später schlüpfe ich aus dem Haus und mache mich auf den Weg in den Ort. Matthias schläft noch. Das Gespräch mit ihm gestern Nacht hat gutgetan. Trotzdem werde ich mir mit jedem Schritt sicherer, dass ich die letzten vierzehn Tage unserer Auszeit hier verbringen will. Wäre ich Bea, hätten Matthias und ich unser Gespräch gestern im Bett fortgesetzt, eine Auszeit von der Auszeit, in der alles, also eben wirklich alles, erlaubt ist, ohne dass es etwas bedeutet. Ich atme die frische Morgenluft ein, halte auf der Anhöhe inne, um übers Maar zu schauen.

In den letzten zweieinhalb Monaten habe ich über vieles nachgedacht, aber nicht über unsere Beziehung. Die ist gesetzt. Trotzdem wollte ich gestern nicht mit Matthias schlafen. Festlegen ist was für Feiglinge. Merles Spruch, den Matthias gestern Abend erwähnt hat, geistert mir durch den Kopf. Ist es feige, an etwas festzuhalten, ohne es zu hinterfragen? Sollte ich es also tun? In meinem Bauch zieht sich was zusammen. Muss man denn wirklich alles in Frage stellen? Aber hey, ich muss ja nicht zu dem Schluss kommen, die Beziehung wegzuwerfen. Und ein paar Dinge, die ich ändern möchte, werden sich ja auch auf unser Zusammenleben auswirken.

Ich wende mich nach links Richtung Ort. Zum Beispiel würde ich gern öfter herkommen, auch wenn ich das Haus als Ferienunterkunft vermieten will. Was wird Matthias dazu sagen? Und da ist ja auch noch das Sommerfest mit der Bauchtanzaufführung. Meine Hexen kann ich unmöglich hängen lassen. Unter der Woche hier, am Wochenende zusammen mit Matthias in Köln? Pendeln, eine Wochenendbeziehung?

Auf dem Weg zur Bäckerei und zurück grübele ich über die verschiedenen Möglichkeiten nach. Wahrscheinlich muss ich es einfach ausprobieren. Und ganz bestimmt sollte ich es leicht angehen und nicht so ein Problem daraus machen wie gerade.

Als ich am Grundstück ankomme, steht Matthias vor der offenen Haustür und erwartet mich schon, allerdings guckt er wie sieben Tage Regenwetter. Sein Ich-muss-in-die-Eifel-und-will-nicht-Gesicht.

Leicht sein, ermahne ich mich und schwenke betont fröhlich die Brötchentüte. Dann rieche ich es. Bestürzt sehe ich ihn an.

»Ich habe geduscht. Plötzlich stand alles unter Wasser. Ich habe schon den Sanitär-Notdienst angerufen. Die müssten gleich hier sein.« Er fährt sich durch die Haare, die wild in alle Himmelsrichtungen abstehen. »Tut mir wirklich leid.«

Am liebsten würde ich ihn knuddeln, so fassungslos wirkt er, aber das lasse ich besser und erkläre ihm stattdessen die Situation.

»Warum hast du nichts gesagt? Ich hätte doch …«

Der Notdienst fährt vor. Gefolgt von einem zweiten Auto. Joop.

Er eilt auf mich zu, blickt zu dem Sanitärfahrzeug. »Oh nein, schon wieder der Abfluss?«

Ehe ich mich versehe, baut sich Matthias vor Joop auf. »Sind Sie der Makler, der Liane das Haus angedreht hat? Zersetzte Rohre? Davon müssen Sie doch gewusst haben.«

»Wie denn? Ich hätte ihr das Haus doch nie im Leben angeboten.«

»Wer's glaubt!«

Wie zwei Kampfhähne stehen die beiden voreinander. Joop versucht zu beschwichtigen, aber das regt Matthias nur noch mehr auf. Ich will mich dazwischenschieben, doch sie nehmen mich überhaupt nicht wahr.

Hinter mir räuspert sich jemand. »Sollen wir dann schon mal reingehen?«

Ich überlasse die beiden Männer sich selbst und begleite den Installateur ins Haus.

»Ich kann's versuchen«, sagt er, »aber versprechen kann ich nichts. Das muss dringend richtig gemacht werden.«

»Die große Lösung, ich weiß.« Seufzend schnappe ich mir meine Duschsachen und gehe zum Seminarhaus. Der Installateur kommt auch ohne mich zurecht, und die beiden Streithähne sollen sich doch die Augen auspicken, wenn ihnen unbedingt danach ist.

### 3

Eine kalte Dusche hilft immer. Mich bei Paul auszuheulen noch viel mehr.

»Wenn die sich so streiten, heißt das doch nur, dass sie beide was für dich empfinden.« Er stopft noch einen Apfel in seinen schon reichlich vollen Rucksack und sieht sich prüfend um.

Ich leere meine Teetasse und stelle sie in die Spülmaschine. »So ein albernes Machogehabe. Erzähl mir lieber, wo es hingeht.« Ich nicke zu seinem Rucksack hin, der nach Mehrtagestour aussieht.

Erstaunt blickt er mich an. »Heute ist doch …«

»›Naturlich durchs Määrchen.‹ Natürlich. Da siehst du mal, wie sehr mich diese Männer um den Verstand bringen. Alles fertig? Bist du aufgeregt?«

Paul zuckt zwar mit den Achseln, aber ich habe bemerkt, wie er sich zuvor am Bart gezupft hat. Kurz entschlossen gehe ich in den Flur und hole meine Wanderschuhe. »Wie gut, dass ich sie hier habe stehen lassen. Ich komme mit.«

»Sicher?« Pauls Miene hellt sich auf.

»Na klar. Ich will doch miterleben, wie dein neues Konzept aufgeht, an dem wir jetzt wie lange gebastelt haben?«

»Hoffentlich«, sagt er nur und wirft mir einen kleinen Rucksack zu.

Rasch rufe ich Matthias an, lande auf der Mobilbox und hinterlasse ihm eine Nachricht, dass ich wandern gehe. Ob er mitwill? Ich tippe die Infos in eine Chat-Nachricht und schicke sie ihm.

»Viel Spaß«, antwortet er. »Ich bleib hier. Kümmer mich um den Installateur.«

So intensiv, dass er nicht mal meinen Anruf entgegennehmen konnte? Ich verdrehe die Augen und packe was zu trinken ein.

»Willst du dann deinen Hausschlüssel zurück?« Paul zieht die Schublade des Sideboards im Flur auf und hält meinen Ersatzschlüssel hoch, den ich ihm vorsichtshalber gegeben habe, nachdem ich mich mal wieder fast ausgesperrt hätte. »Ich meine, jetzt, wo Matthias da ist …«

»Nee, lass mal. Mir wäre es lieber, du behältst ihn.« Ich folge ihm nach draußen zu den Rädern.

Sieben Kilometer, und Paul tritt in die Pedale, als gälte es, die Tour de France zu gewinnen. Was ist denn heute mit den Männern los? Gab es über Nacht eine Sonderausschüttung Testosteron?

Beim letzten Anstieg lasse ich ihn ziehen und bin dennoch außer Atem, als ich am Wanderparkplatz ankomme. Dort haben sich einige Familien um den Froschkönig herum versammelt und schießen Fotos von sich und der großen Holzfigur.

»Liane, huhu!«

Ich schaue mich um und entdecke Bea, die mit zwei kleinen Jungs herumtobt. Also heute mal ein Ausflug mit allen Kindern. Sie winkt, schiebt die beiden Kurzen zu Jana, die mit einem anderen Mädchen den Froschkönig herzt, und eilt auf mich zu. Nicht mal vom Rad runter schaffe ich es, da steht sie schon vor mir. »Erzähl. Wie war es auf der Burg? Musste Joop weg, oder warum bist du hier?«

»Matthias stand plötzlich vor mir.«

»Ja und?«

»Bea!« Ich steige vom Rad und schiebe es neben das von Paul.

»Blödes Timing.« Sie nimmt mir das Fahrradschloss aus der Hand und kettet die beiden Räder zusammen. »Und jetzt?«

»Ist mein Abfluss wieder verstopft, und die beiden Männer streiten sich.«

»Oh nein.« Sie legt ihren Arm um mich, aber ich sehe, wie ihre Mundwinkel zucken.

»Das ist nicht lustig.«

»Ist es nicht.« Sie drückt mich, und ich spüre, wie ihr Körper bebt. »Zu schade, dass wir nicht mehr im Mittelalter leben. Da könnten sie ihren Kampf um deine Gunst mit der Lanze austragen. Stell dir das mal vor.« Bea kann das Lachen nicht mehr zurückhalten.

Ich lasse mich anstecken. Auch wenn ich mir dieses Szenario lieber nicht ausmalen möchte. »Die Frau sollte schon auch ein Wort dabei mitreden dürfen.«

»Tut sie doch, oder?« Forschend sieht Bea mir ins Gesicht.

»Tut sie.« Ich nicke. »Mit Joop wird es nichts.«

»Also zurück zu Matthias? Bleibt er?« Bea hakt mich unter und zieht mich an den Rand der Gruppe, die sich um Paul gebildet hat. »Was ist mit eurer Auszeit?«

Ich lege den Finger auf den Mund und nicke nach vorne. Paul stellt sich gerade vor. Kurz und knapp erklärt er, dass es auf der Tour verschiedene Stationen mit märchenhafter Natur und natürlichen Märchen für alle Sinne geben werde. Dann lotst er die Gruppe auf den Naturlehrpfad durch den »Määrchen-Wald«. Keine lange Einleitung mag ja gut sein, aber das war doch arg knapp. Nichts von alldem, was er mir erzählt hat, hat er erwähnt. Nicht mal, dass das Hetsche Maar das kleinste

Maar der Welt ist und der Name »Määrchen« darauf Bezug nimmt. Mit großen Schritten geht er voran und ist kurz darauf verschwunden.

Eine Melodie ertönt. Vögel zwitschern. Wieder die Melodie. Blätterrascheln. Jana, ihre beiden Brüder und ein paar andere Kinder preschen los, merken, dass sie zu laut sind, um zu hören, wo die Töne herkommen, und werden leise. Schleichen in den Wald. Immer der Melodie hinterher, bis sie Paul gefunden haben. So hat er sich das wohl nicht vorgestellt, aber woher sollen die Leute wissen, worum es ihm geht?

Immerhin weist er sie für das nächste Wegstück etwas besser ein, und die Gruppe geht schweigend weiter. Jeder sammelt im Kopf, was er hört. Am Ende erzählen wir uns gegenseitig unsere Geräusche. Am lustigsten wird es, als wir mit geschlossenen Augen den Proviant der anderen probieren und raten, worum es sich handelt. Der eine oder andere Flachmann ist auch mit dabei und dreht heimlich eine kinderfreie Runde, was natürlich nicht lange unentdeckt bleibt, doch inzwischen sind die Fläschchen leer, und die Kinder können nur noch daran riechen. Ihre Empörung wird von einem lauten Posaunenton übertönt.

»Da will uns wohl jemand den Marsch blasen.«

Allgemeines Gelächter. Die Posaunenklänge werden leiser, schwebender, passen sich in die Naturgeräusche ein, spielen mit ihnen. Eine Weile hören wir gebannt zu. Dann hört es sich an, als würde jemand ins Horn blasen. Paul kehrt zurück, und wir gehen weiter.

An zwei Bäumen, die einander umschlingen wie ein Liebespaar, stößt Bea mir in die Rippen.

»Matthias und du?«, wispert sie so laut, dass sich Paul zu uns umdreht und mich fragend ansieht.

Das kleine Mädchen neben Paul zupft ihn am Arm. »Was steht auf dem Schild da?«

»Dass die beiden Bäume ein Liebespaar sind«, ruft Bea fröhlich. »Love is all you need.«

## Männer

### 1

Nach der Wanderung lasse ich Paul mit seiner Gruppe das Grillen vorbereiten und gehe zu meinem Haus, um zu sehen, ob es Überlebende gibt. Der Fuhrpark hat sich deutlich reduziert. Nur noch Matthias' A3 steht neben dem alten Golf. Dafür habe ich jetzt ein quietschblaues Dixiklo an der Hauswand kleben. Praktisch mag das sein, aber schön ist anders.

Ich betrete das Haus. Matthias sitzt in der Küche, die tadellos aufgeräumt ist.

»Sekunde«, murmelt er abwesend und wischt auf seinem iPad herum. »Ich hab's gleich.«

Sieht so aus, als fühlte er sich zu Hause. Ich weiß nicht, ob mich das freut oder ärgert. Ein bisschen vermissen hätte er mich schon können. Was albern ist, schelte ich mich und beschließe, mich zu freuen. Vielleicht hat das Lebensmodell, hier gemeinsam Zeit zu verbringen, doch eine Chance.

Ich öffne die Tür zur Gästetoilette und schließe sie gleich wieder. Das Dixiklo steht nicht umsonst vor der Tür.

»War leider nichts zu machen.« Matthias lehnt an der Küchentür, seine Haare stehen immer noch wüst in alle Richtungen ab, der übliche Dreitagebart hat eher was von einem kratzigen Stoppelfeld, das T-Shirt ist immer noch dasselbe, in dem er geschlafen hat. Nur der Jeans sieht man nicht an, wie sein Tag verlaufen ist. Jetzt nickt er über die Schulter zum Kühlschrank hinter sich. »Hast du Hunger? Soll ich uns eine Tortilla machen? Danach können wir auf meinem iPad die Optionen zur Sanierung durchgehen.«

»Nicht heute. Nebenan wird gegrillt. Ich wollte nur schnell

nach dem Rechten sehen.« Ich mustere sein Gesicht. »Kein blaues Auge. Lebt Joop auch noch?«

Er grinst schief und zuckt mit den Achseln.

»Sag nicht, ihr seid euch tatsächlich gegenseitig an die Gurgel gegangen.«

»Natürlich nicht.« Unschlüssig steht er im Kücheneingang und wirft mir einen fragenden Blick zu. Doch ich weiß nicht, was er will.

Ich deute zur Haustür.

Er schiebt die Hände in die Hosentaschen. »Soll ich gehen?«

»Mit rüber, ja. Dann kann ich dir Paul und Bea vorstellen. Aber wenn du fahren willst …«

»Nein, ich bleib gern noch.« Er schielt auf sein iPad.

»Das bleibt hier«, sage ich, bevor er noch auf dumme Gedanken kommt. Ich will doch nicht beim Grillen mit Fremden darüber diskutieren, wie ich am besten meine Rohre saniere, und mir ihre Horrorgeschichten dazu anhören.

»Sicher? Ich meine, dass ich mitkommen soll?« Er hebt den Arm und riecht. »Ich bin nicht gerade vorzeigbar.«

»Du kannst dich im Seminarhaus frisch machen. Ich hol mir noch einen Pullover und rufe Joop an.« Ich laufe nach oben.

Im Schlafzimmer ziehe ich die Tür hinter mir zu, versuche es bei Joop, erreiche jedoch nur seine Mobilbox und verspreche, dass ich mich später noch mal melden werde. Schnell schicke ich eine Nachricht hinterher und hoffe, dass bei ihm alles in Ordnung ist. »Alles Weitere später.«

Mit dem erstbesten Pullover laufe ich nach unten, wo Matthias schon bereitsteht. Kulturbeutel in der einen Hand, eine zusammengerollte Kleiderrolle in der anderen. Im Seminarhaus zeige ich ihm rasch die Dusche und verschwinde anschließend in die Küche, um zu gucken, ob ich noch was helfen kann.

»Deine Auszeit gefällt mir.« Bea schnappt sich das Endstück vom Baguette, das sie gerade zersäbelt, knabbert daran und zwinkert mir zu.

Kann sie durch Wände sehen? Sie muss wirklich eine Hexe

sein. Ich zucke mit den Achseln. »Warte ab, bis du ihn in sauber siehst.«

Ihr klappt die Kinnlade runter.

»Pass auf, dass dir das Brot nicht aus dem Mund fällt.« Ich grinse breiter, als der Mäuseberg hoch ist, nehme den gefüllten Brotkorb und bringe ihn nach draußen. Schlagfertig zu sein ist noch besser, als ich es mir vorgestellt habe.

Auf der Bahnsteigterrasse riecht es schon richtig lecker. Ich schaue mich nach Paul um. Er steht am anderen Ende am Grill, neben ihm zwei Familienväter, die er wohl als Grillmeister angestellt hat. Fachmännisch schieben sie die Gemüsepfannen hin und her, bis sie sie so platziert haben, dass auch die dritte auf den Rost passt.

»Das hier ist Lillifee«, höre ich Jana rufen. Sie fuchtelt mit dem Handy, das sie garantiert aus Beas Rucksack stibitzt hat, der auf der Bank neben ihr steht. Prompt stürzen die anderen Kinder zu ihr. Erst als die ersten veganen Würstchen fertig sind, lassen sie vom Handy ab.

Bea kommt mit dem zweiten Brotkorb, der Kräuterbutter und Matthias aus dem Haus. Ich habe sie schwer in Verdacht, dass sie das Brotschneiden absichtlich so lange hinausgezögert hat, bis er mit dem Duschen fertig war, damit sie ihn sich gleich abgreifen und dem Hexentest unterziehen kann. Den Tipp hat sie Mia und Leonie letzte Woche gegeben: Überlass den Kerl einer Freundin und warte ihr Urteil ab, wenn du dir unsicher bist. Mach das erst recht, wenn du dir sicher bist. Jetzt lacht sie über etwas, das Matthias gesagt hat, und deutet auf einen freien Platz am Tisch. Matthias rückt ihr den Stuhl zurecht, setzt sich aber nicht dazu, sondern kommt zu mir.

Mein Handy zwitschert. Joop ruft zurück. Ich schreibe ihm rasch eine Nachricht, dass es gerade nicht passe und ich mich morgen bei ihm melden würde.

»Ich schau mal, ob ich jemanden beim Grillen ablösen kann.« Matthias schiebt sich an mir vorbei. Sein Aftershave steigt mir in die Nase. Der Geruch ist so vertraut.

Ich sehe ihm nach, beobachte, wie er sich zu den anderen

gesellt, als würde er sie schon lange kennen. Als wäre das eine Grillfeier unter Freunden, die wir gemeinsam besuchen. Als Paar. So wie immer. Paul blickt auf, schaut zu mir. Fragend.

Ich nicke.

Matthias hat ihn wohl angesprochen, denn er wendet sich wieder ihm zu, und ich setze mich zu den anderen. Mit einem Mal habe ich einen Bärenhunger.


## 2


Gähnend steige ich aus dem Wagen. Vielleicht schafft es ja das Maarwasser, meine Lebensgeister zu wecken. Mein Frühstückstee hat jedenfalls kläglich versagt. Kein Wunder. Gestern ist es spät geworden. Matthias hat auch noch ganz kleine Augen, als er ums Auto herumkommt und mir die Badetasche abnimmt. Da es schon Mittag ist, stehen wir weit vom Eingang des Naturfreibads entfernt und müssen ein ganzes Stück laufen.

Immer mal wieder schiele ich zu ihm und prüfe, ob er einen Blick für den so wunderbar im Wald gelegenen Kratersee hat. Sind Vulkanseen nicht ziemlich tief? Ob man darin tauchen kann? Immerhin sieht man einige Stand-up-Paddler. Und Tretboote, aber die reizen uns wohl beide nicht.

Wir erreichen das Bad, die Schlange vor uns gehört zum Imbiss, an der Kasse steht niemand an. Ich zahle, und wir suchen uns einen schattigen Platz auf der lang gezogenen unteren Liegewiese.

»Gleich ins Wasser?« Matthias wirft sein T-Shirt über die Badetasche und guckt genauso erwartungsvoll zum See, wie er es wahrscheinlich schon als kleiner Junge gemacht hat.

Ich bin auch schnell so weit, und wir schwimmen eine Runde. Als ich genug habe, krault Matthias zum Sprungturm. Während er sich unter die Springer mischt, lege ich mich lieber in die Sonne.

»Soll ich dich eincremen?« Matthias' Stimme reißt mich aus meiner Döserei.

»Mmh«, murmele ich und lasse ihn meine Schultern massieren. Den oberen Rücken, den unteren. Er verstreicht die Sonnenmilch länger, als es notwendig wäre. Ich könnte schnurren wie eine Katze in der Sonne. Seine Finger wissen einfach, wie so was geht.

»Danke«, sage ich schließlich, taste nach meiner Sonnenbrille und setze sie auf, bevor ich mich umdrehe.

Matthias stopft die Sonnenmilch zurück in die Tasche und legt sich neben mich. »Echt schön hier.«

Ich wende den Kopf zur Seite. Er hat die Ellbogen aufgestützt und schaut zum Maar.

»Was hat Sabine dir eigentlich von der Bauchtanzfeier an meinem ›Hausmaar‹ erzählt?« Ich male Gänsefüßchen in die Luft.

Er rollt sich auf die Seite und grinst mich an. »Dass ihr jeden Anlass nutzt, um ein Fest zu veranstalten. Konnte ich mich gestern ja selbst von überzeugen.«

Für einen Moment sitzen wir wohl beide wieder auf der Terrasse hinterm Seminarhaus, um uns herum die anderen, die erzählen, lachen. Die Vertrautheit zwischen uns und dann diese Ruhe, die stille Freude, als die Posaune zu hören war. Irgendwo von der Anhöhe. Schön war das, als Paul gespielt hat.

Ich drehe mich auch auf die Seite und ziehe die Beine an. »Ich bin viel entspannter, seit ich hier bin. Mir kommt es so vor, als gäbe es einfach mehr von allem: mehr Ruhe, mehr Zeit.«

»Mehr Leute, mehr Autos, weshalb wir auch am anderen Ende parken.« Matthias lacht. »Aber ich versteh schon, was du meinst. Ist vielleicht die Ferien- und Freizeitstimmung, die hier herrscht.«

Ein Mann mit einem SUP-Board bleibt vor uns stehen. Ich blinzele. Für eine Sekunde denke ich, es sei Joop, aber nein, ich kenne den Typen nicht.

»Mittagspause. Wenn du willst …« Der Typ legt Board und

Paddel auf die Wiese und nickt Matthias zu, bevor er Richtung Imbiss geht.

»Super, danke. Die Pommes gehen auf mich.« Matthias setzt sich auf. »Darf ich dich über deinen See paddeln?«

»Auf dem Ding da?« Misstrauisch beäuge ich das Board, das zugegebenermaßen recht robust aussieht.

»Ich rette dich auch, wenn du ins Wasser fällst.« Er reicht mir die Hand und zieht mich hoch.

Mit dem Board unterm Arm geht er voraus. Ich folge mit dem Paddel, begebe mich ins Wasser und krabbele auf das Brett. Mit kräftigen Zügen paddelt Matthias los. Erst halte ich mich noch fest, aber nach einer Weile entspanne ich mich und genieße es, die Welt vom See aus zu betrachten. Die hellen Stimmen aus dem Freibad entfernen sich, das Kreischen der Kinder, wenn sie auf der Rutsche ins Wasser sausen, wird leiser. Wir kreuzen ein Tretboot, einen anderen Paddler, dann setzt Matthias sich und wir lassen uns treiben.

Als er ins Wasser gleitet, um sich abzukühlen, lege ich mich zurück. Er hält das Board, und ich schaue den Schäfchenwolken zu, wie sie am Himmel grasen.

»Sieh nur, die da hat bestimmt was ausgefressen.« Ich zeige auf eine Wolke, die aussieht, als hätte sie die Backen aufgeblasen und würde unschuldig vor sich hin pfeifen.

»Das ist ganz klar ein Er. Fridolin. Aber Frauke neben ihm hat es auch faustdick hinter den Ohren. Wie sie zwinkert. Sie führt doch was im Schilde.« Matthias reicht mir das Paddel und schiebt den Oberkörper aufs Board.

Ich rutsche ein Stück in die andere Richtung, sodass wir beide Platz haben. »So was haben wir lang nicht mehr gemacht.«

»Du meinst, zusammen schwimmen gehen?«

»Zeit miteinander verbracht. Freie Zeit. Gefaulenzt.«

Er macht ein paar Beinzüge, steuert das Board vom Ufer weg, auf das wir zutreiben. »Würdest du mitkommen wollen nach Ruanda oder Nepal, wenn ich tatsächlich bei einem Projekt dort mitmachen würde? Eine Brücke bauen oder Häuser sanieren?«

»Ich glaube nicht. Andererseits …« Ich lasse meine Hand durchs Wasser gleiten. »Da muss ich erst mal drüber nachdenken.«

»Ich würde mich freuen.« Er stützt sich aufs Board, stemmt sich ein Stück weit aus dem Wasser und bringt uns zum Kippeln.

»Hey.« Vor Schreck lasse ich das Paddel los.

Er lacht und fischt es aus dem Wasser. Dann klettert er aufs Board und paddelt uns zurück. Allmählich wird es Zeit für ihn. Während Matthias das Board zurückgibt und sich dann rasch umzieht, wickele ich mir ein Tuch um die Hüften und streife mir ein Top über. Das ist genug für die kurze Fahrt bis zu meinem Haus.

»Finde ich übrigens gut, dass du wieder Bauchtanz machst.« Matthias kommt aus der Umkleide und nickt zu meinem Tuchrock. »Das übrigens auch. Steht dir.«

Überrascht greife ich nach der Badetasche. »Woher der Sinneswandel?«

»Sinneswandel?« Fragend sieht er mich an.

»Na, als ich mein Bauchtanzkostüm zu der ›Tausendundeine Nacht‹-Mottoparty anziehen wollte, hast du so einen Zirkus gemacht, dass ich es schließlich gelassen habe.«

Er runzelt die Stirn. Dann dämmert es wohl. »Du meinst die Feier, zu der all die alten Säcke gekommen sind? Mensch, Liane, denen wäre der Sabber doch aus dem Mund getropft.«

Er streckt die Hand nach der Tasche aus. Für einen Augenblick stehen wir ganz dicht beieinander, ich rieche sonnengetrocknetes Holz. Holz, das schnell Feuer fängt. Mit einem Ruck nimmt er die Tasche und geht zum Ausgang. Ich atme durch und folge ihm.

Im Auto frage ich noch einmal nach. Schließlich war es nicht nur dieses eine Mal. Mit zu einer Bauchtanzvorstellung wollte er auch nie. »Ich dachte wirklich, du magst das nicht.«

»Ich kann mit der Musik nichts anfangen.« Er wirft mir einen Blick von der Seite zu. »Jetzt sag nicht, du hast meinetwegen damit aufgehört.«

»Nein, natürlich nicht. Na ja, nicht direkt.«

Er zieht die Augenbrauen hoch. »Das wäre echt blöd. Sonst muss ich mit dem Klavierspielen aufhören, wo ich doch gerade wieder anfange.«

»Was mich freut.«

»Siehst du«, sagt er und lächelt. »Geht mir genauso mit deinem Bauchtanz.«

Nur dass ich es mag, wenn er Klavier spielt. Aber muss man immer das Gleiche mögen?

Wir erreichen mein Haus.

»Danke für das schöne Wochenende.« Matthias nimmt die Hände vom Lenker, behält sie aber bei sich. »Darf ich nächstes Wochenende wiederkommen?«

Ich zögere.

»Überleg es dir und gib mir Bescheid, ja?«

»Danke«, sage ich. Dann küsse ich ihn ganz schnell auf den Mund und springe aus dem Wagen, als hätte ich etwas Verbotenes getan. Oder etwas Gefährliches. Ich beuge mich noch mal zum Seitenfenster vor. »Komm gut heim.«

Er grinst schief. »Du auch.«


3


Ich hänge die Schwimmsachen auf und laufe durchs Haus, als müsste ich es wieder zurückerobern. Es fühlt sich anders an, nachdem Matthias hier war. Leerer. Stiller. Ich gehe in die Küche, schmiere mir ein Brot, schneide mir eine Tomate auf, mache eine Kanne Tee, packe alles auf ein Tablett und gehe damit in den Garten. Abendessen in der Hängematte.

Zum Nachtisch gibt es Kirschen. Die ersten sind so weit. Fest. Prall. Saftig. Ich befördere die Kerne Richtung Dixiklo, angele mir die nächsten, das Rot vielleicht noch etwas hell, sie werden noch süßer werden in den nächsten Tagen. Meine Herzkirschen. Ich lege den Kopf in den Nacken, lasse ihn vorschnellen, und am Ende der Vorwärtsbewegung spucke ich mit aller Kraft. Plopp. Ich habe getroffen. Zufrieden lasse ich mich zurück in die Matte fallen, stoße mich mit einem Fuß vom Boden ab und schaue in die Baumkrone.

»Wie findest du ihn?«, frage ich den Baum.

Ein leises Rauschen. Dann ein Rascheln. Ein Vogel landet auf einem Ast, stibitzt eine Kirsche. Ich habe nicht das Herz, ihn wegzujagen.

Eine Weile schaukele ich einfach. Wenn ich die Augen dabei schließe, ist es, als läge ich auf dem Board. Über mir die Wolken, hinter mir Matthias, der dafür sorgt, dass wir nicht zu sehr kippeln, ein anderes Boot touchieren oder ans Ufer treiben. Es war wirklich schön mit ihm heute. Und doch will ich noch vierzehn Tage darüber nachdenken, wie es weitergehen soll.

Brücken bauen. Bauchtanzen.

Ich lasse die Hängematte auspendeln und schäle mich hinaus. Mir wird langsam kalt. Außerdem wird es Zeit, mich bei Joop zu melden. Rasch bringe ich das Tablett in die Küche, fülle mir einen Becher mit Tee und nehme ihn mit ins Wohnzimmer.

Dieses Mal habe ich Glück. Joop geht ran.

»Tut mir leid«, sage ich und meine alles damit. Dass ich ihn auf Burg Pyrmont habe stehen lassen. Dass Matthias auf ihn losgegangen ist. Dass ich ihn jetzt erst anrufe.

»Alles *goed* bei dir?«

»Ja, nein, ich habe jetzt ein Dixiklo im Garten.«

»Hab ich gesehen.«

»Warst du noch mal hier?« Ich setze den Becher ab. Joop überrascht mich immer wieder. »Tut mir leid«, sage ich noch einmal. »Auch dass Matthias dich gestern so angegangen hat. Und danke für alles. Ich hoffe, wir bleiben Freunde.« Hallo, wie alt bin ich?

Ein leises Lachen kommt vom anderen Ende. »Schade. Du bist eine tolle Frau, Liane.«

»Danke.« Zum wievielten Mal sage ich das jetzt? »Und du ein wirklich toller Mann.«

»Ist es in Ordnung, wenn ich dich deine Sachen erst im Laufe der Woche vorbeibringe?«

»Ja klar, es eilt nicht. Ich kann sie aber auch abholen, wenn dir das lieber ist.« Ich werde rot. Hat er meine Reizwäsche gesehen?

Nach dem Telefonat muss ich raus, mich bewegen. Ich drehe eine Runde ums Maar, kehre ruhiger zurück.

»Schade«, flüstere ich dem Kirschbaum zu. »Vielleicht wäre es so geworden, wie Bea gesagt hat. Man macht so etwas, genießt es, und wenn es vorbei ist, ist es vorbei, und es bleibt ein schönes Gefühl zurück.«

Und kein schlechtes Gewissen.

# Summertime

## 1

Das Wochenende ist vorbei, und ich freue mich darauf, mit Paul zu reden. Über seine Wanderung, den Grillabend und natürlich Matthias. Nachdem ich mich gewaschen habe, gehe ich in die Küche und treffe auf Joelle.

»Paul? Der hat sich meinen Wagen ausgeliehen und macht einen Großeinkauf. Kann dauern, hat er gesagt. Willst du auch einen Kaffee?«

Wir plaudern kurz, dann spaziere ich zurück. Mein Briefkasten erwartet mich mit dem heiß ersehnten und feurig gefürchteten Kostenvoranschlag der Sanitärfirma. Ich reiße ihn auf, mein Blick rast zu der Zahl, die dort steht. Hätte ich einen Neuwagen, würde ich ihn jetzt verkaufen. Kann man solche Rohre nicht auch überirdisch verlegen? Ich muss an meinen Vater denken. Das Haus zu verlieren, ist das eine, hat er gesagt, aber es ist ja viel mehr. Und dabei hat er den Kopf gesenkt und mich nicht angesehen.

Ich trete in den Garten, begutachte die Kirschen und hole Klappleiter und Obstpflücker, die mir die Vorbesitzerin hinterlassen hat. Ja, es ist viel mehr. Es ist ein Zuhause.

»Es ist nur ein Abflussrohr«, sage ich dem Kirschbaum, während ich mir überlege, wo ich die Leiter am besten hinstelle, sodass ich an diesen Ast über meinem Kopf komme, an dem die Kirschen im Sonnenlicht blutrot leuchten.

Schließlich steht sie. Ich ruckele noch mal und steige dann hinauf. Die Probierkirsche schmeckt nicht so süß, wie ich erwartet habe, doch weiter oben entdecke ich tiefdunkle, die man zwischen den Blättern kaum sieht. Mit Hilfe des Obstpflückers zupfe ich eine ab und schiebe sie mir in den Mund. Die Süße füllt mir das Herz. Behutsam angele ich nach der nächsten.

Als ich eine Milchkanne voll habe, klettere ich von der Leiter, lege eine Hand auf den Stamm des Kirschbaums und verspreche ihm still, dass ich mein Möglichstes versuchen werde, damit seinen Wurzeln nichts passiert.

Am nächsten Nachmittag nehme ich eine Schüssel voller Kirschen mit zum Seminarhaus und präsentiere sie Paul so stolz, als wäre ich höchstpersönlich dafür verantwortlich, wie lecker sie sind.

»Mmh, gut.« Er spuckt nicht mal den Kern über den Bahnsteig in die Böschung, sondern lässt ihn müde in die Hand plumpsen. Und er will der beste Kirschpflücker aller Zeiten sein?

»Was ist los?« Ich mustere ihn. Ein »Spuck's aus« schenke ich mir. Er ist ganz offensichtlich nicht in Spucklaune. Und auch nicht in Redelaune. Nur mit Mühe überzeuge ich ihn davon, unsere Runde nicht ausfallen zu lassen. Auf dem Rad bekommt er langsam den Mund auf. Die Wanderung. Es seien zwar viele Leute gekommen, aber niemand habe sich für Naturthemen interessiert. Ein Kinderbespaßungsprogramm hätte es genauso getan. Und beim Grillen hätten sich einige beschwert, dass es kein Fleisch gab. Hinter seinem Rücken.

»Touristen. Städter. Die wollen die Natur nur als Aussicht vor ihrem Panoramafenster.« Die letzten Worte spuckt er förmlich aus. Es geht also doch.

Ich seufze.

Er guckt grimmig. »Stimmt doch. Für das Seminarhaus bringen mir die gar nichts.«

Wir kommen am Parkplatz an, stellen die Räder ab, laufen los. Paul macht Tempo. Ich keuche neben ihm her auf die Brücke über die Autobahn und erinnere ihn an Ziel und Zielgruppe. Familien, die hier Urlaub machen, die Natur näherbringen, das will er. Frei nach dem Motto: Man setzt sich nur für das ein, was man kennt und liebt. Wer dreimal kommt, bleibt vielleicht hängen. Das sind dann die, die eventuell mal ein Seminar besuchen oder sein Angebot weiterempfehlen. Aber so was braucht Zeit. »Das war doch von Anfang an klar.«

Paul wird endlich langsamer, dreht sich zu mir um, atmet durch. »Es ist nur … Ich habe es mir anders vorgestellt.« Er hebt die Schultern, schaut übers Schilf. Es ist, als atmete er nicht die Luft, sondern die Landschaft ein, die Weite, die Ruhe, die Stille.

»Es ist wie ›Zurück auf Los‹«, sagt Paul, als wir am Weiher ankommen.

»Mensch, du lässt doch nicht etwa den Kopf hängen?« Ich stupse ihn in die Seite und erkläre ihm meine Theorie, dass man bei diesen Prozessen auf einer Spirale unterwegs ist. »In Wahrheit bist du jetzt einige Stufen weiter oben. Und schwindelfrei bist du doch.«

Endlich lacht er. Geschafft! Erstes Zwischenziel erreicht. Er holt die Thermoskanne aus dem Rucksack, füllt zwei Becher und reicht mir einen. »Jetzt aber zu dir.«

»Ich frage mich gerade, wie ich beides haben kann, Matthias und das hier. Im Moment fände ich es am besten, wenn wir alle paar Monate einen Monat Auszeit nähmen, Weg-Zeit. Zeit, in der ich hier lebe und Matthias dort, wo er will. In Köln oder irgendwo im Ausland. Oder hier. Oder …« Ich trudele aus. »Das wäre jetzt der Punkt, wo du mir eine geniale Lösung präsentieren könntest.«

»Das hört sich doch nicht schlecht an.« Paul streicht über seinen Bart. »Was stört dich daran?«

»Wenn ich mit jemandem zusammen bin, will ich eben genau das auch sein.« Eine der Enten schnattert und hört sich an, als würde sie sich über mich kaputtlachen. Sie hat ja recht. Ich seufze. »Ich stelle mich an, oder?«

»Nähe allein reicht jedenfalls auch nicht immer.« Paul versucht sich an einem Grinsen.

Ich unsensibles Trampeltier. Da heule ich ausgerechnet ihm was vor. »Tut mir leid. Ich …«

»Hey, ich hab's ganz allgemein gemeint. Bin ja nicht der Erste, dem so was passiert. Wart ihr denn glücklich in Köln?«

Das Ja liegt mir auf der Zunge. Wir waren es. Ganz sicher waren wir es, aber waren wir es auch am Schluss noch? Ich schüttele mich. »Schluss« ist definitiv das falsche Wort.

»Da waren noch ganz schön viele Schmetterlinge im Bauch, als ich Matthias auf der Burg wiedergesehen habe. Jedenfalls hat es gekribbelt.« Wieder seufze ich, spüre Pauls Blick und gebe mir einen Ruck. »Wenn ich ehrlich bin, sind da so viele Gefühle, alte, neue, ein ziemliches Durcheinander.«

»Ist nicht so einfach, immer ehrlich zu sein. Wollen wir?« Abrupt steht Paul auf. Sonst gibt er sich mit so einer Antwort nicht zufrieden, aber bei dem Thema bohrt er wohl lieber nicht tiefer.

2

Plötzlich geht es schnell mit den Kirschen. Als wollte der Baum mir zeigen, was er wert ist. Froh über die Ablenkung, verdränge ich das Abflussproblem erst mal weiter. In den nächsten Tagen pflücke ich, esse und spucke, mache ein, setze auf und verschenke. Stolz präsentiere ich den Eifelhexen am Freitagnachmittag einen selbst gebackenen Kuchen. Mit Kirschen aus meinem Garten. Und das *in* meinem Garten. Da macht es nichts, dass mein Haus unter »Verstopfung« leidet. Das Dixiklo ist frisch geputzt.

Wie bei ihrem Antrittsbesuch haben sie die Biergarnitur dabei und weitere Kuchen. Schnell ist alles aufgestellt, und es wird laut und lustig. Meine Flucht von der Burg wird genauso durch den Kakao gezogen wie Beas letzter Typ, der ihr quasi vom Motorrad gesprungen ist, weil sie ihm zu rasant gefahren ist.

»Als du am Samstag mit einem Mann, der offensichtlich gerade dem Bett entsprungen war, im Seminarhaus aufgetaucht bist, habe ich echt geglaubt, du hast es drauf.« Bea seufzt theatralisch. »Erst Joop, dann der Hottie ...«

»Haha.« Ich nehme ihren Teller und stapele ihn auf die anderen. »Du solltest nicht so viel Mohnkuchen essen. Das verzerrt die Wahrnehmung.«

Bea kichert. »Seid ihr wieder zusammen? Zieht er her?«

Ich schüttele den Kopf.

»Muss er doch auch nicht.« Doro nimmt eine Kirsche und steckt sie sich in den Mund. »Frisch schmecken sie noch besser als im Kuchen.«

Für einen Moment dachte ich, sie meint die Männer und nicht die Kirschen.

»Du liebst sie doch nur, wenn sie nicht da sind.« Missbilligend wischt Änne ein paar Krümel vom Tisch.

»Das schaffe nicht mal ich«, nuschelt Doro mit Kern im Mund, spuckt ihn in die Hand und legt ihn auf ihren Teller. »Andersherum wird ein Schuh draus. Ich liebe Enrique, wenn ich bei ihm bin. Alles andere macht ja keinen Sinn.«

»Im Grunde deines Herzens bist du Single, Doro. Warst du schon immer.« Joelle und Henni sind sich einig. Wenigstens zwei, die ein Herz und eine Seele sind.

Ich klatsche in die Hände. »Wir sind nicht zum Spaß hier.«

Großes Gelächter. Aber als ich meine alten Bauchtanzkostüme hole, stürzen sie sich darauf. Unsere Kostüme sollen noch viel schöner werden, sollen jeder von uns vorzüglich stehen, miteinander harmonieren, unterschiedlich sein und doch ein einheitliches Bild ergeben. Der Anspruch der Damen ist hoch.

»Zieh das mal an.« Änne deutet auf ein rotes Oberteil.

Doro schnappt es sich. »Das ist ja toll.«

»In so was trete ich nicht auf«, kommt es von Joelle.

»Ich bin dafür, dass überall so Glöckchen drankommen.« Henni hebt ein Tuch mit Schellen hoch und lässt sie klingeln.

»Das macht einen doch wahnsinnig.« Änne nimmt Henni das Tuch aus der Hand. »Da hört man ja jeden Fehltritt.«

Schallendes Hexengelächter.

»In deinem Alter, also wirklich, Änne, du bist mir ein schönes Vorbild.« Henni kichert.

»Das will ich meinen.« Änne guckt zwar entrüstet, aber ich

merke ihr an, dass sie sich insgeheim freut. »Was ihr wieder denkt. Es geht um die Musik. Die geht völlig unter bei dem Geklimper.«

»Unsinn, Mama, die ist so laut, die hörst sogar du.«

Doro und Änne funkeln einander an, dass ich Sorge habe, mein Stoff könnte sich entzünden.

»Welche Farbe sollen wir denn nehmen?«, frage ich besänftigend.

»Rot. Das sieht man am besten.« Wie immer äußert Änne ihre Meinung, als gäbe es keine Alternative. »Rot steht jedem.«

»Tut es nicht.« Ilka hält sich ein feuerrotes Tuch ans Gesicht.

»Wir könnten ein dunkleres Rot nehmen.« Ein Wunder. Änne lenkt ein.

»Oder ein zarteres. Mehr Rosé.« Henni strahlt von einer zur anderen.

»Bei Rosa bin ich raus.« Bea wedelt mit einem leuchtend blauen Tuch, das mit goldenen Fäden durchzogen ist. »Das hier passt doch viel besser. Zu uns. Zum Maar.«

Puh. Das hört sich nicht so an, als würden wir uns schnell einigen. Vom Ort hört man die Kirchturmglocken schlagen. Ist es wirklich schon sieben? Keine der Frauen macht Anstalten zu gehen. Sie erwarten hoffentlich kein Abendessen? Außer Kuchen und Kirschmarmelade kann ich ihnen nicht viel anbieten. Also versuche ich es mit einem Themenwechsel und einem dezenten Hinweis. »Wollen wir noch kurz über unseren Namen für den Auftritt reden, bevor ihr losmüsst?«

»Wir haben doch einen.« Joelle sieht nicht mal auf, sondern wühlt in meinem Bauchtanzfundus, den sie bestimmt schon drei Mal durchforstet hat.

Die anderen werfen sich nur Blicke zu. Nerve ich sie? Oder steckt da was anderes dahinter?

Von der Straße her hört man Motorengeräusche. Ein Wagen rollt heran.

»Wurde aber auch Zeit«, höre ich Änne murmeln.

Ich werfe ihr einen fragenden Blick zu, den sie geflissentlich ignoriert. Auch die anderen sind mit einem Mal still geworden und sehen zur Straße, als würde dort gleich Brad Pitt vorfahren. Und da fällt der Euro. Sie warten darauf, dass Matthias aus Köln kommt, und wollen ihn sehen. Diese Hexen! Neugierig wie sonst was. Garantiert haben sie gestern nach dem Bauchtanztraining mein Telefonat mit ihm belauscht.

Ich stecke zwei Finger in den Mund und pfeife schrill, zucke selbst am meisten zusammen. So gut hat es noch nie geklappt. »Matthias kommt erst morgen. Ihr könnt also ruhig nach Hause gehen.«

»Und morgen wiederkommen?« Bea zwinkert mir zu.

Die anderen lachen.

Eine Autotür fällt zu. Joop läuft auf uns zu, meine Reisetasche in der Hand. »Hallo, die Damen!«

Mit großen Augen sieht Bea mich an. Ich schüttele den Kopf, auch wenn sie mir wohl trotzdem nicht glauben wird, dass da nichts mehr ist und nichts mehr sein wird – mit Joop und mir.

Doro befragt ihn sofort zu den Kostümen. Als Mann habe er doch eine ganz andere Sicht auf die Dinge.

»Ja und?«, brummelt Joelle, ist aber offensichtlich auch neugierig zu hören, was er meint.

»Theoretisch ist das schwer zu sagen«, windet er sich um eine Antwort herum. »Bekomme ich eine Vorführung?«

»Am 24. August.« Ich gehe zu ihm, ein wenig unsicher, wie ich ihn begrüßen soll.

Als wäre nichts gewesen, gibt er mir einen Wangenkuss.

»Danke«, sage ich leise und nehme ihm die Tasche ab.

»Sie bekommen natürlich eine Freikarte.« Henni strahlt Joop an. »Das ist doch selbstverständlich.«

»Wieso?« Wieder spielt Joelle die Brummbärin.

»Na, wenn er uns doch so nett hilft.« Henni ist nicht zu stoppen. Erwartungsvoll wendet sie sich wieder Joop zu. »Zu welcher Farbe würden Sie uns raten?«

»Muss es eine sein?« Er betrachtet eine Frau nach der anderen. Als Letztes mich. Er deutet auf mein sonnengelbes Geschirr.

»Och nein«, protestiert Doro.

Joop hebt die Hand. »Gelb für Liane, Grün für Sie drei«, er nickt Joelle, Henni und Ilka zu, und zumindest Ilka schaut zufrieden. »Rot für Sie.« Er lächelt Änne und Doro an. »Und Blau für dich.« Bea und er sehen sich in die Augen.

»Gelb, Grün, Blau und Rot, die Farben der Vulkaneifel!«, ruft Henni. »Natürlich. Das ist eine gute Idee.«

Das ist es tatsächlich. Finden alle. Joop ist der Held. Eine Fanfare ertönt, wird lauter und lauter. Beas Handy.

»Was ist mit Lillifee? … Ich komme, ich komme sofort.« Hektisch greift sie nach ihrer Tasche. »Die Katze. Ich muss los. Kannst du mich fahren, Ilka?«

»Das kann ich doch machen.« Joop deutet zu seinem Wagen. »Wo musst du hin?«

»Oh, super.« Bea läuft los, kehrt zurück, umarmt mich und flüstert in mein Ohr: »Zwischen euch ist es ganz sicher aus?«

»Ja, aber …«

Sie drückt mir einen Kuss auf die Wange, winkt den anderen zu und springt zu Joop ins Auto. Wenn ich die Klingelfanfare ihres Handys nicht selbst gehört hätte, würde ich denken, sie hat den Anruf fingiert, um genau das zu erreichen. Bin *ich* etwa die Freundin, der sie nicht in die Quere kommen wollte? Nein, meine Phantasie geht mit mir durch. Ich schiele zu Änne. Die sieht aus wie eine Katze, die gerade von einem Omelett genascht hat. Bea und Joop? Ich wende mich wieder den anderen zu.


3


Ich sitze im Kirschbaum, als Matthias am Samstagmorgen kommt. Noch vor elf, mit einer Tüte Brötchen und einem Blumenstrauß. Still beobachte ich, wie er das Papier abmacht. Es knistert. Kornblumen, Mädchenaugen, Löwenmäulchen kommen zum Vorschein. Schön sieht er aus, der Strauß, aber Schnittblumen gehen gar nicht. Hat er das vergessen?

Matthias läuft zum Haus und klingelt.

»Hier oben!«, rufe ich und steige hinunter.

»Guten Morgen.« Er hält mir die Blumen hin. Seine Augen schimmern warm.

Ich seufze.

»Was ist?« Besorgt nickt er zum Haus. »Noch was passiert?«

»Nein, es ist nur … Ich mag immer noch keine Schnittblumen.«

»Ach, verflixt, da hab ich gar nicht mehr dran gedacht.« Er lässt die Hand mit dem Strauß sinken, schaut unschlüssig zum Auto.

Will er sie etwa im Wagen verdursten lassen? »Na, gib schon her.«

Ich greife nach den Blumen, gehe in die Küche, stelle sie in Ermangelung einer Vase in die Milchkanne und nehme sie mit raus.

»Trinkst du einen Kaffee mit, oder soll ich dir Teewasser aufsetzen?« Matthias sieht mich fragend an.

»Danke, ich habe noch Tee.« Ich reiße mich zusammen. Man kann sich ja nicht alles merken. Doch es nagt an mir. Schließlich haben wir auch in der Wohnung nie Schnittblumen, wohingegen die Topfblumen bald nicht mehr wissen, wo sie bleiben sollen.

Matthias kommt mit Geschirr, Brötchentüte, Butter und Aufschnitt heraus. Keine Marmelade. Ich stehe auf und hole welche.

»Seit wann frühstückst du süß?« Erstaunt sieht er von mir zum Glas, dann zum Baum. »Selbst gemacht? Wusste gar nicht, dass du das kannst.«

»Ich auch nicht. Schmeckt erstaunlicherweise. Probier doch mal.«

Er verzieht das Gesicht, angelt sich stattdessen eine frische Kirsche und schiebt sie in den Mund. »Ganz schön sweet.«

Empört sehe ich ihn an. »Die müssen so sein.«

Er lacht.

Nach dem Frühstück räumt er ab und kehrt mit seinem iPad

zurück. Excel-Time. In einer Tabelle hat er die verschiedenen Möglichkeiten zusammengetragen, die ich habe.

A. Das Rohr sanieren. Auch da gibt es Varianten, es sollte auf jeden Fall vernünftig gemacht werden. Wurzelresistent.

B. Ein neues Rohr verlegen. Gleich am Hausausgang verzweigen und dann ... wird es schwierig, weil zur Straße hin auf dem Grundstück kein Platz ist.

C. Was gegen die Wurzeln tun.

»Wie meinst du das? ›Was gegen die Wurzeln tun‹?« Ich schaue von seiner Auflistung auf.

»Na ja, wenn du das Haus vermietest, wird es eh problematisch mit dem Ernten.«

»Unsinn. Ich vermiete ja nicht die ganze Zeit.«

Er hebt die Schultern. »Dann wird es teuer. Du könntest ja woanders einen neuen Baum pflanzen.«

»Wo denn?«

»Keine Ahnung.« Matthias schaut sich um. »Ich weiß nur, dass jeder andere keine Minute überlegen würde, den Baum zu fällen, aber du ...«

»Was heißt hier ›jeder andere‹?«

»Nenn mir einen, der den Baum erhalten würde.«

»Paul, Bea, Änne, Doro, Ilka, Joelle, Henni, Mia, Leonie.« Ich zähle sie alle auf. Bis auf Joop, den lasse ich lieber weg.

»Nur weil du keine Kirschen magst.«

»Ich mag Kirschen.«

»Aber nicht genug!«

»Lass es dir durch den Kopf gehen. Ich leg dir die Aufstellung ins Wohnzimmer.« Er steht auf und geht ins Haus.

Mein Blick fällt auf die Schnittblumen.

»Ich bin nebenan«, rufe ich und bringe die Blumen zum Seminarhaus. Sollen sie die Gäste dort erfreuen. Mich bringt ihr Anblick nur zum Brodeln. Um mich wieder einzukriegen, drehe ich noch eine Runde ums Maar.

Als ich zurückkomme, steht Matthias auf einer großen Holzleiter und pflückt Kirschen. Ich runzele die Stirn. Wo hat er denn dieses Ungetüm her?

Den Eimer schwenkend, steigt er zu mir runter. »In der Küche steht noch einer. Und schöne Grüße von Paul. Die Leiter kannst du behalten, bis der Baum abgeerntet ist.«

»Sind die auch reif?« Ich fische eine hellrote heraus. »Die habe ich extra hängen lassen.«

Er zaubert eine fast schon schwarze Kirsche aus dem Eimer. »Besser?«

Ich nicke.

In der Küche hat er sogar schon eine Schüssel voll entkernt und Pfannkuchenteig angerührt. Mein Magen knurrt. Im Nu backt Matthias uns zwei dicke Kirschpfannkuchen. Anschließend schicke ich ihn unter die Seminarhausdusche, wasche die übrigen Kirschen und stelle fest, dass nur vereinzelt rosafarbene darunter sind. Im Gegenlicht sehen sie schon mal dunkler aus, als sie tatsächlich sind. Matthias gibt sich wirklich Mühe. Ich sollte nicht gleich so überreagieren.

4

»Lust auf einen Spaziergang?« Vom Duschen zurück, die Haare noch feucht, kommt Matthias in den Garten, schiebt die Hände in die Hosentaschen und wippt auf den Zehenspitzen. »Paul leiht mir sein Rad. Wir könnten ein Stück fahren. Hier in der Nähe soll es eine schöne Runde durchs Naturschutzgebiet geben, sagt er.«

»Am Mürmes?« Ich zögere.

»Nein, Sangweiher, wohl auch ein Maar, obwohl es Weiher heißt.«

Erleichtert nicke ich und packe uns was zu trinken in einen Rucksack. Dann radeln wir über die Bahntrasse, die Matthias sogleich dazu verlockt, bis an die Mosel fahren zu wollen. Als eine Gruppe Rennradfahrer an uns vorbeifliegt, wird er sofort schneller, merkt es und tritt wieder langsamer.

Unser Abzweig ist erreicht. An einer Bank stellen wir die

Räder ab, lesen die Infotafel durch und gehen los. Eine Runde um den Weiher, hohe Gräser, Binsen, Seggen, ein Stück durch den Wald. Die Ruhe wird durch die Vorabendstimmung noch verstärkt. Als wir zwischen zwei Bäumen eine Vogelbeobachtungsstation entdecken, sieht Matthias mich fragend an. Ich nicke, und wir richten uns dort beinahe häuslich ein.

Er hat tatsächlich eine Decke dabei. »Man weiß ja nie«, sagt er leise und breitet sie auf der Bank aus. Es ist zwar nicht kalt, aber so ist es definitiv gemütlicher. Bei Wasser und Wein sitzen wir still nebeneinander, lauschen, zeigen uns gegenseitig Vögel, wenn wir welche sehen.

»Sieh mal, ein Maarbussard.« Er stupst mich leicht an und nickt zu einem Vogel im Schilf, der viel zu klein für einen Bussard ist.

»Wohl eher ein Maarspatz.«

Wir lächeln uns an, dann vertiefen wir uns wieder in die Natur. Ich schaue zum Himmel, aber es ist noch zu früh, um Sterne zu entdecken.

»Was magst du am meisten hier?« Matthias sieht sich um, blickt dann zu mir. »Soll ich raten?«

»Unbedingt.«

»Die Ruhe«, sagt er sofort. »Dass du im Grünen bist.«

»Hat Paul dir das gesteckt?« Herausfordernd strecke ich das Kinn vor, und er zuckt tatsächlich mit den Achseln. Na warte, so leicht werde ich es ihm nicht machen. »Das waren zwei Sachen. Was am liebsten?«

»Die Ruhe.«

Ich überlege. Mein Blick fällt auf die Bäume am anderen Ufer. Was denke ich überhaupt nach? »Meinen Kirschbaum.«

Matthias nickt. »Die Ruhe der Natur, versinnbildlicht durch die Ruhe und Stärke des Baums.«

»Dummschwätzer«, sage ich. »Du bekommst keinen Wein mehr.«

Wir lachen.

»Für mich ist es unter Wasser so«, sagt er. »Da spüre ich die Stille. Irgendwas, das größer ist als ich.«

»Ich habe Angst unter Wasser. Mich beengt es. Auch wenn ich deine Unterwasserbilder toll finde. Wie ist es hier für dich?«

Er hebt die Schultern. »Schön.«

»Schön wie ›Nett, aber …‹?«

»Nein, wirklich, das letzte Wochenende hat richtig gutgetan.« Er füllt die Gläser auf, reicht mir meins, hebt seins. »Auf die Eifel.«

»Und darauf, dass du hier bist. Mit mir in der Eifel.«

Die wir am Sonntag weiter erkunden. Nun ja. Eine Fahrt an die Mosel zu Joops Weinhändler als Wiedergutmachung für meinen Weindiebstahl. Anschließend bleibt nicht mehr viel Zeit. Matthias hat am Montag gleich in der Früh einen Termin, für den er noch was vorbereiten muss. Ziemlich viel Fahrerei also, aber ihn scheint es nicht zu stören. Vielleicht geht das mit dem Pendeln zwischen Stadt und Land ja doch.

»Noch eine Woche«, sagt er, als wir uns verabschieden. »Dann ist unsere Auszeit zu Ende.«

Wir vereinbaren, dass wir am Samstag ausgehen. Als hätten wir ein Date.

## Showtime

### 1

Nachdem ich den halben Montag mit der Verarbeitung der am Wochenende gepflückten Kirschen beschäftigt war, gehe ich am frühen Nachmittag zum Seminarhaus rüber. Es ist schon erstaunlich, wie schnell ich mich an meine Außer-Haus-Dusche gewöhnt habe. Wie in einem Campingurlaub. Trotzdem wird es Zeit, diesen Zustand zu beenden. Heute Abend werde ich überlegen, ob ich mir noch weitere Angebote bei Matthias' Kontakten einhole.

Als ich durch den Wintergarten eintrete, treffe ich auf Paul, der gerade über seiner Buchhaltung brütet.

Er sieht auf. »Na, schönes Wochenende gehabt?«

»Ja, und du? Alle Gäste zufrieden abgereist?«

»Vorhin die letzten. War eine gute Idee von dir, Verlängerungsnächte anzubieten. Ist Matthias auch wieder weg?«

Ich nicke. »Danke fürs Radausleihen und den Tipp mit dem Sangweiher.«

»Kein Problem.« Er sieht mich forschend an.

»Ist noch was?«

»Nein, ich … ach, schon gut.« Er schiebt einen Ordner zur Seite.

Ich warte noch einen Moment, aber er sagt nichts weiter. Auch gut. Ich winke ihm zu und verschwinde ins Bad. Heute für eine etwas gründlichere Session.

Ich zupfe mir gerade die Augenbrauen, als es an der Haustür klingelt.

»Bin oben!«, höre ich Paul rufen. »Kannst du aufmachen, Liane?«

Kann ich. Die nassen Haare noch im Handtuchturban, aber immerhin schon angezogen, schlüpfe ich in meine Badeschlappen und eile zur Tür.

Ein alter Mann steht davor, mit Schirmmütze und einem gemütlichen Bauch. Er strahlt mich an, nimmt die Mütze vom Kopf und reicht mir die Hand. »Wonneseifen. Sie sind sicher die Dame des Hauses. Wie schön, dass wir uns auch endlich mal kennenlernen.«

Polternd kommt Paul die Treppe heruntergesprungen. Bevor ich klarstellen kann, dass ich nicht Silke bin, steht er schon neben mir und schüttelt dem Alten die Hand, als wollte er Begrüßungswasser aus einem Brunnen pumpen. »Herr Wonneseifen. Kommen Sie doch rein.«

Während der Alte eintritt, wirft Paul mir einen flehentlichen Blick zu, legt kurz den Finger an den Mund und formt dann ein lautloses »Bitte«, bevor er sich wieder Wonneseifen zuwendet.

»Wollen wir uns auf die Terrasse setzen?« Er lotst den alten Mann durch Küche und Wintergarten nach draußen. »Darf ich … Dürfen wir Ihnen was zu trinken anbieten? Einen Kaffee oder ein Wasser?«

Wonneseifen entscheidet sich für Kaffee. »Mit viel Milch und Zucker.« Er zwinkert mir zu und klopft auf den Stuhl neben sich. »Setzen Sie sich doch zu mir. Den Kaffee schafft Ihr Mann schon allein.«

»Ich komme sofort«, sage ich und deute auf meinen Turban. »Ich kümmere mich nur schnell um meine Haare.«

»Das soll natürlich sein. Lassen Sie sich Zeit. Ich lauf nicht weg.« Er lacht laut.

In der Küche dreht Paul den Wasserhahn auf, vergisst aber, die Kaffeekanne drunterzuhalten. »Bitte spiel mit«, sagt er leise. »Ich erklär dir alles später.« Er hebt die Hand und winkt nach draußen. Wonneseifen winkt fröhlich zurück.

»Euer Vermieter?«

»Ja genau. Bitte.«

Ich lege meine Hand auf seinen Arm, beuge mich vor, als

würde ich ihm einen Kuss geben. »Mach dir keine Sorgen. Wir bekommen das schon hin«, flüstere ich in sein Ohr, bevor ich laut sage: »Die Plätzchen sind im Sideboard. Aber leg sie in eine Schüssel, das sieht hübscher aus.«

Er verdreht die Augen. Ich muss lachen.

»Und vergiss den Kaffee nicht.« Ich deute auf die Kanne und verschwinde ins Bad.

Als ich zurückkomme, ist die Maschine durchgelaufen. Ich nehme den Kaffee mit hinaus, schimpfe Paul liebevoll aus, weil er Zucker und Milch vergessen hat, und gieße ein, während Paul brav aufspringt, um sie zu holen.

»Ich hab gerade zu Ihrem Mann gesagt, wie schön Sie alles hergerichtet haben. Ich wollte ja schon länger mal vorbeikommen, aber im Alter kann man nicht immer so, wie man will.« Wonneseifen erzählt, dass er einige Zeit gebraucht habe, um sich wieder zu berappeln nach dem Tod seiner Frau. Das sei jetzt zwar schon über zwei Jahre her, doch wenn man sein ganzes Leben zusammen verbracht habe … »Aber das könnt ihr jungen Leute euch ja noch nicht vorstellen. Wie lange sind Sie jetzt verheiratet?«

Verflixt. Wie lange sind wir verheiratet?

»Anderthalb Jahre«, antwortet Paul keine Sekunde zu früh.

Ich werfe ihm einen hoffentlich verliebten Blick zu, bevor ich Wonneseifen frage, ob er noch eine Tasse möchte.

»Haben Sie vielleicht was Stärkeres dazu? Wir müssen doch anstoßen.«

Nach einer weiteren Tasse Kaffee und zwei Schnäpsen meint der Alte, dass er sich langsam mal wieder auf den Weg machen müsse, bleibt aber gemütlich sitzen, lässt sich von Paul noch einen dritten Kurzen geben und will wissen, wie es denn laufe.

»Sieht ja alles gut aus, aber falls Sie überlegen zu gehen, sagen Sie es lieber gleich. Mein Sohn bedrängt mich nämlich. Wenn es nach ihm ginge, käme meine Enkelin Jenni hier rein, aber keine Sorge, Sie haben das alles aufgebaut, da setz ich Sie nicht einfach so vor die Tür.«

»Das freut mich.« Paul hebt sein Glas.

Die beiden stoßen an. Der Alte kippt den Schnaps und stemmt sich ächzend aus dem Stuhl hoch.

»Wollen Sie sich vielleicht noch die Seminarräume und Gästezimmer anschauen?« Neben mir zieht Paul scharf die Luft ein. Ich lege meine Hand auf seine. »Es wäre doch zu schade, wenn Sie nicht alles gesehen haben, wo Sie schon mal da sind.«

»Da haben Sie recht, Kindchen. Aber Treppen steig ich keine.« Der alte Wonneseifen hakt sich bei mir unter, und wir gehen zum Seminargebäude. »Unser Yoga- und Tanzraum«, erläutere ich. »Donnerstags trifft sich hier die örtliche Bauchtanzgruppe und studiert einen Tanz für das Sommerfest am Maar ein.«

Wonneseifen ist begeistert. Dass wir die Einheimischen an Bord haben, freut ihn ungemein. Ich erzähle von Heikes Strickkursen, aber er ist noch mit dem Bauchtanz beschäftigt. »Tanzen Sie auch mit?«

»Sie leitet die Gruppe«, sagt Paul, ganz der stolze Ehemann. »Sie hat sogar die Choreografie entworfen, wirklich sehenswert. Sie müssen unbedingt zur Aufführung kommen.«

»Na, darauf können Sie Gift nehmen. Das lasse ich mir ganz sicher nicht entgehen.« Der Alte drückt meine Hand. »Ich bin wirklich froh, dass Sie zurück sind. Was Sie hier alles auf die Beine gestellt haben in so kurzer Zeit.«

Mir wird heiß. Ich wage nicht, Paul anzusehen.

Gott sei Dank verabschiedet sich Wonneseifen jetzt. »Bin ich froh, ein Paar wie Sie genommen zu haben. Endlich kehrt Ruhe ein, und jemand kümmert sich langfristig ums Haus.« Er winkt.

Paul und ich stehen Seite an Seite und sehen dem Alten nach. Hoffentlich habe ich Paul nicht im letzten Moment seine Scharade versaut. Welche Teufelin hat mich da bloß geritten, dem Alten auch noch eine Führung anzubieten?

## 2

Auch als Wonneseifen außer Sicht ist, rühren wir uns nicht, untergehakt stehen wir da. Ein Paar, das einem lieben Gast nachsieht.

Ich blicke zu Paul und fange an zu kichern. »›Sie hat sogar die Choreografie entworfen, wirklich sehenswert‹«, japse ich.

»Was hast du denn? Das stimmt doch.«

»Kaum übertrieben, deine Darstellung des liebenden Gatten, der unglaublich stolz auf seine Frau ist.«

»Bin ich ja auch«, murmelt er beinahe trotzig.

»Schön und gut, aber du weißt schon, dass er uns damit drankriegen kann?«

»Ach was, ihr leitet die Gruppe gemeinsam. Ist doch ganz einfach.« Er bleibt in der Rolle, als er meinen Blick erwidert und mir sogar noch eine Strähne hinters Ohr streicht.

»Nur dass keine der Hexen Silke kennt.« Ich hole uns auf den Boden der Tatsachen zurück.

Abrupt zieht er seinen Arm weg und macht einen Schritt zurück, so als wäre ich plötzlich hochgiftig. »Danke«, sagt er leise.

»Kein Ding.« Ich zucke mit den Achseln. »Ich war früher in einer Theater-AG.«

Er runzelt die Stirn.

»Nun guck nicht wie drei Tage Regenwetter. Ist doch gut gelaufen, bis auf die Bauchtanz-Episode. Da waren wir wohl etwas zu eifrig. Wenn er wirklich mit einer der Frauen sprechen sollte, bekommen wir das schon ausgebügelt. Er ist schließlich ein alter Mann und hat einige Schnäpse getrunken. Aber jetzt erzähl. Warum darf er nicht wissen, dass Silke dich verlassen hat? Früher oder später erfährt er es ja doch.«

Paul sieht zum Seminarhaus und stößt so viel Luft aus, als hätte er sie seit Monaten angehalten.

»Du hoffst, dass sie zurückkommt.« Meine Stimme klingt eigenartig flach. Ich reiße mich zusammen. »Hat sie sich gemeldet?«

Wieder sagt er nichts. Mir wird ganz mulmig. Bis er sich endlich rührt und den Kopf schüttelt. Der arme Kerl. Zu dumm, dass ich nicht wirklich eine Hexe bin und ihm seine Silke wieder herzaubern kann.

Sachte berühre ich ihn am Arm. »Lass uns reingehen.«

Wieder im Haus, nehme ich sicherheitshalber die Flasche mit dem Hochprozentigen mit ins Wohnzimmer. Mein Bauch sagt mir, dass wir noch ein Gläschen brauchen werden. Ich hebe die Flasche, aber Paul winkt ab und lässt sich in den Sessel fallen.

»Ich weiß, ich hätte es ihm längst sagen sollen.« Er fährt sich übers Gesicht. »Wenn es okay für dich ist, warte ich noch, bis die Kündigungsfrist rum ist. Dann habe ich ein Jahr, in dem er darüber wegkommen kann.«

Ich stelle Flasche und Gläser ab und hocke mich aufs Sofa. »Meinst du wirklich, er setzt dich vor die Tür, wenn er erfährt, dass Silke dich verlassen hat?«

»Er hat explizit nach einem Paar gesucht. Mit Alleinstehenden hat er schlechte Erfahrungen gemacht. Die seien schnell wieder weg, der Liebe wegen, oder sie hätten es nicht ausgehalten, weil es ihnen zu einsam war. Klar, vertraglich waren die Leute gebunden, aber was bringt es ihm, wenn sie das Gebäude leer stehen lassen und sich nicht kümmern? Silke und ich haben sogar geheiratet, damit wir die Pacht bekommen.« Paul lacht auf. »Hat er nicht gefordert, aber wir dachten, es sei besser. Und warum auch nicht? War dann auch gut, weil er uns beide kennenlernen wollte, bevor er unterschreibt, aber Silkes Vater musste ins Krankenhaus. Da hatte er natürlich Verständnis.«

»Trotzdem. Er hat doch gesehen, wie es hier aussieht, dass es läuft. Auch ohne Silke.« Ich strecke die Hand aus, ziehe sie jedoch zurück, bevor ich ihn berühre. Am liebsten würde ich ihn in meine Arme nehmen und beruhigen, aber was vorhin noch ganz leicht ging, scheint mir jetzt unmöglich.

»Na ja, gerade das hat er nicht gesehen. Und Wonneseifen ist schon speziell. Scheidung ist was, das für ihn nicht in Frage kommt. Überleg doch mal, wie lange er mit seiner Frau zusammen war. Bis dass der Tod euch scheidet. Ich bin mir nicht sicher, ob er so was nicht übel nimmt. Und jetzt noch die Lüge, die wir ihm aufgetischt haben …«

»Unsinn.« Fest sehe ich ihn an. »Hat Silke eigentlich das Seminar geleitet, bei dem sie den Typen kennengelernt hat?«

Was frage ich denn da? Als ob das eine Rolle spielen würde.

»Nein, und es war auch kein tantrischer Workshop.« Paul löst seinen Dutt, fährt sich mit den Fingern durch die Haare, schüttelt die Locken aus. »>Achtsam durch die Krise<. Sie hat sogar vorgeschlagen, dass wir als Paar daran teilnehmen. Ich Idiot dachte, es gehe darum, dass wir unser Angebot auch selbst kennen – und dass es dafür reiche, wenn einer von uns dabei ist.«

»Mist«, sage ich und greife zur Flasche. Paul mag vielleicht keinen Schnaps wollen, aber ich brauche jetzt einen. »Das gleiche Seminar, das letztens stattgefunden hat?«

Er nickt. »Deine Freundin Sabine war da. Es läuft gut, und Mirko, der den Workshop gibt, kann ja auch nichts dafür, dass Silke nicht durch die Krise, sondern aus ihr heraus ist. Warum sollte ich ihn also absetzen?«

Hat er gerade etwas bitter geklungen? Ungefragt fülle ich auch sein Glas und reiche es ihm.

»Auf die Achtsamkeit«, sagt er und trinkt es in einem Zug aus.

»Sabine hat das Seminar gefallen«, sage ich. »Sie hat mir geraten, es auch mal zu machen.«

Wir sehen uns an, müssen beide lachen. Als wäre das alles urkomisch, was es nicht ist. Was es absolut nicht ist. Über Pauls Gesicht laufen ein paar Tränen. Er lacht und weint zugleich. Jetzt nehme ich ihn doch in den Arm.

Nach einer Weile drückt er mich. Für einen Moment halten wir einander. Dann setze ich mich in meine Sofaecke zurück, während er sich ein wenig verlegen die Nase putzt.

»Danke. Weiß auch nicht, wo das jetzt herkam.« Er grinst mich schief an. »Diese ganze Lügerei macht mich echt fertig.«

Unsere Blicke treffen sich.

»Dann hör halt auf damit. Noch einen Schnaps?« Ich fülle die Gläser, reiche eins Paul. Wir leeren sie.

»Wenn das so einfach wäre. Als die Leute gefragt haben, wo Silke ist, habe ich gesagt, bei einer Fortbildung.« Paul stellt sein Glas ab. »Tja, und daraus ist dann eine Weiterbildung in Nepal geworden. Ich musste ja irgendwie erklären, warum ihr Fortbleiben immer länger dauerte, warum sie nicht mal am Wochenende vorbeikam. Ich wollte nicht lügen, ich will es nicht, aber …« Er hebt die Hände, lässt sie wieder sinken.

»Du bist da reingerutscht, und jetzt weißt du nicht, wie du wieder rauskommen sollst.«

Er starrt an die Decke, seufzt. Ich greife zur Flasche, aber Paul steht auf. »Wir sollten besser mal was essen.«

Ich folge ihm in die Küche, lange an ihm vorbei nach der Schüssel mit den Kirschen, die ich ihm mitgebracht habe, nehme eine heraus und stecke sie ihm in den Mund. »Du wirst doch nicht etwa hungrig kochen wollen?«

Er sieht mich an. Seine Augen schimmern wie das Blätterdach eines Laubbaums, durch das die Sonne fällt. Mit einem Mal wird mir bewusst, wie dicht wir beieinanderstehen. Ich spüre die Wärme, die von ihm ausgeht. Wie ein Streicheln auf meiner Haut. Er lässt den Kern auf einen Unterteller gleiten, stellt ihn auf die Arbeitsplatte. Dann berühren seine Lippen meine. Zärtlich, kraftvoll, ich schmecke Süße, eine halbe Kirsche. Unsere Zungen spielen miteinander. Ich schließe die Augen, fasse seinen Rücken, die Schulterblätter, spüre seine Hände an meinem Hinterkopf, in meinen Haaren. Er hebt mich hoch.

Ich möchte fliegen.

Aber nicht in der Küche, mit dem Messerblock, der sich in meinen Rücken bohrt, und dem Brummen des Kühlschranks im Ohr. Ich öffne die Augen und rutsche von der Küchenplatte. Ohne uns voneinander zu lösen, schieben wir uns ins Schlafzimmer, landen auf dem Bett.

Ich halte ihn, streichele über seine Haare, fahre die Ohren entlang, die Ohrläppchen, meine Finger kreisen, ich will alles an ihm entdecken, jedes Stück Haut erkunden – genauso wie er an mir. Meine Atmung wird schneller, ich spüre ihn überall, seine Lippen an meinem Hals, an meinem Schlüsselbein, sie gleiten tiefer, ich spüre seinen Puls, oder ist es meiner? Seine Hände tasten, streichen, schieben. Ich stöhne, ziehe seinen Kopf nach oben, will seine Lippen auf meinen. Meine Beine umschlingen seine, wir bewegen uns, tanzen zu unserer ganz eigenen Musik.

Irgendwann liegt mein Kopf in seiner Halskuhle. Ich sehe uns beide im Wald, auf weichem Moos, höre das Rauschen der Blätter, spüre seine Fingerspitzen wie Sommerluft auf meiner Haut.

»Danke«, sagt er leise.

Vielleicht träume ich das aber auch.

## 3

Wohlig drehe ich mich auf den Rücken, recke mich und – runzele die Stirn, öffne die Augen, die ich noch nicht aufmachen will, aber ich muss sehen, wo ich bin. In Pauls Schlafzimmer, in seinem Bett, ohne ihn. Ich fahre hoch. Mein Herz klopft, als wollte es mir aus dem Hals springen. Ich habe hier übernachtet, mit ihm geschlafen. Das habe ich nicht geträumt. Mein Körper erinnert sich ganz genau. Ich stöhne. Was ist nur in mich gefahren? War das etwa eine Art Torschlusspanik, die letzte Chance zu nutzen, bevor die Auszeit zu Ende geht? Oh nein, Matthias! Ich sinke ins Kissen zurück, ziehe die Decke hoch und verberge mein Gesicht darin. Auch wenn wir es uns erlaubt haben, ich fühle mich schäbig. Gerade jetzt, wo er sich solche Mühe gibt. Wo er mich wieder an den Mann erinnert, in den ich mich verliebt habe. Und ich ihn vielleicht an die, in die er sich verliebt hat?

Ich lasse die Decke sinken und atme. Ein und aus und tief in den Bauch. Aus der Küche dringt das Klappern von Geschirr. Verdammt, was haben wir getan? Paul ist mein bester Freund hier. Ach was, nicht nur hier. Mein bester Freund überhaupt.

Mit ihm kann ich über alles reden. So wie mit sonst niemandem. Außer vielleicht mit Clara. Ich mag ihn. Ich mag ihn sogar sehr, und gestern Nacht war …

Erneut muss ich mich zwingen, ruhig Luft zu holen. Er war aufgewühlt. Der Besuch seines Vermieters, das Schauspiel, das wir abgezogen haben. Wir konnten beide nicht mehr klar denken. Ich sollte das nicht überbewerten. Wir sind Freunde und bleiben es auch. Das wäre doch gelacht. Aber mir ist nicht nach Lachen, als ich ins Bad gehe und anschließend in die Küche.

Er steht am Herd, die Haare locker hochgebunden, sein warmes Paul-Lächeln im Gesicht, als er mich sieht. »Hey, das war schön gestern.«

»Ja, das war es.« Instinktiv geht mein Blick zu seinen Lippen. Kräftig, voll, ein richtiger Kussmund. Ich zwinge mich wegzusehen und betrachte stattdessen die Teekanne, die darauf wartet, gefüllt zu werden. Die Dose mit dem Senchatee steht schon bereit. Ich räuspere mich. »Das war es wirklich, aber ich habe ein schlechtes Gewissen.«

»Matthias?«

Ich nicke.

»Geht mir genauso.«

Wir sehen uns an.

Mein Herz klopft so sehr, dass es noch ganz wund wird. »Ich weiß gerade gar nicht, was ich sagen soll.«

»Verstehe ich. Denk in Ruhe über alles nach. Das hat er auf jeden Fall verdient.«

»Du auch. Du bist mein bester Freund, und ich will dich auf keinen Fall verlieren. Matthias aber auch nicht.« Meine Arme verschränken sich, als wollte ich mich umarmen – oder festhalten. Oder Paul nicht an mich ranlassen? Verdammt, warum haben wir das getan?

»Hey.« Paul streckt die Hand nach mir aus.

Ich schüttele den Kopf.

»Aber du frühstückst schon noch hier, oder?« Entschlossen greift er an mir vorbei nach der Teedose.

»Natürlich«, sage ich, treffe aber weder den richtigen Ton

noch die richtige Lautstärke, spüre seinen Blick auf meinem Gesicht und fasse rasch nach Tellern und Bechern, um sie hinauszubringen, als seine Hand sich auf meinen Unterarm legt.

»Ich hab schon gedeckt.« Sanft entwindet er mir das Geschirr und schickt mich nach draußen.

Die Bahnsteigterrasse liegt noch im Schatten. Ich mache ein paar Schritte, bis ich ein sonniges Fleckchen finde, halte mein Gesicht in die Sonne und beruhige mein Herz. Wenn Paul so gelassen mit der Situation umgehen kann, schaffe ich das auch. Entschlossen setze ich mich an den Tisch.

Paul kommt mit Tee und Rühreiern raus. Ich rücke Teller und Tassen zur Seite, als ob auf dem großen Tisch nicht Platz genug wäre, schiebe sie wieder zurück, während Paul sich neben mich setzt. Ich reiche ihm den Brotkorb, die Butter, begutachte die Rühreier.

»Keinen Hunger?«

»Wie? ... Doch, ja.« Rasch nehme ich mir eine Scheibe Brot, schneide ein Stück Butter ab und konzentriere mich darauf, es möglichst gleichmäßig zu verteilen. Mir ist warm, ich spüre ihn neben mir, höre, wie auch er sein Brot schmiert, sich vom Rührei nimmt. Gleich wird er sich eine Gabel davon in den Mund schieben. Ich schlucke. Sitzen wir sonst auch so dicht nebeneinander?

Jetzt räuspert er sich. »Ich glaube, dein Brot hat genug von der Schmiererei.«

Ich starre auf meinen Teller, bedecke die beiden Löcher, die entstanden sind, rasch mit Ei, halbiere eine Tomate und bugsiere sie so auf mein Brot, dass es wie ein Smiley aussieht. »So besser?«

Er lacht. »Du bist eine Künstlerin.«

Unsere Blicke treffen sich. Seiner ist offen.

»Ich wünschte, ich wäre eine.« Eine Lebenskünstlerin. Ich atme durch.

Für eine Weile essen wir schweigend, und es fühlt sich fast so an wie immer.

»Du hast da was.« Paul deutet auf meinen Mund.

Ich wische, drehe mein Gesicht ihm zu. »Weg?«

Er nickt, presst die Lippen zusammen, sodass sie im Bart verschwinden.

Mein Herz klopft und schnürt mir den Hals zu. Ich schiebe den Teller zurück und stehe hastig auf. »Ich muss dann mal. Bis … Wir sehen uns.«

## Entscheidungen

### 1

Am Nachmittag schicke ich Paul eine Nachricht, dass unsere Runde heute ausfällt. Ich kann nicht mit ihm dort langgehen und so tun, als wäre nichts gewesen. Dabei bräuchte ich gerade jetzt einen Freund wie ihn, mit dem ich über alles reden kann. Ohne Scheu, ohne Scham. Clara mag ich nicht anrufen. Sie kennt Paul nicht, und was sie von Matthias hält, weiß ich. Sabine und Merle fallen auch aus. Bea? Sie würde mir garantiert zu beiden raten. Der Gedanke heitert mich kurz auf. Einen hier, einen dort. Wie eine Seefrau. Zu schade, dass mir das nicht liegt.

Ich stelle mich unter den Kirschbaum, lausche dem Rauschen seiner Blätter. Dabei weiß ich, dass auch er mir keinen Rat geben kann. Das hier muss ich, das hier will ich allein entscheiden. Auch wenn ich nicht weiß, wie. In meinem Kopf rattert es. Gedanken, Bilder, Erinnerungen. Ich berühre den Stamm, dann gehe ich. Mich bewegen, bis mein Kopf leer wird. Bis ich in mich hineinhorchen kann. Noch ist es da drin viel zu laut.

Über die Anhöhe gehe ich ums Maar, überquere die Landstraße, marschiere weiter. Am Weinfelder Maar vorbei hinauf zum Dronketurm, dann hinab zum Gemündener Maar. Einmal herum und wieder zurück. Allmählich spüre ich meine Beine. Am Maarkreuz setze ich mich auf die Aussichtsbank und schaue zu, wie die Sonne hinter den Bäumen verschwindet. Mit der Dämmerung legt sich eine Ruhe über den See, die auch mich ganz still werden lässt. Als eines der Schafe unten am Hang blökt, muss ich schmunzeln. So hört sich Herzschmerz an. Es jammert, ganz klar. Will es mir beistehen?

Stimmen dringen zu mir hoch, entfernen sich wieder. Dann höre ich ihn. Posaunentöne. Sicher steht er auf der Anhöhe hinterm Haus und schaut zum Maar, das er nicht sehen kann, genauso wenig wie mich. Sehnsüchtige Klänge. Lockende, liebevolle. Ich schließe die Augen und lasse sie in mein Herz. Da ist er, mein Freund. Als wüsste er, dass ich ihn brauche. Einbildung, ich weiß, aber es tut dennoch gut, seinem Spiel zu lauschen.

Ich setze mich auf. Eigentlich ist es ganz einfach. Es soll wieder so sein wie vorher. Matthias und ich kommen uns gerade wieder näher. Wir sind rücksichtsvoller, vorsichtiger, entdecken uns neu. Auch wenn ich nicht weiß, wie wir Köln und die Eifel unter einen Wohnhut bekommen werden, so scheint es mir doch möglich. Schließlich wollte ich ja nie ganz herziehen. Und mehr Zeit hier zu verbringen, das sollte drin sein. Mit Paul als Freund. Sabine zählt zu Matthias' besten Kumpeln, Paul ist mein Best Buddy. Meine Haut prickelt. Vielleicht ist es besser, wenn wir uns vorerst nicht mehr so häufig sehen, damit es einfacher wird, zu dem zurückzukehren, was wir füreinander waren, bevor wir … Ich schiebe den Gedanken an die Nacht aus meinem Kopf. Ganz bewusst. Matthias und ich haben schließlich auch besondere Nächte gehabt.

Ich sehe zum Himmel. Die ersten Sterne tauchen auf. Der Eifellöwe, die Kirschlikörstraße, das Maar der Liebe. Noch habe ich sie nicht entdeckt, aber das will ich. Mit einem Mann an meiner Seite. Zu schade, dass es für die Perseiden noch zu früh ist. Aber wer weiß, vielleicht lässt sich ja schon eine Sternschnuppe blicken. Was würde ich mir wünschen, wenn jetzt eine fiele?

Matthias und ich. Ein Leben in Köln und hier. Zeit zusammen und zwischendurch kleine Auszeiten voneinander, die uns zu uns selbst finden lassen, sollten wir uns unterwegs wieder verlieren. Paul und Silke. Ein bester Freund gleich nebenan. Auch er in einer Beziehung, glücklich. Lächelnd lege ich den Kopf in den Nacken und stelle mir vor, wie ich mit Matthias hier sitze, in ein, zwei Wochen, wenn die Wünsch-dir-was-Saison eröffnet ist.

Ich seufze. Träumen ist erlaubt, aber ist es auch immer gut? Verrenne ich mich da gerade in einem Sternschnuppenschloss? Wahrscheinlich wird es nicht so einfach werden, wie ich es mir gerade ausmale, aber ich will es versuchen. Freund und Partner. Ich will beides. Matthias und Paul haben sich doch nicht schlecht verstanden, als sie einander getroffen haben. Und hey, sie müssen ja keine besten Freunde werden. Hauptsache ist doch, dass ich sie beide in meinem Leben habe. Meine Lieblingsmänner. Schon witzig, dass sie beide Musik lieben und sogar ein Instrument spielen. Ich atme durch und genieße die Klarheit der Nacht. Meine Klarheit. Die Posaune ist verstummt. Ich stehe auf und laufe los.

## 2

Ich beeile mich, doch natürlich erwische ich Paul nicht mehr auf der Anhöhe. Ist er noch auf? Die Bahnsteigterrasse liegt im Dunkeln, aber das muss nichts heißen. Wenn keine Übernachtungsgäste da sind, lässt er das Licht gern aus. Optische Umweltverschmutzung. Muss nicht sein.

Vorsichtig nehme ich die Stufen hinunter zum Seminarhaus. Einmal entschieden, möchte ich so schnell wie möglich mit ihm reden. Bevor mich der Mut verlässt. Oder die Zweifel zurückkehren.

»Liane?«

Ein Schatten taucht hinter einem der Eisenbahnwaggons auf. Arbeitet er etwa noch?

»Ja.« Meine Stimme krächzt, als wäre ich eine echte Hexe. »Stör ich?«

Er lacht auf. »Nie.«

Gott, wir könnten glatt in einem Kitschroman auftreten. Ich arbeite mich zur Terrasse vor. »Dauert auch nicht lange. Ich wollte dir nur sagen, dass ich zurück nach Köln gehe.«

»Warte.« Paul verschwindet im Wintergarten und kehrt kurz

darauf mit Teelichtern zurück, die er in die Windlichter auf dem Tisch packt und anzündet.

Hat er mich nicht gehört? Ich versuche, seinen Gesichtsausdruck zu erkennen, aber das Licht reicht gerade mal bis zu seinen Fingern.

»Setz dich doch.« Er wedelt mit der Hand. »Tee oder Wein?«

»Nichts, danke.« Ich hocke mich auf einen Stuhl und warte, bis auch er sitzt, schiebe die Windlichter näher zu ihm ran. Schatten tanzen über seine Brust. Vielleicht ist es besser, wenn wir uns nicht in die Augen sehen können.

Er angelt zwei Flaschen aus der Leergutkiste neben der Bank, entzündet zwei Kerzen, steckt sie in die Öffnungen und schaut mich an. »Manche Entscheidungen brauchen Zeit. Und Mut.«

»Alle Entscheidungen brauchen Mut, finde ich.« Ich betrachte die Kerzen, sehe zu, wie die Flammen tanzen. Licht und Schatten. Mehr Schatten als Licht. »Ich mag dich sehr, Paul. Du bist für mich so was wie ein Seelenverwandter, mein bester Freund. Vorhin, als du gespielt hast, das hat mich so berührt. Und beruhigt und getröstet. Plötzlich war mir alles klar. Wie in den Gesprächen mit dir. Bitte, lass uns das nicht kaputtmachen. Lass uns Freunde bleiben. Auch wenn ich mit Matthias zusammen bin. Matthias und ich haben eine gute Beziehung. Das, was wir beide haben, ist was anderes. Mit dir kann ich reden wie mit sonst kaum wem. Und das würde ich auch gern weiter tun.«

»Puh.« Paul schiebt die Windlichter in eine Reihe. »Ich finde auch, dass wir beide etwas ganz Besonderes haben. Mehr als Freundschaft …«

»Bitte.« Ich hebe die Hand, berühre ihn fast, zucke zurück. »Eine Freundschaft ist doch etwas ganz Tolles. Und sie hält oft länger als Liebe.«

»Unsinn. Sieh dir den alten Wonneseifen an.«

»Das waren andere Zeiten. Bitte, Paul. Ich hänge an Matthias. So wie du an Silke.«

»Zwischen Silke und mir ist es aus.«

»Ja, ich weiß, du denkst, es ist vorbei. Aber sieh mal, du hast niemandem gesagt, dass sie weg ist, und ich versteh das. Wenn du nichts mehr für sie empfinden würdest, hättest du doch schon längst reinen Tisch gemacht. Gerade du, der den Leuten so ungern was vormacht. Der sogar bei Aussagen auf seiner Website stundenlang überlegt, was er vertreten kann, was nicht gelogen ist. Ich meine, das bedeutet doch was.«

Paul starrt mich an.

»Hey, ich weiß, dass du das nicht mit Absicht gemacht hast. Dass dich diese ganze Lügerei fertiggemacht hat.«

»Dass ich es gestern sehr schön fand mit dir, ist keine ...«

»Paul, bitte. Lass uns jetzt nicht damit anfangen, uns was vorzumachen.« Ich schiebe den Stuhl zurück und stehe auf. In seinen Augen tanzen die Lichter. Ich schlucke, berühre ihn am Arm. »Ich wünsche mir wirklich sehr, dass wir Freunde bleiben.«

»Dein letztes Wort?« Auch er steht auf. »Wir sind uns so nahe, Liane. Ich ...«

»Bitte lass uns nicht streiten.« Ich spüre, wie die Tränen nach oben steigen.

Paul streckt die Hand aus und wischt mir eine aus den Augenwinkeln. Keine gute Idee. Ganz und gar keine gute Idee. Ich drehe mich weg, schniefe, schlucke erneut.

»Wir streiten uns doch nicht«, höre ich seine Stimme hinter mir. »Du sagst, was du willst, und ich sage, was ich mir wünsche.«

»Freunde?« Ich quetsche das Wort durch den Kloß in meinem Hals.

Er seufzt.

»Ich weiß, dass du was anderes willst, aber ... es geht nicht.«

»Also gut. Freunde. Und wenn du es dir anders überlegst ...«

Ich drehe mich um und falle ihm um den Hals, spüre sein Herz, spüre meins, drücke ihn, so fest ich nur kann. Dann reiße ich mich los.

»Danke!«, rufe ich und laufe zur Straße. Danke, danke,

danke. Freunde auf immer. Und vielleicht können wir uns irgendwann auch wieder umarmen, so richtig, wie beste Freunde eben.

3

Unruhig tigere ich durchs Haus. Noch drei Tage, bis ich nach Köln fahre. Bis dahin will ich eine Lösung für mein Abwasserproblem haben. Klar, ich könnte Matthias bitten, mir finanziell unter die Hausarme zu greifen, aber irgendwas in mir sträubt sich dagegen. Ich will das allein schaffen. Deswegen mag ich auch niemand anderen bitten, mir Geld zu leihen. Nicht mal Clara, wenn sie denn was hätte. Aber sie ist ja gerade erst dabei, sich selbst was aufzubauen. Verdammt, warum wird es immer so schwer, wenn es ums Geld geht?

Okay, ich könnte einen Kredit aufnehmen. Ein Darlehen aufs Haus. Macht man doch so. Ich atme tief durch. Nächste Woche, wenn ich wieder in Köln bin. Aber auch das fühlt sich nicht gut an. Vielleicht lässt die Sanitärfirma ja mit sich über die Finanzierung reden. Ratenzahlung, sobald ich vermiete. Ich greife zum Handy, rufe dort an und frage, ob wir uns mal persönlich zusammensetzen könnten. Die Chefin zögert, willigt dann aber ein.

Allerdings frühestens nach ihrem dreiwöchigen Urlaub, der am Montag beginnt. Vorher geht auf keinen Fall. Viel zu viel zu tun. Ich muss mich gedulden. Oder in der Wartezeit eine andere Lösung finden. Also zermartere ich mir weiter den Kopf. Ich mache Kassensturz, rechne mich raus aus den roten Zahlen, schaue, was für Ferienwohnungen hier in der Ecke an Miete genommen wird. Und wenn ich doch Matthias um das Geld bitte? Es würde ihm sicher nichts ausmachen, es mir zu leihen. Ich würde ihm Zinsen zahlen, aber die Sorge, das Haus an die Bank zu verlieren, wäre weg. Am Ende kaufe ich mir noch ein Los für die Glückslotterie. Ich will mir nicht vorwerfen, dass ich nicht alles versucht habe. Trotzdem fühle ich mich schlecht. Auch, weil mir Paul fehlt. Seit unserem nächtlichen Gespräch haben wir uns nicht mehr gesehen. Eigentlich nichts dabei. Sonst sprechen wir uns auch nicht täglich. Dennoch bin ich am Donnerstagabend aufgeregter als sonst, als ich zum Bauchtanz rübergehe.

»Seht mal!« Henni hat Stoff mitgebracht. Umständlich zieht sie ein Stück heraus. Moosgrün leuchtet es mir entgegen.

Ich schließe die Augen, was alles nur noch schlimmer macht. Hastig wende ich mich ab, schalte die Musik ein, klatsche in die Hände. »Lasst uns anfangen. Die Stoffe könnt ihr nachher angucken.«

Überraschte Gesichter. Erstaunlicherweise tun sie jedoch, was ich sage. Nach den Aufwärmübungen wechsele ich direkt zu unserer Choreografie. Auch wenn die Aufführung erst nach den Sommerferien stattfindet, muss sie doch vorher sitzen. Schließlich werde ich bald nicht mehr ständig hier sein. Also jage ich sie durch die Schritte. Lasse sie wiederholen und von vorn beginnen. Mit jedem Durchlauf werden sie schlechter.

»So wird das nichts. Wir machen jetzt eine Pause.« Änne sieht mich tadelnd an. »Was ist denn heute los mit dir?«

»Mann oder Haus?« Ilka dreht die Musik leiser und hockt sich neben mich. »Wenn es der Abfluss ist, nimm Frohnhoff. Die sind wirklich gut.«

»Und teuer.« Automatisch seufze ich.

Sachte berührt Ilka meinen Arm. »Biete ihnen an, ihre Website neu zu gestalten, einen neuen Auftritt, Logo, Farben, so wie du es für mich gemacht hast.«

»Meinst du? Die haben auch ohne all das ein volles Auftragsbuch.«

»Ach, Unsinn, es geht doch hier nicht um ein verstopftes Rohr.« Doro sieht mich scharf an.

Prompt wird mir heiß. Wahrscheinlich leuchte ich heller als der rote Stoff, den sie sich vorhält.

»Ein Mann, ein guter Mann, das ist das Beste, was es gibt auf der Welt.« Bea singt und tanzt dabei um uns herum. Sie beugt sich zu mir runter, umarmt mich. »Ehrlich, du solltest endlich mal mit einem schlafen. Das hilft.«

Wie gut, dass mein Kopf schon vor ihren Worten wie Magma beim Vulkanausbruch geglüht hat. Zumindest fühlt er sich so an. Noch mehr Leuchten geht nicht. Oder doch? Änne wirft mir einen eigenartigen Blick zu, und auch Doro schaut irgendwie, als würde sie etwas ahnen. Aber wie sollten sie, woher auch? Nein, sie können nichts wissen.

Ich atme durch.

Joelle kommt dazu, setzt sich zu mir und nimmt meine Hand. »Sag mal, ist was mit Paul?«

»Paul? Wieso denn Paul? Ich dachte, Matthias.« Bea tänzelt weiter, was sie nicht davon abhält, unserer Unterhaltung zu folgen. Leider.

»Sei doch mal still!« Joelle schiebt sich näher an mich ran. »Hör nicht auf sie. Wenn sie verliebt ist, ist sie zu nichts zu gebrauchen.«

»Joop?« Ich greife das Thema auf und klammere mich daran fest wie an einem Rettungsreifen.

»So ein guter Mann«, singt Bea und grinst übers ganze Gesicht.

»Jetzt hör mal auf damit.« Doro schiebt ihre Tochter beiseite und hockt sich vor mich. »Und du sagst jetzt, was los ist.«

»Ich mache mir Sorgen«, beginne ich.

»Wegen Paul?«, fragt Joelle sofort. »Ich mir auch. Er ist so abwesend. Ganze drei Mal hat er mir erklärt, dass am Mittwoch jemand wegen des Innenausbaus der Eisenbahnwaggons kommt. Und wer war nicht da? Er.«

»Er hat es sicher einfach nur vergessen. Das kann doch mal vorkommen.« Ich tätschele ihre Hand.

Joelle winkt ab. In ihrer Welt nicht.

»Ah, ich weiß.« Bea tanzt zu mir und legt ihre Arme um mich. »Du machst dir Sorgen wegen Matthias. Stimmt's?«

»Es muss sich doch nicht immer alles um einen Mann drehen.« Ich schiebe ihre Arme beiseite.

»Jetzt lasst Liane mal ausreden«, bestimmt Änne. Sie wendet sich an mich: »Also, Liane?«

»Die Aufführung«, sage ich und ernte ungläubiges Gelächter. Ich stehe auf. »Im Ernst, ihr habt es heute doch selbst gemerkt. Das war nichts. Und das Fest ist in …«

»Über sechs Wochen«, fällt Doro mir ins Wort. »Ich bitte dich, das sind noch Lichtjahre bis dahin.«

»Sorgen um die Aufführung. Ich dachte, das Thema hätten wir hinter uns.« Änne mustert mich von Kopf bis Fuß.

»Aber …«

Sie schüttelt den Kopf. »Kein Aber.«

»Das ist heute die letzte Probe mit allen zusammen. Ist euch das klar?«

»Nein, wieso? Ich bin die ganzen Ferien über hier.« (Änne)

»Ich auch.« (Doro, Bea, Ilka, Henni, Joelle, Heike)

»Wir sind die ersten drei Wochen weg, und dann sind es doch immer noch drei Proben.« (Mia, Leonie)

»Aber ich«, bricht es aus mir heraus. »Meine Auszeit ist am Wochenende zu Ende.«

Es wird still im Raum. Ganz still.

Ich atme durch. »Tut mir leid, so wollte ich es euch nicht sagen, und ich weiß auch noch gar nicht …«

Weiter komme ich nicht. Alle reden gleichzeitig auf mich ein.

»Gehst du zurück nach Köln?«

»Aber du kommst doch bestimmt in den Ferien?«

»Was soll denn mit dem Haus werden? So kannst du es doch nicht vermieten.«

»Lässt du uns echt im Stich?« Die letzte Frage fällt in eine Lücke und sorgt für Ruhe, eine entsetzte Ruhe. Sie sehen einander an, sehen mich an.

»Nein, natürlich nicht. Ich bin doch eine von euch.«

Sogleich geht der Tumult wieder los. An Tanzen ist heute nicht mehr zu denken. Und auch die Stoffe guckt sich keine mehr an. Am Ende habe ich bestimmt hundert Mal versichert, dass ich auf jeden Fall zum Fest hier sein werde und jeden

Donnerstag davor auch, komme, was wolle. Sie nicken, aber ihre Augen leuchten nicht mehr. Nicht einmal, als ich ihnen sage, dass ich eine geniale Idee für unseren Namen habe. »Wollt ihr raten? Erster Tipp: Lasst uns nach den Sternen greifen.«

Die Köpfe bleiben gesenkt. Ich könnte heulen. Warum habe ich es so gesagt, dass es ihnen wie Verrat vorkommen muss? Ich will, dass sie meine Freundinnen bleiben, meine Eifelhexen. Auch wenn ich in Köln wohne.

Sie gehen. Ohne fröhliche Verabschiedung, Lachen, Winken. Schweren Herzens schließe ich den Raum ab und trotte zum Haupthaus. Wie am Dienstagabend liegt es im Dunkeln. Komisch. Normalerweise lässt Paul mir ein Licht an, wenn er weiß, dass ich komme. Und das tut er doch, oder? In mir zieht sich was zusammen. Er hat zugestimmt. Freunde. Und dazu gehört, dass wir nach dem Tanzen zusammen essen.

Hat Joelle recht? Ist was mit ihm? Hat er mit Wonneseifen gesprochen, und der hat ihm die Pacht gekündigt? Besorgt gehe ich hintenherum zum Wintergarten. Die Tür ist zu. Ich drücke die Klinke. Abgeschlossen. Ist er etwa nicht da?

Ich laufe noch einmal ums Gebäude, entdecke nirgends ein Lebenszeichen und schleiche nach Hause. Bedrückt nehme ich mir eine Decke und verkrieche mich damit in der Hängematte. Der Kirschbaum hört mir geduldig zu. Das Reden hilft. Langsam werde ich müde. Ich greife zum Handy. Natürlich. Warum habe ich nicht gleich daran gedacht? Meine Finger fliegen über die Tasten:

»Wie geht es dir? Alles in Ordnung? Joelle macht sich Sorgen, und ich mir auch. Hast du mit Wonneseifen geredet? Bitte schreib, was los ist.«

Keine Antwort. Ich ziehe die Decke hoch bis zum Hals.

## Abschied

### 1

Ich werde wach, weil mir kalt ist. Fröstelnd reibe ich mir im Dunkeln die Arme. Entsprechend steif klettere ich aus der Hängematte. Plumps. Mein Handy ist auf den Rasen gefallen. Ich klaube es auf, sehe, dass ich eine neue Nachricht bekommen habe. Paul hat geantwortet: »Alles gut. Mach dir keine Sorgen.«

Typisch Mann. Hat er mit Wonneseifen gesprochen? Wo steckt er? Ein bisschen ausführlicher hätte er schon schreiben können, aber gut. Alles ist in Ordnung. Ich hoffe, das stimmt.

Ich gehe ins Bett, wickele mich in meine Decke, als wäre ich eine Mumie. Am Morgen wache ich genau so wieder auf. Vielleicht sollte ich das öfter machen. Ich habe tief und traumlos geschlafen, müsste also fit sein, bin jedoch eigenartig rastlos und kann mich auf nichts konzentrieren.

Morgen fahre ich nach Köln. Unschlüssig stehe ich vor meinem Kleiderschrank. Ich habe keine Lust zu packen. Wem mache ich was vor? Ich möchte noch hierbleiben. Bis zum Fest. Bis ich das Haus vermieten kann. Aber ich muss auch wieder mehr arbeiten. Money, money, money. Also eine Mo-Di-Mi-Woche? Donnerstag und Freitag in der Eifel, das Wochenende je nachdem, mal hier, mal dort?

Jemand klopft an die Tür. »Liane?« Eindeutig Ännes Stimme. Das Fragezeichen am Ende nur pro forma. Und warum klingeln, wenn man auch klopfen kann?

Ich laufe die Treppe hinunter und lasse sie rein.

»Guten Morgen«, brummelt sie und steuert direkt die Küche an, während ich noch Ausschau halte, wer sie gebracht hat.

»Kannst die Tür zumachen. Da kommt keiner mehr. Koch

mir lieber einen Kaffee.« Sie schiebt ihren Rollator in die Ecke, setzt sich an den Küchentisch und mustert mich.

Spontan beuge ich mich zu ihr runter und drücke ihr einen Kuss auf die Wange. »Schön, dass du gekommen bist.«

»Papperlapapp.« Sie richtet sich noch weiter auf.

»Schon gut, Kaffee kommt sofort.« Ich setze eine Kanne auf, lehne mich an die Küchentheke und warte darauf, dass der Kaffee durchläuft.

»Du weißt, dass du zu uns gehörst. Egal, wo du wohnst.« Änne wartet nicht. Wie immer kommt sie gleich zur Sache. »Wenn du es donnerstags nicht herschaffst, dann machen wir eben so ein Videodings. Das machen ja jetzt eh alle.«

Mir wird ganz warm ums Herz. »Darf ich dich noch mal umarmen?«

»Seit wann musst du danach fragen?« Sie streckt tatsächlich ihre Arme aus. »Aufstehen tu ich aber nicht.«

Ich drücke sie ganz fest, sie mich auch. »Danke«, flüstere ich.

»Nu hör aber auf.«

Die Maschine knattert zum Ende noch mal laut. Ich löse mich von Änne, gebe ihr die ersehnte Tasse Kaffee und setze mich zu ihr.

Sie nimmt einen Schluck, nickt zufrieden. Ich muss wohl geseufzt haben, denn sie legt ihre Hand auf meine. »Nimm es nicht so schwer, Liane. Köln ist nicht aus der Welt.«

»Ich stelle mich an, was?«

»Das tut ihr Jüngeren alle«, sagt sie, drückt dabei aber meine Hand. »Ihr denkt einfach viel zu viel.«

»Tun, was getan werden muss. Und wenn es das Falsche war, aufstehen und Kirschen pflücken. Ich weiß.«

Sie lacht und sieht zum Baum. »Sind noch welche dran? Späte Kirschen sind was Feines.«

»Dafür muss ich lange warten, bis sie reif sind.«

»Wie im wirklichen Leben.« Sie leert ihre Tasse und hievt sich aus dem Stuhl.

Ich schiebe ihr den Rollator zu. Wir treten in den Flur.

»Bis nächsten Donnerstag«, sagt sie und geht, als ob es nur ein kurzer Besuch gewesen wäre, den man jederzeit wiederholen kann.

Kann man, ermahne ich mich. Trotzdem bleibe ich in der Tür stehen, bis ich sie nicht mehr sehe.

Ihre Stippvisite zum Abschied hat mir gutgetan. Ich gehe nach oben und sortiere meine Kleidung in zwei Stapel: Köln und Eifel. Die Wandersachen bleiben hier, genauso wie meine alten Sportklamotten und die Bauchtanzsachen. Ich hole den Koffer aus der Ecke, packe und trage ihn schon mal nach unten.

Als ich unmittelbar vor der Haustür stehe, klingelt es wieder. Erschrocken zucke ich zusammen. Ganz schön laut das Ding, wenn man direkt darunter steht.

Ich öffne die Tür, und Doro fällt mir um den Hals. Küsschen links, rechts, links.

Sie nickt zu meinem Koffer. »Abreisebereit?«

»Nicht wirklich.« Ich mache eine kreisende Armbewegung. »Das Haus will mich noch nicht gehen lassen.«

Sie lacht. »Klammernde Häuser, das hatte ich noch nie. Bei mir sind es immer die Männer.«

»Erzähl.« Und das meine ich ernst. Doro traue ich zu, dass sie einige hatte, dass sie weiß, wen sie will und wen sie nicht mehr will, und dass sie das entsprechend durchzieht.

Mit Kaffee, Wasser und einer Schüssel Kirschen setzen wir uns nach draußen. Doro grinst mich an. »Schieß los. Was willst du wissen?«

Ich verschlucke mich an meinem Wasser und huste. In dieser Familie sind wirklich alle sehr direkt. Aber gut. Ich springe ins kalte Fragenwasser. »Funktionieren Fernbeziehungen? Ich kann mir das einfach nicht vorstellen. Was ist der Trick dabei?«

»Sich aufeinander zu freuen. Wenn seine Marotten mir auf die Nerven gehen, fahre ich wieder, vergesse sie, erinnere nur das Schöne und freue mich auf ihn. Besser geht es nicht.«

»Aber fehlt er dir nicht, wenn du hier bist? Ihr verpasst doch enorm viel vom Leben des anderen. Willst du nicht alles teilen?«

»Nö.« Doro nimmt sich eine Kirsche, schiebt sie in den Mund, kaut genüsslich und lässt den Kern in die kleine Schale für Abfälle gleiten. »Du?«

Ich überlege. »Vieles«, sage ich schließlich. »Es macht doch keinen Sinn, zusammen zu sein, wenn ich lieber alles allein mache.«

Doro lässt ihren Blick durch den Garten schweifen. »Ich habe den Eindruck, dass du dich hier sehr wohlgefühlt hast. Allein.« Sie kichert. »Aber jetzt klammert dein Haus, das hast du nun davon.«

Ich lächele kurz, hebe die Schultern.

»Spuck's aus. Du willst, dass Matthias herzieht, er will aber nicht. Ist es das?«

»Nein, das würde nicht gut gehen. Und ich weiß ja selbst nicht, ob ich wirklich immer hier sein will. Jetzt ist noch alles neu, aber in ein paar Wochen oder Monaten sehe ich das wahrscheinlich auch anders.«

Doro mustert mich so, wie ihre Mutter es eine Stunde zuvor getan hat. Ich habe das Gefühl, diese Frauen können meine Gedanken lesen, als wäre ich eine Litfaßsäule. Vor allem aber merken sie, wenn ich um das, worum es mir eigentlich geht, drum herumrede. Ich schaue zum Kirschbaum. Seine Blätter bewegen sich leicht, als wollten sie mir Mut zuwedeln. Also gut. »Wenn du mit einem anderen geschlafen hast, sagst du es deinem Enrique?« Ich presse die Lippen zusammen. Dabei ist es jetzt raus.

»Warum sollte ich? Schlimmstenfalls macht es ihn unglücklich, bestenfalls interessiert es ihn nicht. Was ist also gewonnen, wenn ich es ihm sage?« Fröhlich nimmt Doro die nächste Kirsche. »So süß.« Dabei schaut sie mich an, als meinte sie mich und nicht die Kirsche.

»Hast du kein schlechtes Gewissen?«

»Warum denn?« Sie wirkt ehrlich erstaunt. »Ich nehm ihm doch nichts weg. Wenn wir nicht zusammen sind, können wir eh nicht miteinander schlafen. Und wenn ich da bin, bin ich ganz da. Dann habe ich keinen anderen im Kopf oder im Herzen oder wo sonst man noch einen haben könnte. Ich finde, das ist absolut in Ordnung so.«

Mein schlechtes Gewissen bringt Matthias auch nichts, da hat sie schon recht. Und wir haben es ja auch so vereinbart. Also Haken dran. Und mich auf morgen freuen. Auf unser Date.

Als Doro geht, frage ich mich, ob Bea auch noch kommt. Doch ich habe Glück – oder Pech, wie man es nimmt. Am Wochenende hat Joop Zeit für seine Frauen. Da werden die beiden zusammen sein. »Seulement moi …« Das französische Chanson fällt mir nur bruchstückhaft ein. Irgendwas mit: Alle Jungs und Mädels spazieren verliebt durch Paris, nur die Sängerin ist allein. Kopfschüttelnd sammele ich Schlafsack und Decken zusammen und trage sie schon mal zur Hängematte. Wo kam das Lied denn jetzt her?

»Ich bin schließlich nicht allein. Ich hab ja dich«, murmele ich dem Kirschbaum zu. Die letzte Nacht will ich draußen schlafen. Es ist schließlich Sommer.


2


Gleich nach dem Frühstück fahre ich los.

Matthias empfängt mich mit einem Chai Latte und seinem Plan für den Tag. Beides ist irgendwie süß. Ersterer sogar zu sehr. Erstaunt stelle ich fest, dass ich lange keinen mehr getrunken und es auch nicht vermisst habe. Doch Matthias gibt sich solche Mühe. Also trinke ich. Während er mir auf seinem iPad die Tour zeigt, die wir gleich auf dem Rad absolvieren werden, schaue ich mich heimlich um. Die Wohnung fühlt sich fremd an. Dabei ist alles, wie es war. Schon komisch, was so eine Abwesenheit bewirken kann.

»Startklar?« Erwartungsvoll sieht Matthias mich an.

Ich reiße mich zusammen und nicke.

»Wenn es dir Spaß macht, können wir ja mal nach einem

E-Bike für dich schauen. Dann können wir öfter zusammen fahren.« Matthias räumt die Tassen weg, dann radeln wir los. Über den Rhein und auf der anderen Flussseite am Ufer entlang. Matthias lässt mich vorfahren, damit er nicht in Versuchung gerät, zu schnell zu werden. Was prompt dazu führt, dass ich in die Pedale trete, als gälte es, einen lästigen Verfolger abzuhängen. Nach ein paar Minuten schnaufe ich wie ein Walross und werde langsamer. Das hier soll doch kein Rennen werden.

Gemütlicher geht es weiter. Sogar mit Trinkpause von Zeit zu Zeit und einem Eis in Zündorf.

»Nur noch zehn Kilometer bis zur Wahner Heide«, verspricht Matthias. »Zwei Drittel der Tour haben wir schon geschafft.«

Tatsächlich vergehen sie besser als gedacht. Die Weite der Landschaft lenkt mich schnell von meinem schmerzenden Hintern ab. Beim »Heidekönig« gibt es einen Flammkuchen und die Frage, ob ich noch Bewegung brauche oder lieber mit dem Zug zurück nach Köln möchte. Ich muss wohl so entsetzt geguckt haben, dass Matthias nur lacht und uns zur Haltestelle lotst.

Wieder in der Stadt, geht es jedoch nicht nach Hause, sondern zum Escher See. Ins »Monkeys Island Beach«. Den neuen Namen finden wir beide blöd, »Sunset Beach« klingt doch viel besser. Und genau den Sonnenuntergang wollen wir dort genießen. Matthias hat ein Strandbett für uns reserviert. Die hellen Vorhänge wehen leicht im Wind. Traumhaft, fast wie eine Hochzeitssuite, aber wirklich zweisam ist es nicht. Auf dem Strandbett zur Linken toben ein paar Kinder, auf dem zur Rechten tummeln sich gleich drei Paare.

»Herrlich.« Matthias lässt sich auf die Matratze fallen. »Wollen wir einen Rosé nehmen? Der Rote ist auch gut, aber etwas schwer.«

»Was haben sie denn sonst noch?«

»Keinen Wein?« Überrascht greift Matthias nach der Karte und studiert sie. »Es gibt auch Cocktails. Zum Beispiel … Sex on the Beach.« Letzteres sagt er mit extratiefer Stimme.

»Zu früh.« Ich sehe zum Wasser. Es glitzert und funkelt. Wie wird das erst aussehen, wenn die Sonne später untergeht?

»Okay, also den Rosé?«

»Und Wasser.«

»Logisch.« Er schüttelt leicht den Kopf und zieht los.

Ja, ich weiß. Wasser gehört zum Wein dazu. Das brauche ich nicht extra zu sagen.

Geschafft vom Radeln, rolle ich mich auf den Rücken, schaue in den wolkenlosen Himmel, der durch die Holzbalken des Betts in gleichförmige Rechtecke geschnitten wird. Im Hintergrund läuft Loungemusik. Stimmen wehen vom See her. Ein kleines Paradies ist das hier, und doch wäre ich lieber in der Wohnung. Der Tag war anstrengend, und wirklich miteinander geredet haben wir auch noch nicht. Es ist, als wollte Matthias mir zeigen, dass Köln und das Umland mit der Eifel mithalten können. Dass es hier auch schön ist.

Und das ist es.

Trotzdem ziept es in meinem Bauch. Bevor ich dieses leichte Unwohlsein ergründen kann, ist Matthias wieder zurück.

»Hilft du mir mal?« Er balanciert ein fast schon übervolles Tablett vor sich her. Oliven, Bruschetta mit Tomaten, zwei Gläser mit Wassermelonen-Gazpacho, Tomaten-Mozzarella-Spieße, verschiedene Dips, Dinkelstangen, Mousse au Chocolat, Creme Caramel. Und natürlich der Rosé und das Wasser. Es sieht toll aus, aber wir haben doch gerade was gegessen.

Ich rette erst mal den Wein und die Gläser, fülle Letztere und reiche ihm eines, nachdem er das Tablett zwischen uns abgestellt hat.

»Auf den schönen Tag.« Er stößt sein Glas gegen meins, probiert den Wein und nickt zufrieden. Dann schiebt er sich die Sonnenbrille hoch und schaut mich bedeutungsvoll an. Was will er? Sex on the Beach ist super, aber nicht mit Publikum. Jetzt räuspert er sich auch noch, was er eigentlich nie tut. Mein Herz startet den Turbo.

»Unsere Auszeit hat mit einer Immobilie begonnen, da dachte ich, es wäre gut, wenn wir sie auch mit einer beenden.«

Um Himmels willen. Hat jetzt er ein Haus gekauft? Hastig setze ich mein Weinglas ab, bevor ich seinen Inhalt noch vor Schreck verschütte.

Matthias grinst breit. »Ja, da staunst du, was? Aber keine Panik. Noch ist nichts unterschrieben.« Er nimmt sein Smartphone, wischt darauf herum und hält es mir dann hin.

Ich schaue auf einen Garten. Büsche, Rasen, ein Blumenbeet.

»Etwas über sechzig Quadratmeter. Beste Lage, aber ruhig. Und grün, wie du siehst. Der Garten gehört zur Erdgeschosswohnung. Du könntest dort deine Hängematte aufhängen. Wenn du willst, fahren wir morgen hin. Ich habe schon mit dem Vermieter geredet. Wir wären seine Wunschmieter.«

Wahrscheinlich sollte ich mich jetzt freuen. Ich hebe den Kopf. »Okay, jetzt verstehe ich ein bisschen, wie du dich gefühlt haben musst, als ich dich mit meinem Hauskauf überfallen habe.«

»Das kannst du doch nicht vergleichen. Wir machen das zusammen. Ich hab nur schon mal geguckt. Das wolltest du doch.« Er nimmt sich einen Holzpikser, spießt eine Olive auf und hält sie mir hin.

Ich winke ab. »Ja, aber da hatte ich das Haus in der Eifel noch nicht.«

»Was soll das denn jetzt heißen?« Forschend sieht er mich an.

»Dass ich mich kümmern und öfter mal hinfahren muss. Ein Garten ist toll, aber den habe ich ja schon dort.«

»Aber der hier wäre vor Ort und nicht nur praktischer, sondern auch in ökologischer Hinsicht besser. Du müsstest keine hundertzwanzig Kilometer hin- und dieselbe Strecke wieder zurückfahren.« Er hebt die Hand. »Zugegeben, es ist kein Haus, aber so viel Platz brauchen wir doch gar nicht.«

»Nein, so viel Platz brauchen wir nicht«, wiederhole ich seine Worte. »Wie viele Zimmer?«

»Ein großzügig geschnittener Wohn-Essraum. Schlafzimmer, Küche, Bad.«

»Was ist mit deinem Flügel, was ist …?«

»Passt prima.« Er wirft mir einen warmen Blick zu. »Dann ist ja alles klar.«

»Was? … Nein, warte. Das geht mir alles ein wenig zu schnell. Es gibt ein paar Punkte, die ich mit dir besprechen will.«

Matthias schiebt das Tablett beiseite und atmet durch. Ich kann richtig sehen, wie sich seine Brust hebt und wieder senkt. »Also gut. Schieß los.«

»Ich möchte noch eine Weile in der Eifel bleiben. Nicht die ganze Woche, tageweise.«

»Du willst pendeln?« Ungläubig sieht er mich an. »Ich dachte, das ist absolut nicht dein Ding.«

»Ist es auch nicht.« Ich schaue zum See. Irgendwo klirren Gläser, fröhliches Lachen schallt bis zu uns.

»Geht es um die Sanierung des Abflusses? Da kann ich dir helfen. Letztlich ist das schnell gemacht. Höchstens zwei Tage vor Ort, und du kannst vermieten. Parallel dazu ziehen wir den Umzug durch, vorausgesetzt, die neue Wohnung gefällt dir. Dann können wir noch diesen Sommer glücklich und zufrieden hier im Grünen sitzen und haben das Beste aus beiden Welten. Perfekt, oder?« Er angelt sich eine Dinkelstange. »Willst du auch eine?«

Wo ist der Matthias aus der Eifel hin? Habe ich nur geträumt, dass er mir da zugehört hat? »Nein, ich will jetzt nicht essen«, bricht es aus mir heraus. »Ich möchte, dass wir miteinander reden. Richtig. Ich will nicht, dass du für mich mitdenkst. Für mich mitentscheidest. Ich möchte das Haus fertig herrichten, ja, und ich möchte mehr Zeit dort verbringen. Gehen und nicht walken. Farben wild miteinander kombinieren. Nicht immer nur Wein trinken und Klaviermusik hören.«

»Seit wann magst du keinen Wein mehr?«

»Das war doch nur ein Beispiel. Ich möchte einfach nicht mehr ständig zurückstecken. Ich will wieder ich sein. So wie ich es in der Eifel bin.« Ich schaue zum See, beobachte, wie die Sonne das Wasser berührt. Drehe mich zu Matthias und hebe die Schultern. »Es gibt Dinge, bei denen man keine Kompromisse machen sollte. Schnittblumen. Ein Arbeitszimmer in unserer Wohnung. Große wie kleine Dinge. Allen voran die Liebe.«

»Was soll das denn heißen? Machst du Schluss?« Er lacht ungläubig auf.

»Ja«, sage ich. Mein Herz klopft wie wild. Mit einem Mal ist mir klar, was schon den ganzen Tag in mir geschwelt hat. »Bis gerade eben wusste ich es selbst noch nicht, aber ja, ich … ich ziehe ganz in die Eifel. Es geht nicht mehr mit uns. Ich danke dir für alles, aber es ist vorbei.«

»Ist es wegen Joop? Oder deinem Nachbarn, diesem Paul?«

»Unsinn.« Ich schüttele den Kopf und sammele meine Sachen zusammen. »Ich wollte nicht, dass es so endet. Ich wollte überhaupt nicht, dass es endet, sonst hätte ich es dir gleich gesagt, aber … Der Ausflug hat mir klargemacht, wie unterschiedlich wir sind. Egal, wer von uns beiden, einer müsste sich doch ständig verbiegen, dem anderen zuliebe. Es werden einfach zu viele Kompromisse.«

»Wegen des fehlenden Zimmers für dich?« Er nimmt sein Glas und leert es in einem Zug. »Herrgott noch mal, dann nehmen wir die Wohnung eben nicht.«

»Siehst du, genau das meine ich. Vielleicht würde die Wohnung ja gehen, aber einer von uns müsste auf was verzichten, das ihm wichtig ist. Du auf deinen Flügel oder ich auf einen Bereich, wo ich …«

»Aber deswegen ganz auf eine Beziehung zu verzichten, ist doch ein noch viel größerer Kompromiss. Der allergrößte vielleicht. Wie willst du denn leben, ohne Kompromisse? Als Einsiedlerin auf einer einsamen Insel?« Er schnaubt. »Nein, natürlich im Wald, nur du und die Bäume.«

»Matthias, bitte …«

»Oder guck dir dein Haus an. Entweder du fällst den Baum, dann wird die Rohrsanierung günstig, oder du lässt ihn stehen, dann wird es teuer. Optimal wäre preiswert und Baum erhalten, aber beides zusammen geht nicht. Das Leben besteht nun mal aus Kompromissen, Liane.«

»Das Haus ist ein gutes Beispiel. Ich würde immer nach einer Lösung suchen, in der der Baum stehen bleiben kann, während du ausschließlich auf die Kosten guckst.«

»Autsch.«

»Tut mir leid. Ich meinte nicht, dass es dir immer ums Geld geht. Bitte, Matthias, lass uns nicht streiten.«

»Wir hätten uns mehr streiten sollen.« Matthias' Stimme klingt rau, als er aufsteht. »Ich denke, wir fahren dann jetzt.«


## 3

Matthias geht rein und zahlt. Er verpasst einen traumhaften Sonnenuntergang, der mir glatt die Tränen in die Augen treibt. Ich wende mich ab und warte bei den Rädern auf ihn. Es dauert eine Weile, bis er kommt, das Telefon am Ohr. »Okay, ich meld mich gleich noch mal«, höre ich ihn sagen. Dann schiebt er das Handy in die Brusttasche.

Ich trete beiseite, damit er ans Schloss kann.

»Ich nehme an, du bist heute Nacht lieber allein in der Wohnung.« Er zieht den Fahrradschlüssel aus der Hosentasche und widmet sich dem großen Faltschloss, mit dem wir die Räder zusammengekettet haben. »Ich kann bei Roland und Sabine schlafen. Wenn du jemanden zum Reden brauchst, können wir es aber auch andersherum machen. Du bei Sabine, Roland und ich bei uns, na ja, das heißt dann wohl: bei mir.«

Ich sehe ihm zu, wie er das Faltschloss zusammenklappt und an seinem Rad befestigt. Er hat es schon Roland und Sabine gesagt, wow, das ging schnell. Aber heißt es nicht immer, lieber ein schnelles Ende? Es berührt mich, dass er bei alldem auch an mich denkt. Vielleicht sind Schnittblumen doch nicht so wichtig? Ich merke, wie der Kloß in meinem Hals wieder wächst, schlucke, einmal, zweimal, bis er klein genug ist.

»Danke«, sage ich und hätte ihn am liebsten kurz berührt, aber das lasse ich besser bleiben. »Ich … Wenn es für dich in

Ordnung ist, fahre ich zu Sabine. Dann kannst du zu Hause übernachten.« Ich möchte da jetzt lieber nicht hin. Nicht heute Nacht.

»Okay.« Er geht ein paar Schritte, telefoniert kurz, kommt zurück und nickt mir zu. »Alles klar.«

Wir fahren das erste Stück gemeinsam. Ich sehe auf seinen Rücken, die Schultern, an die man sich so gut anschmiegen kann, presse die Lippen zusammen und schaue weg, sehe wieder hin und bin froh, als wir endlich die Stelle erreichen, wo sich unsere Wege trennen.

Er hebt kurz die Hand und fährt dann schnell weiter. Ich biege ab und bleibe hinter der nächsten Ecke stehen, außer Sichtweite, für den Fall, dass er sich noch mal umdreht. Er soll nicht mitbekommen, dass ich mir die Tränen aus dem Gesicht wische. Dabei bin ich es, die Schluss gemacht hat. Ich bin die Böse. Darf mir die Trennung nicht wehtun, nur weil ich sie ausgesprochen habe?

Ich radele weiter, erreiche das Haus von Sabine und Roland, klingele. Mit einem mulmigen Gefühl im Bauch. Auch wenn ich mich mit Sabine in der Eifel besser verstanden habe, als ich dachte, eine andere Sabine oder eine andere Seite an ihr entdeckt habe, so ist sie doch Matthias' Freundin. Matthias, mit dem ich gerade Schluss gemacht habe. Ich an ihrer Stelle würde mir das übel nehmen.

Die Tür geht auf.

»Komm rein«, sagt Sabine und geht dann vor ins Wohnzimmer. »Tee, Wein, Wasser, Schnaps?«

»Das Gleiche wie du.« Ich nicke zu ihrem Weinglas. »Und ein Wasser.«

»Sicher? Du siehst aus, als könntest du was Stärkeres vertragen.«

»Lieber nicht.« Ich merke, wie die Tränen wieder hochsteigen, und setze mich rasch, als könnte ich sie so unten halten. »Findest du auch, dass Matthias und ich uns mehr hätten streiten sollen?«

Der Satz rumort in mir. Er tut mir weh. Weil er stimmt?

»Hier.« Sabine stellt Wein- und Wasserglas auf den Couchtisch und reicht mir eine Packung Papiertaschentücher.

Ich habe gar nicht gemerkt, dass die Tränen wieder laufen. Ich nehme ein Taschentuch, putze mir die Nase. »Danke.«

»Matthias kann einen schon überfahren, und du bist keine, die sich vors rollende Auto wirft.« Sabine setzt sich, nur um gleich wieder aufzuspringen. »Ich brauch was zu knabbern.«

»Meinst du also, wir passen einfach nicht zusammen?«, frage ich sie, als sie mit einer Schüssel Chips zurückkommt. »War es unausweichlich, dass wir uns über kurz oder lang trennen?«

»Nein, das meine ich nicht. Ich weiß noch, wie glücklich ihr am Anfang wart. Da habe ich gedacht, dass ich Matthias noch nie so gelöst erlebt habe. Dass du ihm guttust und anscheinend genau die Richtige für ihn bist.« Sie nimmt eine Handvoll Chips, isst sie. »Andererseits hatte er davor immer eher Frauen, die ihn herausgefordert haben. Die hätten sich nicht so unterbuttern lassen.«

»Na ja, ich finde halt, dass es sich nicht lohnt, über Kleinigkeiten zu streiten. Mal ganz abgesehen davon, dass man einen Menschen nicht ändern kann. Matthias taucht leidenschaftlich gern, mir macht es Angst, zu tief unter Wasser zu sein und den Himmel nicht mehr sehen zu können. Er stirbt vor Langeweile, wenn er durch einen Wald laufen soll.« Ich zucke mit den Achseln. »Was bringt es da, darauf zu bestehen, dass er mit mir wandert?«

»Dass er mal was dir zuliebe tut. Kann er doch. Wie in den letzten beiden Wochen. Als wir uns in der Eifel gesehen haben, hätte ich darauf gewettet, dass du nicht zurückkommst. Aber nach dem, was Matthias in letzter Zeit erzählt hat, dachte ich, dass ich mich getäuscht habe und es weitergeht mit euch beiden.« Sie wirft mir einen fragenden Blick zu.

»Das dachte ich auch.« Ich atme durch. »Sonst hätte ich es ihm doch gleich gesagt. Wir hatten einen wirklich schönen Tag heute. Er hat versucht, lauter Dinge zu tun, die ich gern mache. Draußen sein, in der Natur, am Rhein, in der Wahner

Heide. Urige Lokale, nicht so schickimicki, aber als wir im ›Monkeys Island Beach‹ auf diesen genialen Betten lagen, habe ich gemerkt, dass es sich nicht richtig anfühlt. Er hat den Tag so vollgepackt, es war viel zu viel – und ihm wahrscheinlich immer noch zu wenig. Ich weiß es nicht. Die Ruhe hat mir gefehlt. Innen wie außen.«

»Da hat sich ja einiges angestaut.« Sabine trinkt einen Schluck.

»Warum habe ich das nicht gemerkt?« Traurig angele ich mir ein paar Chips. Ständig stecke ich zurück, will, dass es dem anderen gut geht, und merke dabei nicht, dass ich zu viel aufgebe. Bis es zu spät ist. Und jetzt fühle ich mich deswegen schuldig. Das hilft auch niemandem, würde Doro sagen. Oder Änne. Oder Bea. Meine Eifelfrauen. Recht haben sie.

Genauso wie Sabine, die mir gerade erzählt, wie froh sie ist, dieses Seminar besucht zu haben. »Ich denke, Roland und ich bekommen es wieder hin. Bei uns hat sich noch nicht so viel aufgetürmt wie bei euch. Und ich glaube auch, wir sind näher beieinander, was die Dinge betrifft, die uns wichtig sind.«

Ihre Worte tun gut. Vielleicht liegt es auch daran, dass Matthias und ich uns in grundlegenden Dingen unterscheiden. Vielleicht musste es so kommen. Man entwickelt sich weiter, manchmal eben auch auseinander. Ich wische die Tränen weg. »Soll ich dir ein Geheimnis verraten?«

»Unbedingt!«

»Ich dachte immer, dass Matthias und du … dass ihr nur deswegen nicht zusammen seid, weil es nie passte. Dass du jetzt, wo er frei ist …«

Sabine lacht los. »Matthias und ich? Never ever. Wir sind uns viel zu ähnlich, wollen beide mit dem Kopf durch die Wand, machen, tun, erledigen. Bloß nicht innehalten. Da müssten wir ja überlegen, ob wir noch in die richtige Richtung marschieren.«

»Ach was. Du bist doch jetzt achtsam unterwegs, und Matthias ist auch nicht mehr so … Er hat sich auch verändert.«

Sabine wird wieder ernst. »Ja, eure Auszeit hat uns alle verändert.« Sie hebt ihr Glas. »Auf die alte gemeinsame Zeit und auf die neue.«

Wir stoßen an. So langsam merke ich, dass das heute nicht mein erstes Glas Wein ist. Dennoch bin ich froh, die Nacht bei Sabine zu verbringen. Sich auszusprechen, auch ein bisschen auszuheulen, hilft. Zumindest etwas. Es schmerzt, dass die Beziehung mit Matthias vorbei ist. Auch Gehen ist nicht leicht.

Am Sonntag fahre ich in die Wohnung. Matthias und ich reden noch einmal miteinander. Wir kommen überein, uns erst mal nicht beieinander zu melden. Das mit dem »Lass uns Freunde bleiben« braucht Zeit, wenn es denn klappen soll. Die Wohnung ist eh seine, genauso wie die meisten Möbel. Meinen Sekretär, die wenigen Teile, die noch im Keller stehen, sowie die paar Kisten, in die ich meine Sachen packe, werde ich abholen lassen. Es ist beinahe erschreckend, wie einfach und schnell sich alles auflöst.

Am Abend bin ich wieder in der Eifel. Erleichtert und traurig zugleich. Draußen ist es windig und kühl. Kein Wetter für meine Hängematte. Dennoch stoppe ich am Baum und sage ihm, dass ich bleiben werde. Kurz bin ich versucht, »Für immer« zu sagen, aber was heißt das schon? Für immer kann genauso kurz oder lang sein wie die Zeit, die Matthias und ich zusammen hatten. Ich lege meine Hand auf den Stamm, spüre die raue Rinde und weine.

## *Kusspuppen*

### 1

Erst am Morgen entdecke ich das Baumstamm-Brett auf meiner Trennwand. Paul muss hier gewesen sein und es angebracht haben. Es sieht phantastisch aus. Die Rinde an den Seiten lässt es fast wie ein Boot wirken. Keine Scheibe, sondern ein halber Stamm. Und die Maserung – ich fahre über den Klarlack – lebendig, leuchtend. Ich bin ganz begeistert von meinem Stamm-Tisch, auch wenn er mehr Ablage als Tisch ist. Ein bisschen wie die Bank am Maar, nur dass die natürlich tausendmal länger ist. Er ist so schön, dass ich mich gar nicht losreißen mag. Gleichzeitig will ich zu Paul. Mich bedanken.

Ich schieße ein Foto und schicke es Clara. In der Nacht habe ich noch lange mit ihr telefoniert. Sie hat mich getröstet und bestärkt. Ich sende ihr noch ein paar Strahle-Smileys und ein Herz. Dann laufe ich nach nebenan. Wie immer nehme ich den Hintereingang. In der Küche klappert es.

»Guten Morgen«, rufe ich fröhlich, noch bevor ich Paul sehe.

»Liane?« Joelle kommt mir mit dem Brotmesser entgegen. »Was machst du denn hier? Wolltest du nicht in Köln sein? Sag bloß …«

Ich nicke.

Sie fällt mir um den Hals, und ich fürchte um mein Leben. Sachte entwende ich ihr das Messer und lege es weg, bevor ich ihre Umarmung erwidere.

»Ich bleibe«, sage ich.

»Wie schön.« Kurz hält sie mich auf Abstand, damit sie mir ins Gesicht sehen kann. Dann strahlt sie und drückt mich fest.

»Kann ich dir bei was helfen?« Ich löse mich aus der Umarmung.

»Nö, geh du nur duschen.« Sie grinst mich an. »Das bisschen Brot bekomm ich auch ohne dich geschnitten, und außerdem muss ich jetzt dringend mal telefonieren.«

»Wo ist Paul?« Suchend sehe ich mich um.

»Ach, das weißt du ja noch gar nicht. Setz dich am besten.« Meine Knie werden weich. Hat Wonneseifen ihm gekündigt? Muss er hier raus? Ich taste nach einem Stuhl.

»Mensch, Liane, du bist ja ganz blass mit einem Mal.« Besorgt füllt Joelle ein Glas mit Wasser und reicht es mir.

Ich trinke einen Schluck. »Jetzt sag schon.«

»Also, er war letzte Woche schon neben der Spur, das habe ich ja erzählt, und jetzt weiß ich auch, warum. Der arme Kerl. Seine Silke ist wieder in Deutschland, aber sie kommt nicht hierher zurück. Die beiden lassen sich scheiden. Ist das nicht schrecklich?«

»Aber …« Ich weiß nicht, was ich sagen soll. Das kann nicht der Grund sein, dass er so fertig ist, wie Joelle denkt, dass er ist. »Und was ist mit dem Seminarhaus?«

Joelle zuckt mit den Achseln. »Solange er weg ist, kümmere ich mich darum.«

»Wie, weg? Wohin denn? Und für wie lange?«

»Keine Ahnung. Mal raus. Ich hab's auch nicht ganz verstanden. Er murmelt manchmal ganz schön in seinen Bart, obwohl das in letzter Zeit besser geworden ist. Aber dass Silke ihn mit allem hier sitzen lässt, wo er die ganzen Monate so sehnsüchtig auf sie gewartet hat, ist ja auch der Hammer.«

»Weiß Wonneseifen davon?«

»Was geht den das denn an?« Joelle mustert mich. »Du siehst richtig mitgenommen aus. Trifft dich bestimmt, weil bei dir auch Schluss ist, was?«

Der Einfachheit halber nicke ich.

Wieder zieht mich Joelle an ihre Brust. »Ab unter die Dusche mit dir. Das wird schon alles gut, wirst sehen.«

Sie schnappt sich das Brotmesser, und ich verdrücke mich.

Ob Paul sich meine Worte zu Herzen genommen und sowohl mit Wonneseifen als auch mit Silke gesprochen hat? Mit dem Ergebnis, dass jetzt endgültig Schluss ist und er womöglich seine Pacht verliert? Oder Silke hat sich gemeldet, um klar Schiff zu machen, und dass sie das gerade jetzt tun will, ist reiner Zufall? Auch unter der Dusche rotieren die Fragen in meinem Kopf. Aber wenn alles so schlimm wäre, würde sich Paul doch nicht ausgerechnet um ein Brett für meine Trennwand kümmern. Wahrscheinlich macht er einfach nur ein paar Tage frei. Vielleicht passte es gerade gut.

Als ich aus dem Bad komme, deutet Joelle auf meine Tasche.

»Da drin piepst es wie wild. Ich dachte schon, du hättest ein ganzes Nest voller Vögel dabei.« Sie errötet leicht, als sie gesteht, nachgesehen zu haben. Zartrosa steht ihr.

Ich fische mein Handy aus der Tasche und ändere als Erstes den Klingelton. Jetzt, wo ich hier wohne, brauche ich keinen Fake-Vogelgesang mehr. Der Standardklingelton schallt durch die Küche. Laut, langweilig und nicht zur Probe. Bea ruft an. Da hat wohl jemand die moderne Buschtrommel angeworfen, als ich unter der Dusche stand.

»Wann feiern wir?«

Ich sehe Joelle an. Die hebt die Schultern, als hätte sie nichts damit zu tun, dass parallel zum Gespräch eine Hexennachricht nach der anderen bei mir eintrudelt, weil sich alle freuen, dass ich wieder da bin.

»Liane? Frau, die von nun an bis in alle Ewigkeit in der Eifel lebt, bist du überhaupt dran?«

»Ja, bin ich, und ja, wir feiern, aber lass mich erst mal ankommen.«

»Morgen Abend?«, tönt es aus dem Handy.

Ich seufze.

»Wir bringen …«, sagen Bea und Joelle im Chor, und ich stimme mit ein: »… alles mit.«

»Prima!«, ruft Bea.

»Ich geb den anderen Bescheid«, verkündet Joelle.

Wehrlos hebe ich die Hände. Gegen die geballte Hexenmacht komme ich nicht an und will es auch gar nicht. Ganz im Gegenteil. Ich freue mich, dass sie sich so freuen. Allerdings will ich – muss ich – Ruhe in meinen Kopf bringen. Bevor ich noch wahnsinnig werde, frage ich Wonneseifen lieber direkt, ob er Paul tatsächlich vor die Tür gesetzt hat. Na ja, vielleicht nicht ganz so direkt. Für den Fall, dass es doch um etwas anderes geht.

## 2

Wonneseifen schüttelt den Kopf, als er sieht, wer da vor seiner Tür steht. »Mädchen, Mädchen. Da habt ihr mir ja schön was vorgespielt.«

»Tut mir leid.« Ich blicke ihm fest in die Augen. »Aber das macht Paul nicht zu einem schlechten Pächter.«

Seine Hand geht zum Kopf, als wollte sie die Mütze zurechtschieben, doch da ist keine, also streicht er sich über den kahlen Schädel. »Zu einem guten aber auch nicht. Komm rein.«

Mein Herz sinkt, während ich eintrete und fieberhaft überlege, wie ich den Alten gnädig stimmen kann.

Wonneseifen geht voraus durch einen Flur mit dunklem Schuhschrank, dunkler Garderobe, dunklem Sideboard. Von wegen Eiche rustikal. Nussbaum oder Walnuss? Im Wohn-Essraum sieht es genauso aus. Nur dass noch eine mächtige Sitzecke dazukommt. Ein Ohrensessel mit Blumenpolster und passendem Fußteil zieht mich sofort an. Der würde sich ganz ausgezeichnet in meiner Wohn-Arbeitsecke machen.

»Viel bequemer als diese modernen Relaxsessel. Mein Sohn hat einen und schwört darauf. Mit Massage, der legt einen auf Knopfdruck flach. Da ist das hier doch ein ganz anderes Kaliber. Und die Füße kann man auch hochlegen.« Wonneseifen schiebt sich neben mich, streicht mit der Hand über die Sessellehne, tätschelt sie. »Das Lieblingsstück von meiner Sieglinde, Gott hab sie selig.«

»Wirklich wunderschön. Sie haben nicht zufällig noch so einen und wollen ihn loswerden?«

Wonneseifen lacht. »Du hast Geschmack. Das hab ich gleich gesehen. Ich darf doch Du sagen?« Er geht zur Schrankwand, klappt das Barfach herunter.

Während er mit den Flaschen hantiert, sehe ich mich weiter um. Gehäkelte Spitzendeckchen noch und nöcher, ein Setzkasten mit alten Fingerhüten, ein Messingengel und ein »Manneken Pis« – ich muss grinsen. Die Kombination findet sich auch nicht überall.

»Herzkirschtropfen. Die musst du probieren.« Wonneseifen hält eine schmale Flasche hoch.

»Aber nur einen kleinen Schluck.« Ich setze mich auf das Sofa. Auch auf dem Couchtisch liegt eine Spitzendecke, auf deren Mitte zwei kleine Figuren stehen und sich küssen. Mit den abstehenden Kitteln sehen sie aus wie Frauen, aber die Figur mit der Mütze ist wohl doch eher ein Mann, während die Frau ein Kopftuch trägt.

»Sieglinde und ich.« Wonneseifen nickt zu den Püppchen hin, konzentriert sich aber gleich wieder auf die beiden Gläser, nicht dass er was von dem guten Tropfen verschüttet. Er reicht mir ein Glas und stößt mit mir an. »Auf die Liebe.«

Ich probiere den Herzkirschtropfen.

»Gut, was?« Der Alte lässt sich in den Sessel fallen.

Ich nicke. Zufrieden strahlt er mich an und erzählt mir, dass seine Frau und er dieses Jahr diamantene Hochzeit gefeiert hätten. Er nimmt die beiden Püppchen in die Hand und spielt mit ihnen.

»Vor sechzig Jahren hab ich ihr einen Maibaum gestellt. Da musste ich sie dann ja fragen, ob sie mich heiraten will. Das war ihre Antwort.« Klackend küssen die Figuren sich. Eine Träne läuft ihm über die Wange. Ein wenig verlegen wischt er sie weg. »Ein sentimentaler alter Mann bin ich, was? Schenkst du uns noch was ein?«

Ich hole die Flasche und fülle sein Glas. Wonneseifen zieht die Figuren auseinander, aber sie wollen sich nicht trennen. Ein endloser Kuss. Dann lösen sich ihre Münder voneinander, um sogleich wieder zusammenzuklacken.

»So muss sie sein, die Liebe.« Wonneseifen stellt die Figuren auf ihren Platz. »Wie bei euch beiden.«

»Nein, nein, wir sind nur gute Freunde.« Betreten betrachte ich die Kussmundfiguren. Soll ich mich noch mal entschuldigen, dass wir ihm etwas vorgespielt haben?

»Wer's glaubt …« Der Alte schüttelt den Kopf. »Das hat doch sogar ein alter Mann wie ich gesehen, dass ihr zusammengehört. Sonst hätte ich euch die Scharade doch niemals abgekauft.«

»Wir … Bleibt es bei der Verlängerung der Pacht?«

Der alte Mann wirft mir einen erstaunlich scharfen Blick zu. »Schütt dir auch noch einen ein. Und dann gehst du zu ihm und sagst ihm, dass du ihn liebst.«

»Ich mag ihn wirklich sehr.« Ich ignoriere das Gefühl, dass sich mein Kopf vor lauter Glühen bestimmt gleich selbst entzündet, und konzentriere mich auf die Flasche, gieße mir ein bisschen und ihm ein bisschen mehr ein. Wie einen Köder halte ich ihm sein Glas hin. »Sie kündigen ihm nicht?«

Wonneseifen greift nach seinem Glas, und ich ziehe es tatsächlich weg. Reiner Reflex. Sofort entschuldige ich mich und gebe es ihm.

»Tss.« Er zwinkert mir zu. »Du willst doch nicht etwa einen alten Mann bestechen? Da gehört mehr zu als mein eigener Likör.«

Kleinlaut nippe ich am Glas. »Bestechen? Nein, aber Paul hat es verdient.« Ich halte eine flammende Lobrede auf ihn, die nahtlos dazu übergeht, dass man Früchte, die man sät, auch ernten dürfen sollte. »Das Seminarhaus fängt gerade an, Kunden zu gewinnen. Es jetzt zu schließen, wäre so, als ob … als ob Sie einen Kirschbaum in voller Blüte fällen.« Mein Vergleich ist dermaßen schief, dass er von allein umkippen würde, wäre er ein Baum.

Wonneseifen hat den Anstand, nicht in schallendes Gelächter auszubrechen. Ernst wiegt er seinen Kopf hin und her, und ich vermag nicht zu sagen, ob er das nur spielt oder tatsächlich so meint, jedenfalls wirkt er, als würde er nachdenken. Meine Fingernägel bohren sich ins Handinnere, in meinem Kopf rattert es, aber mir fällt kein weiteres Argument ein, mit dem ich ihn zur richtigen Entscheidung schubsen könnte.

»Ihr seid mir wirklich ein schönes Paar.« Der Alte nickt zur Flasche.

Er will doch nicht etwa noch ein Glas? Pflichtschuldig gieße ich nach und warte darauf, dass er weiterspricht.

Was er erst tut, nachdem er einen ordentlichen Schluck genommen hat. »Er bittet für dich, du für ihn.«

»Wenn Paul mich in Schutz nehmen wollte, dann ist das nicht nötig. Er hat mich nicht dazu gezwungen, Ihnen etwas vorzuspielen.«

Wonneseifen beäugt mich, als wäre ich eine Spezies, die ihm in seinem langen Leben noch nicht untergekommen ist. »Hat er dir nichts gesagt?«, fragt er mich schließlich.

Ich runzele die Stirn. Will er wieder darauf hinaus, dass wir uns seiner Meinung nach lieben?

»Du hättest mich ruhig selbst fragen können.« Jetzt klingt er fast ein bisschen knottrig.

Und ich verstehe nur Bahnhof. Meine Miene spricht wohl Bände, was ihm zu gefallen scheint.

Er leert sein Glas und beugt sich verschwörerisch zu mir vor. »Wir bekommen das schon hin.«

»Was denn?« Liegt es an seinem Alter oder am Likör, dass er in Rätseln spricht?

Er kichert und legt seine Hand auf meine. »Na, das mit deinem Abfluss.«

»Was haben Sie denn mit meinem Abfluss zu tun?« Ist er ehemaliger Abwasserfachmann oder Zauberer?

Das mit dem Zaubern muss ich wohl laut gesagt haben, denn er freut sich wie ein Schneekönig und erzählt dann was von einer Naturkläranlage auf seinem Grundstück. Also nicht dem hier, sondern dem vom Seminarhaus. Die befinde sich in unmittelbarer Nähe zu meinem Haus. »Die kürzeste Lösung«, sagt er, »das kann nicht viel kosten.«

Ich starre ihn an. Mein Herz hüpft auf und ab. »Geht das denn einfach so?«

»Klar. Wir halten das natürlich schriftlich fest.« Er grinst mich vergnügt an.

»Sie sind der Beste!« Ich drücke ihm einen Kuss auf die Wange.

Prompt hält er mir die andere hin. Lachend gebe ich ihm einen zweiten Schmatzer. Natürlich besiegeln wir die Abmachung mit einer weiteren Runde Herzkirschtropfen, und ich muss sagen, dass der Likör mir mit jedem Mal besser schmeckt.

»Sie geben mir Bescheid, wenn ich mich irgendwie revanchieren kann. Ich könnte Ihnen im Garten helfen oder für Sie einkaufen. Oder Sie wo hinfahren.«

Er schnaubt empört.

Ich hebe die Hände. »Wenn Sie irgendwas mit Grafikdesign anfangen können, nur zu gern. Was anderes kann ich leider nicht bieten.«

»Machst du nicht Bauchtanz?«

So ein Schlitzohr. Will er etwa, dass ich ihm vortanze?

Er lacht los, lacht, bis ihm die Tränen kommen. »Hättest mal dein Gesicht sehen sollen. Nein, kein Bauchtanz für mich, aber du könntest mir mal deine Telefonnummer geben. Meine Enkelin zieht doch her, und für die wäre das mit deinem Grafikdesign vielleicht was.«

Ich hole eine Visitenkarte aus meiner Tasche und gebe sie ihm.

»Da wär vielleicht auch noch was anderes, aber dafür müssten Paul und du ...«

»Apropos Paul. Sie kündigen ihm nicht, oder?« Ich sehe ihn bittend an.

»Mein Sohn wird mich lynchen.« Wonneseifen zwinkert mir zu. »Erst lynchen und dann für geschäftsunfähig erklären lassen, in genau der Reihenfolge. Aber nur, wenn du mich noch mal ...«

Ich warte seine weiteren Worte nicht ab und umarme ihn.

Selbstverständlich bekommt er auch noch einen Kuss und wir beide einen weiteren Herzkirschtropfen.

»Eins noch«, er streicht sich über die Glatze. »Wenn du dein Haus doch vermieten willst, dann meld dich, ja? Meine Jenni sucht jetzt schon seit Monaten, und ich würde mich so freuen, wenn sie hier in der Nähe was finden würde.«

Es tut mir leid, den Alten enttäuschen zu müssen, aber vielleicht hat Joop ja was. Sofort ziehe ich das Handy aus der Tasche und schicke ihm eine Nachricht.

Bevor ich mich verabschiede, muss ich Wonneseifen hoch und heilig versichern, dass ich wirklich nicht mit dem Auto gekommen bin, jetzt also auch nicht mit einem wegfahren werde. Den Herzkirschklopfertest bestehe ich nämlich nicht mehr. Dreimal hintereinander »Herzkirschtropfen machen Herzkirschklopfen, Herzkirschtropfen lassen Kirschherzen klopfen« zu sagen, würde ich allerdings auch nüchtern nicht schaffen.

Beschwingt mache ich mich auf den Weg zum Seminarhaus. Ewig kann Paul ja nicht wegbleiben. Umso besser wäre es also, wenn er ziemlich genau jetzt von seiner kleinen Auszeit zurückkäme. Doch das tut er nicht. Und sein Handy sagt, dass dieser Teilnehmer gerade nicht erreichbar ist. Meine Freude fällt in sich zusammen. Dann müssen meine Tausenden von Dankeschöns wohl noch warten.

3

»Wolltest du ernsthaft dein ganzes Leben mit ein und demselben Menschen verbringen?«

Bea ist mir in die Küche gefolgt, wofür ich ihr dankbar bin. Das Thema möchte ich wirklich nicht in der versammelten Hexenrunde diskutieren. Eigentlich auch nicht mit ihr allein.

»Warum nicht?« Ich tauche in den Kühlschrank ab, um ihrem bohrenden Blick zu entgehen.

»Weil man sich weiterentwickelt. Verschiedene Lebensphasen. Ich glaube nicht daran, dass man den ganzen Weg mit einem einzigen Menschen gehen sollte.«

»Jetzt sag bitte nicht, dass es so viele schöne Blumen am Wegesrand gibt.« Ich reiche ihr die Sektflasche. »Kannst du die aufmachen und rausbringen?«

»Wieso sich auf den Wegesrand beschränken? Man muss sie nehmen, wie sie kommen.« Bea knibbelt die Schutzfolie ab, schüttelt die Flasche leicht und lässt den Korken knallen. Zufrieden grinst sie mich an.

»Pass auf.« Ich nicke zur Flasche, aus der es zischt und brodelt, und erhebe mich. »Ich mag einfach keine Kompromisse mehr schließen.«

»Was ist denn schlimm daran?« Bea lässt den überschäumenden Sekt in eins der Gläser neben der Spüle laufen. »Warum nicht Sekt statt Wein, wenn ich beides mag? Warum nicht den Papa-Tag wechseln, wenn es für mich auch passt? Aber keinesfalls die Abendbetreuung übernehmen, wenn Donnerstag ist und ich zum Bauchtanz will. Ich mache ständig Kompromisse. Nur möglichst keine faulen. Und möglichst keine faulen Männer. Ich brauch welche, die anpacken.« Sie legt die freie Hand auf eine Brust und kichert.

»Bea.«

»Was denn?«

»Jedenfalls bleibe ich lieber allein.« Zeit, das Thema in unverfänglichere Gefilde zurückzulenken. »›Kompromisslos allein.‹ Der neue Film aus der Eifel. Mit Liane Rühl in der Hauptrolle – ein Kompromiss, aber was soll's?« Vor Lachen rutscht Bea fast die Flasche aus der Hand.

»Sag mir lieber, wie es mit dir und Joop läuft. Ist es was Ernstes?«

»Wir verstehen uns einfach gut. Er sieht das Leben nicht so verbissen wie zum Beispiel eine gewisse ehemalige Städterin, die kürzlich hierhergezogen ist.« Bea grinst mich frech an. »Aber dich kriegen wir auch noch hin. Komm doch am Wochenende mit zum Pulvermaar. Dann siehst du, wie einfach Beziehung sein kann.«

Ich schüttele den Kopf. Das letzte Mal war ich mit Matthias dort. Und obwohl ich meine Entscheidung nicht bereue, will ich erst mal nicht so viel an ihn denken. Es zieht schon noch ganz ordentlich irgendwo tief in mir drin.

»Hab ich doch richtig gehört.« Änne schiebt ihren Rollator in die Küche, schnappt sich das mit Sekt gefüllte Wasserglas und prostet mir zu, bevor sie sich an Bea wendet. »Draußen verdursten sie schon.«

Lachend zieht Bea ab, nicht ohne mir vorher noch viel Spaß bei der Inquisition zu wünschen. Klar, auch Änne will Genaueres wissen. Ich seufze. Wenn das so weitergeht, wäre es vielleicht doch einfacher, gleich mit allen zu reden.

Mit einem Ächzen lässt Änne sich auf dem einzigen Stuhl nieder, der noch in der Küche steht. »Wie alt bist du noch mal?«

»Zwei Jahre älter als der Sinn des Lebens.«

Sie kneift die Augen zusammen. »Per Anhalter durch die Galaxis« von Douglas Adams hat sie offensichtlich nicht gelesen. Bevor ich ihr die Zahl nennen kann, hat sie jedoch beschlossen, dass sie nicht so wichtig ist. »Lass dir nicht zu lange Zeit. In deinem Alter kann man ruhig noch mit wem zusammenziehen.«

»Kein Bedarf. Ich bleib erst mal allein.« Ich werfe die Kühlschranktür mit mehr Schmackes zu, als nötig gewesen wäre, und stelle O-Saft und Wasser in den Korb auf Ännes Rollator.

»Klar. Paul ist ja auch noch nicht wieder da.«

»Da ist nichts …«

Sie lacht. »Lass ihn ruhig zappeln. Man sollte es den Männern nicht zu einfach machen.«

»Ehrlich, Änne. Paul und ich sind gute Freunde. Nicht mehr und nicht weniger.«

»Schwätz dich nicht müd. Hilf mir lieber mal hoch.« Änne streckt mir ihren Arm entgegen.

Gemeinsam gehen wir nach draußen, wo die anderen mich hochleben lassen, obwohl ich doch gar nichts getan habe. Außer herzuziehen. Ich stoße mit jeder einzeln an, lasse mich drücken und herzen.

»Ziehst du dann jetzt bei Paul ein?« Henni strahlt mich so fröhlich an, dass ich ihr nicht böse sein kann, obwohl es nun natürlich wieder losgeht.

Änne und Bea erklären gemeinsam, dass ich allein leben möchte.

»Aber wieso denn?« Joelle sieht mich an, als hätte ich ihre Maarpackungen abgelehnt. »Paul hat niemanden, du hast niemanden, da wäre es doch naheliegend. Und du könntest auch gleich vermieten. Ich hab gehört, die Enkelin vom alten Wonneseifen sucht was.«

»Na, da kann sie ja bei Paul einziehen.« Doro steht auf und schwenkt die Likörflasche, die mir der alte Wonneseifen für eine besondere Gelegenheit mitgegeben hat. »Wer mag einen Herzkirschtropfen in seinen Sekt?«

Erstaunlicherweise will niemand. Den Tropfen muss man pur genießen. Verschwörerische Blicke fliegen hin und her. Sollen sie doch denken, was sie wollen. Manchmal braucht man Phasen im Leben, in denen man für sich ist. Und es ist ja auch keineswegs so, dass ich einsam wäre. Dankbar umarme ich Doro und setze mich.

Donnerstag, 18. Juli, bis Samstag, 20. Juli

# Wurzeln

## 1

Komischerweise fühlt sich das Wohnen im Haus anders an, seit ich zurück bin. Ich überdenke die Einrichtung, überlege, wo ich den Sekretär hinstellen soll, wie ich das zweite Zimmer oben gestalten werde. Ganz klar mein Kreativraum. Zwischendurch werfe ich immer wieder einen Blick auf mein Handy. Joelle hat mir versprochen, sofort Bescheid zu geben, wenn Paul auftaucht. Mit einem Funkeln in den Augen, aber ohne Kommentar. So langsam mache ich mir doch Sorgen. Paul ist keiner, der grundlos Urlaub macht, wenn es im Seminarhaus viel zu tun gibt. Nimmt ihn die Endgültigkeit der Trennung mehr mit, als er dachte? Das wiederum könnte ich verstehen. So leicht lässt man eine Beziehung nicht hinter sich. Egal, wie sie zu Ende gegangen ist. Bei aller Freude, hier zu sein, habe ich doch auch dunkle Momente. Immer wieder gibt es Augenblicke, die ich mit Matthias teilen möchte. In denen ich ihn kurz anrufen, seine Stimme hören will. Er fehlt mir. Trotzdem weiß ich, dass es die richtige Entscheidung war. Nun ja, zumindest hoffe ich das in solchen Augenblicken, laufe eine Runde oder hocke mich unter den Baum.

Am Donnerstag freue ich mich den ganzen Tag auf den Abend, auf den Bauchtanz mit den Hexen und darauf, dabei alle Gefühle und Sorgen herauszulassen.

Gemeinsam lachen und üben wir, bewegen uns zur Musik. Die Euphorie trägt uns. Ich mag gar nicht Schluss machen, doch als auch Doro anfängt zu tuscheln, weiß ich, dass die Frauen genug haben. Gehen möchten sie allerdings noch nicht. Zumindest zögern sie es hinaus, verabschieden sich von mir, als würden sie mich sechs Wochen nicht wiedersehen. Dabei wohne ich doch jetzt hier.

»Viel Glück.« Doro drückt mich kurz.

»Trau dich.« Henni sieht mich feierlich an.

Bea kichert los, deutet auf ihren Ringfinger. »Ja, trau dich, bitte, trau dich.«

»Jetzt kommt schon.« Änne packt ihren Rollator und wartet darauf, dass die anderen vorangehen. Was ist nur mit ihnen los?

»Hallo.«

Pauls Stimme fährt mir sogleich in die Knie und lässt sie weich werden. Ich blicke auf. Da steht er, im Profil, halb mir zugewandt, halb den Frauen, die jetzt wirklich gehen. Nicht ohne mir noch mal zuzuwinken oder zuzuzwinkern. Bande! Warum hat mir keine was gesagt?

Ich räuspere mich.

Er dreht sich zu mir. »Hey. Können wir reden? Ich möchte dir was sagen.«

»Ich weiß. Du bist so was von der Beste. Danke. Das Brett ist super, und dass du Wonneseifen gefragt hast wegen meines Abflusses …« Obwohl ich mir fest vorgenommen habe, ihn nur zu umarmen, wenn er es will, falle ich ihm um den Hals. Mein Herz rast. Verflixt, was tue ich hier? Ich weiß doch, was er für mich empfindet. »Tut mir leid«, flüstere ich und löse mich von ihm. »Es ist nur … Ich hab mich so gefreut, aber jetzt du. Wo warst du? Ist alles okay bei dir?«

»Du siehst glücklich aus.«

Ich hebe die Schultern. Wahrscheinlich sehe ich zerzaust und verschwitzt aus. Und durcheinander. Und ja, auch glücklich.

»Mein bester Freund ist wieder da.« Ich grinse ihn an.

»Hast du es gut. Meine beste Freundin will nicht mehr sein als eben das. Damit musste ich erst mal klarkommen.«

»Sorry.«

»Schon gut, und ich werd dich auch nicht ständig damit nerven, aber nach allem, was war, will ich nicht gleich wieder in so eine Lügengeschichte rutschen.« Er fährt sich durch die Haare, bindet den Zopf neu. »Hungrig?«

»Sag bloß, du hast gekocht?«

»Irgendwie musste ich die Zeit ja rumbekommen, in der ihr getanzt habt. Ihr habt übrigens ganz schön überzogen.« Er klopft auf sein Handgelenk, dabei trägt er keine Uhr. »Musstet wohl erst quatschen. Wie lange bleibst du?«

Erst da wird mir klar, dass er es noch nicht weiß. Warum hab ich ausgerechnet jetzt einen Frosch im Hals? Wir gehen los.

Ich räuspere mich. »Für immer. Wir haben Schluss gemacht.«

Abrupt bleibt Paul stehen, sein Blick sucht mein Gesicht. »Wegen uns?«

»Nein.« Gott sei Dank ist es dunkel. Die Hitze, die ich verspüre, kann genauso gut noch vom Tanzen sein. Erneut räuspere ich mich. »Es hat nicht mehr gepasst. Zu viele Kompromisse. Ich habe es erst sehr spät kapiert.«

»Traurig?«

»Ja. Und nein.« Ich zucke mit den Achseln. »Jedenfalls ist es schön, wieder hier zu sein.«

»Mich freut's auch.« Er sieht mich nicht einmal an, als er das sagt.

Ich stupse ihn in die Seite. »So hörst du dich aber nicht an.«

»Doch, ehrlich.« Er seufzt.

»Spuck's aus. Was ist los?«

»Ich versuche zu verdauen, was mir meine beste Freundin gerade erzählt hat. Du weißt schon, die, die nicht mehr sein will. Bislang dachte ich, das liegt daran, dass sie in einer Beziehung steckt, die sie nicht aufgeben will …«

»Daran hat sich nichts geändert. Ich will nicht gleich wieder in eine neue rutschen und mich darin verlieren.« Ich schlucke. »Hast du das vorhin ernst gemeint? Warst du wegen mir weg? Dann sollten wir das mit dem gemeinsamen Essen wohl erst mal sein lassen.«

»Und ich bleib auf meiner Suppe sitzen? Vergiss es.«

»Aber …«

»Kein Aber. Ich hab sogar Knoblauchbaguette gemacht. Das wird schon alle bösen Liebesgeister fernhalten.«

»Sicher?«

Er nickt. Wir erreichen das Hauptgebäude, er verschwindet in der Küche, kehrt kurz darauf mit Suppe und Brot zurück, und es ist fast wie früher. Wir essen, reden. Er erzählt mir von seinem Gespräch mit Wonneseifen. Der habe zwar vor sich hin geknottert, aber gleich gesagt, dass er ihm nicht kündigen werde.

Aber mich hinhalten. Da knottere ich auch was vor mich hin, kann dem Alten aber nicht böse sein. Wie auch, bei allem, was er für mich tut.

»Am Tag darauf bin ich nach Berlin gefahren, um mich mit Silke auszusprechen. Das war lange überfällig.« Paul schüttelt den Kopf. »Ich versteh echt nicht, warum ich das nicht gleich gemacht habe. Hab wohl deinen Anstupser gebraucht. In einem Punkt hattest du aber unrecht. Ich habe nicht gehofft, dass sie zurückkommt. Zwischen Silke und mir ist es aus, wirklich und ehrlich und schon lange.«

*Warum hast du dann immer so traurig gewirkt, so verletzt, wenn wir auf Silke zu sprechen gekommen sind?* Die Frage liegt mir auf der Zunge, aber das Thema ist mir zu heikel. Stattdessen erkundige ich mich, wie es denn jetzt mit dem Seminarhaus weitergehe. »Stemmst du es dann ganz allein?«

»Mit einer tollen Grafikdesignerin an meiner Seite kann nichts schiefgehen.« Er wirft mir einen fragenden Blick zu. »Bleibt es bei unserem gegenseitigen Coaching?«

»Gern. Und außerdem hast du noch einiges gut bei mir.«

»Prima. Wann legen wir los? Ich brauche deine Beratung für die Eisenbahnwaggons. Die will ich endlich angehen, damit ich kleine Auszeiten anbieten kann. Verschiedene Bezahlmodelle. Von Cash bis hin zu Abarbeiten durch Kurse oder Hilfsleistungen im Seminarhaus. Und ich möchte das Kursangebot etwas anders ausrichten. Kreativ in der Natur. Stricken, malen, schreinern, schnitzen …«

»In der Kreativität liegt die Kraft.« Ich strahle ihn an.

»Lach nicht. Für mich ist das tatsächlich so.«

»Für mich auch. Ist absolut ernst gemeint. Sag, gibst du

dann auch Kurse? Das Brett, das du für mich gemacht hast, ist wirklich genial. Und deine Tische …«

»Meinst du? Ist nicht so, dass ich nicht darüber nachdenke, aber ich bin mir nicht sicher, ob so ein Kurs gefragt ist.«

»Das wirst du dann schon sehen.«

Wir sind wieder mittendrin. Wir sind wieder Paul und Liane. Gute Freunde, die kein Blatt vor den Mund nehmen, wenn sie miteinander reden. Die sich austauschen und inspirieren. Ich könnte ihn knuddeln vor lauter Glück, aber damit warte ich lieber noch ein wenig, bis ich sicher bin, dass er über mich hinweg ist.

Und ich über ihn.

## 2

Am Freitag treffen meine Sachen aus Köln ein. Ich richte mich ein. Endlich kommt mein Sekretär wieder richtig zur Geltung. Ich rücke und räume, sitze Probe, verschiebe. Letzteres ist allein nicht so einfach. Schließlich möchte ich den Fußboden nicht gleich wieder verschrammen. Bis zum Abend habe ich alles grob dort, wo ich es haben möchte. Gerade überlege ich, ob ich zum Abendessen zu Paul gehen soll, als ein Motorrad vorfährt. Joop und Bea.

Mit Bea am Lenker. Sie klappt das Visier hoch. »In zehn Minuten im Biergarten am Maar?«

»In einer Minute am Gartentisch auf Wolke sieben?« Ich nicke zu meiner Outdoor-Sitzecke. »Ich hab sogar alkoholfreies Bier da.«

»Och nö.« Bea verzieht das Gesicht.

Joop hingegen steigt ab und zwinkert mir zu. »Wusste ich es doch. Auf Liane ist Verlass.«

Während die beiden sich gegenseitig von Helm und Jacke befreien, hole ich die Getränke.

Wieder zurück, hält Bea mir einen Vortrag über die Maschine. Joop habe noch eine andere, an der würden sie gerade herumschrauben. »Das ist so geil.« Beas Wangen glühen.

Ich schaue zu Joop. Seine Augen leuchten. Die beiden scheint es richtig erwischt zu haben. Ich lächele still.

»Erde an Liane. Komm mal runter von deiner Wolke. Willst du morgen mit?« Bea sieht mich erwartungsvoll an.

»Auf so einem Teil? Nein danke.«

Joop lacht. »Hab ich dir doch gesagt.«

»Ach komm, du kannst auch mit mir fahren.« Bea reißt ihre Augen auf und klimpert mit den Wimpern.

»Lass mal. Ich will doch nicht stören. Noch ein Bier?« Ich stehe auf, nehme die leeren Flaschen mit – und Bea.

»Wir haben gewettet«, raunt sie mir zu. »Du kannst mich doch nicht verlieren lassen.«

»Setz einfach das nächste Mal auf das Richtige.«

»Wie bist du denn drauf?« Gespielt empört stemmt sie die Hände in die Seiten. »Das ist nicht sehr hexenschwesterlich.«

Ich umarme sie. »Sag mal, war ich die Freundin, der du nicht in die Quere kommen wolltest?«

»Ach was.« Meine süße, obercoole, abgebrühte Lieblingshexe windet sich aus meinen Armen, dreht sich zum Kühlschrank und inspiziert die Bierflaschen, als gälte es, eine zu finden, die tatsächlich Bier enthält.

Gerührt greife ich an ihr vorbei, nehme zwei Flaschen und gehe wieder raus. Wenig später kommt Bea und setzt sich neben ihren Liebsten. Bevor die beiden sich weiter einen Kopf machen, wie sie sicherstellen können, dass ich das Wochenende nicht einsam und verlassen verbringe, erfinde ich rasch ein volles Programm. Paul helfen. Mit den Gästen und der neuen Website. Bea grinst breit. Viel zu breit. Ich kenne diesen Gesichtsausdruck.

»Schon gut«, meint sie. »Ich sag nichts.«

»Da gibt es auch nichts zu sagen.«

»Sehr gut.« Joop hebt die frische Flasche. »Wollen wir darauf anstoßen? Ich bin nämlich echt durstig.«

Am nächsten Morgen schiebe ich tatsächlich erst mal Küchendienst im Seminarhaus. Irgendwie muss ich meine Duschschulden ja begleichen und mein schlechtes Gewissen beruhigen. Dann habe ich gestern nicht gelogen, und Paul freut es auch. Er hat volles Haus. Ein Wochenendkurs »Meditatives Malen«, ein Tages-Workshop »Vulkanhäkeln«, und Joelle hat frei. Ich hole das schmutzige Geschirr aus dem Frühstücksraum, räume es in die Spülmaschine und schaue anschließend nach Paul, um zu fragen, ob ich noch was tun kann.

Er ist in einem der Eisenbahnwaggons zugange. Bänke entfernen. Sieht anstrengend aus. Wenn er das allein schaffen will, wird er wohl einige Zeit brauchen. Es sei denn … Ich tippe ihm auf die Schulter. »Ich kenn da jemanden, der sehr gut arbeiten kann.«

»Nee, lass man. Du hilfst mir schon genug.«

»Indem ich dir wertvolle Tipps gebe und gute Leute vermittele.« Ich grinse ihn an. »Jannik. Hat bei mir die Böden gemacht. Keine Ahnung, ob er Lust hat, aber fragen kostet ja nix. Soll ich?«

Paul wischt sich den Schweiß von der Stirn und nickt. Wir setzen uns für eine kurze Pause nach draußen.

»Vielleicht wäre so ein Waggon ja auch was für Wonneseifens Enkelin. Übergangsweise, bis sie was gefunden hat. Was meinst du, wann der erste bezugsfertig ist?«

Paul lacht. »Die wird sich freuen, aber sie kann natürlich erst mal mit im Seminarhaus wohnen, wenn sie mag.«

»Ich dachte nur, falls sie nicht bei ihren Eltern oder ihrem Opa wohnen möchte. So was kann ja manchmal ganz schön stressig sein.«

»Wie gesagt: von mir aus gern.« Paul steht auf. »Ich mach mich dann mal wieder an die Arbeit. Bis später zum Abendessen?«

»Ich kann doch nicht immer bei dir essen.«

»Doch, kannst du.«

Ich schüttele den Kopf. »Dafür mag ich deine Haare viel zu sehr. Die will ich dir nicht vom Kopf essen.«

»Gab's jemals ein Haar in einer meiner Suppen?«

Wir sehen uns an. Lächeln.

»Ich muss los.« Ich stehe auf und gehe, drehe mich noch mal um. »Ist es okay, wenn ich Wonneseifen das Zimmerangebot mache? Ich wollte noch mal bei ihm vorbeischauen, um zu hören, wie wir mit dem Abfluss weitermachen.«

»Ja klar.« Paul verschwindet im Eisenbahnwaggon, wo kurz darauf ein Hämmern zu hören ist.

Vor Wonneseifens Haus steht ein alter Mercedes, die Klappe zum Kofferraum offen. Da war wohl jemand einkaufen. Ich nehme die beiden Tüten aus dem Wagen und trage sie zur Tür, klingele, bevor ich sie aufdrücke.

»Herr Wonneseifen?«

Es bleibt still. Ich rufe noch einmal, gehe dann durch zur Küche, will die Tür mit der Schulter weiter aufstoßen, aber sie klemmt. Ich setze die Taschen ab und schaue mich um. Verdammt! Der alte Wonneseifen liegt auf dem Boden. Kein Stöhnen, nichts zu hören. Mein Herz setzt aus. Behutsam schiebe ich die Tür weiter auf. Als der Spalt breit genug ist, quetsche ich mich durch und hocke mich zu ihm, fühle, ob er noch Puls hat. Ja, da ist was.

Ich atme auf, rufe: »Herr Wonneseifen? Hallo?« Ziehe mit verschwitzten Fingern mein Handy aus der Hosentasche, wähle den Notruf.

Was das dauert!

»Halten Sie durch«, flüstere ich dem Alten zu und drücke dabei seine Hand, während ich überlege, wie das war mit der stabilen Seitenlage. Oder braucht er eine Herzmassage? Schnell, im Rhythmus zu »Stayin' Alive«, daran erinnere ich mich. Endlich geht jemand ran, will von mir wissen, was los ist, weist mich an, ja, stabile Seitenlage.

Wieder warte ich, lausche, ob ich was von draußen höre, Motorengeräusche, eine Sirene, doch da ist nur ein leises Ticken. Vielleicht aus dem Wohnzimmer. Während es hier still ist. Zu still.

Ich beuge mich näher zu seinem Mund. Atmet er noch?

Er atmet. Ich rede auf ihn ein. Erzähle ihm von den Waggons und dass Jenni da wohnen könne, wenn sie mag, und dass er durchhalten müsse. Für Jenni. Wo sie doch jetzt herziehe. Ich erzähle vom Kirschbaum, von der Ernte. Dass ich Kirschlikör angesetzt habe. Den müsse er doch probieren. Kirschherztropfen. Herzkirschklopfen. Eine Träne tropft auf seine Brust. Ich weine doch nicht etwa? Rasch wische ich mir übers Gesicht. »Herzkirschtropfen machen Herzkirschklopfen.« Weiterreden und weiterhoffen.

Bis ich die Sirene höre, das Schlagen von Autotüren, Schritte. Ich rufe, rücke zur Seite. Die Sanitäter übernehmen. Die Notärztin kommt. Sie vermuten einen Schlaganfall. Sagen dürfen sie mir nichts, ich bin keine Verwandte, aber so viel bekomme ich mit aus den kurzen Sätzen, die sie einander zuwerfen. Kontrolliert, schnell, sie wissen, was sie tun. Dann transportieren sie Wonneseifen ab. Betroffen sehe ich ihnen nach. Ich hoffe so sehr, dass er es schafft. Aber vielleicht will er das ja gar nicht mehr?

## 3

Ich gehe. An meinem Haus vorbei. Zum Seminarhaus. Obwohl die Sonne scheint, ist mir kalt. Über die Bahnsteigterrasse verteilt sitzen oder stehen die Malerinnen vor ihren Staffeleien. Im Wald entdecke ich einen malenden Mann. Alle sind vertieft, ich spüre ihre Energie, gleichzeitig sind sie eigentümlich weit weg. Still laufe ich zum Wintergarten und finde Paul in der Küche.

»Mittagshunger?« Er schließt die Klappe der Spülmaschine und sieht dann auf. »Was ist?«

Ich erzähle. »Warum gerade jetzt, wo er sich so auf seine Enkelin freut? Warum nicht schon vor anderthalb, zwei Jahren, zusammen mit seiner Sieglinde, oder eben später …?«

»Hey.« Paul zieht mich an sich.

Wir halten uns.

»Vielleicht schafft er es ja«, sagt Paul irgendwann. Er reibt über meine Arme. »Tee?«

Mit Thermoskanne und Becher setze ich mich zu ihm in den Waggon, sehe ihm beim Arbeiten zu, helfe mit.

Am Abend geht es wieder. Nur allein sein mag ich immer noch nicht und bleibe daher zum Essen. Die Malerinnen haben eine kleine Ausstellung aufgebaut und bewundern gegenseitig ihre Bilder. Die Vulkanhäklerinnen stoßen mit ihren Wolllandschaften dazu. Beeindruckt sehe ich mir die Vulkane, Maare und Wälder an, die da entstanden sind. Die Malerinnen und ihr Quotenmaler staunen ebenfalls. Beide Gruppen durchmischen sich, diskutieren angeregt. Über Malwollkunst. Über das Nachhäkeln einzelner Bilder. Über wechselseitige Inspiration.

Als die Tageshäklerinnen sich verabschieden, wollen sie wiederkommen. Gern auch zum Austausch mit anderen. Einfach eine Kreativzeit hier verbringen. Pauls Idee, auf handwerkliche Seminare zu setzen, scheint einen Nerv zu treffen.

»Liane? Ich bin Greta, die Leiterin des Malkurses. Darf ich?« Eine dunkelhaarige Frau setzt sich neben mich, ein Strohhut mit breiter Krempe ziert ihren Kopf. »Wollen wir mal was zusammen machen? Eine der Häkelfrauen hat mir erzählt, dass du Bauchtanz unterrichtest. Malen und tanzen, die eine Bewegung inspiriert die andere. Was meinst du?«

»Hast du so was schon mal gemacht?«

»Ja, und es war genial.«

»Sind die Teilnehmer dann hauptsächlich Männer?«

Verwirrt sieht sie mich an. Dann schüttelt sie lachend den Kopf und erklärt mir, dass es sich nicht um Aktmalerei handelt. »Wir sind so angezogen, wie wir wollen, tanzen und malen. Durchs Tanzen fühlt man sich ungemein lebendig, und diese Lebensfreude überträgt sich auf die Bilder, die dabei entstehen. Und wem seins nicht gefällt, der hatte wenigstens eine schöne Zeit. Vielleicht probieren wir es einfach mal aus, wenn ich das nächste Mal hier bin?«

Sich lebendig fühlen. »Gern«, sage ich.

Paul geht mit einer Flasche Wein herum, tritt neben mich.

»Magst du? Du kannst gern heute hier übernachten. Du bekommst selbstverständlich ein Einzelzimmer«, fügt er rasch hinzu.

»Danke, aber ich wollte gerade gehen. Es war ein langer Tag.« Ich stehe auf. »Bis morgen?«

»Sicher, dass du allein sein willst?«

Ich nicke, drücke ihn rasch und mache mich auf den Weg.

Zu Hause nehme ich mir den Schlafsack und kuschele mich in die Hängematte. Wonneseifen hatte ein langes Leben. Irgendwann muss jeder sterben, aber jetzt, wo gerade seine Enkelin herzieht, wäre es doppelt bitter.

Andererseits schien er wenigstens glücklich.

Stirbt es sich dann besser?

Ich schaue zu den Sternen. Totes Gestein. Wie ist es möglich, dass ihr Anblick dennoch tröstlich ist?

Sanfte Töne dringen an mein Ohr. Paul steht auf der Anhöhe und spielt. Ich schließe die Augen, muss an meinen Vater denken. Er musste sein Haus nicht hergeben. Er ist vorher tot umgefallen. Auch wenn es für uns schlimm war, ihn so früh zu verlieren, so hat er den Abriss seines geliebten Hauses nicht erleben müssen. Mit einem Mal kehrt Frieden in mein Herz ein. Ich lausche weiter auf die Melodie, die zu mir rüberweht wie aus einem anderen Leben, einer anderen Zeit.

## Post

1

In den nächsten Tagen denke ich oft an den alten Wonneseifen. Von Änne habe ich erfahren, dass er nach wie vor auf
der Intensivstation liegt. Hätte ich ihn nicht gefunden, wäre
er mit ziemlicher Sicherheit verstorben, doch auch so kann
keiner sagen, ob er es schaffen wird. Ob er jemals wieder richtig auf die Beine kommt. Er wäre mein erster Toter hier. Ein
Gedanke, den ich sogleich wieder abschüttele. Es ist Sommer,
es sind Ferien, ein Gefühl von Freiheit, mehr Zeit zu haben,
nicht so durch den Tag rennen zu müssen, liegt in der Luft.
Eine Sommerferienleichtigkeit, die einem automatisch in die
Poren dringt, sobald man vors Haus tritt. Dabei arbeite ich.
    Meine eigene Website bekommt eine Generalüberholung.
DesignMitHerz für den Mittelstand. Für Unternehmen in der
Eifel. Für Frauen, die durchstarten wollen. Wie Joelle mit
ihren Maarpackungen und Henni mit ihren »Maarmeladen«.
Ein Hexenshop. Wir debattieren noch über den Namen: Eifelhexen oder Maarhexen. Und natürlich müssen Beas ge-
walkte Taschen dabei sein. Wenn sie sich weiterhin weigert,
lassen wir Joop die Überzeugungsarbeit leisten. Auch für ihn
entwerfe ich ein neues Logo. Ein kleines Dankeschön für alles, was er für mich getan hat. Überhaupt hat mich Pauls Gedanke des Wohnens gegen Arbeit angesteckt. Tauschgeschäfte
bringen zwar kein Geld, versorgen einen aber ebenfalls mit
dem, was man gerade braucht. Das gute alte »Eine Hand
wäscht die andere« macht Spaß, und wer nicht waschen will,
zahlt eben.
    Am Mittwoch sitze ich mit Paul zusammen, und wir über-

legen, unter welchem Slogan sein Angebot zukünftig laufen soll.

»Kleine Auszeit in der Eifel«, schlägt er vor.

»Hauszeit«, kichere ich und entschuldige mich sogleich. Maarzeit. Maarzeit für dich. Kreativ in der Eifel. Eifel mit Hand und ohne Kopf. Wir schreiben alles auf und halten schließlich »Eifel, kreativ« als Arbeitstitel fest. »Wenn die Hände beschäftigt sind, wird der Kopf ruhig. Workshops, Seminare, Auszeiten. Malen, musizieren, handarbeiten. Schreiben, schnitzen, schreinern, singen.«

»Tanzen«, sagt Paul. »Töpfern.«

»Tee trinken.« Ich stoße meinen Becher an seinen.

»Hallo?« Jemand klopft ans Holztor.

»Hinterm Haus!«, ruft Paul.

Der Postbote schaut um die Ecke, wedelt mit einem Brief. »Ich hab hier ein Einschreiben für Paul Neroth.«

Während die beiden Männer sich um die Formalitäten kümmern, notiere ich weitere Ideen für Kreativkurse. Fotografieren, Kerzen ziehen, nähen.

»Ich glaub's nicht.«

Ich sehe auf.

Paul starrt auf das Schreiben in seiner Hand und schüttelt den Kopf. »Wonneseifen kündigt mir die Pacht.«

»Aber das geht nicht. Er liegt im Krankenhaus. Das kann nicht sein.«

»Nicht der Alte, das Schreiben ist von seinem Sohn. Er will das Seminarhaus für seine Tochter.« Paul zieht sich das Gummi aus den Haaren und fährt hindurch. »Sein Vater ist noch nicht unter der Erde, und er übernimmt schon seine Geschäfte.«

»Geht das?« In meinem Bauch bildet sich ein Klumpen. »Braucht er dazu nicht eine Vollmacht?«

Paul hebt die Schultern. »Ich gehe davon aus, dass der Junior weiß, was er tut.«

»Bist du im Mieterschutzverein? Sind die auch für solche Fälle zuständig?« Ich schnappe mir mein Handy. »Ich frage Joop. Der weiß so was bestimmt, und wenn nicht, kennt er wen, der sich mit so was auskennt. Die Kündigung ist schneller vom Tisch, als sie geschrieben wurde.«

»Hey, ganz ruhig.« Paul legt mir die Hand auf den Unterarm, streicht mit dem Daumen darüber. »Ich kann das in aller Ruhe prüfen. Und mit ein bisschen Glück kommt der alte Wonneseifen ja durch und …«

»Genau. Er muss überleben, er muss es einfach, und dann wäscht er seinem Sohn den Kopf.« Ich hole tief Luft. Dann fange ich an zu weinen. »Tut mir leid. Ich bin so wütend.«

Paul zieht mich in seine Arme. Ich presse meine Wange an seine. Und entschuldige mich erneut. »Wollen wir eine Runde gehen?«

Die Bewegung hilft. Paul hat recht. Es ist ja nicht so, dass er sofort rausmuss. Er hat noch über ein halbes Jahr. Genügend Zeit, um zu klären, ob die Kündigung überhaupt rechtens ist. Um dagegen anzugehen.

Als wir wieder zurück sind, rufe ich Joop an. Wegen Eigenbedarf kündigen geht nicht, erklärt er mir, aber es kommt natürlich auf den Vertrag an. Er verspricht mir, sich zu erkundigen und vorsichtshalber nach einem anderen Objekt Ausschau zu halten. Auch Paul telefoniert, vereinbart einen Termin mit jemandem vom Rechtsschutz.

»Was ist denn mit euch los?« Neugierig sieht Joelle uns an. Als sie von der Kündigung hört, färben sich ihre Wangen rot. »Wonneseifen junior war schon immer das genaue Gegenteil vom Alten. Aber verlass dich drauf, Paul. Wir stehen alle hinter dir. Im Notfall gehen wir auf die Straße, nicht wahr, Liane?« Kämpferisch reckt sie ihr Kinn vor.

»Klar.« Die Vorstellung, wie die Hexen mit selbst bemalten Protestschildern die Zufahrt zum Maar blockieren, entlockt mir ein Grinsen. Joelle, Änne und Co. haben das Zeug, es in die Lokalnachrichten zu schaffen.

Während Joelle und ich laut überlegen, was man alles tun kann, verzieht sich Paul in die Werkstatt. Der Ort, wo er für sich sein kann, Dinge verarbeiten, während seine Hände das Holz bearbeiten. Ich sehe ihm nach. Während der Klumpen in meinem Bauch wieder wächst, wünsche ich mir mit aller Kraft, dass wir eine Lösung finden.

## 2

»Und was ist mit deinem Abwasserrohr?« Ilka schiebt sich neben mich.

Wir tanzen frei heute, frei und wild und kriegerisch, was wahrscheinlich daran liegt, dass wir die erste Bauchtanzstunde damit beschäftigt waren, uns zu überlegen, wie man Wonneseifen junior dazu bringen könnte, die Kündigung zurückzuziehen.

»Oh, daran habe ich noch gar nicht gedacht.« Ich seufze. »Ist mir gerade auch echt egal.«

Ilka legt mir einen Arm um die Schultern. »Wir schaffen das schon.«

Mir kommt eine Idee. Ich suche Ännes Blick und den von Joelle, Henni und all denen, die Wonneseifen junior kennen. »Wie wäre es, wenn ich das Abwasserproblem als Anlass nähme, um mit Peter Wonneseifen zu reden? Immerhin habe ich ja seinen Vater gefunden. Ich könnte ihn bitten, die Kündigung zurückzuziehen. Ihm erzählen, dass sein Vater ausdrücklich verlängern wollte. Mündliche Absprache und so.«

»Vergiss es.« (Änne)

»Ich glaube, Peter mit seinem Vater zu kommen ist keine gute Idee.« (Joelle)

»Wahrscheinlich dringst du gar nicht bis zu ihm vor.« (Henni) Ich stöhne. »Was ist mit seiner Frau?«

Synchrones Kopfschütteln. Kollektives Seufzen.

»Was ist denn hier los?« Paul steckt seinen Kopf zur Tür herein. »Tanzkrise?«

»Ach was, den Tanz haben wir im Bauch. Bis nächste Woche!« Änne schnappt sich ihren Rollator und führt die Hexen aus dem Raum.

Ich folge ihnen, will zum Haupthaus gehen, doch Paul rührt sich nicht von der Stelle.

»Wie wäre es, wenn du heute mal mich zu dir einlädst?«

Verwirrt sehe ich ihn an. »Hast du Lust auf Kirschmarmelade?«

»Vielleicht.« Er nickt zur Straße, hält sich eigenartig steif dabei.

Irgendwas verbirgt er hinter dem Rücken. Ich zucke mit den Achseln und gehe voran. In meinem Garten angekommen, fordert er mich auf, mich in die Hängematte zu legen und die Augen zu schließen. Sogar ein Tuch bindet er mir um den Kopf, als wäre ich ein kleines Kind und wir spielten Topfschlagen.

Ich höre Geräusche, kann sie aber nicht einordnen, spüre nur, dass er ganz nah ist. Was soll das werden?

»Einen Moment noch.« Er entfernt sich, kommt zurück. Ein leises Klirren. »Achtung.« Sachte zieht er mir das Tuch vom Kopf.

Ich brauche einen Moment, bis ich den Hängetisch entdecke. Ein Tablett mit Griffen an allen vier Seiten, an denen Seile angebracht sind. Mit Karabinerhaken lassen sie sich von den Griffen lösen.

»Wie geil ist das denn?« Ich strahle Paul an, inspiziere meinen neuen Tisch genauer. »Hast du den selbst entworfen? Den musst du dir patentieren lassen!«

»Gibt's bestimmt schon, aber ich muss zugeben, er ist nicht schlecht.«

»Nicht schlecht?« Entrüstet setze ich mich auf. »Das ist der weltbeste Hängetisch. Mensch, wann hast du den denn gemacht?« Ich krabbele aus der Hängematte.

Paul zupft an seinem Bart rum. »Ich musste mich ablenken.«

»Echt irre.«

Wir gehen zu meiner Gartensitzecke.

»Ich habe noch was anderes Irres.« Paul löst seinen Pferdeschwanz, bindet ihn neu. Bilde ich mir das ein, oder ist er wirklich unsicher?

Ich hole uns rasch noch was zu trinken, und dann erzählt er

mir, dass ein guter Kumpel von ihm sich gemeldet hat. Über keine Ahnung wie viele Ecken hat er von der Kündigung gehört und davon, dass Paul was Neues sucht. Wie der Zufall so will, kennt er jemanden, der jemanden für sein Haus in Meck-Pomm sucht. Mehr Anwesen denn Haus. See in der Nähe. Perfekt geeignet für Pauls Zwecke.

In meinen Ohren rauscht es. »Klingt nach einem Traumhaus«, sage ich und höre meine eigene Stimme kaum. »Das Ding scheint alles zu haben, was dir wichtig ist.«

Paul sieht mich an. »Wir bleiben Freunde, es ändert sich nichts. Wir können weiter zusammen spazieren gehen. Nur halt virtuell.« Er zieht sein Handy aus der Hosentasche und zeigt mir, wo sein neuer Kreativort liegt.

Ich schlucke. Und bewundere die Bilder von Haus, Garten, See. Weite Landschaft. Die wird ihm guttun. Ich ignoriere den Kloß in meinem Hals, der mit jedem Bild größer wird.

Er steckt das Handy weg. »Das Grundstück hat sogar einen eigenen Steg.«

»Der perfekte Platz, um Posaune zu spielen.« Ich stelle mir vor, wie die Töne übers Wasser schweben. Wie Tränen sehen sie aus. Ich blinzele.

Paul räuspert sich. »Ich warte noch ab, was bei dem Rechtshilfetermin nächste Woche rauskommt. Danach fahr ich hin und schau's mir an.«

»Klingt vernünftig.« Mich wundert, dass meine Stimme nicht wackelt. Dass sie überhaupt zu hören ist bei dem Kloß, der mir den Hals zusetzt. Das Atmen schwer macht.

Dennoch unterhalten wir uns. Pauls Konzept ist ja nicht an die Eifel gebunden. Die Einrichtung des Seminarhauses kann er vielleicht an seine Nachfolgerin verkaufen. Oder an Wonneseifen junior. Blöd ist es natürlich trotzdem.

»Liane, alles okay? Du bist so still.«

»Tut mir leid. Ich weiß wohl wieder mal nicht, was ich denken soll.« Ich versuche zu grinsen. »Aber ich freu mich für dich. Und ich finde es echt beeindruckend, wie gelassen du mit der ganzen Situation umgehst.«

»Ach was, das sieht nur so aus. Und es hilft ja auch nicht, sich verrückt zu machen.«

»Nee, Hängetische helfen viel mehr.« Ich beuge mich vor. »Noch ein Dankeschön-Bier?«

»Ein anderes Mal.« Er steht auf.

Rasch springe ich auch auf. »Darf ich dich wenigstens umarmen?«

Überrascht sieht er mich an. Nickt.

Schon drücke ich ihn. Ganz fest. Verberge mein Gesicht in seinen Haaren. Ob er hört, wie mein Herz schlägt?

Ich lasse ihn los, bringe ihn noch zur Straße. Es ist komisch, dass ich es bin, die bleibt, und er derjenige ist, der geht. Abrupt drehe ich mich um und kehre zu Hängetisch und Hängematte zurück, bin aber zu unruhig, um mich hineinzulegen. Mein Herz hämmert immer noch im Akkord. Also laufe ich auf und ab und um den Baum herum. Der hört zu, raschelt besänftigend mit den Blättern und ist, wie immer, einfach da, wenn ich ihn brauche.

Genauso wie Paul immer da ist, wenn ich ihn brauche.

Der Gedanke lässt mich stillstehen.


3


»Ich habe Angst.« Ich lasse mich in die Hängematte sinken. Ich habe Angst. Ihn zu verlieren, mich zu verlieren. Deswegen lasse ich uns nicht zu. Jetzt geht er vielleicht, und das will ich nicht. Ich komme mir vor wie mit siebzehn und nicht wie eine Vierundvierzigjährige. Falsch. Mit siebzehn hätte ich mich nicht zurückgehalten. Warum tue ich es jetzt?

Ich angele nach meinem Handy und rufe Clara an.

»Schau mal.« Ich zeige ihr den Hängetisch.

»Klasse. Ist er auch da?«

Ich streiche über das Holz.

»Schick ein Foto.«

»Clara.«

»Liane.« Meine kleine Schwester seufzt. »Ich hab recht, oder? Du hast dich verliebt. Und jetzt traust du dich nicht, weil du Angst davor hast, es könnte irgendwann zu Ende gehen.«

»Bevor es angefangen hat. Bescheuert. Ich weiß.«

»Gar nicht. Und angefangen hat es doch schon. Lass es langsam angehen. Und genieße es. Liebe ist so schön.« Clara fängt an zu singen. Nein, es ist mehr ein Jaulen, was da aus dem Handy zu hören ist. »Love hurts, uh …«

»Du weißt, wie du mich aufbaust.«

»Drauf zu verzichten tut doch auch weh, oder?«

»Seit wann bist du so weise, Clärchen?«

Sie wünscht mir Mut und Traute und Liebe ohne Ende. Dann verabschieden wir uns.

Die Nacht ist klar. Ab und an funkelt ein Stern durch mein Blätterdach. Clara hat recht. Und Bea. Und Matthias. Kompromisse gehören zum Leben dazu. An einem Kompromiss stirbt man nicht. Aber eine Beziehung kann daran scheitern. Wenn man zu viele Kompromisse eingeht und es nicht mal merkt. Oder wenn man sich nicht traut und sich die Beziehung aus Angst versagt. Mein Herz schlägt, als würde es gleich durchs Netz fallen. Ich liebe Paul. Verdammt, ich liebe ihn. Ich klammere mich an die Seile der Hängematte.

Freitag, 26. Juli

# Lippenbekenntnisse

## 1

Am nächsten Morgen weckt mich ein Posaunenton. Ich reibe mir die Augen. Kirschbaumblätter rascheln. Der Himmel ist schon nicht mehr milchig, sondern richtig blau. Irgendwo nebenan spielt Paul. Ich setze mich auf, lausche, lasse die Töne in mich fließen. Gleich werde ich es ihm sagen.

Mein Herz setzt einen Ton aus.

Es schrillt.

Nein, das ist das Handy. Ich atme durch, suche nach dem Gerät, finde es endlich.

»Zacharias Zell. Ich habe Ihre Nummer von …«

Das Handy rutscht mir aus der Hand. Ich fluche, schäle mich aus der Hängematte und klaube das Telefon vom Rasen auf.

»Deswegen wäre es wirklich super, wenn ich gleich vorbeikommen könnte.«

Das sehe ich zwar anders. Super wäre, wenn ich sofort mit Paul reden könnte, aber ich brauche Geld, ich brauche Kunden und lasse mich daher von Zell zu einem Sofort-Treffen überreden.

Keine halbe Stunde später sitzt er in meinem Garten. Das blonde Haar zu einem Man Bun auf dem Oberkopf gebunden, mattgelbes T-Shirt, schlammfarbene Cargo-Bermudas, Sneakers im gleichen Gelb wie das Shirt. Fehlt nur noch die Sonnenbrille im Haar, und er hüpft gleich zurück in das Männermodemagazin, Edition »Lässige junge Typen«, dem er entsprungen sein muss. Jetzt gestikuliert er lebhaft, um mir zu beschreiben, was er vorhat.

»Brote mit Avocadoaufstrich, Auberginenmus, Ziegenkäse von hier oder mit Ei, dem man ansieht, wo es herkommt. Richtig goldgelb muss es sein. Eine Suppe, da will ich wechseln, je nachdem, was es gibt und was zum Tag passt. Und natürlich Kuchen.«

Der Typ kann vom Essen reden. Mir läuft das Wasser im Mund zusammen. Herausfinden, was er will, muss ich mit ihm nicht. Einfache, gute, regionale Zutaten, modern, vegetarisch, vegan.

»Für alle, die gern aktiv sind und richtig Hunger haben«, sagt er und grinst. »In einer alten Scheune in der Nähe vom Pulvermaar.«

»Hast du Bilder? Und wie soll dein Lokal heißen?«

»Wir überlegen noch. Irgendwas mit ›Scheunencafé‹. Zum See. Am Maar. Nur besser.«

»Zur Seescheune. Scheunencafé am See. Café – nur besser.«

Wir lachen. Dann erläutere ich ihm meine Konditionen.

Ein Auto fährt vor. Quietschende Bremsen. Eine junge Frau springt heraus und läuft auf uns zu.

Zacharias blickt auf. »Jenni? Ist was mit deinem Opa?«

»Er hat mich erkannt. Wir haben gesprochen.« Sie fällt ihm um den Hals. »Ich bin so glücklich, Zach.«

»Jenni wie Jenni Wonneseifen?«

»Ja. Du bist Liane, nicht wahr?« Sie strahlt mich an.

Ich drücke sie. »Ich bin so froh, dass es deinem Opa besser geht. Er freut sich ungemein, dass du herziehst. Und, na ja, irgendwie kann ich schon verstehen, dass du dann das Seminarhaus …« Ich stocke.

»Fängst du jetzt auch damit an?« Jenni löst sich aus meinen Armen. »Ich weiß echt nicht, was ihr alle habt. Zach und ich wollen keine Seminare geben. Und das Haus wollen wir auch nicht. Unsere Scheune ist perfekt.«

Ich balle die Hände. »Aber warum kündigt dein Vater Paul dann die Pacht?«

»Was hat er getan? Das darf doch nicht wahr sein!« Jenni schnappt sich ihr Handy.

Mein Herz schießt in den blauen Vulkaneifelhimmel. Ich drücke sie erneut. Dann laufe ich los.

»Bin gleich wieder da«, rufe ich über die Schulter. »Ich muss gerade ganz dringend mit wem reden!«


## 2


Atemlos stürze ich in den Eisenbahnwaggon, aus dem ich es hämmern höre, doch es ist Jannik, der den Kopf hebt und mich anstrahlt.

»Hallo, Liane. Ich kann jetzt nicht. Ich arbeite.«

»Wo ist Paul?« Hektisch lasse ich meinen Blick schweifen.

»Liane?«

Ich fahre herum.

Von der Bahnsteigterrasse her eilt Paul auf mich zu. »Was ist passiert?«

»Jenni«, stoße ich hervor und schnappe nach Luft, die plötzlich wieder weg ist oder immer noch nicht da. »Sie will das Haus nicht.«

»Ich weiß, aber ihr Vater will es. Und ihm ist es offensichtlich egal, was andere Menschen wollen.«

»Sie ist da. Sie redet mit ihm.«

Pauls Augen werden heller.

»Du kannst bleiben. Bestimmt. Sie telefoniert gerade, und sie war richtig, richtig sauer.«

»Dann lass uns warten. Freuen können wir uns, wenn es tatsächlich was zu freuen gibt.«

»Das tut es. Da ist nämlich noch was.« Ich starre auf seine Lippen. Die sind mindestens so magnetisch wie die der Kusspuppen vom alten Wonneseifen. Ich reiße mich zusammen. »Diese Freundin von dir, du weißt schon.«

Er nickt.

Verflixt, warum bekomme ich denn immer noch keine Luft?

»Sie hat endlich was begriffen.«

»Dass es besser ist, sich nicht zu früh zu freuen?«

»Nein, ich … ich habe hier viel gelernt. Von euch allen.«

»Von mir auch?« Jannik steckt den Kopf nach draußen.

»Oh ja, klar. Von dir habe ich gelernt, wie schön es ist, wenn man stolz darauf ist, dass man seine Arbeit gut macht.« Ich trete zu Paul und gehe die anderen durch. Joop, die Eifelhexen.

»Und was hast du von mir gelernt?« Er berührt mich am Arm. Ganz leicht nur.

Mein Herz hüpft, als wollte es beim Trampolinspringen sämtliche Höhenrekorde sprengen. Mir ist ein bisschen schwindlig. »Dass Freundschaft manchmal nicht reicht. Dass ich mehr will. Dass ich keine Kompromisse mehr schließen möchte. Zumindest keine falschen.« Ich hole tief Luft. »Dass ich dich liebe.«

Paul sieht mich an. Ein Maar bei Sonnenaufgang, ganz still, das erste Licht lässt das Wasser glitzern. »Unter einer Bedingung. Du musst mir versprechen, dass wir weiter offen und ehrlich zueinander sind.«

Ich nicke.

»Und uns streiten.«

Absturz. Mein Herz knallt neben das Trampolin. Ich räuspere mich. »Können wir darauf nicht verzichten?«

»Können wir nicht.« Paul macht einen Schritt zurück und verschränkt die Arme vor der Brust. »Versprich es mir.«

»Warst du bei Hubert Hartmann im Kurs?«

Er atmet tief ein, bläst die Backen auf, lässt die Luft entweichen. »Ich meine es ernst.«

»Ich auch.« Ich strecke meine Hand aus.

Er rührt sich nicht. »Lass uns viel streiten. Darüber, wann Bilder echt sind, wann Lüge.«

»Das schaffe ich.« Ich lache erleichtert.

Er hebt die Hand. »Über das, was du willst, und das, was ich will.«

»Ich will dich.« Mein Herz hopst ganz eigenartig. »Und das werd ich dir auch immer sagen.«

»Lippenbekenntnisse.« Er dreht sich weg.

Und katapultiert mein Herz in den Orbit.

»Sieh mal, wir streiten doch gerade.« Bebt meine Stimme, oder bebt die ganze Erde? »Ich will, du nicht. Ich vertrete meinen Standpunkt, du deinen. Wir suchen nach einer Lösung. Gemeinsam.« Ich schiebe mich vor, schmiege mich an ihn, lege meine Hände an sein Gesicht und drehe seinen Kopf, bis er mich ansieht.

»Ich habe mich gleich in dich verliebt«, flüstert er.

»Lügner.«

»Gleich nach dem ersten Kennenlernen. Und sofort in diese DesignMitHerz.« Seine Lippen berühren meine.

»Ich mich auch«, sage ich atemlos, als unsere Münder sich voneinander lösen. »Ohne es zu merken. Bevor ich dich gesehen habe, habe ich dich gehört. Deine Töne. Damit hast du mich verzaubert. Aber bei unserem ersten Treffen warst du dann doch mehr Frosch als Prinz. Wenn ich da schon gewusst hätte, wie wahnsinnig gut Posaunespielen fürs Küssen ist.«

»Soll ich es dir noch mal zeigen?«

»Oh ja, bitte.« Im Unterschied zu ihm liebe ich Lippenbekenntnisse.

# Vier Wochen später

Aufgeregt stehe ich hinter der Bühne. Ein Boot gleitet über das Maar. Zwei Männer zünden die Kerzen auf den Schwimminseln in Ufernähe an. Zwei andere klettern auf den Sprungturm. Auch dort entfachen sie Lichter. Das wäre ebenfalls ein prima Platz zum Tanzen, denke ich. Hoch oben über dem Wasser, dem Himmel ganz nah. Der spielt auch mit heute. Den ganzen Tag über hat er gestrahlt, in einem leuchtenden Blau, das sich am frühen Abend in ein helles Türkis gewandelt hat, um dann immer dunkler zu werden. Sommernachtsfestblau. Mit vereinzeltem Glitzern, als wäre jetzt auch dort oben jemand unterwegs, um Lichter anzuknipsen.

Unser Auftritt am Nachmittag war ein voller Erfolg. Die Frauen waren so hin- und so mitreißend – wenn ich weiterhin Bauchtanz unterrichten wollte, müsste ich jetzt wohl an jedem Wochentag einen Kurs anbieten. Das Publikum hat mitgemacht, uns gefeiert und wir es. Bis zum nächsten Programmpunkt haben wir Zugaben gegeben. Und dann haben sie uns gefragt, ob wir nicht heute Abend noch einmal tanzen wollen. Auf der Sommernachtsparty am Gemündener Maar. Ganz zum Schluss auf der großen Bühne. Um zum Feuerwerk überzuleiten.

Ich lasse meinen Blick über die Wiese des Freibads gleiten. Vorne vorm Nichtschwimmerbecken und damit nahe an der Bühne tanzen und singen die Leute mit der letzten Band des Abends. Weiter hinten sitzen und liegen sie auf Picknickdecken. Ich entdecke Joop und Jana, Beas Jungs oder zumindest einen davon. Meister Zielke mit seiner Frau. Jannik. Meine Sanitärsanitärin, die dafür gesorgt hat, dass das Abwasser wieder fließt. Seit letzter Woche läuft es nach nebenan ab, was mich nicht daran hindert, weiterhin zum Duschen rüberzugehen. Nun ja, nicht nur zum Duschen.

Paul kommt zu mir, zwei Gläser Sekt in der Hand. »Toi, toi, toi für euren großen Auftritt. Nervös?«

»Vorhin war ich es noch, jetzt eigenartigerweise nicht mehr.«
Ich schmiege mich an ihn.

»Hey, zerdrück ihr nicht das Kostüm!« Bea schiebt sich
neben mich.

Wo eine ist, können auch die anderen nicht weit sein. Ich
höre die Stimmen meiner Frauen und drehe mich um. Allen
voran schreitet Änne mit ihrem Rollator, lässt sich von Doro
bei den Stufen helfen. Beide haben sich gar nicht erst eine Jacke
umgehängt, sondern tragen ganz selbstbewusst ihr Bauchtanzkostüm. Doro lässt die Glöckchen klingeln und erntet schon
Applaus von den Umstehenden. Joelle dahinter grüßt fröhlich,
Henni wirkt etwas eingeschüchtert, sie hakt sich bei Ilka und
Heike unter. Die vier lassen Mia und Leonie vorbei, die offensichtlich den größten Fanclub von uns allen haben. Ein ganzer
Pulk jubelt ihnen zu.

»Schöne Grüße von meinem Opa!«, ruft Jenni. Sie winkt,
dann hält sie sich wieder das Handy vor die Nase, schwenkt
es, sodass auch Zacharias neben ihr mit aufs Bild kommt, steht
auf und geht zu den VIP-Liegestühlen, wo ihre Eltern sitzen.
Familie Wonneseifen hat sich ausgesöhnt, nachdem Jenni ihrem
Vater gehörig den Kopf gewaschen hatte. Mehrfach schon hatte
sie ihm gesagt, dass Zacharias und sie ein Café aufmachen – erst,
dass sie es wollen, dann, dass sie eine passende Location gefunden hätten. Wenn ihr Vater sich weiter einmische, dann würde
sie gar nicht zurück in die Eifel kommen. Das hat geholfen.
Peter Wonneseifen hat die Kündigung zurückgezogen. Wohl
auch, weil sein Vater ihm damit gedroht hat, sein Testament
zu ändern.

»Ich hab noch was für dich.« Paul zieht ein kleines Paket
aus der Hosentasche. »Hab ich von jemandem, der meint, wir
gehören zusammen.«

»Hm, also von mir? Was schenk ich uns denn?«

Wenn dieser verflixte Bart nicht wäre! Ich würde ja behaup-
ten, dass seine Mundwinkel zucken. Bevor ich das tastend über-
prüfen kann, gibt er mir das Päckchen.

Ich reiche ihm mein Glas und reiße das Papier auf. Zwei

Kusspüppchen. Mir wird warm ums Herz. »Du weißt schon, dass du es jetzt sechzig Jahre mit mir aushalten musst?«

»Durchschaut. Was bist du doch für eine hellsichtige Hexe.« Er zieht mich an sich.

»Liebe Gäste, wir kommen jetzt zum Höhepunkt des Abends.« Der Moderator auf der Bühne gestikuliert Richtung Himmel. Mein Herz schlägt jetzt doch ganz schön schnell. »Bevor gleich oben die Feuerwerkssterne funkeln, freue ich mich ganz besonders auf unseren letzten Act. Meine Damen und Herren, liebe Freunde, begrüßt mit einem riesigen Applaus …« Er zieht das Wort in die Länge, macht eine Pause, in der mein Herz auf den Kraterrand hochrast und sogar noch die Wendeltreppe rauf auf den Dronketurm und weiter bis zu den Sternen schießt.

Ich lasse die Jacke von meinen Schultern gleiten, drehe mich noch mal zu meinen Frauen um, lächele sie an, bevor wir gemeinsam losgehen. In den Applaus und die Worte hinein.

»Let's belly-dance. Mit unseren und euren … Maar Stars!«

# Nachwort

Liebe Leserin, lieber Leser, für den Moment geht unsere gemeinsame Reise in die Eifel zu Ende. Ich würde mich freuen, wenn sie euch gefallen hat. Feedback und Rezensionen sind jederzeit willkommen. Mehr über mich und meine Bücher findet ihr unter www.carlacapellmann.de.

In die Vulkaneifel verguckt habe ich mich bereits vor vielen Jahren. Über die Zeit habe ich sie allerdings ein bisschen aus den Augen verloren. Umso schöner war es, sie fürs Buch noch einmal neu zu entdecken.

Den Ort, in dem Liane glücklich wird, habe ich schnell gefunden. Und natürlich musste ihr Häuschen in der Nähe eines Maars liegen!

Traumhaft ist dort nicht nur die Landschaft. Es gibt auch wunderschöne Unterkünfte. Große Teile des Buchs sind dort entstanden. Vielen Dank all denen, bei denen ich unterkommen durfte – für Gastfreundlichkeit, Hilfsbereitschaft und zahlreiche Tipps. Wer sich jetzt jedoch auf die Suche nach Pauls Seminarhaus und Lianes Häuschen macht, den muss ich enttäuschen: Ganz so wie im Buch beschrieben gibt es sie nicht.

Lianes Kindheitskirschbaum entspricht dem aus meiner Kindheit, und ich gönne ihr von Herzen, einen neuen gefunden zu haben. Manchmal lässt sich schwer sagen, woher eine Idee stammt – und ob nicht vielleicht meine Geschichte die Realität beeinflusst. Ich wusste zum Beispiel früh, dass Paul in der Natur Posaune spielt. Wie sehr habe ich mich gefreut, als ich bei einer meiner ersten Recherchen vor Ort auf eine Frau gestoßen bin, die mich genau an der Stelle, wo Paul musiziert, mit ihrer Stimme verzaubert hat. Nicht gefreut habe ich mich hingegen, als ich nach dem Schreiben der Rohfassung – ähnlich wie Liane – mit einem Wasserschaden zu kämpfen hatte.

Allen, die sich in die bauchtanzenden Eifelhexen verliebt haben, kann ich nur wärmstens den Film »Die mit dem Bauch tanzen« empfehlen: Das Bild der Frauen, die über eine Wiese tanzen, hat mich nicht mehr losgelassen.

Weitere Anregungen verdanke ich dem Eifelpodcast von Julia Kunze – und Joop verdankt ihm seine Nationalität.

Das Fest am Maar ist inspiriert durch die Open-Air-Feiern am Gemündener Maar.

So lässt sich sicher vieles erkennen. Anderes habe ich verändert oder erfunden, wie die Geschichte es brauchte.

Dieses Buch zu schreiben, war für mich ein kleines Abenteuer, da ich mich mit der »Eifelwolke« an ein für mich neues Genre gewagt habe: Liebe statt Mord und Totschlag. An dieser Stelle ein herzliches Dankeschön an den Emons Verlag für die verrückte Anfrage. Ich bitte euch. Ein Liebesroman!

Wie bei den Krimis möchte ich mich auch dieses Mal bei den weltbesten Autorinnenfreundinnen, die man nur haben kann, bedanken: Antje Backwinkel, Pia Herzog, Susanne Fletemeyer. Ursula Hahnenberg. Caroline Mascher. Ulrike Schmied. Für so viel und noch viel mehr! Und hey, sagte ich schon, dass ihr die Besten seid?

Des Weiteren und von Herzen danke ich:

Anne Mai. Fürs Eifeldurchlaufen auf der Suche nach Schauplätzen, Titeln, Ideen. Und ja, ganz besonders fürs Finden der Eifelwolke Nummer sieben!

Tanja Otto. Fürs Testlesen, das Café und die Kerle.

Meiner Lektorin Julia Lorenzer fürs genaue Lesen, Mitdenken und Hinterfragen.

Angelika und Tomo. Für den unerschütterlichen Glauben, dass ich Liebe kann. Wo auch immer ihr das hergenommen habt! (Eigentlich könnte ich euch noch für die Hochzeitsfeier danken, die ihr bestimmt nur gefeiert habt, um mich in die richtige Stimmung zu versetzen!)

Meiner Familie. In Liebe.

Carla Capellmann
**TOD IN ZEELAND**
Broschur, 288 Seiten
ISBN 978-3-7408-1113-6

Eigentlich will Freddie auf dem Yogaseminar in Domburg an der zeeländischen Nordseeküste den Kopf frei bekommen, um in Ruhe über ihre Beziehung zu Jan nachzudenken. Doch noch bevor sie den ersten Sonnengruß machen kann, stolpert sie über eine Tote. Und ausgerechnet Jan soll mit der Frau ein Verhältnis gehabt haben. Als ihr die örtliche Polizei einen Mord aus Eifersucht unterstellt, sieht sich Freddie gezwungen, auf eigene Faust zu ermitteln. Dabei gerät sie zwischen vermeintlich friedlichen Yogis immer tiefer in einen mörderischen Schlamassel.

*»Augenzwinkern und unverkennbare Liebe zum Yoga machen die Mischung aus Krimi, Satire und Urlaubsroman zu einer kurzweiligen Sommerlektüre.«* Yoga Journal

Carla Capellmann
**MIESMUSCHELMORD**
Broschur, 256 Seiten
ISBN 978-3-7408-1609-4

Statt sich bei Onkel und Tante an der zeeländischen Nordseeküste
zu erholen, schlittert Freddie geradewegs in einen Mordfall. Ihr
Onkel Holger wird verdächtigt, seine Nachbarin umgebracht zu
haben, ihre Tante Gitti ist verschwunden, und Freddies Romanze
mit Hoofdinspecteur Julian Doorn scheint auf Sand gebaut zu sein,
seit der ausgerechnet gegen Holger ermittelt. Verzweifelt stellt
Freddie eigene Nachforschungen an, doch das geht gehörig schief.

www.emons-verlag.de